Tobias Selleneit

Das Reich der Ideen – Muse

Tobias Selleneit

Das Reich der Ideen

MUSE

Roman

ISBN: 978-3-911714-01-3

Impressum:
Tobias Müller
c/o COCENTER | Koppoldstr. 1 | 86551 Aichach

Druck via Kindle Direct Publishing

Für alle, die sich fragen,
ob sie den Kuss der Muse herbeisehnen
oder fürchten sollen.

***

Für Manu,
ohne Dich hätte ich
so vieles gar nicht geschafft.

***

Für Simon,
Du hast aus meinen Worten
die Farben herausgezaubert.

Prolog

Matsch und Schlamm quälen sich aus dem Profil der schweren Stiefel. Die nasse Erde begräbt Grashalme unter sich, die sie bis vor Kurzem noch genährt hat. Jeden einzelnen Schritt zwingt *ER* diesem unebenen Gelände förmlich auf. Es fühlt sich an, als wäre *ER* nicht willkommen, als würde sich die Umwelt hier gegen *SEINE* bloße Präsenz stemmen. Und gerade deswegen fühlt *ER* sich gut. Jeder entwurzelte Grashalm, jedes zerrissene Stück Moos ist ein kleiner Sieg. Endlich.

Seitdem *ER* hierhergebracht wurde, war alles, was *SEINE* Augen erblickten, ein Symbol *SEINER* Demütigung. Jeder weitere Tag ein zusätzlicher Nagel im Fleisch *SEINER* Existenz. Wie sehr *ER* sich wünscht, all dem endlich zu entkommen. Doch noch ist *ER* nicht am Ziel.

Je weiter *ER* nach oben steigt, desto weniger erklärt sich der schlammige Boden bereit, *IHN* weiterhin zu tragen. Immer tiefer sinkt *ER* ein, als würde die Erde *IHN* verschlingen wollen und dann doch nach wenigen Zentimetern den Appetit verlieren.

Der steile Anstieg vor *IHM* versperrt *IHM* den Blick auf den Horizont. Vereinzelte grüne Flecken verteilen sich auf matschigem Braun und scheitern dabei, der Szenerie Farbe zu verleihen. Stattdessen betonen sie die Trostlosigkeit der restlichen Landschaft eher noch: Ein bisschen Moos hier, Büschel von Gras dort. Nur wenige

Meter hinter *IHM* steht tatsächlich ein Baum. Einsam, alt und knorrig und insgesamt mehr tot als lebendig.

Der Himmel über *IHM* ist so grau wie der Nebel, der sich hier die Täler entlang zieht.

ER zieht seinen linken Stiefel erneut mit einem nassen Reißen aus dem Matsch, wuchtet *SEINEN* Fuß auf einen nassen Felsen und greift mit der rechten Hand in die nasse Erde über *SICH*. Eine letzte Kraftanstrengung. *ER* ist oben.

SEINE Stiefel sinken nun so tief in den Boden, dass *ER* sie ausziehen müsste, um sich aus dem Griff des Schlammes zu befreien. *ER* steht auf einer schmalen Ebene, hinter *IHM* der Anstieg, den *ER* gerade hochgestiegen ist, und vor *IHM* – weniger als einen Schritt entfernt – ein Abgrund.

Wobei, ist das wirklich ein Abgrund? Nach unten, nach oben und nach vorne ist einfach alles unbestimmt und grau. Der Untergrund endet zwar abrupt wie eine Klippe am Meer, doch unter sich hört *ER* kein Wasser rauschen und keine Wellen an Felsen klatschen. *ER* kann dort auch keine Schlucht erkennen und kein Tal. Es gibt keine Formen, hinter dem Grau erkennt *ER* kein Land. Es gibt nicht einmal Anzeichen für die Existenz eines *dahinter*. Dort, wo sich nach aller Logik der Himmel befinden sollte, erkennt *ER* weder Sonne noch Wolken.

ER starrt weiter in das Grau. Lange und intensiv und unablässig. Dann erkennt *ER* Schemen. *ER* grinst.

- 1 -

Der Morgen für Laura beginnt mit Kindergeschrei und einem Mordskater.

Die Kinder spielen vor dem Wohnblock, in dem sich ihr Apartment befindet, und gehören vermutlich zu irgendwelchen Nachbarn. Der alkoholbedingte Kater allerdings ist ihr eigener. Verstärkt wird dieser – neben dem Kinderlärm, der durch ihr gekipptes Fenster zu ihrem Bett dröhnt, noch zusätzlich durch die Sonne, die ihr Licht erbarmungslos in Lauras Gesicht wirft. Die Helligkeit treibt ihre Augen, nach einem kläglichen Versuch sie zu öffnen, direkt in den Rückzug. Ein rötliches Licht drückt sich allerdings weiterhin grell und bedrohlich durch ihre geschlossenen Lider.

Die Stimmen erwachsener Menschen mischen sich unter die schrillen Töne der Kinder. Laura kann *Ooohs* und *Aaahs* hören. Was ist da draußen los?

Doch bevor Laura auch nur daran denken kann, diese Frage zu beantworten, drängt sich ihr Kater wieder in den Vordergrund. Genauer: Die Geschmackskombination von schalem Bier und kaltem Rauch auf ihrer Zunge. Ihr Magen fühlt sich plötzlich seltsam leicht an. Sie braucht Wasser, wenn sie eine Katastrophe verhindern will.

Sie öffnet ihre Augen wieder einen kleinen Spalt – nur so viel, dass sie die Umgebung um sich herum erahnen kann – und richtet ihren Oberkörper vorsichtig auf. Alles dreht sich. Sie platziert beide Füße fest auf dem Boden, in der Hoffnung, dass sie die Welt, die sich um sie herum zu drehen scheint, ein kleines bisschen abbremsen. Sie schließt ihre Augen erneut und tauscht die Farben der Welt gegen das leuchtende Rot der Innenseite ihrer Lider.

Die Kinder vor dem Haus streiten sich nun in einer Sprache, die Laura nicht versteht. Sie lachen, schrill und glücklich, wie nur Kinder lachen. Kurz darauf beginnen sie laut, Tiergeräusche nachzuahmen.

Laura nimmt einen tiefen Atemzug. Erstmal klarkommen. Ein – und aus. Und ein – und aus. Es bringt nichts. Alles dreht sich weiter und ihr Magen fühlt sich an, als würde er wie ein Heliumballon in ihr schweben. Sie versucht sich abzulenken, indem sie die Tiere errät, die die Kinder imitieren. Sie erkennt recht sicher das stakkatohafte Gekreische eines Schimpansen. Dann der Versuch eines gefährlichen, tiefen Brüllens, bedingt erfolgreich ausgeführt mit einer hohen Kinderstimme. Ein Löwe?

Laura muss würgen und das Ratespiel ist abrupt vorbei. Reflexhaft schießt ihre linke Hand vor ihren Mund, während die rechte sich an den Bettrahmen krallt. Sie seufzt erleichtert: Falscher Alarm.

Laura öffnet nun gegen alle Widerstände tatsächlich ihre Augen, hält den Schock der Helligkeit aus, und steht auf. Sie wankt in Richtung Küchenzeile, wo sich der rettende Wasserhahn befindet, während die Gesetze der Schwerkraft gegen sie arbeiten. Ihr Laminat-Boden könnte in diesem Moment auch der Trickboden von einem Jahrmarkt-Spiegelkabinett sein, bei dem sich die einzelnen Platten in entgegengesetzte Richtungen bewegen. Der Unterschied scheint marginal.

Sie erreicht die Küchentür, hält sich an deren Rahmen fest und sammelt die Kraft für den Weg zum Wasserhahn. Mit einem großen Schritt überwindet sie die Küchenfliesen, krallt sich mit der linken Hand an der Arbeitsplatte fest, zieht mit der rechten den Hebel am Wasserhahn bis zum Anschlag nach hinten und das kalte Nass beginnt zu fließen. Sie platziert ihren Mund unter dem Hahn und nimmt einen Schluck kaltes Wasser, als sie eine weitere Welle der Übelkeit überkommt. Sie trinkt weiter. Zumindest müsste das Wasser doch eine physische Barriere sein gegen alles, was in die andere Richtung der Speiseröhre wandern möchte. Doch die Taktik geht nicht auf. Sie übergibt sich direkt in das Spülbecken.

Zu ihrem Glück übernimmt das fließende Wasser automatisch viel der Reinigungsarbeit. Sie richtet den Wasserstrahl mit ihrer Hand in die abgelegeneren Regionen der Spüle, um die Reinigung zu vervollständigen und senkt dann ihren Kopf erneut unter den Wasserhahn um ihren Mund mit kaltem Wasser auszuspülen und im Anschluss das freigewordene Magenvolumen mit dem kühlen Nass aus dem Wasserhahn zu füllen.

Sie stellt sich aufrecht hin mit dem Gefühl, etwas vollbracht zu haben, und sieht direkt das Handy, das sie aus unerfindlichen Gründen gestern Nacht in der Küche hatte liegen lassen. Sie wirft einen Blick auf das Display. Drei Prozent Akku, siebzehn Anrufe in Abwesenheit, fünfundzwanzig Nachrichten – und ein freundlicher Hinweis ihres Mobiltelefons, dass sie ihren heutigen Wecker verpasst hat und der nächste Alarm in gut achtzehn Stunden klingelt. Es ist Mittwoch, der 15. Mai, 11:48 Uhr.

In ihrer Magengegend macht sich schnell ein sinkendes Gefühl bereit, das nichts mit ihrer Übelkeit zu tun hat: Es war ihr katerbedingt so schwergefallen, überhaupt zu existieren, dass sie weniger elementare Wahrheiten für den Moment vollkommen verdrängt hatte: Es ist ihr dreißigster Geburtstag. Und sie hätte vor fast drei Stunden in der Arbeit erscheinen müssen. Laura stöhnt. *Happy fucking Birthday.*

Normalerweise bedeutet arbeiten mit Kater für Laura automatisch Home-Office. Aber zuhause arbeiten ist heute keine Option. Zum einen ist Mittwoch der wöchentliche Teamtag, der ihrem Chef Tim besonders am Herzen liegt, zum anderen, weil es an dem eigenen Geburtstag schnell so wirkt, als würde man gar nicht arbeiten wollen - vor allem wenn man die letzten drei Stunden nicht erreichbar war. Zu guter Letzt hat sie heute einen Termin mit ihrem Chef. In persona. Im Büro. Sehr viele Gründe nicht daheim im Bett zu katern.

Panik. Das Geburtstagskind versucht, sich auf das Wichtigste zu konzentrieren. Sie atmet noch einmal tief durch und die dadurch entstehenden gustatorischen und olfaktorischen Eindrücke machen ihr schnell klar, was die wichtigsten zwei Punkte sind: Zähneputzen und Duschen. Laura geht ins Bad und wirft einen kurzen Blick in den Spiegel. Sie erschrickt vor ihrem Spiegelbild.

Bleiche Haut und dunkle Ringe unter den Augen lassen sie mehr tot als lebendig aussehen. Wäre das charakteristische Muttermal unter ihrem Ohr nicht gewesen, sie wäre sich wohl nicht mal sicher gewesen, dass sie wirklich sich selbst im Spiegel betrachtet. Aber dieser beinahe sternförmige Fleck begleitet sie schon, seit sie auf dieser Welt ist. Außerdem erkennt sie ihre Klamotten sofort, denn scheinbar war sie mit denselben Sachen eingeschlafen, mit denen sie auch gestern Abend unterwegs war. Traurigerweise ist ihr das bis gerade eben nicht einmal aufgefallen. Sie zieht sich aus und wirft ihre Klamotten auf den Boden.

Die Dusche ist eine Katzenwäsche, die nur dem Ziel dient, Rauchpartikel und Alkoholausdünstungen von der Haut zu waschen. Ihre Haare allerdings muss sie einshampoonieren, denn die riechen so stark nach Rauch, dass ihr jedes Mal übel wird, wenn sich eine Strähne auch nur kurz unter ihrer Nase verfängt.

Nach der Dusche folgt ein sehr vorsichtiges Putzen ihrer Zähne, bei dem Laura unbedingt vermeiden möchte mit der Zahnbürste Würgreflexe auszulösen. Doch der Aufwand stellt sich schnell als verschwendet heraus, denn der scharfe Geschmack der Mundspülung bringt sie kurz darauf dazu, sich über die Toilettenschüssel zu beugen und das vor wenigen Minuten zugeführte Wasser schneller als geplant wieder in den städtischen Kreislauf zurückzuführen.

Also trinkt sie erneut einige Schlucke frisch aus dem Hahn, hoffentlich diesmal mit nachhaltigerer Wirkung. Sie muss an Sisyphus denken. Wasser rein, Wasser raus – und wiederholen. Sie wirft einen kurzen Blick in den Spiegel und erschrickt weniger vor ihrem Spiegelbild als noch vor der Dusche. Immerhin. Sie sieht noch immer furchtbar aus. In Rekordgeschwindigkeit platziert sie Concealer unter ihren Augen und trägt Labello auf ihre rissigen Lippen auf. Sie blickt wieder in den Spiegel - besser wird's nicht.

Sie greift sich die erstbesten Klamotten, die irgendwie fürs Büro angemessen sind – die meisten davon vom Fußboden – schnappt sich die Handtasche von gestern Abend, wirft ihre Schlüssel hinein und stürmt mit nassen Haaren aus der Wohnung - nur um wenige Sekunden später die Wohnungstür wieder aufzusperren. Sie hat ihr Handy liegen gelassen. Das kann sie dann im Büro laden.

Als Laura schließlich vor ihre Haustür tritt, steht sie plötzlich und unerwartet im Urwald.

Das liegt nicht an der angenehmen frühsommerlichen Wärme, sondern an ihrem Hauseingang. Die einzelnen Zugänge zu Lauras Wohnblock sind von Glasscheiben umgeben, die einen wohl vor Regen und Sturm schützen sollen, während man nach seinem Schlüssel kramt.

Auf diesen Scheiben ist mit Hilfe von Fensterfarben über Nacht ein ganzer Dschungel entstanden. Laura grinsen bunte Frösche zwischen grünem Gras an, Schlangen und Affen hängen kopfüber von Bäumen und Leoparden lugen tückisch hinter Gestrüpp hervor.

Diese Tiere hatten die Kinder vorhin also nachgeahmt. Ein Leopard, kein Löwe! Laura fragt sich kurz, ob die Kinder auch gleich die Urheber sein könnten, verwirft den Gedanken aber schnell wieder. Viel zu detailliert sind die Werke, die das Glas schmücken, die Perspektiven viel zu verspielt. Sie blickt sich um und versucht in der Nähe des Hauses einen Hinweis auf Künstler oder Künstlerin zu entdecken – vielleicht steht da ja noch jemand mit grüner Farbe an den Händen. Aber es ist niemand zu sehen. Auch die spielenden Kinder scheinen sich nun woanders zu vergnügen.

Ihr Hauseingang ist nicht der Einzige, der bemalt wurde. Die drei anderen Eingangsbereiche ihres circa 80 Meter langen Wohnblockes sind auf genau die gleiche Art verziert.

Sie läuft auf ihrem Weg zur U-Bahn an allen dreien vorbei und ist fasziniert von den Farben und Motiven, die sich von Hauseingang zu Hauseingang ergänzen, aber nicht wiederholen. Die Versuchung ist groß, trotz Kater und Verspätung weiter stehen zu bleiben und die Details zu erkunden - denn so wie sie ihren Block und ihren Hausmeister kennt, werden die bunten Scheiben sicher nicht lange in ihrem bemalten Zustand bleiben. Eventuell taucht zuerst ein passiv-aggressiver Brief an den Künstler auf dem schwarzen Brett des Hauses auf, die Scheiben schnellstmöglich wieder zu säubern – und kurz darauf folgt eine Reinigung durch den Hausmeister selbst. Oder der Brief wird übersprungen. Das Hasenbergl, Lauras Viertel am Münchner Stadtrand, genießt einen eher verwegenen Ruf in der Stadt. Seit Jahrzehnten erzählt man sich Geschichten über Gewalt, Kriminalität und Armut. Die Realität ist aber, dass die alteingesessenen Bewohner zu Lauras Leidwesen oft genauso spießig sind, wie die Hausherren und -damen im fünf Kilometer entfernten Vorort.

Laura schafft es am letzten Hauseingang vorbei, ohne anzuhalten – nur um gleich um die Ecke wieder verführt zu werden: Frau Bednarz aus dem sechsten Stock platziert eine selbstgehäkelte Bommel-Mütze auf einem der rot-weißen Poller, die die Feuerwehreinfahrt ihres Blocks markieren. Auf der Stange selbst umrahmt eine angeklebte Plastik-Brille aufgeklebte Wackelaugen. Gemeinsam mit der Mütze wird aus dem Poller ein rot-weiß-gestreifter Waldo wie auf den Suchbildern.

Lauras Blick bleibt auf der Frau und ihrer Kreation hängen, doch sie schafft es weiterzugehen. Die Dame ist mindestens 60 Jahre alt – und macht jetzt Street Art? Hat sie nicht letztens im Aufzug noch lauthals über den bunten Sticker einer Amateur-Band geschimpft, den jemand vor den Hauseingang geklebt hatte? Laura grüßt freundlich, geht an der schweigenden Frau Bednarz vorbei und tritt auf die Straße. Was sie dort sieht, bringt sie dann doch dazu, anzuhalten.

Auf den Hausfassaden der Block- und Plattenbauten, die hier in der Gegend üblicherweise auf einem Farbspektrum von dreckigem Beige bis Betongrau liegen – prangen nun fast überall bunte Graffiti oder sogar Skizzen für ganze Wandgemälde. Lauras Mund bleibt offen stehen.

Nicht nur ihr Viertel, sondern ganz München ist schließlich meist kein freundlicher Ort für jegliche Art von Kunst, die man nicht als Wertanlage bunkern und potenziell weiterverkaufen kann. Ein Fakt, der sie schon als kunstaffine Design-Studentin sehr gestört hat. Nun sieht sie auf der gegenüberliegenden Straßenseite einen Mann mit Gasmaske im Gesicht, der eine riesige Skizze an einer gelbbeigen Wand mithilfe einer Spraydose und überraschend viel Gefühl in seinem Handgelenk kunstvoll ausfüllt. Sie tritt ein bisschen näher heran und überlegt, die Straße zu überqueren und ihn anzusprechen. Ist er Teil eines Kunstkollektivs, das in einer Guerilla-Aktion beschlossen hat, das Hasenbergl von einem Tag auf den anderen zu verschönern? Hat er keine Angst vor der Münchner Polizei?

Der aktuelle Zeitdruck, nicht noch später zur Arbeit zu kommen, und vor allem das mehr als flaue Gefühl in ihrer Magengegend beim Einatmen der Farb-Dämpfe sogar auf diese große Entfernung sagen ihr, dass sie sich stattdessen lieber beeilen sollte, in die Arbeit zu kommen. Schweren Herzens geht sie weiter zur U-Bahn – mit einem bewussten Tunnelblick erreicht sie ihr Ziel.

Als der blau-lackierte Zug einfährt und die Türen sich öffnen, stehen eng gedrängte Menschenmassen in den Gängen. Normalerweise ist es hier am Stadtrand angenehmer in die U-Bahn zu steigen, aber ab und an spucken verspätete und überfüllte S-Bahnen in Feldmoching ihre Fahrgäste in Massen in die U2. Laura zwängt sich in den nicht vorhandenen Raum zwischen eng beieinanderstehenden Körpern. Diese erzwungene Nähe in U-Bahnen fand sie schon immer unangenehm, aber nach Corona blieb ihr immer ein zusätzliches Gefühl der Unhygiene. Nicht hilfreich in ihrer aktuellen Situation.

Die Türen piepen bereits ihre warnende „Wir schließen jetzt“-Kakophonie, als ein kräftiger Mann in letzter Sekunde hindurchspringt. Er scheint vor seinem Sprung nicht registriert zu haben, wie voll die U-Bahn ist. Jedenfalls stößt er mit seinem massigen Körper schwungvoll gegen mehrere Menschen, die vermutlich nur deswegen nicht umfallen, weil der Platz dafür fehlt. So schiebt er die weiteren Passagiere nur noch enger zu- und aneinander. Diese reagieren mit leisem, passiv-aggressivem Gemurmel und weisen ihm in unbewusster Schwarmdynamik einen Platz direkt neben Laura zu.

Der Mann ist vielleicht so alt wie sie, er könnte aber auch 20 oder 40 sein. Genauere Einschätzungen fallen Laura zum einen schwer, weil sein Gesicht, der untere Teil bedeckt von einem löchrigen Bart und der obere von strähnigem Haar, seltsam alterslos ist. Zum anderen hat er gerade einen offensichtlich schweißtreibenden Trip zur U-Bahn-Türe hinter sich – und seine Achsel verbreitet genau auf Höhe von Lauras Nase einen höchst unangenehmen Geruch. Für eine kurze Sekunde wünscht sie sich zurück zu ihrer Covid-Infektion, die zwar sonst sehr milde verlaufen ist, aber ihren Geruchs- und Geschmackssinn für eine ganze Weile sehr effizient eliminiert hat. Die bis eben noch präsente Freude und Aufregung über das ungewohnt bunte Hasenbergl weichen sofort der Sorge um ihren flauen Katermagen.

Laura konzentriert sich darauf, sich nicht auf ihren Kater zu konzentrieren. Ihre Augen suchen Ablenkung, bleiben aber wieder bei dem schwitzigen Mann hängen – besser gesagt bei seinem T-Shirt-Aufdruck: Halbnackte Anime-Mädchen räkeln sich in diversen anatomisch unmöglichen Posen.

Laura schließt die Augen und versucht sich an einen anderen Ort zu träumen. Ihr letzter Urlaub fügt sich vor ihrem inneren Auge zusammen. Schnappschüsse von sich mit einer frischen Kokosnuss in der Hand vor den Kalksteinfelsen in der Halong-Bucht. Sie springt von einem Boot ins warme Wasser. Sie schmeckt das Salz auf ihrer Zunge.

Der Bahnführer bremst kraftvoll an der nächsten Station, überrascht damit die in Gedanken versunkene Laura - und das dritte Newtonsche Gesetz platziert ihr Gesicht direkt dort, wo sie am wenigsten hinwollte: Lauwarm und feucht heißt sie der Stoff unter der Achsel des Anime-Mannes willkommen. Reflexhaft vermeidet es Laura durch die Nase zu atmen, doch die Aromen sind zu stark. Statt salzigem Meerwasser schmeckt sie nun salzigen Schweiss. Die U-Bahn kommt mit einem kleinen zusätzlichen Ruck zum Stehen. Laura entfernt ihr Gesicht aus dem Feuchtgebiet vor sich und muss hörbar würgen.

Die Angst der Mitreisenden vor frischem Erbrochenen teilt die Menschenmasse vor ihr wie Moses das rote Meer. War der Bereich zwischen den Türen bis gerade eben noch so voll, dass sich Laura kaum rühren konnte, bildet sich nun blitzschnell ein Durchgang.

Sie stürmt durch diese persönliche Rettungsgasse durch die frisch geöffneten Türen. Die Hand hat sie fest vor den Mund gepresst, um ihrem Mageninhalt so zumindest eine weitere Barriere zu bieten, sollte er sich die Freiheit frühzeitig erkämpfen können.

Doch der letzte kleine Sieg gehört ihr: Sie schafft es noch bis zum nächsten Mülleimer. Dort hinein übergibt sie sich geräusch- und leidvoll. Ein piepsendes Störgeräusch direkt danach lässt Laura kurz aufblicken. Sie sieht, wie die Türen sich schließen und die U-Bahn im Anschluss langsam und doch uneinholbar davonfährt. Sie realisiert, dass sie nochmal zehn Minuten später kommen wird und übergibt sich erneut.

Erst nach dem dritten Mal, fällt ihr auf, dass ihr Tiefpunkt dieses noch jungen Tages musikalisch begleitet wird.

Eine Akustikgitarre hallt durch den U-Bahnhof, dazu singt eine Männerstimme einen Text in einer Sprache, die Laura nicht kennt. Vielleicht gälisch? Sie blickt sich um und sieht einen muskulösen Mann. Sein leicht rötlicher Vollbart, das mit der Maschine getrimmte Haupthaar und seine krumme Nase komplettieren eher das Bild eines Türstehers als eines Sängers. Daran ändert auch das weiße Hemd nicht viel, dessen hochgekrempelte Ärmel und offene Kragenknöpfe den Blick auf tätowierte Unterarme und eine reichlich behaarte Brust freigeben. Der harmonische Klang der Saiten und eine gefühlvolle, fast zerbrechliche Singstimme stehen dazu in einem faszinierenden Kontrast.

Die U-Bahn-Station leert sich, doch der Sänger singt unbeirrt weiter. Es scheint ihn nicht zu stören, dass ein signifikanter Teil seines Publikums mit dem Kopf über einem Mülleimer hängt.

- 2 -

Laura tritt mit einer frisch gebrühten Tasse Kaffee auf ihren kleinen Südbalkon. Sie denkt über den seltsamen und ereignisreichen Geburtstag am Vortag nach. Sie hat es noch ins Büro geschafft. Aber was dort dann passiert ist, lässt sie noch immer den Kopf schütteln.

Die Sonne scheint ihr ins Gesicht und Laura schließt genussvoll die Augen. Die Strahlen haben schon viel Kraft für einen Maimorgen und sie spürt eine angenehme Wärme auf ihrer Haut. Wenn Laura nicht verkatert ist, ist die Sonne ihre Freundin.

Sie nimmt einen Schluck Kaffee, und öffnet die Augen langsam. Der Blick nach vorne lässt direkt vermuten, dass dieser Tag ebenso ungewöhnlich weitergehen wird.

Der Münchner Norden ist, im Gegensatz zu vielen anderen Teilen der dicht besiedelten Stadt, recht weitläufig angelegt. Weite Freiflächen erstrecken sich zwischen großen Häuserblöcken, die eine 60er-Jahre-Sozialromantik ausstrahlen. Ein nahezu perfektes Beispiel dieser eigenwilligen Bauplanung findet sich vor Lauras kleinem Balkon. Eine Grünfläche, auf der Kinder durch Verbotsschilder erfolglos vom Fußballspielen abgehalten werden sollen, direkt gefolgt von einem großen asphaltierten Parkplatz, bevor ein achtstöckiger Wohnblock ihren Ausblick beendet.

An diesem Morgen jedoch ist der Blick auf diesen Parkplatz ein anderer: Strahlend blaue Grundfarbe bedeckt den Asphalt. Weiße Highlights erzeugen die Illusion von Wellen und Gischt. Um die Autos herum deuten gelbe Flecken einzelne Sandbänke an, damit auch die Vehikel sich in das Gesamt-Kunstwerk einpassen. Auf einer Freifläche in der Mitte des Parkplatzes wiederum türmt ein Hügel aus echtem Sand, an dessen höchstem Punkt eine aufblasbare Palme herausragt.

Auf dem Wohnblock hinter dem Parkplatz verschönert derselbe Blauton die Fassade, so dass sich die Strandszene auf das massive Gebäude verlängert. Auf Höhe der Hochparterre-Fenster wechselt der Ton in ein Himmelblau, durchsetzt mit weißen Schäfchenwolken anstatt mit Gischt und Sand. Vor diesem Horizont tummeln sich aufgemalte Segelschiffe und Delfine im Meer – und Laura meint sogar ein Bananenboot zu erkennen, das sie an längst vergangene Familienurlaube erinnert. All das zieht sich ungefähr drei Meter in die Höhe, bis das Haus wieder zu seinem ursprünglichen Farbton – einem ausgeblichenen Gelb – zurückkehrt.

Was sie sich gestern schon gedacht hat, muss wahr sein: Es ist eine Guerilla-Künstlergruppe unterwegs, die das graue Hasenbergl ein bisschen aufmischt. Vielleicht sogar die ganze Stadt? Gestern auf dem Weg nach Hause ist sie in eine U-Bahn gestiegen, deren komplette Außenseite so bemalt war, dass der Zug aussah wie ein gigantischer chinesischer Drache. War es in anderen Bereichen der Stadt ähnlich? Sie ist gestern Nacht direkt aus Sendling zurück ins Hasenbergl gefahren und hat nicht viel mehr gesehen als die U-Bahn von innen.

Laura entsperrt ihr Telefon, das sie ohnehin zum Morgenkaffee mit auf den Balkon genommen hat, und fängt an via Google und Social Media nach Informationen zu suchen. Tatsächlich klickt sie sich recht schnell durch viele Fotos und Bilderstrecken von hunderten weiteren brandneuen Kunstwerken. Diese scheinen nicht nur in ihrer Nachbarschaft aufgetaucht zu sein. Auch München scheint nicht der einzige Ort zu sein. Diese Aktion ist *groß*. Unter Hashtags wie *#ArtExplosion2024*, *#SpontaneousMurals* oder #May15Art finden sich Kunstfotos aus der ganzen Welt. Alle Fotos wurden innerhalb der letzten gut 30 Stunden hochgeladen. Laura ist fasziniert. Zu einer möglichen globalen Künstlergruppe, die dahintersteckt, findet sie aber nichts außer Spekulationen. Laura erkennt überdurchschnittlich oft Deutschland und München auf den Fotos und schließt daraus, dass hier ein Schwerpunkt der Aktion sein muss und die Gruppe aus der Stadt kommen könnte. Ein elektrifizierendes Gefühl Teil von etwas Großem zu sein fließt durch ihren Körper.

Kurz ploppt die Frage in ihren Kopf, wie Frau Bednarz Kunstwerk da reinpasst, aber vielleicht hat sie sich ja auch einfach spontan mitreißen lassen? So oder so: Ein Spaziergang durch ihr frisch angemaltes Viertel wäre ein guter Start in den Tag. Zumal er ihr gestern mit all der Hektik verwehrt geblieben war.

Als erstes beschließt sie zu dem Strandkunstwerk vor ihrem Balkon zu gehen. Schon nach wenigen Metern erkennt sie Details, die von ihrem Haus aus noch von Bäumen verdeckt waren. So ist auch der Gehweg vor dem Parkplatz Teil des Strand-Kunstwerks - inklusive Sonnenschirme, Liegestühle und ein bisschen echtem Sand.

Sie merkt, wie sich ganz unwillkürlich ein Lächeln auf ihrem Gesicht breitmacht. Ein Pop-Up Kunstwerk direkt bei ihr vor der Haustür! Und dazu noch so ein aufwändiges und durchdachtes. Sie macht ein paar Fotos und öffnet anschließend WhatsApp, um die Bilder direkt an Özge zu schicken.

Als sie den Chat-Verlauf öffnet, muss sie lachen. Gestern hatten Özge und Laura nur zwei Nachrichten ausgetauscht: Ein GIF von einer Kinder-Cartoon-Figur mit Augenringen und Drei-Tage-Bart, die sich leiderfüllt ihren Kopf hält, und – als Antwort von Özge - das GIF einer Frau, die sich mehrere Kissen mit Klebeband um den Kopf gebunden hat. In diesem bewegten Stummfilmchen wandert ihr Haupt dann in sichtbarem Leid auf die Tischplatte zu. Darüber steht in großen Lettern: „NO MORE DRINKING“.

Mit Özge und ein paar weiteren Freunden hatte Laura in ihren dreißigsten Geburtstag reingefeiert und Özge war die Einzige, die länger als bis fünf Minuten nach Mitternacht geblieben ist. Bedeutend länger – was schließlich in ihrem absurden Kater gipfelte.

Bevor sie die Fotos abschickt, sieht Laura in der Status-Anzeige über dem Chat, dass Özge online ist. Sie ruft sie direkt an. Ein Unding für so viele in ihrem Alter, aber bei Özge ist das etwas anderes.

„Frau Demir!“, ruft sie in den Hörer.

„Frau Kowalzcyk... Na, wieder fit?“ Özges Stimme klingt gut gelaunt, aber noch immer übernächtigt.

Laura lacht.

„Oh ja. Es geht inzwischen besser. Auch wenn ein einzelner Tag nicht mehr ganz zur Katererholung reicht. So ist das mit 30.“ Sie atmet tief ein und fährt fort, um ihr Leid mit ihrer besten Freundin zu teilen. „Özge, ich sag's Dir, gestern war so ein beschissener Tag. Abgesehen davon, dass ich schon auf dem Weg ins Büro in einen U-Bahn-Mülleimer gekotzt habe... in der Arbeit wurde es noch schlimmer. Was für ein Geburtstag.“

„Du hast was!? Klingt ja nach einem passenden Einstand für die *dirty thirty*.“ Özge lacht dreckig.

„Oh Gott, ja... erstmal Monsterkater und dann bin ich viel zu spät ins Büro gekommen - statt neun Uhr war es einfach nach eins am Nachmittag.“

Laura ignoriert Özges erneutes Lachen nach diesem Satz und spricht weiter.

„Und außer einem kleinen Yes-Törtchen mit einer nicht angezündeten Kerze auf meinem Platz war einfach niemand da. Niemand. Wir sind eigentlich zu fünft in dem Raum."

„Waaas? Also voll umsonst noch ins Büro gehetzt?", fragt Özge überrascht.

„Naja um halb zwei hatte ich einen Termin mit Tim. Ich sollte ihm meinen Entwurf für die neuen Flyer zeigen, die wir in Hotels deutschlandweit auslegen wollen.

Also setze ich mich an meinen Schreibtisch, ignoriere meine E-Mails und schaue, dass ich in zehn Minuten das bisherige Konzept soweit fertig mache, wie es geht. Danach hole ich mir erstmal einen Kaffee, bevor ich zu Tim ins Büro gehe. Und rate mal, wen ich auf dem Weg zur Kaffeemaschine treffe: Wieder Niemanden! Ich schaue also von Büro zu Büro und insgesamt sind anstatt der üblichen 30 Kollegen zum Teamtag vielleicht fünf im Office."

„Aber Tim war natürlich da?", Özge weiß aus verschiedenen Erzählungen, wie sehr Lauras Chef für seine Arbeit lebt. Er hat schon öfter Kolleginnen und Kollegen von ihr als *freizeitorientiert* bezeichnet, weil sie pünktlich zum Feierabend gingen – und in das Wort jeweils so viel Verachtung gepackt, als hätte er kurz zuvor herausgefunden, dass sie das Büro verlassen, um BDSM-Orgien mit Hundewelpen aufzusuchen.

„Selbstverständlich ist er da. Also gönn ich mir einen großen Schluck Kaffee, um zumindest halbwegs klar im Kopf zu sein, hol meinen Laptop und gehe rein in sein Büro. Und er schaut mich erstmal an wie ein Auto, dann kommt sein typisches und ultra-falsches Chef-Lächeln. Boah, wie ich es hasse. Und er dann so:

‚Laura, wie kann ich Dir helfen?'"

Laura ist inzwischen geübt darin, die aalglatte Stimme mit dieser betont kumpelhaften Betonung ihres Chefs nachzuahmen.

Sie fährt fort:

„Ich sage ihm natürlich, dass wir einen Termin hatten – und er sagt mir, dass er den doch abgesagt hatte. Ob ich meine Mails nicht gelesen hätte. Und dann, ohne meine Antwort abzuwarten:

‚Heute ist ein fantastischer Tag, es liegt so eine Energie in der Luft. Fühlst Du die auch?' Dazu hat er so komische Bewegungen mit seiner Hand in der Luft gemacht wie so ein esoterischer Heiler.

‚Ich dachte mir, wir müssen das alles nochmal neu denken. So richtig frisch anfangen. Aber wenn Du jetzt schonmal da bist, zeig mir doch, was Du vorbereitet hast.'

Und ich zeige ihm mein Zeug und er nur so:

‚Das ist genau, was ich meine. Das ist alles so gefangen in den Grenzen unserer Corporate Identity. Das sieht alles immer so gleich aus. Wir brauchen was Frisches abseits vom CI. *Outside the Box*!'"

„Hat er nicht gesagt!“ fällt Özge Laura aufrichtig empört ins Wort.

„Doch. Und sonst ist er halt derjenige, der alles, was seiner Meinung nach nicht zu 100 Prozent CI ist, sofort im Keim erstickt.“

Laura muss an eine Situation denken, als sie frisch bei Tropical Spa angefangen hatte, einer deutschlandweiten Kette von Wellness-Salons. Frisch aus der Uni, zwei Bachelor in der Tasche – einen in Theaterwissenschaft und einen in Kommunikationsdesign – wusste sie, dass es an der Zeit war Geld zu verdienen. Ein Bürojob als Grafik Designerin wäre doch bestimmt die perfekte Mischung aus Business und Kreativität. Sie machte Überstunden und setzte sich sogar zuhause nochmal hin und füllte die ihrer Meinung nach leblose Corporate Identity mit Farbe und Leben. Als sie Tim ihre neuen Ideen vorgestellt hatte, hat er sie abgeschmettert:

„Laura, das sieht bestimmt super aus, aber wir müssen nicht toll aussehen, die Leute müssen uns wiedererkennen. Naja. Zwei Bachelor machen noch keinen Meister. Das wird schon noch.“

Özges Stimme holt Laura zurück aus ihrer Erinnerung: „Und was war jetzt mit Deinen Kolleginnen und Kollegen?“,

„Was meinst Du?“

„Na wo waren die? Du sagtest doch, das Büro war so leer.“

„Ach ja, stimmt.“, nimmt Laura den Faden ihrer eigenen Geschichte wieder auf. „Ja, das habe ich Tim auch gefragt. Und er sagt so ganz leger, dass heute viele gefragt hätten, ob sie früher gehen können. Und weil sie alle so wahnsinnig inspirierte Arbeit abgeliefert hätten – er hat wirklich das Wort *inspiriert* benutzt – hätte er da auch nichts dagegen gehabt. 85 Prozent der Leute in unserem Büro sind gestern einfach mal gegangen, bevor ich überhaupt gekommen bin. Was ist denn los? Naja, umso weniger schlechtes Gewissen habe ich, dass ich heute im Home-Office bin und erstmal durch die Straßen spaziere. Vor allem, weil ich gestern dann noch an meinem Geburtstag bis nach zehn Uhr nachts im Büro gesessen bin, um für Tim *etwas Frisches* zu erarbeiten. Hat mir dann auch direkt für heute Früh den Call eingestellt, um meine Ideen zu besprechen. In einer Stunde ist es so weit. Da will man was kreatives Arbeiten, weil die normale Business-Welt so abschreckend wirkt – und dann hat man denselben Scheiß, nur mit Shit Pay und Shit Hours... Alter, ich sag's Dir: Was für ein Tag gestern. Ich bin heimgefahren und direkt ins Bett gefallen.“

Özge lacht, aber Laura kennt sie gut genug, um zu wissen, dass in diesem Lachen viel Empathie mitschwingt.

„Egal“, wechselt Laura das Thema. „Konzentrieren wir uns auf das Positive. Heute ist ein wunderschöner Tag. Hier am Hasenbergl geht es grade irgendwie richtig ab mit Street Art und so. Ist das bei Dir in Schwabing auch so?“

„Ehrlich gesagt war ich, seitdem Du reingefeiert hast, echt nicht viel draußen... gestern gekatert im Home-Office und heute einfach auch direkt wieder einen Blocker in meinen Kalender eingestellt. Manchmal hat es schon Vorteile, ein bisschen höher auf der Karriereleiter zu stehen. Dann schauen einem nicht mehr alle ständig so auf die Finger."

Laura schüttelt den Kopf und ist kurz froh, dass Özge sie nicht sehen kann. Ihre Freundin verdient mehr als das doppelte von ihr – und arbeitet scheinbar weniger als die Hälfte. Beneidenswert.

„Irgendwie nervt mich grade die Arbeit ein bisschen", hängt Özge nach einer kurzen Pause an.

„Willkommen im Club."

„Nein ernsthaft. Ich hab grade echt nicht so viel Bock auf das alles. Weißt Du eigentlich, wie lange es her ist, dass ich an meinem Buch weitergeschrieben habe?"

Laura muss überlegen, wovon Özge spricht. Sie ist sich sicher, dass Özge schonmal ein Buch erwähnt hat, an dem sie arbeitet, aber das muss Jahre her sein. Worum ging es nochmal? Irgendwas mit Özges Studium, oder? Was politisches?

Laura will nachfragen, was es mit diesem Buch auf sich hat. Doch dann fordert etwas anderes ihre Aufmerksamkeit. Ein Mann vor ihr schafft es, so ungünstig auf dem Bürgersteig neben einem der Liegestühle zu stehen und dabei Löcher in die Luft zu starren, dass er den Weg trotz seiner schmächtigen Statur beinahe komplett blockiert.

Laura drängt sich vorbei und murmelt währenddessen mit einer für sie angemessenen Portion Passiv-Aggressivität:

„Entschuldigung, darf ich da bitte durch? Danke!“

Was dann folgt, erwischt Laura vollkommen unerwartet. Kaum sind die Worte aus ihrem Mund, schnellt der Kopf des Mannes mit halsbrecherischer Geschwindigkeit zu ihr herum. Doch das ist nicht, was sie direkt aus dem Konzept bringt. Es sind die Augen, die sie nun anstarren.

Sie sind grün. Wobei, das wird dem Ganzen nicht gerecht. Lauras Augen sind grün, aber im Vergleich zu den Iriden, die sie gerade fixieren, erinnern die ihren eher an einen leicht schlammigen, mit bräunlichen Flecken durchsetzten Sumpf. Das Grün vor ihr ist smaragdfarben, rein – und es scheint förmlich zu leuchten. Und diese Augen starren sie zwischen weit aufgerissenen Lidern an, als wäre sie ein Wesen aus einer anderen Welt.

„Fünf Jahre!“

Özge hat anscheinend beschlossen sich eine Frage selbst zu beantworten, die Laura schon wieder vergessen hat. Özge ignoriert Lauras verwirrtes Schweigen und fährt fort:

„Fünf Jahre habe ich da nicht mehr dran geschrieben. Dabei war das mal mein Herzensprojekt. Am besten gleich mein Durchbruch als Autorin. Die klassische Karriere nur ein vermutlich unvermeidbarer Plan B. Ironisch, wenn man das Thema des Buches bedenkt. Aber in diesem Plan B bin ich aktuell so wahnsinnig *uninspiriert*. Das muss sich ändern."

Laura beschleunigt ihre Schritte, um sich schnell von der unerwarteten Intensität von Blick und Situation zu entfernen.

Özge schüttet ihr gerade ihr Herz aus und sie will darauf reagieren. Sie versucht sich geistig in das Gespräch mit Özge zurückzufinden. Und sie will weg von diesen Augen. Doch bevor sie etwas zu Özge sagen kann, unterbricht eine Stimme hinter ihr diesen Versuch:

„Halt, warte!"

Laura überlegt einfach weiterzugehen – entscheidet sich dann aber doch dagegen. Sie ist geistig sowieso raus dem Gespräch mit ihrer besten Freundin.

„Özge, tut mir wirklich leid, hier will jemand was von mir! Lass uns nachher nochmal telefonieren."

Sie legt auf – steckt das Telefon aber nicht weg, um schnell jemanden anrufen zu können, falls der Fremde noch seltsamer wird – und dreht sich um.

Der Mann wirkt zumindest physisch harmlos. Er ist nicht besonders groß, sogar ein Stückchen kleiner als Laura, und dabei sehr schlank. Das Gesicht zeigt keine Anzeichen von Bartwuchs und ist zart geschnitten. Die androgyne Erscheinung setzt sich bei seinen Klamotten fort – vor allem aber wirken die aus der Zeit gefallen. Beige, weite Hosen, die Laura unfachmännisch als Leinen identifiziert und die einfache wildlederne Schuhe überdecken. Dazu kommt ein locker sitzendes Oberteil, dessen Kragen seinen Hals verdeckt und bis hin zur Brust geschnürt und nicht geknöpft ist. Diese Klamotten wären auch an einem Mittelaltermarkt passend gewesen.

„Du kannst mich sehen.“, sagt ihr Gegenüber.

Seine Stimme ist weniger androgyn als seine Erscheinung. Nicht außerordentlich tief, aber Laura liest sie klar als männlich. Sein Tonfall klingt forsch – und noch etwas anderes schwingt mit, das Laura nicht ganz einordnen kann. Klingt er genervt? Nein, das ist es nicht.

„Wie kann ich Ihnen helfen?“, fragt Laura.

Laura siezt eigentlich niemanden, wenn es nicht gerade der Arbeitskontext verlangt. Doch ein bisschen sprachliche Distanz kann nicht schaden, wenn es schon an sozialer mangelt.

„Du kannst mich sehen“, sagt der Mann nochmal. Er atmet tief durch und Lauras Eindruck verstärkt sich, dass der Mann genervt von ihr ist.

„Das ist... korrekt?“, gibt Laura zurück, in einer Mischung aus Spott und ehrlicher Verwirrtheit.

„Du solltest mich nicht sehen.“

Laura hat eigentlich ein Herz für die leicht verrückten Menschen, die einem jede Großstadt immer mal wieder vor die Füße spuckt. Solche Menschen interessieren sie. Dennoch ist sie enttäuscht, dass sich das Gespräch offensichtlich schon nach so kurzer Zeit im Kreis dreht.

„Warum sollte ich dich nicht sehen können? Du stehst direkt vor mir."

„Ich verstehe." Wieder atmet der Mann tief durch. „Ich versuche es anders. Ich bitte um Verständnis, dass ich es nicht gewohnt bin, solche Konversationen zu führen. Oder überhaupt mit Menschen zu sprechen."

Das glaubt Laura sofort.

„Du solltest mich nicht sehen können. Aber Du siehst mich. Das *muss* etwas bedeuten. Verstehst Du das?" Die grünsten Augen der Welt leuchten sie weiterhin an, als würde die Sonne durch Buntglas strahlen und verleihen seiner rhetorischen Frage eine hohe Intensität.

„Warum sollte ich dich nicht sehen können?", fragt Laura erneut. Zu ihrer Verblüffung mischt sich inzwischen auch Neugier, worauf der Fremde denn bitte hinauswill – egal wie verrückt die Begründung am Ende ist.

Er atmet erneut tief ein, als müsste er einem Idioten die einfachste Sache der Welt erklären und dafür das letzte bisschen Geduld zusammenkratzen. Durch dieses Einatmen erkennt sie, was die ganze Zeit im Tonfall des Mannes mitschwingt. Der Mann ist nicht unbedingt genervt, aber etwas sehr Artverwandtes: Bei diesem kleinen Mann dringt Arroganz durch jede seiner Poren. So als wäre der bloße Akt mit Laura zu sprechen schon unter seiner Würde.

Dann sagt er den Satz, der Lauras Leben für immer verändern wird:

„Ich bin eine Muse.“

- 3 -

Die Treppenstufen knarzen bei jedem Schritt, den Andi macht. Früher, vor allem, als er gerade neu eingezogen war, war das noch ein echtes Problem. Nach dem Tod seiner Eltern wollte er vor allem allein sein, aber jedes Mal, wenn er sich beispielsweise etwas zu essen aus der Küche im Erdgeschoss holen wollte, kam seine Oma angehumpelt wie ein alter Kater, wenn man eine Dose Katzenfutter öffnet. Egal wo sie im Haus war – sie hörte das Knarzen der Treppen, die von seinem Zimmer nach unten führten, und Andi konnte sich auf lange, unfreiwillige Umarmungen einstellen, die nach Zigaretten und abgestandenem Alkohol rochen. Doch ihre Hüfte war schon damals nicht mehr sehr mobil, weswegen sie es vermied, zu ihm nach oben zu kommen. Dort konnte er allein sein, so oft und solange er wollte. Recht bald hatte er einen kleinen Essensvorrat in seinem Zimmer angelegt. Seine eigene Welt unter dem Dach, sogar mit dem Luxus eines eigenen Badezimmers ausgestattet, entwickelte sich schnell zu einem echten Rückzugsort.

Über die Jahre hatte das Alter dem Körper seiner Oma einige weitere Gebrechlichkeiten aufgeladen, darunter ein schlechtes Gehör. Die natürliche Alarmanlage dieses alten Hauses tut ihren Zweck also schon lange nicht mehr. Trotzdem wird Andi diese Assoziation wohl für immer behalten – genau wie den Fakt, dass er sich außerhalb seines Zimmers eigentlich nie wohl fühlt. Die Welt da draußen ist nicht für ihn gemacht. Das hat er auch gestern erst wieder gesehen. Doch daran möchte er jetzt nicht denken. Er zwingt er sich, sich auf den Moment zu konzentrieren. Das fällt ihm leicht, denn er hat Hunger.

Die gähnende Leere innerhalb des kleinen Kühlschranks in seinem Zimmer treibt ihn dazu, seine Komfortzone ein kleines Stück zu verlassen.

Im Flur im Erdgeschoss angekommen fällt sein Blick automatisch auf den Weidekorb neben der Eingangstür, in dem seine Oma das Altglas aufbewahrt. Seit gestern sind zwei neue Flaschen Wein und eine Flasche Williams-Christ-Birne dazugekommen. Er hofft, dass sie zumindest an der Schnapsflasche mehrere Tage getrunken hat – ansonsten wäre das tatsächlich eine neue Qualität ihres Trinkverhaltens.

Er geht am Weidenkorb vorbei in die 70er-Jahre Holzküche und öffnet den Kühlschrank. Der Anblick enttäuscht. Einige offene Gläser hausgemachte Marmelade, deren Alter er nur erraten kann, ein offenes Tetra Pak H-Milch, eine Flasche Weißwein (natürlich) und aus irgendwelchen Gründen drei offene Einmachgläser Essiggurken.

Andi seufzt leise. Seit gestern Abend hat er nichts außer einer Tüte billiger Käsebällchen-Snacks gegessen. Dabei hatte er sich die ganze Nacht durch reddit gescrollt und Youtube-Videos angesehen. Am Ende bestellte er sogar ganze Bücher auf seinen eBook-Reader zu Themen, die ihm auf reddit und YouTube nicht tiefgehend genug besprochen wurden. Bücher über Astrophysik, Sci-Fi- und Fantasy-Fandoms – und verrückterweise sogar ein Buch über die Geschichte der Magie, ein Thema dass ihm eigentlich noch querer im Kopf sitzt als Horoskope, Homöopathie und ähnlicher Firlefanz. Aber nachdem er einen reddit-Kommentar zu dem Thema gelesen hatte, sind gestern seine Gedanken losgaloppiert und haben stundenlang über die Ununterscheidbarkeit von Magie und moderner Technik nachgedacht. Eine solche Begeisterung für ein Thema – oder generell Begeisterung für irgendwas, wenn er ehrlich zu sich ist – hat er schon Jahre nicht mehr gefühlt.

Andi nimmt sich eines der Essiggurken-Gläser aus dem Kühlschrank. Wie alt ist das? Ist es noch gut? Andi schraubt es auf und riecht daran. Es riecht nach Essig. Andi weiß nicht, was er erwartet hat. Er zuckt mit den Schultern, stellt das Glas auf den Küchentisch und schließt die Kühlschranktür.

Die Erinnerung an letzte Nacht fasziniert ihn noch immer. Es war, als hätte jemand einen Schalter in seinem Kopf umgelegt und er wollte plötzlich alles wissen und alles verstehen. Die Welt erschien ihm bunt und spannend und inspirierend. Als die ersten zarten Ausläufer der Morgensonne den Himmel von schwarz zu blau färbten ist er schließlich über seinem eBook-Reader eingeschlafen. Und auch jetzt kann er es kaum erwarten weiterzulesen.

Den eBook-Reader hatte ihm seine Oma vor Jahren geschenkt in der Hoffnung, endlich etwas gefunden zu haben, dass einen Bildschirm hatte (und damit ihrer Meinung nach Andi automatisch gefallen musste) und trotzdem keine Zeitverschwendung war (schließlich las man ja Bücher). Andi hatte das Geschenk jahrelang vernachlässigt. Gestern Abend musste er das Gerät erstmal aus dem Zustand der kompletten Entladung befreien, bevor er es nutzen konnte.

Er nimmt sich eine Kuchengabel aus der Schublade und fischt damit ein Gürkchen aus dem Glas. Er ist sich noch immer unsicher. Wieder riecht er daran. Wieder riecht es nach Essig. Er muss an Einsteins Definition von Wahnsinn denken: „Immer wieder das Gleiche zu tun und andere Ergebnisse zu erwarten."

Er wägt seine Optionen ab und wirft die eben mit der Gabel erlegte Beute wieder zurück in die Essig-Salz-Dill-Lösung.

Wo ist denn seine Oma? Vielleicht ist zufällig etwas von ihrem Frühstück übriggeblieben, das es aus irgendwelchen Gründen noch nicht zurück in den Kühlschrank geschafft hat.

Er wandert von der Küche zurück in den Flur und folgt diesem in das Wohnzimmer. Auch hier keine Spur von ihr.

„Oma Sybille?"

Keine Antwort.

„Oma?"

Gerade als er sich fragt, ob sie vielleicht zum Einkaufen gegangen ist, um den leeren Kühlschrank wieder aufzufüllen, hört er ein Stöhnen im Garten. Hat sie sich wehgetan? Was macht sie überhaupt im Garten?

Schnellen Schrittes durchquert er das Wohnzimmer mit der dunkelgrünen Cord-Couch, den alten Jagdgewehren seines Opas und dem Röhrenfernseher, der bedeutend älter ist als Andi selbst und den sich seine Oma akut weigert wegzuwerfen.

„Der lafft do no suppa", ist ihr Standardsatz zu dem Thema, mit diesem starken münchnerischen Akzent, den Andi kaum verstand, als er damals hergezogen ist. Wie fremd damals alles war im Stadtteil Feldmoching. Wie einsam. Und wie wenig sich bis heute geändert hat.

Er erreicht die Terrassentür, die leicht offensteht, reißt sie auf und stürmt fast aus dem Haus in den Garten. Doch seine Oma ist nicht gestürzt. Im Gegenteil:

Sie steht an der Hecke, eine große Gartenschere in behandschuhten Händen, und streckt sich unter lautem Stöhnen, um an eine schwer erreichbare Stelle zu kommen. Um sie herum liegen haufenweise Äste und Zweige verschiedener Größe, die sie offensichtlich in den letzten Stunden von der ehemals sehr ungepflegten Hecke geschnitten hatte. Sie blickt gegen die Sonne, als sie sich zu Andi umdreht – und trotz eines großen Sommerhutes, der Schatten über ihr Gesicht wirft, kneift sie ihre Augen zusammen. Andi kommt es vor, als würde sie 20 Jahre jünger aussehen als noch am Vortag.

„Wos schaugst'n wia a Reh wenn's blitzt?"

Andi braucht ein paar Sekunden um sich von dem ungewohnten Anblick zu erholen.

„Ich habe ein Stöhnen gehört und dachte, Du wärst vielleicht gestürzt oder so."

Er wendet sein Gesicht leicht Richtung Boden, verunsichert durch die eigene Fehleinschätzung.

„Ah ge, so a Schmarrn. I bin a oids Weib und hob mi g'streckt. Da kimma soichane Laute scho amoi vor. Mia huift ja koana."

Andi fühlt sich direkt angegriffen, dabei war Gartenarbeit wirklich nichts, wobei seine Oma jemals Hilfe gebraucht hätte. Schlicht, weil er sich nicht erinnern kann, dass sie jemals im Garten gearbeitet hätte, seitdem er vor inzwischen 14 Jahren in ihr Haus gezogen war. Ihr Garten ist in dieser Zeit beinahe komplett verwildert – in so einem Ausmaß, dass Andi vor seinem Fenster schon Spaziergänger hatte reden hören, dass es eine Schande sei, dass in einer Stadt mit einem so hohen Wohndruck wie München einzelne Häuser offensichtlich seit Jahren einfach leer stehen.

„Seit wann arbeitest Du denn überhaupt im Garten?"

„I woas ned. Hob mia gestern scho denkt, dass da wieder amoi was gmacht g'hert. Und heit hob I mia moane Handschuh o'zogn und hob oafach o'gfangt."

Sie lehnt die große Gartenschere gegen das, was von der Hecke übriggeblieben ist, und wendet sich dann nochmal Andi zu.

„Des war amoi a Idee für di, was moanst? Oafach mal was doa? Ned imma nua vor Deim Computer sitz'n bis'd viereckade Augn kriagst. Bist Du grod erst aufg'standn? Mei Bua, es is Nomidog."

Andi weiß gar nicht, wie er auf den wenig subtilen Angriff reagieren soll. Was will er auch sagen? Es stimmt ja: Besonders viel hatte er in den letzten Jahren nicht gemacht. Nach dem Abi hatte er kaum noch Gründe gehabt, sein Zimmer zu verlassen.

„Duasd ma den Gfoin und ramst die Äst' zam? Des muas I mit moane fost achzig Jahr dann wirkli nimma mach'n. I fahr mit am Bus in' Baumarkt und kauf a ba Bleami."

Andi ignoriert die Aufforderung seiner Oma und folgt ihr stattdessen ins Haus.

„Du fährst in den Baumarkt? Was ist denn los mit Dir? Seit wann sitzt Du nicht einfach auf der Couch, bewegst Dich keinen Millimeter und schaust in diese Antiquität, die Du Fernseher nennst?"

In seinen Gedanken fügte Andi noch still hinzu *...und trinkst Obstler, Wein und Bier, bis Du noch besoffener bist, als Du mit diesem Dialekt ohnehin immer klingst?*

Tatsächlich hatte er schon kurz nachdem er nach München gekommen war die Theorie aufgestellt, dass sich der bayerische Zungenschlag schlicht entwickelt hatte, weil die Leute so viel tranken, dass Lallen irgendwann zum sprachlichen Standard wurde.

Seine Oma ignoriert ihn. Auch das ist neu. Eigentlich ist sie immer für einen Streit gut. Sofern sie sich noch artikulieren kann.

Stattdessen geht sie schweigend durch das Wohnzimmer direkt in den Flur, der zum Hauseingang führt, und schnappt sich das rote Tuch, das wie immer auf einer Kommode neben der Schlüsselschale liegt. Seit einer Operation an der Schilddrüse vor einigen Jahren prangt auf ihrem Hals eine recht dominante Narbe, die sie mit diesem Halstuch verbirgt, sobald sie das Haus verlässt.

Sie bindet sich das Tuch um, schnappt sich mit einem gezielten Griff ihre Schlüssel, steckt sie in ihre Handtasche und geht aus der Tür.

Andi bleibt perplex im Haus zurück.

- 4 -

„Ich bin eine Muse."

Die Intensität seiner grünen Augen und der vollkommen humorlose Gesichtsausdruck verleihen dem Satz eine Gravitas, die Laura für ein paar Sekunden vergessen lässt, wie absurd diese Aussage ist.

Sein Hemd verwandelt sich vor ihrem inneren Auge in ein waberndes weißes Tuch, das wie auf einem Renaissance-Gemälde eine Brust nur unzureichend bedeckt und die andere gar nicht. Laura muss lachen.

„Eine Muse? Soll ich Dich Kalliope nennen?" Sie überlegt kurz. Dann schiebt sie hinterher: „Oder lieber gleich Kalle?" Sie kichert leise über ihren eigenen schlechten Witz. Eine Muse namens Kalle – das ist ihrer Meinung nach schon einen Lacher wert. Bei ihrem Gegenüber starrt sie weiterhin in ein vollkommen regungsloses Gesicht.

„Ja, eine Muse. Wobei die generische Geschlechtszuschreibung, die Eure Kultur meiner Gattung gibt, wohl vor allem auf Einsamkeit und Wunschdenken diverser Kunstschaffender zurückgeht. Genau wie euer Ausdruck, dass ein guter Künstler von der Muse geküsst worden sei. Zu meinem Glück habe ich noch niemanden mit meinen Lippen berühren müssen, um ihn oder sie zu inspirieren. In der Regel reicht meine bloße Anwesenheit vollkommen aus."

Laura will antworten, doch schon vor dem ersten Wort spricht der kleine Mann weiter.

„Ich bitte dich, mir zuzuhören. Auch wenn mit Menschen zu sprechen aufgrund mangelnder Übung bestimmt nicht zu meinen Stärken zählt: Ich habe in meinem Leben hunderte Dichter und Schriftsteller inspiriert – und wenn deren Geschichten auch nur ansatzweise das Verhalten echter Menschen widerspiegeln, dann reagieren die allermeisten Menschen sehr skeptisch auf Dinge, die sie sich nicht erklären können und die ihrem Weltbild widersprechen. In der Literatur wird dieser Unglaube dann recht schnell aufgelöst, um den Leser nicht zu langweilen und die Handlung schnell voranzubringen – und in Deinem Fall, so hoffe ich, um mir Zeit und Geduld zu sparen."

Seine Nüchternheit irritiert Laura. Zwar ist ihr klar, dass dieser Mann verrückt ist, aber genauso weiß sie, dass es wenige Dinge gibt, die gefährlicher sind als Verrückte, die ihrem eigenen Wahn uneingeschränkt glauben. Sie ist froh um das Handy in ihrer Hand. Sie wischt unauffällig über das Display, um den Bildschirm zu entsperren. Unterdessen fährt der Mann, den sie Kalle getauft hat, in seiner gestelzten Art mit seinem Monolog fort:

„Schau Dich um. Das letzte Mal, als ich auf diesem Boden gestanden bin, war hier noch keine Stadt. Diese hat erst einige Kilometer weiter südlich begonnen."

Kalle streckt seinen Arm aus und deutet an Lauras Haus vorbei in Richtung Osten.

„Dafür stand ungefähr dort, wo heute – wie ich vorhin gesehen habe – ein Supermarkt ist, eine große Hütte, in der sich ein Wildhüter um die Hasenbestände für die königliche Jagd kümmerte. In derselben Hütte fertigte ein sehr begabter Förstersohn Holzschnitzereien an, den ich regelmäßig besuchte. Leider hat sein Vater seine Werke meist verbrannt, um den Herd zum Kochen oder zum Heizen zu befeuern. Das hielt er wohl einen handfesteren Anwendungsbereich von Holz." Er seufzt leidend.

„Ich habe mich ein wenig in meiner Anekdote verloren. Der Punkte ist: Ich war lange nicht in dieser Gegend. Dennoch bin ich mir recht sicher, dass es hier heute ganz anders aussieht als es das beispielsweise noch vor einer Woche getan hat. Oder auch nur vorgestern. Wahrscheinlich war es hier weniger bunt, weniger Kunstwerke an den Wänden...?"

Er blickt an Laura vorbei auf den improvisierten Strand.

„Und vermutlich weniger Sand auf den Straßen?"

Laura antwortet nicht.

„Ich bin bei weitem nicht die einzige Muse. Und tatsächlich scheint es so, als wären aktuell sehr viel – zu viele – hier unterwegs. Und die Auswirkungen sollten auch für dich direkt ersichtlich sein: Statt einiger weniger Auserwählter scheint nun Jedermann inspiriert zu sein. Egal ob sie der bildenden Kunst frönen, sich als

Schriftsteller verdingen oder sonstigen Passionen nun mit Verve nachgehen, denen unter normalen Umständen keine Inspiration durch Musen zuteilgeworden wäre. So gut wie jeder Mensch ist - um zu diesem furchtbaren Bild zurückzukehren – von der Muse geküsst."

Kalle macht eine kleine Pause. Laura fragt sich, ob ihr Gegenüber so angeekelt von dem sprachlichen Bild ist, dass er sich erstmal sammeln muss. Dann spricht er weiter:

„Und das Schlimmste ist: Wir können nicht zurück."

„Zurück wohin?" Laura ist klar, dass sie die Wahnvorstellungen des Mannes mit ihrer Nachfrage aufwertet. Aber hey, eine gute Geschichte ist eine gute Geschichte.

„Hast Du Dich jemals gefragt, woher Ideen kommen?"

Laura hat auf einer Party mal mit einer Journalistin gesprochen. Die hat ihr mal sehr wortreich erklärt, dass die schlechteste Frage, die man jeder Art von Künstler stellen kann „Woher nehmen Sie ihre Ideen?" lautet. Doch Laura verbeißt es sich, diese Anekdote zu teilen. Stattdessen schüttelt sie langsam ihren Kopf und bemüht sich, einen interessierten Gesichtsausdruck aufzusetzen.

„Es gibt eine zweite Seite zu dieser Welt. Die Seite, in der wir uns gerade aufhalten ist die, die du kennst. Mehr oder weniger rationale Menschen, die versuchen sich in einer mehr oder weniger rationalen Welt zurecht zu finden.

Die andere Seite dagegen ist... anders. Und auf dieser Seite hier vollkommen unbekannt. Auch wenn ich mal feststellen durfte, als ich einen meiner intellektuelleren Schützlinge begleitet habe, das Konzept „Reich der Ideen“ auf einer philosophischen Ebene stattzufinden scheint. Aber ich greife mir selbst schon wieder vor und schweife gleichzeitig ab. Verzeihung.“

Laura reagiert nicht – und verzichtet auch auf den Hinweis, dass Platons Ideenlehre mehrere tausend Jahre alt ist – und sicher weit davon entfernt „vollkommen unbekannt“ zu sein. Kalle fährt fort:

„Auf dieser anderen Seite jedenfalls findet sich ein Ort, der mit „Reich der Ideen“ ganz gut beschrieben ist. Dort sammeln sich alle Ideen der Menschen in ihrer reinen, wilden Form. Ohne eingezwängt zu sein zwischen Buchseiten oder ewig bewegungslos auf einer Leinwand.

Diese beiden Welten sind voneinander abhängig. Würde man die Verbindung kappen, wäre diese Seite, auf der wir uns gerade befinden, ohne jegliche Inspiration und Kreativität, ich würde sogar behaupten ohne übergreifenden Austausch von Gedanken und Ideen. Was das bedeutet, kannst Du dir, als jemand der fest zu dieser Seite gehört, wohl selbst am besten ausmalen.“

Sie erinnert sich an die Vorlesung, in der sie mit Platons Ideenlehre zum ersten Mal in Berührung gekommen war. Kalles Worte hatten eine Erinnerung in ihr Bewusstsein gespült. Im Lehrplan ihres Bachelors

Kommunikationsdesign gab es gleich im ersten oder zweiten Semester eine Vorlesung namens „Philosophie und Kommunikation“, die einen groben Überblick über verschiedene Großtheorien und philosophische Konstrukte gab. Begriffe wie kulturelles Gedächtnis, Schlagworte wie „Geschichte des Diskurses“ und Namen wie Foucault schießen ihr recht ungeordnet in den Kopf – doch sie erinnert sich, welchen Stellenwert der Austausch von Ideen für fast alle großen Denker und deren Theorien hatte.

Kalle fährt fort:

„Auf der anderen Seite ist die Abhängigkeit noch essentieller. Denn alles dort kommt von hier, von Euch Menschen. Das gilt für neue Ideen und Gedanken genauso wie für existierende. Wenn ein obskures Fabelwesen oder eine antike Gottheit in Vergessenheit gerät, so denkt niemand an sie. Und eine Idee, an die niemand denkt, hört schlicht auf zu existieren.

Deswegen braucht es den Austausch zwischen den beiden Seiten dieser Welt, obwohl sie strikt getrennt sind. Und die einzigen Wesen, die diese Grenze überqueren können, oder besser konnten, sind wir – die Musen.“

Wieder bohren sich die grünen Augen in ihr Bewusstsein, als würden sie die Wichtigkeit seiner Worte untermalen wollen. Laura möchte mit den Wahnvorstellungen des Mannes nicht weiter interagieren. Aber die Geschichte ist andererseits verdammt gut. So gut, dass sie sogar vermutet, dass der Mann vielleicht nur ein Schriftsteller ist, der ein paar Ideen an ihr ausprobieren möchte. Ein ungewollter Sparringspartner, quasi. Laura will mehr hören. Sie fragt also die erste Frage, die ihr in den Sinn kommt:

„Und was hat das mit mir zu tun?"

Kalles Schultern verlieren ihre Anspannung. Ein leiser Seufzer der Enttäuschung entfleucht Kalles Mund. Laura fühlt sich zurückversetzt zu Schulzeiten, wenn sie Fragen stellte, die ihre Lehrer als besonders dumm empfanden.

Doch auch wenn Geduld ihm offensichtlich nicht die Wiege gelegt worden ist: Kalle richtet sich schnell wieder auf und führt seine Erklärung fort.

„Millionen, vielleicht Milliarden Menschen können aktuell unsere Präsenz unterbewusst fühlen. Alle fühlen sich irgendwie inspiriert und motiviert - aber niemand weiß, dass wir da sind. Niemand kann uns hören, sehen oder auch nur riechen. Das konnten sie noch nie. Über tausende Jahre nicht. Und dann kommst Du. Du unterhältst Dich mit mir, als wäre ich irgendein Mensch von der Straße, ausgerechnet am Tag, nachdem wir hier angespült wurden. Das muss etwas bedeuten, auch wenn ich nicht sicher bin, was."

Laura hebt ihre Augenbrauen, dann muss sie lachen. Sie ist sich jetzt fast sicher, dass hier jemand eine Geschichte an ihr ausprobiert.

„Eine Auserwählten-Story? Das ist jetzt aber schon ein bisschen klischeehaft. Immerhin hast Du keine Prophezeiung oder sowas erwähnt, das wäre wohl zu viel des Guten. Aber ich muss sagen, das Grundkonzept Deiner Geschichte ist super. Die Prämisse gefällt mir, habe ich so bisher noch nicht gehört."

Kalles Mundwinkel wandern leicht nach oben. Doch der abschätzige Gesichtsausdruck, der daraus folgt, lässt sich höchstens sehr wohlwollend als Lächeln bezeichnen.

„Niemand hat etwas von Auserwählten gesagt. Meiner Einschätzung nach bist du sogar ein beinahe archetypischer Mensch. Aus einer Erklärung heraus fast nichts zu verstehen, aber gleich zu denken, du wärst irgendwie auserwählt – das wirkt sehr menschlich auf mich. Du bist ein Hinweis. Eine Spur. Sonst nichts."

Laura antwortet nicht auf den Tadel, allerdings weicht sie den stechend-grünen Augen diesmal aus und blickt an Kalle vorbei. Ein Teenager klebt über die Scheinwerfer eines parkenden Autos überdimensionierte künstliche Wimpern, die er scheinbar aus Pappmaché gebastelt hat. Von einem der Balkone eines naheliegenden Wohnblockes spielt jemand Trompete, deren melancholisch-blecherne Melodie durch die Straßenzüge und Häuserschluchten hallt.

In einem Punkt hat der kleine Mann Recht: Sie muss zugeben, dass sie München – und erst recht das Hasenbergl – nicht so voller Farbe kennt. Doch Laura denkt wieder an eine Vorlesung an der Uni – diesmal erinnert sie sich an das bekannte Rasiermesser eines gewissen Herrn Occam: Im Zweifel ist die simpelste Lösung die richtige. Und die simpelste Lösung ist bestimmt nicht: Es sind spontan hunderte Musen aufgetaucht.

So spannend die Geschichte dieses Menschen vor ihr also ist: Sie hatte genug von Lauras Zeit eingenommen. Ein kurzer Blick auf ihr Handydisplay offenbart ihr, dass sie bereits in fünf Minuten den Call mit Tim hat. Ob sie nun Sparringspartner war oder einem Verrückten zugehört hat, der verbale Angriff auf sie ist ein guter Schlusspunkt.

„Alles klar, danke für die Geschichte. Tut mir echt leid, aber ich mache mich dann mal wieder auf den Heimweg." Laura lächelt falsch und versucht es nicht zu verbergen um klarzumachen, dass ihr der Abschied in Wahrheit nur bedingt leidtat. „Ich sollte mal wieder zurück an meinen Schreibtisch."

Sie wartet nicht auf eine Antwort und geht zügig an dem Mann vorbei, den sie Kalle getauft hat.

- 5 -

Oma Sybille flucht laut, als Andi eine Vollbremsung einlegt. „Himmelherrgottsakrament!“, ruft sie in das laute Quietschen der Reifen hinein. Wenige Zentimeter vor der Stoßstange des weißen Transporters kommen sie zum Stehen. Beide atmen erleichtert aus, bevor Sybille verbal nachlegt.

„Mei, bass doch auf, Bua, Zefix!“

„Was kann ich denn dafür, wenn der vor mir mitten auf der Straße stehen bleibt?“, rechtfertigt sich Andi, bedeutend leiser als seine Oma. Er überlegt den Transporter im Nachhinein anzuhupen, entscheidet sich dann aber doch dagegen. Zu viel Potential für Stress mit anderen. Seine Oma stresst ihn schon genug.

„Des nennt si‘ ‚vorausschauendes Fahren‘. Des hast du doch damals mit Sicherheit in deiner Fahrschui g’lernt.“

Andi atmet tief ein. Seinen Führerschein hat er vor über 10 Jahren gemacht – auf Drängen seiner Oma – und seitdem bestand seine gesamte Übung darin, alle zwei Jahre das Auto seiner Oma aus der Garage zum TÜV und wieder zurückzufahren. Seine Oma hatte ihren Führerschein verloren, kurz nachdem er bei ihr eingezogen war, aber das Auto weiter in der Garage belassen, anstatt es zu verkaufen. Sie hat ihn nie eingeweiht, was die Hintergründe des Fahrverbotes waren

– aber ihr Trinkverhalten seit dem Tod seiner Eltern macht diese Frage zu einem recht seichten Rätsel.

„Du könntest dich auch einfach freuen, dass ich dich zum Baumarkt fahre, damit du deine Blumen und deine Erde nicht vom Baumarkt nach Hause tragen musst.“, sagt er schließlich, statt ihr all die Gedanken von eben an den Kopf zu werfen. Sie streiten sich so oft, vielleicht schafft er es heute, dass ihre Konversation nicht eskaliert.

„Ah ge, mit dem Linienbus hab‘ I scho ganz andre Sachan transportiert. Dafür brauch‘ I di ned.“

Für das geplante ganzjährige Blumen- und Gemüsebeet müssen sie beim Baumarkt mindestens hundert Liter Erde kaufen. Das hat er ausgerechnet. Etwas viel für den Transport mit der MVG. Und trotzdem hat seine Oma wahrscheinlich sogar Recht. Ihre Sturheit würde es ihr ermöglichen die Materialien für ein ganzes Haus mit dem Stadtbus zu transportieren. Und wenn sie jedes Mal nur einen einzelnen Ziegelstein mitnehmen würde. Am Ende ist Andi ja froh, dass sie dieses Projekt gemeinsam angehen.

Er hat ganze Gartenbücher gewälzt, gleich nachdem seine Oma ihm gesagt hatte, dass sie den Garten auf Vordermann bringen will. Und zu seiner eigenen Überraschung haben sie es gemeinsam geschafft einen Plan aufzustellen, ohne sich gegenseitig zu erwürgen. Andi schiebt diese für sie untypische Dynamik darauf, dass die Kompetenzen klar verteilt waren: Seine Oma hatte eine ästhetische Vision, und er brachte nach der Buchlektüre das theoretische Wissen ein, welche Art Boden einzelne Pflanzen benötigen, wann sie blühen beziehungsweise wann man sie ernten kann.

Im Auto allerdings ist die Harmonie nun offensichtlich seit dem Moment vorbei, in dem Andis Fuß die Bremse des alten Fiat Cinquecento berührt hat.

„Was macht der denn da überhaupt?“, fragt Andi und lenkt damit die Aufmerksamkeit weg vom Streit hin zum Transporter vor ihnen. „Der bewegt sich ja immer noch kein Stück.“

„A Depp werd‘s sei.“, bringt seine Oma als Rätsellösung ein.

„Fahr hoid vorbei.“

Andi merkt, wie seine Hände anfangen zu schwitzen. Die Straße ist schmal. Zwischen dem stehenden Transporter und den parkenden Autos auf der von ihm aus linken Straßenseite ist Platz - aber nur wenig. Zu wenig für jemanden, der sich auch nach zehn Jahren noch immer als Fahranfänger begreift. Seine Hand wandert wieder zur Hupe – und wieder zieht er sie unverrichteter Dinge wieder ab. Denn aus dem vor Andi verborgenen Winkel hinter dem Transporter schleicht sich nun heraus, was die Straße blockiert hat. Und Andi traut seinen Augen kaum.

Es ist eine ganze Gruppe von Menschen, allerdings sehen sie aus, als wären sie allesamt unterschiedlichen Fieberträumen entsprungen. Die einen haben offensichtlich Stelzen, Pappmaché und weitere - für Andi unbekannte - Bastel- und Textilmaterialien zu einem Kostüm kombiniert, dass sie nun aussehen lässt wie drei Meter große Sumo-Ringer mit überproportional langen Beinen und unterproportional kurzen Armen. Direkt dahinter folgt eine kaum weniger große Giraffe, für deren Erscheinung ein Mensch in einem mechanischen Kostüm sorgt. Andis Vorstellungskraft lässt ihn vermuten, dass die Person im konstanten Vierfüßerstand Vorder- und Hinterläufe bewegen muss. Das beeindruckt ihn fast mehr als das Kostüm – früher im Sportunterricht konnte er das kaum eine Minute aushalten – und damals war er fitter als heute.

Bevor er sich weitere Gedanken dazu machen kann, folgt ein künstlicher Baum dessen Höhe Andi auf fünf Meter schätzt. Die Bewegung kommt hier nicht von Menschen, sondern von einer Plattform mit Rollen, auf der der Baum aufgebaut ist. Menschen hängen dafür in luftigen Höhen an den Ästen und tragen Birnen-, Pfirsich- und Avocado-Kostüme. Dahinter folgen mehrere halbnackte Menschen in glitzernder Goldfarbe auf dem gesamten Körper, die so groß sind, wie Menschen eben sind – aber nach den gigantischen Kostümen allesamt winzig wirken. Sie begleiten die Prozession mit ebenfalls goldenen Trommeln rhythmisch.

Als der letzte Trommler an ihrem Fiat vorbeizieht, setzt sich der Transporter vor ihnen wieder in Bewegung.

„Was waradn des nachhad? Is da Zirkus in da Stod oder hans jetzad alle verrückt?“

„Ich kanns dir nicht sagen, Oma.“, erwidert Andi wahrheitsgemäß.

„I hob heit friah im Radio ghört, dass es seid ein baar Dog immah mehrer sog‘nannte Gorilla-Kunst gibt und dass koana so richtig woaß wos herkimmt. Aber da war grod ja gar koa Gorilla dabei, nur a Giraff.“

Andi kann sich ein Grinsen nicht verkneifen. Zum Glück biegt er nach links ab und kann es hinter seiner Kopfbewegung vor seiner Oma verstecken. Die kann es nämlich gar nicht leiden ausgelacht zu werden.

„Ich glaube die haben von Guerilla-Kunst gesprochen, Oma. Das sind keine Affen, sondern der Ausdruck kommt von südamerikanischen Rebellen. Guerilla-Kunst findet ohne Genehmigung statt, oft auf öffentlichen Plätzen oder an öffentlichen Wänden. Also das könnte es schon gewesen sein.“

„Gscheidhaferl.“, erwidert seine Oma nur und schweigt.

Sie zu belehren kommt oft genauso schlecht an wie sie auszulachen. Durch die minimalistische Kommunikation der letzten Jahre hat Andi das kurzzeitig tatsächlich vergessen. Er dreht das Radio auf, um die unangenehme Stille zu übertönen – und fährt schweigend weiter, die Hände noch immer schweißnass.

Die restliche Fahrt ist kaum dazu geeignet, seinen Händen Gelegenheit zum Trocknen zu geben. Wenige

Minuten nach der vermeintlichen Zirkusprozession muss Andi erneut ungeplant anhalten, nur wenige Meter vom Baumarkt entfernt. Wieder bremst er zu stark ab – und wieder lässt seine Oma ihrem Unmut darüber freien Lauf. Diesmal hat er nicht mal eine gute Ausrede, außer grobmotorische Fußbewegungen.

Er fragt sich, ob es besser gewesen wäre, seiner Oma nicht zu helfen – oder zumindest stressfreier. Wobei – beschwert hätte sie sich dann auch – und zumindest die Planung des Gartens hatte ihm ja Spaß gemacht. Aktuell kann er eine Begeisterung dafür aufbringen sich komplett neue Themen anzueignen, wie es andere Menschen für ihre Hobbies tun. Trotzdem ist diese Autofahrt der reine Horror.

Er versucht erneut den Stress wegzuatmen, doch die Luft stottert auf dem Weg in sein Zwerchfell. Er ist zu angespannt. Vielleicht sollte er sich mal in Yoga einlesen, denkt er halb im Spaß zu sich selbst. Da lernt er zumindest das bewusste Atmen. So muss Andi bei seiner stotternden Atmung an ein Kind denken, das bei zitterndem Kinn gleich anfängt zu weinen. Mit Blick auf seine eigene Psyche ist das wahrscheinlich auch eine recht passende Assoziation. Es bleibt dabei: Das Haus zu verlassen liegt ihm nicht.

Diesmal stehen sie auf einer mehrspurigen, leicht abschüssigen Straße und der Blick nach vorne ist weit und frei. Dementsprechend kann Andi sehen, dass es nicht an goldenen Trommlern liegt, dass sie nicht vorankommen. Es sind schlicht zu viele Autos vor ihm auf der Straße, die nach links abbiegen wollen.

„Hier geht's ja zua wia am Stachus.", kommentiert Oma Sybille die Situation. Das Radio ist so laut, dass sie fast schreit. Andi dreht es wieder herunter.

„Scheinen alle zum Baumarkt zu wollen, heute.", erwidert Andi. Nach einer kurzen Pause fügt er hinzu: „Aber die Kolonne bewegt sich – langsam - aber immerhin."

Er rollt langsam nach vorne, froh, dass es bergab geht und er sich den unsicheren Wechsel von Kupplungsschleifpunkt und Gas sparen kann. Doch sobald der Abhang vorbei ist, wird der Motor wieder aufheulen.

„Scheene Grias vom Getriebe.", feixt dann seine Oma wieder, wie jedes Mal. Sie findet es auch jedes Mal gleich lustig. Andi nicht.

Wer hat sich dieses Bediensystem eigentlich ausgedacht? Andi fallen aus dem Stand verschiedenste Methoden ein, diese Maschine intuitiver zu bedienen als mit zwei sich gegenläufig bewegenden Füßen und gleichzeitig beiden Händen an einem klobigen Speichenrad. Gleich an erster Stelle steht hier ein Controller ähnlich wie bei Videospielekonsolen. Damit gelingen ihm in Games die gewagtesten Fahrmanöver. Er fährt weiter und sein Motor heult auf.

Zwanzig Minuten später parkt Andi auf einem vollkommen überfüllten und durch Falschparker neben den markierten Flächen auch sehr engen Parkplatz. Nach einigen stressreichen Runden voller Flüche anderer Autofahrer und von seinem Beifahrersitz, sieht er, wie ein Autofahrer vor ihm aus einem markierten Parkplatz ausparkt und steuert sein Auto unter dem Hupen diverser Konkurrenten direkt dort hinein. Er nimmt seine Hände vom Lenkrad, um den Schlüssel zu drehen und den Motor abzustellen. Sichtbare Schweißflecken bleiben auf dem schwarzen Kunststoff zurück. Seine Hand zittert, als er den Schlüssel abzieht. Er öffnet die Autotür und atmet begeistert frische Luft.

Außerhalb des Autos wirkt der Parkplatz noch chaotischer und voller, als es Andi bei der ohnehin stressigen Stellplatzsuche erwartet hätte. Die ganze Stadt scheint heute in genau diesen Baumarkt zu wollen. Neben den Autos, die auch in zweiter und dritter Reihe parken, stehen Unmengen von Fahrrädern vor der Eingangstür – und er sieht diverse Menschen, die von außerhalb des Parkplatzes in Richtung des Ladens laufen, in der Hand wiederverwertbare Einkaufstaschen und auf dem Rücken Rucksäcke. Einige scheinen sogar vom nahegelegenen Discounter Einkaufswägen mitgebracht zu haben.

Eine Idee, die sich schnell als schlau herausstellt. Denn dort, wo man sich kurz vor dem Eingang normalerweise Einkaufswägen holen kann, herrscht gähnende Leere.

Andi überlegt selbst einen Ausflug zum Discounter zu unternehmen, als seine Oma in ihrer resoluten Art jemanden abfängt, der mit einem vollen Einkaufswagen den Laden verlässt. Schnell überzeugt sie ihn, dass sie ihn zu seinem Auto begleiten und den Wagen dann direkt mitnehmen. Als der Mann dann einen Haufen Spraydosen, Gaffatape, Unmengen an Draht und Blitzzement in seinen Kofferraum geladen hat, nimmt Andi den Einkaufswagen entgegen.

Seine Oma läuft neben ihm, als er den Wagen in den Laden schiebt. Er fühlt sich wie ein Krieger, der soeben einen Sieg in einer kleinen Schlacht errungen hat – nur um direkt in die noch größere zu ziehen.

Denn im Laden selbst schießen Andi Bilder aus dem Beginn der Corona-Pandemie in den Kopf. Hamsterkäufe, leere Regale, aggressive Kunden. Nur, dass es hier nicht Pasta und Klopapier sind, die in den hohen Baumarktregalen fehlen, sondern Farbeimer, Holzlatten, Schrauben und vieles mehr. Menschen hetzen durch die Gänge, auf der verzweifelten Suche nach dem letzten Bau- und Bastelmaterial. Sind die alle Teil der Guerilla-Kunstgruppe?

Andi beschleunigt seine Schritte durch die überfüllten Flure und folgt den Schildern zum sogenannten Gartenparadies, das sich dankenswerterweise an der frischen Luft befindet.

„Puh, hier ist es ein bisschen besser.“, sagt er zu Oma Sybille, als sie durch die automatische Schiebetür in den Außenbereich treten. Andis Blick wandert über die weitläufige Fläche und versucht das Angebot abzuschätzen. Es sieht nicht ganz so desolat aus wie im inneren des Ladens – aber einige Ausstellungsflächen sind trotzdem beinahe komplett leer. „Ich denke, dass wir nicht alles bekommen werden, was wir vorhatten.“

„Jetzad gib do ned auf, bevor mia überhaupt ogfanga ham.“, erwidert Oma Sybille. „Desweng werd nix aus dir. Koa Durchhaltevermögen.“

Sie reißt ihm den Einkaufswagen aus der Hand und geht strammen Schrittes auf die übrigen Pflanzen zu und räumt sie scheinbar wahllos in den Einkaufswagen. Andi bleibt kurz stehen, überraschend stark getroffen von dem Tiefschlag. Dass seine Oma nicht stolz ist, dass er seit dem Abi arbeitslos zuhause sitzt weiß er ja. Aber gerade kam der Angriff doch wieder unerwartet. Aber was bringt es? Die Frau ist alles, was noch von seiner Familie übrig ist und er ist alles, was sie noch hat. Er läuft ihr hinterher – und blickt schockiert in den Einkaufswagen.

„Oma, nein, das geht so nicht. Die beiden Blumen kannst Du nicht in dasselbe Beet pflanzen.“ Er zeigt auf eine Auswahl im Einkaufswagen. „Die Hortensie und die Petunien haben ganz andere Anforderungen an den Standort. Die einen brauchen viel Licht, die anderen Schatten. Außerdem ist das eine hängende Petuniensorte, die eignet sich generell nicht für das, was wir vorhaben." Sybille ignoriert ihn und fängt an, Gemüsesorten einzuladen. „Oma, Erbsen und Tomaten eignen sich auch nicht für eine Mischkultur. Da musst du dich für eins von beidem entscheiden."

„I hob's dir heit scho oamal gsagt: Sei ned so a Gscheidhaferl. Dann leg ma die Beete hoid anders o als gestern o'dacht." Sie packt Erdbeeren und Kohlrabi in den Einkaufswagen.

„Auch das geht nicht zusammen!", sagt Andi, lauter als bis gerade eben. Er muss sich zusammenreißen, seine Oma nach all der Zurückhaltung der letzten Stunde nicht doch noch anzuschreien.

Wieder keine Reaktion, stattdessen räumt seine Oma weiter Pflanzen in den Einkaufswagen, scheinbar nach keinem anderen Kriterium, als dass sie ihr optisch gefallen oder die Früchte der Pflanze schmecken.

Andi packt den Kohlrabi und stellt ihn wieder dahin zurück, wo seine Oma ihn her hatte.

„Sag amal spinnst Du jetzad total?", schreit sie ihn an. Sie hält sich mit ihrer Lautstärke offensichtlich nicht zurück.

„Lass uns doch schauen, was es hier gibt und wie wir das einpflanzen können. Dann können wir auch mit kleinerer Auswahl das machen, was wir gestern geplant haben. Auch wenn es vielleicht nicht ganz so schön wird wie geplant."

„I wui aber an scheena Garten. Desweng bin I hier. Und I wui opflanzen, was mia schmeckt.“ Sie stellt den Kohlrabi wieder in den Einkaufswagen. Andi nimmt ihn wieder heraus.

„Lass mi in meinan Garten opflanzen wos I wui! Des is mei Garten und mei Haus. Du wohnst da nur zufällig drin. Die Entscheidungen treff I! Dann fahr I halt mit dem Bus heim!“

Damit nimmt sie Kohlrabipflanzen und die Erdbeeren einzeln in ihre Arme und stürmt von Andi weg in Richtung Kasse.

Andi bleibt stehen und schaut nachdenklich auf den halb gefüllten Einkaufswagen, den sie zurückgelassen hat – und überlegt, ob er ihn noch füllen soll oder mit dem leeren Auto zurückfährt.

- 6 -

Laura spürt die Hitze der Sonne in ihrem Gesicht, als sie die Straße entlang geht. Es ist fast Juni und der Sommer rückt mit großen Schritten näher. Ein weiterer Spaziergang also, diesmal durch das Feldmochinger Hinterland. Oder besser gesagt ein Spa*bier*gang, denn Lauras treuer Begleiter ist der verständnisvoll lächelnde Augustiner-Mönch auf dem Etikett des Münchner Hellen in ihrer Hand.

Laura ist wahrscheinlich noch nie so oft spazierengegangen wie in den letzten zehn Tagen, nicht mal als das Spazierengehen zu Covid-Lockdown-Zeiten eine der wenigen Freizeitbeschäftigungen war, die es noch gab.

Einfach zu flanieren ist aber auch noch nie so spannend gewesen. Regelmäßig entdeckt sie neue Kunstwerke, oft kommt sie mit Künstlerinnen und Künstlern selbst ins Gespräch, die gerade ihren kleinen Abdruck in dem Gesamtkunstwerk hinterlassen, das München neuerdings ist. Zweimal schon hat sie auch Frau Bednarz wiedergesehen, die an ihrem Geburtstag die Feuerwehr-Poller zu rot-weißen Waldos umverziert hatte. Einmal strickte sie neben einer kleinen Birke vor ihrem Haus und überzog Baumstamm und Äste nach und nach mit den soeben erstellten Strickwaren. Und gerade auf dem Weg in Richtung Feldmoching saß sie mit einigen Mitstreiterinnen und einer für Laura absurden Masse an

Wolle auf dem Feldmochinger Anger und betrieb etwas, das aussah wie Fließbandstricken – aber dessen Zweck ihr nicht ganz klar war. Doch als sie mit der Gruppe ins Gespräch kam, stellte sich schnell heraus, dass sie gemeinsam eine riesige Hängematte produzieren wollten, in die sich mehrere Menschen gleichzeitig legen können. Eine Idee, für die Laura natürlich sofort Feuer und Flamme war.

Generell waren die Leute aktuell voller Ideen – aber allesamt stritten sie ab, zu irgendeiner Art Kunst-Guerilla-Organisation zu gehören.

Laura trinkt einen Schluck ihres Bieres, um schnell die Gedanken an die vermeintliche Muse und seine seltsamen Aussagen letzte Woche zu vertreiben. Selbst wenn er Recht hatte: Wie nice ist die Stadt denn gerade bitte? Warum sollte man da was dagegen tun?

Das frisch geöffnete Bier schmeckt frisch und spritzig. Fast haucht sie ein klischeehaftes „Aahh“ in die Luft, wie Schauspieler in Mineralwasser-Werbungen. Vor ihr erstrecken sich die letzten Häuser, die der Nordwesten Münchens vor der Stadtgrenze zu bieten hat. Sie und ihre Gärten sind für Münchner Verhältnisse absurd groß – und oft sieht man ihnen an, dass sie vor Jahrzehnten gebaut und dann immer weitervererbt wurden. Heutzutage stehen die Häuser zwar noch immer fernab vom Schuss, sind nicht immer im besten Zustand - aber allesamt Millionen wert. München halt.

Doch sogar hier am kaum besiedelten Stadtrand finden sich Spuren dessen, was seit einigen Tagen passiert – wenn auch oft stark geprägt durch die Umgebung. Die Schulbus-Haltestelle wurde beinahe komplett mit alten Büchern eingemauert, die wiederum farbenfroh lackiert wurden. Ein Motiv, wie es sich Laura auch in einer urbaneren Umgebung vorstellen kann. Auf den zwei großen Häuserfronten schräg dahinter prangen allerdings die Zeichnungen von Löwen und im Wind wehenden weiß-blauen Bannern in einem häuserübergreifenden überlebensgroßem lokalpatriotischen Mural. Vor einem Gartentor zwei Häuser weiter steht außerdem eine offensichtlich frisch aus einem Baumstamm geschnitzte Holzfigur der Jungfrau Maria in Lebensgröße.

Irgendwo hier in Feldmoching findet er also statt, der Übergang von der Großstadt hin zum bayerischen Land. Es wirkt fast wie ein Scherz irgendwelcher Stadt-Bürokraten, dass Feldmoching mit dem Plattenbau-Viertel Hasenbergl zum 24. Stadtbezirk zusammengefasst wird. Früher, als das Hasenbergl sich seinen noch immer nachhallenden schlechten Ruf erwarb, mag das vielleicht sogar Kalkül gewesen sein, um Kriminalitäts- und Armutsstatistiken zu schönen. Heutzutage, zu Zeiten in denen der Ruf des Hasenbergls schon lange härter ist als die Realität, bleibt der starke Kontrast noch immer faszinierend. Und sei es nur wegen der unterschiedlichen

Architektur und Bevölkerungsstruktur, die die beiden Viertel jeweils prägt.

Neuen Bekanntschaften gerade auf Arbeitsebene erzählt Laura inzwischen ganz gerne, dass sie in Feldmoching wohnt. Und nachdem beides ein Stadtbezirk ist, ist die Lüge ja auch recht klein. Immerhin spart sie sich so die klassischen Reaktionen wie „Woah, hartes Pflaster" oder ein unangenehmes Schweigen. Sie mag das Hasenbergl, mochte es auch schon, bevor es so bunt wurde. Es ist anders als der Rest von München, mit ganz eigenem Flair. Und jetzt, bunt und voller Kunst, war es noch besser.

In der Stadtmitte sieht es ähnlich aus was die Dichte an Kunstwerken angeht. Es ist nach Lauras Einschätzung sogar noch ein wenig mehr. Allerdings hatte sie beim letzten Innenstadt-Spaziergang vor drei Tagen das semitraumatische Erlebnis, ihren Chef Tim unerwartet beim Nacktsurfen auf dem Eisbach zu entdecken. Ähnlich einem Autounfall konnte sie auch dort einfach nicht wegsehen. Zu ihrer Überraschung schien er tatsächlich recht begabt. Seine Abgänge von Board und Welle waren bedeutend freiwilliger und eleganter als bei fast allen anderen der anwesenden Surfer. Er muss viel geübt haben in letzter Zeit - was dann auch erklärt, warum er so selten auf ihre Arbeits-E-Mails reagiert. In Persona hatten sie seit dem Call am Tag nach ihrem Geburtstag nicht mehr gesprochen – und in dem hatte er alle ihre Ideen abgenickt und ihr dann aus dem Nichts erzählt, dass Home-Office ja nur die erste Stufe sein könnte. Arbeit dürfe sich am besten überhaupt nicht mehr anfühlen wie Arbeit, sondern solle bei jedem genauso sinnstiftend und freiwillig wirken wie ein gutes Hobby. Dann hatte er aufgelegt – und offensichtlich begonnen, Surf-Office im Feldversuch auszuprobieren.

Generell scheint die Arbeitsmoral Vieler recht stark nachgelassen zu haben. Auf dem Weg in die Innenstadt, wo sie dann schließlich mit dem freischwingenden besten Stück ihres Chefs beglückt worden war, fielen drei U-Bahnen aus, und das, ohne dass es entsprechende Durchsagen gegeben hätte. Ihre Kolleginnen aus dem Büro meldeten sich kaum noch bei ihr – sie selbst war nach Tims Ansage durchgängig im Home-Office.

Die Kombination dieser Beobachtungen hat in Lauras Kopf schon ab und an die Frage aufploppen lassen, ob die *Tropical Spa* Lohnbuchhaltung standardmäßig ihr Gehalt wohl per Dauerauftrag oder manuell überweist. Bei manueller Überweisung schätzt Laura die Wahrscheinlichkeit eines pünktlich Lohneingangs ob der aktuellen Arbeitsmoral eher gering ein. Sie versucht den Gedanken zu verdrängen. Sie wird nicht gleich verhungern. Falls kein Geld ankommt, kann sie sich immer noch einen neuen Job suchen. Wahrscheinlich ist es ohnehin an der Zeit.

Laura dreht nach links ab und verlässt die auto- und menschenfreie Straße, deren Asphalt inzwischen ordentlich von der Sonne aufgeheizt wurde, zugunsten eines kleinen Feldwegs, der links und rechts von Gestrüpp eingesäumt ist. Sie läuft an einem verlassenen und überwucherten Haus vorbei. Sie geht diesen Weg nicht zum ersten Mal – und wie jedes Mal fragt sie sich, wie ein so schönes Haus und Grundstück in einer Stadt wie München einfach so lange leerstehen kann, bis es zerfällt. Doch heute hält sie sich nicht allzu lange mit diesen Gedanken auf. Sie kreuzt den *Feldmochinger Mühlbach* auf einer kleinen hölzernen Brücke und bleibt dort stehen. Unter ihr fließt ein winziges Gewässer – nicht breiter als anderthalb Meter und nicht einmal knietief – dessen Name früher wohl selbst unter den Anwohnern nur den absolut größten Lokalpatrioten ein Begriff war. Doch mit der Verbreitung von Google Maps ging bekannterweise auch die Demokratisierung örtlichen Spezialwissens einher. Und Laura hat seit jeher eine Faszination für Gewässer.

Kurz kreisen Lauras Gedanken zu Özge, mit der sie schon an einigen Flüssen und Stränden dieser Welt gestanden und mit einem gemeinsamen Bier den jeweiligen Moment vergoldet hatte. Sie sollte jetzt eigentlich auch hier sein, denn mit ihr hatte sie eigentlich ein Spabiergang-Date gehabt. Leider hat das dann doch nicht geklappt – wie so oft in den letzten 10 Tagen.

Özges Interesse an gemeinsamen Gaunereien mit Laura war ebenso zurückgegangen wie an ihrem eigentlichen

Job. Anstatt im Auftrag eines großen deutschen Automobilherstellers mit diversen Stakeholdern und Politikern Kaffee zu trinken und dafür fürstlich entlohnt zu werden, schreibt sie scheinbar unaufhörlich an dem Buch, das sie schon in ihrem Geburtstagskater-Telefonat erwähnt hatte.

Vor Laura im Wasser schwimmen dutzende kleine Holzboote, keines davon größer als Lauras Handfläche, die mit dünnen Fäden an die Brücke gebunden in der sanften Strömung des Wassers treiben. Jedes Boot scheint handgefertigt und -bemalt zu sein, manche sind sogar mit kleinen Masten und Segeln ausgestattet. Während Laura den Booten dabei zusieht, wie sie sich sanft in den winzigen Wellen wiegen, reißt einer der Fäden und ein orange-rot bemaltes Bötchen treibt den Bach hinab.

Laura blickt dem Boot hinterher und muss an Hesses Siddharta denken. Sie hatte das Buch damals, ganz klischeehaft, auf einer Reise mit dem Rucksack durch Asien gelesen, und die Beschreibung des Flusses war ihr in Erinnerung geblieben:

Das Wasser lief und lief, immerzu lief es, und war doch immer da, war immer und allzeit dasselbe und doch jeden Augenblick neu!

Sie gesteht sich ein, dass Occams Rasiermesser in den letzten Tagen immer stumpfer geworden ist. Die Veränderungen sind etwas Großes – und dieser Kalle hat bisher die einzige Erklärung dafür geliefert, die sie gehört hat. Auch wenn die erstmal verrückt klingt. Doch auch wenn sie nicht versteht, warum die Welt sich ändert, so oder so scheint es ihr nicht sinnvoll, diesen Veränderungen im Weg zu stehen.

Laura leert ihr Bier in einem letzten, kräftigen Zug. Sie überschlägt grob, wie hoch die Wahrscheinlichkeit ist, dass in diesem abgelegenen Eck von München ein Flaschensammler vorbeikommt und entscheidet dann weiterzugehen und die leere Flasche erstmal mitzutragen, bis sie an einem Mülleimer vorbeikommt.

Doch sie kommt nicht besonders weit. Schon kurz nachdem ihre Füße das Holz der Brücke verlassen und den erdigen Pfad betreten, der am Bach entlang durch grünes Gras führt, sieht sie vor sich eine der schönsten Erscheinungen, die sie je zu Gesicht bekam. Lauras Kinnlade fällt so schnell und klischeehaft nach unten wie in einem schlechten Comic.

Vor ihr steht ein Einhorn.

Im ersten Moment denkt Laura tatsächlich, das Einhorn wäre echt, *the real deal.* Denn welcher Künstler auch immer dieses Werk vollendet hatte, hat ganze Arbeit geleistet. Die Kreatur strahlt so viel Schönheit, so viel Unschuld aus, dass ihr zunächst gar nicht in den Sinn kommt, dass das das Werk eines Menschen sein *muss.*

Das strahlend weiße und zum Einhorn aufgemodelte Pferd steht auf einer kleinen Wiese links von Lauras Pfad unter ein paar Bäumen. Der schlanke Körper wirkt kraftvoll und das Gesicht ist mit fein geschnittenen Zügen ausgestattet – sofern man so etwas über ein Pferd sagen kann. Das Gesicht wirkt hübsch, fast aristokratisch, und gleichzeitig auf eine mysteriöse Art weise. Die eisblauen Augen wirken lebendig und irgendwie rätselhaft. Laura schüttelt ihren Kopf. Sie vermenschlicht gerade ein Pferd – und zwar hart. Trotzdem kann sie ihren Blick nicht von ihm wenden.

Die Mähne und der Schweif sind silberbläulich eingefärbt und scheinen auch im Halbschatten der Bäume zu leuchten und zu glitzern. Doch so sehr sich Laura schon in diesen Details verlieren könnte, all das ist nichts im Vergleich zu dem zentralen Kunstwerk, das auf der Stirn des Tieres prangt: Ein Horn, das wirkt als wäre es aus feinstem Kristall gefertigt worden. Nach vorne läuft es spitz zu und ist dabei spiralförmig um sich selbst gedreht, wie sehr filigranes Softeis. Es ist fast einen halben Meter lang und Licht reflektiert sich in den unterschiedlichsten Farben und wird zurückgeworfen als kleine bunte Punkte, die sich wie Lichtkonfetti um das Einhorn verteilen.

Langsam und bedächtig geht sie auf das Tier zu, um es sich aus der Nähe anzusehen. Sie kann nicht anders. Doch auf keinen Fall möchte sie es aufschrecken. Eine Frage schießt ihr dabei direkt in den Kopf: Warum ist niemand hier? Der Weg an sich ist nie viel belaufen, darüber wundert sich Laura also nicht. Aber sollte nicht grundsätzlich jemand bei dem Pferd sein? Es erscheint ihr mindestens fahrlässig ein Pferd ohne Zaumzeug und Sattel, ohne Zaun und ohne Begleitung durch eine Großstadt laufen zu lassen – egal wie ländlich sie an dieser Ecke ist.

Das „Einhorn" hat Laura bemerkt. Es schaut ihr direkt ins Gesicht und wirkt ruhig. Einen guten Meter vor dem Tier entfernt bleibt Laura stehen, streckt ihre Hand nach vorne und hebt sie langsam auf Höhe der Nüstern. Und tatsächlich: Das Pferd bewegt seinen Kopf langsam, aber neugierig in Richtung von Lauras Arm, bis sie warmen und feuchten Atem auf ihren Fingerspitzen spürt.

Laura lächelt. Dieser Moment, in dem ein fremdes Tier Vertrauen zu einem aufbaut, ist immer ein besonderes Gefühl. Das gilt schon für freilaufende Katzen und Gassi gehende Hunde. Bei diesem majestätischen Wesen jedoch war der Moment absolut elektrisierend. Lauras Blick bleibt voller Faszination an dem Horn hängen. Sie hat eigentlich vermutet, dass sich die Einhorn-Illusion aus der Nähe auflösen würde, wie wenn man bei einer Zaubershow aus dem richtigen Winkel die Fäden und doppelten Böden sieht. Doch das Horn scheint von Nahem noch natürlicher und realistischer als von weitem. An dem Übergang von Schädel zu Horn verdickt sich der Kristall ein wenig, wie bei den Geweihen von Rotwild. Weißes Fell überwächst den Ansatz organisch und unregelmäßig. Wie hat der Künstler das gemacht? Lauras Hand wandert von den Nüstern in Richtung des Kopfes. Sie will das Tier streicheln, kurz über das Horn fahren, ohne was kaputt zu machen.

Ein lautes Knacken schreckt sie beide auf. Laura fährt herum und ihr tierisches Gegenüber reißt seinen Kopf nach links und blickt an ihr vorbei. Der bis eben so magische Moment hatte sich ins Gegenteil verkehrt. Eigentlich war das Geräusch nicht lauter gewesen als das Zerbrechen eines dicken Asts. Aber irgendetwas bedrohliches lag darin. Doch jetzt ist es still. Laura entfernt sich zwei Schritte von dem Tier, um nicht zu nah an einem potenziell aufgescheuchten Pferd zu stehen. Hufabdrücke in ihrem Gesicht will sie vermeiden – geschweige denn Stichverletzungen eines falschen Einhorn-Horns.

„Hallo?“, ruft Laura in Richtung des Haufens aus Schutt und Holz, an dem sie eben vorbeigelaufen ist. Keine Antwort. Wahrscheinlich ein morscher Zweig, der vom Baum gefallen ist. Laura dreht sich wieder zu dem „Einhorn“ um.

Doch das Tier starrt noch immer an Laura vorbei, als könnte es etwas sehen, das Lauras Augen nicht erfassen. Seine eisblauen Augen weiten sich. Laura meint zu sehen, dass es schneller atmet.

Sie versucht es mit entspannter Stimme zu beruhigen:

„Ganz ruhig. Ruuhig. Da ist niemand. Keine Angst.“

Ein weiteres Knacken hier macht den Beruhigungs-Versuch schnell zunichte. Das Geräusch war diesmal leiser, eher ein dünner Zweig, doch klar hörbar. Laura dreht sich wieder zur Geräuschquelle um. Hinter sich hört sie das Pferd schnauben und nervös mit den Hufen scharren. Die Atmung wird nun tatsächlich hörbar schneller.

Tatsächlich scheint die Atmung fast doppelt so schnell wie noch vor einigen Sekunden. Und die Atemzüge scheinen sich zu überlappen? Nein... das ist nicht möglich...

Nicht alle Atemzüge, die Laura hören kann, kommen von dem Pferd hinter ihr. Einige kommen von vor ihr. Sie kommen von dem eingestürzten Haus. Wer oder was atmet denn bitte so laut, dass man es auf diese Entfernung hören kann?

Als Lauras Frage beantwortet wird, will sie schreien - doch der Schock lässt sie verstummen.

- 7 -

Um das verfallene Haus wächst ein Dornengestrüpp, das vor ewigen Zeiten wohl mal eine Gartenhecke war. Mit einem lauten Rascheln, Reißen und Knacken durchbricht ein Tier diese Hecke an einer Stelle und tritt auf den Weg ins Licht. Lauras Augen weiten sich. Sie will wegrennen und bleibt doch genau wie das Pferd neben ihr wie angewurzelt stehen.

Schwarz-graues Fell bedeckt den massigen Körper des Tieres vor ihr. Die nach oben gezogenen Lefzen der wolfsartigen Schnauze offenbaren ein Raubtiergebiss mit Fangzähnen doppelt so lang wie Lauras Mittelfinger. Die vier Pfoten, von denen einige gerade noch Geäst lautstark durchbrochen hatten, bewegen sich nun fast lautlos auf dem erdigen Untergrund – und mit großen Schritten auf Laura und das Pferd zu. Die Augen der Kreatur fixieren sie und das Einhorn in leuchtendem Orange.

Laura hat noch nie einen Wolf in freier Wildbahn gesehen. Die wenigen Erfahrungen in Wildparks und Zoos allerdings haben sie vermuten lassen, dass sie nur ein bisschen größer sind als ein großer Hund. Das Exemplar vor ihr jedoch ist auch auf allen Vieren bedeutend größer als Laura im Stehen. In ihr breitet sich eine Angst aus wie kaltes Quecksilber, so instinktiv und real, wie sie sie noch nie gefühlt hat. Die Angst eines Beutetiers.

Das Einhorn stampft mit den Füßen auf den Boden, um den riesigen Wolf zu vertreiben oder einzuschüchtern. Laura denkt recht unwillkürlich an Hasen, die mit ihren Hinterläufen aufschlagen, wenn sie versuchen mögliche Jäger zu verschrecken. Die berühmten drei Fs in Kampfsituationen hatte Laura mal in Tierdokus gelernt - *Fight, Flight* oder *Freeze*. Das Problem bei Flight ist, dass man dem Jäger den Rücken zuwendet und einen Jagdinstinkt aktiviert. Deswegen probieren es viele Tiere erstmal damit, einen Kampf mithilfe von Lärm zumindest anzutäuschen.

Doch dieser riesige Wolf lässt sich davon nicht beeindrucken. Im Gegenteil: Betrachteten seine Augen bis gerade eben noch beide von ihnen mit etwas, das Laura schlicht als Mordlust beschrieben hätte, so fixieren sie sich nun auf das Tier hinter ihr. Langsam, aber sicher nähert er sich dem Pferd.

Das vermeintliche Einhorn wagt noch einen weiteren Versuch der Einschüchterung, rennt wenige Schritte auf den Wolf zu und bäumt sich wiehernd vor ihm auf, die Vorderhufen in der Luft wie beim Ferrari-Logo. Doch sehr schnell scheint es zu wissen, dass auch dieser Versuch der Einschüchterung fehlgeschlagen ist. Aus den Optionen Fight, Flight, Freeze ist nur noch eine übrig geblieben: Flight.

Blitzschnell dreht sich das „Einhorn" um seine eigene Achse, weg von dem Wolf. Trockene Erde vom Weg unter den Hufen bildet eine kleine Staubwolke. Das Pferd macht einen Satz nach vorne, um schnell in den Galopp zu kommen. Erfolgreich. Die Bewegung ist so elegant und so schnell, dass Lauras Augen kaum hinterherkommen. Hat sie jemals ein Pferd gesehen, dass sich so elegant, fast magisch bewegt?

Für einen Sekundenbruchteil ist der Kopf des Einhorns nun direkt neben Laura. Die surreale Schönheit dieses Kunstwerks ist nun durchsetzt mit blanker Panik. Die eisblauen Augen aufgerissen, Schaum vor den Nüstern – und all das noch immer umringt von dem regenbogenfarbenen Lichtkonfetti, das sein Horn in alle Richtungen reflektiert. Es ist eine verstörende Kombination.

Doch bei weitem nicht so verstörend wie das, was folgt.

Ein schwarzer Schatten springt von hinten auf das Einhorn, scheinbar unbeeindruckt von der für Laura schon atemberaubenden Geschwindigkeit. Mit verheerender Effizienz graben sich die riesigen Reißzähne des Wolfs in den weißen Hals. Etwas warmes und zähflüssiges spritzt in Lauras Gesicht. Das „Einhorn“ stürzt zu Boden, auf sich den gigantischen Wolf. Durch die Geschwindigkeit der kurzen Jagd kommen sie erst ein paar Meter den Weg hinab zum Stillstand. Brauner Staub befleckt nun das weiße Fell.

Das Pferd versucht zappelnd aufzustehen. Doch die schwarz-graue Bestie verbeißt sich weiter in den Hals des

Einhorns. Laura spürt, wie nasse Tränen über ihre Wangen laufen. Sie wirft ihre leere Bierflasche auf den Wolf. Die Flasche fliegt gegen die fellbewehrten Rippen des Raubtieres und fällt von dort zu Boden und zerbricht an einem Stein auf dem staubigen Untergrund. Laura hält den Atem an ob ihrer eigenen Dummheit. Was hätte sie dem Wolf denn bitte entgegenzusetzen? Der Wolf allerdings ist ohnehin im Blutrausch, er scheint die Bierflasche gar nicht bemerkt zu haben. Dafür fällt Laura etwas auf, was die Situation für sie noch verstörender macht, als sie ohnehin schon war. Blut spritzt aus dem Hals des Einhorns auf die trockene Erde und sickert langsam aus dem Mund und aus kleineren Bisswunden. Doch das Blut ist nicht rot. Aus den Wunden spritzt und fliest eine Flüssigkeit, die in einem hellblauen Pastellton in der Sonne schimmert, bevor sie sich mit der staubigen Erde des Trampelpfads zu einer seltsam beigen Masse vermischt. Wie kann das sein?

Laura starrt auf die Szene vor sich. Der Wolf beißt ein weiteres Mal mit Wucht in den Hals seiner Beute. Laura zuckt zusammen. Noch mehr Tränen laufen über ihr Gesicht. Sie wischt sie mit ihrem Handrücken weg – und spürt eine warme, dickflüssigere Flüssigkeit als Tränen. Das Blut, dass eben in ihr Gesicht gespritzt ist, als der Wolf seine Beute nur wenige Zentimeter vor ihrem Gesicht gerissen hat. Sie starrt auf ihre Hand. Das Blut erinnert sie mehr an Wandfarbe für einen frisch geborenen Jungen als an eine Körperflüssigkeit. In der Sonne glänzt es, als wäre Glitter hineingerührt.

Noch ein Biss, ein gläserner Knall und ein ersticktes, qualvolles Quieken holen sie aus ihren Gedanken. Das Horn auf der Stirn des Schimmels ist entzweigebrochen. Die eine Hälfte liegt im Gras und reflektiert von dort das Licht der Sonne. Die andere ist noch immer fest fixiert auf der Stirn des Pferdes.

Nein, das ist kein Pferd. Lauras Blick wandert noch einmal in das Gesicht des sterbenden Tieres. Eine Idee quält sich aus Lauras Unterbewusstsein, auch wenn so viele rationale Gedanken versuchen ihn am Entkommen zu hindern: Vor ihr liegt – und stirbt – ein echtes Einhorn.

Die blau leuchtenden Augen des mythischen Tieres blicken Laura direkt an, um sie herum lauter pastellblaue Flecken und Spritzer. Natürlich sind diese Augen mehr als die Augen eines Pferdes. Hat sie das nicht von Anfang an gewusst? Doch da leuchteten sie noch lebendig und rätselhaft. Jetzt spiegelt sich darin eine Mischung aus tiefer Traurigkeit und – auch das meint Laura herauslesen zu können - schlichter Akzeptanz des Unvermeidlichen. Die Pfütze unter dem Einhornhals wird größer und größer. Ein weiterer Biss des Wolfes. Dann geht der Blick ins Leere.

„NEIN!“

Laura schreit aus vollem Halse und schlägt sich direkt danach die Hand vor den Mund, als könnte sie damit den Schrei wieder einfangen. Nach dem Flaschenwurf war das die zweite Dummheit innerhalb von wenigen Minuten. Vermutlich sogar die dritte – warum ist sie denn bitte stehengeblieben und hat sich dieses grausame Schauspiel angesehen? Doch all das kann sie genauso wenig ungeschehen machen wie den Schrei eben.

Am liebsten würde sie nochmal schreien und nochmal und nochmal. Sie hat das pathetische und doch sehr konkrete Gefühl, die Welt habe eben ein bisschen an Unschuld und Reinheit verloren.

Nach ihrem Schrei ist es beunruhigend still. Bis gerade eben haben noch das Schmatzen und das schwere, fast sexuelle, Atmen des Raubtiers die Geräuschkulisse dominiert. Scheinbar hat der Tod des Einhorns die extreme Fixierung des Wolfs gebrochen, denn im Gegensatz zur geworfenen Bierflasche scheint ihr Schrei irgendwie zum Wolf durchgedrungen zu sein.

Das Rauschen des kleinen Baches dominiert jetzt die Geräuschkulisse – und hat dabei wahrscheinlich noch nie so bedrohlich gewirkt. Laura muss an die kleinen Boote denken, die sicher noch immer friedlich auf dem Fluss treiben. *Das Wasser lief und lief, immerzu lief es...*

Während der Rest des Wolfskörpers wie eingefroren über dem Einhorn verharrt, zucken seine Ohren und bewegen sich leicht um ihre eigene Achse wie fellige Satellitenschüsseln.

Langsam, fast wie in Zeitlupe, folgt ihnen der Kopf des Wolfs. Die Reißzähne lösen sich aus dem Einhornhals und sie richten sich – gemeinsam mit den orange leuchtenden Augen – direkt auf sie. Noch ist der gigantische Körper nach unten gebeugt, so dass Laura sehen kann, wie sich im Nacken des Wolfs die schwarz-grauen Haare aufstellen. Von Hunden weiß Laura, dass das kein gutes Zeichen ist. Seine Lippen schürzen sich nach oben hin zu einer in Falten geworfenen Schnauze – und die gigantischen Reißzähne in seinem Maul schimmern feucht in einem hellen Blau.

Laura spürt, wie Adrenalin in ihr aufsteigt. Sie hat drei Optionen: *Fight, Flight* oder *Freeze.* Sie geht sie blitzschnell in ihrem Kopf durch.

Fight. Sie hat keine Chance, gegen dieses Monstrum von einem Wolf in einem Kampf zu bestehen.

Flight. Die vielleicht anderthalb bis zwei Meter, die er von ihr entfernt ist, würde der Wolf in einem Satz überwinden, sobald sie losrannte. Ein pfeilschnelles Einhorn hatte auf diese Entfernung keine Chance gehabt. Wie sollte sie es dann schaffen?

Also bleibt nur Option Nummer drei: *Freeze.* Sie versucht sich nicht zu bewegen. Keine Regung zeigen, die irgendwie den Jagdinstinkt des Wolfes wecken könnte. Stattdessen gibt sie sich Mühe, nicht direkt in diese todbringenden Augen zu starren. Ihr ganzer Körper scheint ein einziger angespannter Muskel zu sein. Sie kann spüren, wie ihr Blut Massen an Adrenalin an jede erdenkliche Stelle bringt. Sie fühlt sich wie eine gespannte Feder. Alles an ihr ist in Alarmbereitschaft. Einzelne Muskeln fangen an zu zittern.

Der Wolf verlässt die gebückte Körperhaltung. Seine Schulterhöhe schätzt Laura aus ihrer absoluten Anspannung heraus auf knapp zwei Meter. Welcher Wolf ist bitte so groß? What the fuck?

Langsam schreitet der Riese in ihre Richtung. Die untertellergroßen Tatzen treten dabei so sanft auf dem trockenen Boden auf, dass jegliches Geräusch vom Rauschen des Baches geschluckt wird. Was für ein perfekter Jäger.

Doch auch wenn er noch so langsam und bedächtig schleicht: die Strecke ist kurz. Es dauert nur wenige Sekunden und die Schnauze des Wolfs ist bei Laura. Speichel tropft aus seinem Maul. Der Wolf senkt den Kopf und schnüffelt an Lauras mit Einhornblut bespritztem Gesicht. Sie kann seinen Atem riechen. Er riecht nach Tod.

Immer mehr Muskeln in Lauras Körper stimmen in das Zittern mit ein. Das Adrenalin in ihrer Blutbahn schreit sie förmlich an, dass es verbraucht werden will. *FLIGHT*. Doch noch immer bleibt Laura stehen.

Sie versucht ruhig zu Atmen. Versucht, das Zittern unter Kontrolle zu bekommen. Beides gelingt ihr nicht.

Der Wolf zieht den Kopf ein wenig zurück, richtet seine orangenen Augen auf Laura und knurrt, als würde er sich auf einen Angriff vorbereiten. Laura weiß, dass damit Option drei auch erfolglos geblieben ist. *Freeze* hat versagt. Sie hat keine Chance mehr, keine Ideen. Nur die Hoffnung, dass es schnell vorbei ist. Sie beginnt ihr Kinn zu heben, um dem Raubtiergebiss den Weg zu weisen. Ihr ganzer Körper zittert vor Adrenalin und Angst.

Ein schriller Schrei durchbricht die Stille. Der Wolf wendet seine furchtbaren Augen von Laura ab und dreht seinen Kopf in Richtung des Lärms – hin zum verlassenen Haus und weg von Laura. Das ist der Moment. *Flight*.

Die gespannte Feder, die ihr Körper war, schnellt herum und Laura sprintet los. Noch nie in ihrem Leben hat sie sich so schnell bewegt. Das Adrenalin treibt ihre Muskeln zu Höchstleistungen. Es gibt nur eine Richtung, in der sie gleichzeitig weg von dem Wolf und hin zu Zivilisation laufen kann. Auf der anderen Seite des Baches beginnt nach ein paar Metern ein Acker, und an dessen Ende stehen Wohnhäuser.

Laura ist sich bewusst, dass sie nicht schneller rennen kann als dieses Monster. Aber sie hofft, dass der Ursprung des Schreis es lange genug ablenkt. Sie springt über den kleinen Bach. Bei der Landung rutscht ihr rechter Fuß nach unten ins Wasser. Sie zieht sich mit dem anderen Fuß und ihren Händen schnell nach oben und rennt weiter. Der Acker ist direkt vor ihr.

Ein weiterer Schrei dringt von hinten an Lauras Ohren. Dieser klingt verzweifelter als der erste. Sie rennt über den losen Ackerboden und blickt nach vorne.

Noch ungefähr 200 Meter bis zu den Häusern.

Sie merkt jetzt schon, wie ihre Beine schwerer werden. Die Wunderleistungen durch das Adrenalin werden bald zu einem Ende kommen und die lockere Erde macht es anstrengend, darin zu sprinten. Hinter ihr ist nun Stille und sie weiß nicht, ob das ein gutes oder ein schlechtes Zeichen ist. Ist der Wolf noch abgelenkt? Ist er ihr schon auf den Fersen? Sie kann es nicht sagen. Sie hat gesehen, wie leise er sich bewegen kann.

Noch 100 Meter.

Ihre Beine fangen an zu brennen. Jeder Atemzug sticht in ihren Seiten wie tausend kleine Nadeln. Ihre Füße sinken jetzt regelrecht ein in dem lockeren, frisch umgegrabenen Boden. An ihrem nassen rechten Bein bleibt trockenes Erdreich kleben wie Fliegen an Honig. Das macht ihre Schritte noch beschwerlicher – und hinterlässt sehr offensichtliche Spuren. Kann ein Wolf Spuren lesen? Wahrscheinlich dürfte der halbe Liter Einhornblut auf ihrem Gesicht genug für das Tier sein, um ihre Fährte allein mit seiner Nase kilometerweit aufzunehmen.

Noch 50 Meter.

Sie blickt nach hinten, sie kann nicht anders. Der Wolf folgt ihr, hat aber gerade erst den Bach überquert. Doch sogar in den Augenblicken, die sie nach hinten schaut, hat er bestimmt zehn Meter auf sie aufgeholt.

Sie stolpert und schafft es gerade so sich zu fangen und nicht zu stürzen. Doch nun ist sie aus dem Tritt. Die linke Hand hält ihre rechte Flanke, wo das Seitenstechen inzwischen Dimensionen angenommen hat, die kaum noch von den Schmerzen einer Stichwunde zu unterscheiden waren. Müde setzt sie einen Fuß vor den anderen, so schnell das noch geht.

Fast hat sie es geschafft. Nur wenige Meter vor ihr geht der Acker in Grasfläche über und gleich danach folgt die erste Häuserreihe. Doch jetzt wird ihr ein Problem klar: Die Eingangstüren der Häuser sind natürlich nicht zu einem großen Acker ausgerichtet, sondern zur Straße auf der anderen Seite. Auf der ihr zugewandten Seite versperren Hecken und Zäune den Weg hin zur Sicherheit.

Lauras Atem geht so schnell und tief, dass ihre Lunge sich wehrt. Sie fängt an zu husten und schmeckt Blut. Auch als Gelegenheits-Raucherin ist ihr immer bewusst gewesen, dass ihre Lunge mal der Grund für ihren Tod sein könnte. Allerdings hat sie dabei immer andere Situationen im Kopf gehabt.

Lauras Blick wandert nochmal nach hinten. Der Wolf ist im vollen Sprint – und nah genug, dass sie seine orangenen Augen erkennen kann. Sie hat nur noch wenige Sekunden.

Sie springt nach vorne in die Hecke vor ihr. Sie versucht Halt zu finden in den Zweigen und hofft sich durch die Hecke kämpfen zu können – oder über darüber klettern zu können. Stattdessen brechen dünne Zweige in ihren Händen und sie fällt zurück zu Boden, beide Hände voll mit spitzem, stechendem Gestrüpp.

Sie weiß nicht, wo sie hinlaufen soll. Verzweiflung überkommt sie, doch sie weigert sich, erneut ihre Kehle zur Schau zu stellen. Der Versuch zu rennen hat etwas in ihr ausgelöst. Ein tiefer, urtümlicher Wille zu überleben, durchsetzt sie durch und durch. Sie blickt sich um – und der Wolf ist keine zehn Meter mehr von ihr entfernt. Doch dann sieht sie etwas, das ihr vielleicht ihr Leben retten kann. Eine frisch gestutzte Hecke.

- 8 -

Der Bildschirm des Smartphones weigert sich, Özge die aktuelle Uhrzeit anzuzeigen. Stattdessen bleibt er dunkel. Ihr Akku ist leer. Wie lange war es her, dass das zum letzten Mal passiert ist? Monate? Jahre? Sie achtet sonst sehr auf ihre Devices – Arbeit und Privat. Sie ist schließlich auch in beiden Bereichen recht beschäftigt. Ohne geladenes Smartphone geht da nichts.

Nun starrt sie in den schwarzen Spiegel ihres Displays und kann sich selbst schemenhaft darin erkennen. Ihr fallen sehr dunkle Ringe unter ihren Augen auf. Sie schiebt es auf die Displayfarbe.

Die Taskleiste an ihrem PC hat sie mitsamt der Uhrzeit ausgeblendet, damit sie sich ganz auf ihre Schreiberei konzentrieren kann. Zu oft in den letzten Tagen hat sie beim Blick auf die Uhrzeit am unteren rechten Rand ihres Bildschirms ein schlechtes Gewissen gepackt, weil sie eigentlich entweder arbeiten oder schlafen sollte.

Ihre Hand bewegt sich auf der Suche nach ihrem Arbeitshandy routiniert auf die rechte Seite ihres Schreibtisches, geführt nur von ihrem Muskelgedächtnis. Özges Augen sind schon wieder auf ihren Monitor gerichtet. Ihr Arbeitshandy liegt ohnehin immer an derselben Stelle auf ihrem Schreibtisch. Umso irritierter ist sie, dass ihre Finger statt eines Smartphones nur Papier zu fassen bekommen. Ihr Blick löst sich von dem kalten

Monitorlicht und unterstützt ihre Hand nun doch widerwillig bei der Suche. Dort, wo ihr Arbeitshandy liegen sollte, stapeln sich mehrere Bücher, die wiederum lose begraben sind von einzelnen Blättern und Notizzetteln. Erst jetzt fällt ihr auf, dass ihr ganzer Schreibtisch sich in einer Unordnung befindet, die nur von der Tastatur und der Maus unterbrochen wird. Sie hebt die Bücher leicht an und findet ganz unten das gesuchte Handy. Ihr Daumen berührt den kleinen Kreis am unteren Rand des Geräts – und auch hier bleibt der Bildschirm schwarz.

Sie öffnet ihren Browser und googelt die Uhrzeit. Einfacher als auf die Schnelle rauszufinden, wie man die Taskleiste wieder einblendet. Es ist 18:08 Uhr. Ihr Herz fühlt sich an, als würde es vor Schreck einen Schlag überspringen. Sie wollte sich schon vor über zwei Stunden mit Laura treffen. Sie reibt sich ihre geschlossenen Augen mit den Handballen, bis ein Universum bunter Punkte beginnt vor ihren Augen zu tanzen. Jetzt wo sie raus ist aus der Arbeit merkt sie, dass sie nicht genau weiß, wann sie zum letzten Mal etwas gegessen hat. Ihr Magen krampft sich bei dem Gedanken an feste Nahrung zusammen. Sie befreit die Ladekabel auf ihrem Schreibtisch von diversen Arten von Papier und steckt beide Handys an. Ein letzter Blick auf den Monitor vor ihr. Unten links kann sie lesen, dass sie sich aktuell auf der Seite 231 von 256 in diesem

Textdokument befindet. Immerhin ist sie hier produktiv. Sie steht auf.

Die Ironie entgeht ihr nicht, dass sie ihre privaten und beruflichen Verpflichtungen vernachlässigt, während sie ausgerechnet ein sozialkritisches Buch über das Thema des Selbstverwirklichungszwangs schreibt – und wie oft genau dieser in Selbstzerstörung umschlägt. Als würde jemand von den Cayman Islands aus ein Pamphlet gegen Steuerhinterziehung schreiben.

Sie beschließt, direkt Laura anrufen oder ihr mindestens eine Sprachnachricht schicken, sobald ein paar Prozent Akku in das Handy geflossen sind. Sie muss sich hart entschuldigen, dass sie sie versetzt hat. Aber erstmal muss sie was essen. Ihr Magen knurrt.

- 9 -

Andis Hand krallt sich auf Brusthöhe in sein T-Shirt. Er ist sich sicher, eben knapp an einem Herzinfarkt vorbeigeschrammt zu sein. Sein Herz schlägt schneller, als es das jemals in seiner Erinnerung getan hat. Wer auch immer vor der Haustür steht, hat ihn aus dem Schlaf auf- und beinahe zu Tode er-schreckt.

Erneut klopft es. Wobei, eigentlich ist klopfen das falsche Wort. Jemand hämmert gegen die Tür, als würde die Person erfolglos versuchen ebenjene einzutreten. Andi ist überrascht, dass das alte Holz oder die morschen Wände drumherum noch nicht nachgegeben haben.

Wer zur Hölle ist das? Es ist nicht so, als würden er oder seine Oma Besuch bekommen. Und A Propos seine Oma: Warum macht die nicht auf?

Jetzt hört das Hämmern gar nicht mehr auf. Dazu kommt eine Stimme, die in der Dauerbeschallung des Klopfens beinahe untergeht:

„Aufmachen! Bitte!“ Eine Frauenstimme. Das letzte ‚bitte‘ klingt flehend. „*Hilfe*!“

Andi hat noch nie jemanden um Hilfe rufen hören, der es offensichtlich ernst meint. Ein fast surreales Gefühl, davon angesprochen zu werden. Dazu von einer Frau. *Damsel in distress – IRL*. Dieses Wort macht etwas mit ihm. Er springt direkt aus dem Bett auf und rennt die

Treppenstufen nach unten, nimmt teilweise mehrere auf einmal.

Als er sich der Tür nähert, wird das Hämmern fast ohrenbetäubend. Die alte Wand schwingt tatsächlich so stark mit, dass die Kommode neben der Tür und die darauf platzierte Schlüsselschale anfangen zu wackeln und in die Kakophonie mit einstimmen. Die ungeöffneten Briefe, die seine Oma dort aufbewahrt, wandern langsam, aber sicher in Richtung Abgrund – nur der auf ihnen liegende altmodische Brieföffner hindert sie noch am Absturz. Das rote Halstuch seiner Oma hängt nicht an seinem Platz neben der Schlüsselschale. Sie ist also nicht da – kein Wunder, dass sie nicht aufmacht.

„Aufmachen! *Bitte!!!*"

Andis Hand wandert zur Türklinke, als er sich an Geschichten erinnert, die er online gelesen hat. Von Kriminellen, die junge Frauen mit einer angeblichen Panne am Straßenrand platzieren, und jeden Samariter ausrauben, der freundlich genug ist, anzuhalten. Wer sagt, dass es hier anders ist? Seine Hand bleibt in der Luft stehen. Soll er nicht lieber die Polizei rufen? Warum hat seine Oma nur nie einen Türspion installiert? Dann könnte er einen risikoarmen Blick nach außen werfen. Wobei, andererseits, was soll der helfen? Nicht so, als ob die Komplizen sich sichtbar mit Baseballschläger, Kalaschnikow und Skimasken hinter ihrem Köder positionieren würden. Statt die Tür zu öffnen, entscheidet sich Andi für Konversation.

„Hallo?“, sagt er in Richtung der geschlossenen Tür. Unsicher, aber laut genug, dass er gehört wurde.

Die andere Seite reagiert mit Stille. Hatte er sie überrascht damit, dass jemand zuhause ist? Er fängt nochmal an:

„Hallo? Wer ist da?“

„Bitte, mach auf! Es ist dringend. Hilf mir!“

Diese Verzweiflung in der Stimme... Andi hatte noch nie einen Menschen in einer auch nur annähernd vergleichbaren Tonlage sprechen hören. Kann man das schauspielern?

„Was ist denn los?“

„Bitte, es geht um jede Seku...“

Ein schriller Schrei unterbricht den Satz, den die unangemeldete Gästin gerade zu Ende sprechen wollte. Dann ein Geräusch, das Andi nicht zuordnen kann. Ein tiefes Grollen, das ihm durch Mark und Bein geht. Eine Kettensäge vielleicht?

Das Hämmern gegen die Tür fängt so plötzlich wieder an, wie es aufgehört hatte, mit den Schlüsseln als unharmonischstes Begleitinstrument der Welt. Dazu dieses beängstigende... *Brummen?*

Ein diffuses Gefühl der Bedrohung macht sich in Andi breit. Da stimmt etwas ganz und gar nicht vor der Tür. Aber ist die Frau involviert oder versucht sie sich wirklich in Sicherheit zu bringen? Er schließt seine Augen, genau wie wenn ihm seine Oma zu viel wird.

„Bii-hii-tte.“, schluchzt die andere Seite der Tür.

Andi atmet tief durch und drückt die Klinke mit zitternder Hand herunter um die Tür einen Spalt weit zu öffnen und sich ein Bild von der Situation zu machen.

Als die Klinke weit genug unten ist, um die zu entriegeln, wird Andi mitsamt dem Teppich, auf dem er steht, fast einen halben Meter nach hinten gedrückt. Die Tür wird gegen sein Körpergewicht förmlich aufgerissen und eine junge Frau stürzt hinein.

Das unerwartete Aufreißen der Tür hat Andi kalt erwischt. Er ist sich sicher nun doch in eine Falle geraten zu sein – und bevor die Ganoven-Freunde des Köders hier einmarschieren, muss er die Tür so schnell es geht schließen. Andi drückt die Tür also wieder mit voller Kraft zu. Doch sie schließt nicht.

Irgendetwas blockiert die Tür. Andi sieht sich in seinen schlimmsten Ängsten bestätigt. Jemand möchte sich Zutritt verschaffen und sein gutes Samaritertum ausnutzen. Und was ist dieses tiefe Brummen auf der anderen Seite der Tür?

Andi wirft sich gegen die Tür, während sein Blick zu der Frau rechts neben sich wandert. Die hat sich inzwischen schon wieder aufgerappelt und steht auf beiden Beinen. Allerdings wirkt sie ganz und gar nicht so, als würde sie auf ihre Komplizen warten. Im Gegenteil: Schweißnass steht sie da, ihre Augen auf den Türspalt gerichtet und weit aufgerissen. Irgendwie kommt sie Andi bekannt vor…

Etwas schlägt gegen die Tür und drückt Andi wieder ein paar Zentimeter zurück. Andi wirft sich als Reaktion erneut mit seinem gesamten, stattlichen Körpergewicht gegen die Tür. Wenige Zentimeter Raumgewinn. Danach versucht er es mit einer stetigeren Methode: Seine Schulter und beide Handflächen drücken gegen das Holz, während seine Beine sich in den Fußboden stemmen. Den rutschigen Teppich hat er inzwischen buchstäblich hinter sich gelassen. Doch er schafft es nicht, die Tür weiter zu schließen. Im Gegenteil. Was die Tür am Schließen hindert, drückt sich langsam durch den größer werdenden Spalt – und fast weicht ihm vor Schreck die Spannung aus dem Körper.

Es ist kein Fuß eines Komplizen und auch kein Baseballschläger. Es ist eine gewaltige Hundeschnauze. Speichel tropft von Fangzähnen, die doppelt so lang sind wie seine Hand breit. Das Brummen ist auch keine Kettensäge. *Dieses Ding in der Tür knurrt.*

Er merkt, wie sich ein Gefühl in seinem Körper ausbreitet, das er nur als blanke Panik beschreiben kann. Er will einfach weglaufen. Oder eigentlich nicht mal das. Eigentlich will er sich auf den Boden setzen, seine Knie umarmen und vor sich hin wimmern. Das erscheint ihm als die natürlichste Option. Ein Teil seines Gehirns weiß, dass er sich weiter mit seinem ganzen Gewicht gegen diese Tür stemmen muss. Dass es um Leben und Tod geht. Aber dieser Teil seines Gehirns ist leiser als die Panik, die ihm die Sinnlosigkeit der Aufgabe mit schwarzgrauen Bildern vor sein inneres Auge malt.

Wie soll er ein Monster aufhalten, dessen Kopf alleine beinahe so groß ist wie der Oberkörper der Frau, die sich inzwischen gemeinsam mit ihm gegen die Tür wirft? Der einzige Grund, dass die Tür überhaupt noch zwischen ihnen und dem sicheren Tod steht, ist wahrscheinlich die unvorteilhafte Körperhaltung, in die die Bestie zweifelsohne gezwungen ist. Schräg mit der Schnauze an die Tür gedrückt, kann sie nicht ihre ganze Kraft entfalten. Sobald sie es schafft, sich besser zu positionieren, ist es sofort aus.

Er merkt, wie er an der Aufgabe verzweifelt. Wie sich das sichere Gefühl des Versagens in ihm breit macht. Wie die Panik gewinnt. Er muss an ein Vorstellungsgespräch denken, bei dem er sich nicht ins Gebäude traute und stattdessen einfach stundenlang auf einer Parkbank um die Ecke saß. An Bundesjugendspiele, bei denen er den Startblock über die gesamte Dauer des Rennens nicht verließ, weil er Angst hatte, er würde sich vor seinen Klassenkameraden zu blamieren.

Er atmet aus und mal wieder stottert sein Atem. Erst jetzt fällt ihm auf, dass ihm Tränen durch die geschlossenen Lider über die Wangen laufen. Er ist einfach für Druck nicht gemacht. Er merkt, wie er die Anspannung aus seinem Körper weichen lässt.

Ein lautes Jaulen bringt Andi dazu, seine Augen zu öffnen. Die linke Hand der fremden Frau ruht direkt an den Nüstern des Tieres und scheint dort nur kleine Bewegungen zu vollführen, während der Hund, der Wolf oder was auch immer diese Abnormalität ist, laut jault. Hat sie ihm auf die Schnauze geschlagen?

Bevor sich Andi einen Reim auf die Situation machen kann, die sich vor seinen Augen ergibt, zieht sich die Schnauze komplett aus dem Türrahmen zurück. Schnell will Andi die Gelegenheit nutzen und sich nun doch wieder gegen die Tür werfen. Doch die Frau ist schneller und drückt die Tür mit ihrer rechten Schulter zu. Als die Tür mit einem befriedigenden Klacken ins Schloss fällt, blickt er die Frau vor sich verwirrt an und fragt:

„Wie hast Du das gemacht?“

Andi kann eine gewisse Bewunderung in seiner Stimme nicht verbergen – auch wenn er immer noch wütend ist, dass diese Frau ihn überhaupt erst in eine solch gefährliche Situation gebracht hat.

Zur Antwort hebt sie ihre linke Hand, in der Andi jetzt den Brieföffner seiner Oma erkennt, der vorhin noch auf der Schlüsselablage ruhte. Seine Klinge ist bedeckt von Blut und graugrünem Schleim.

„Das Ding hier direkt in sein Nasenloch. Sehr effektiv.“, erwidert die ungebetene Gästin.

Sie schaut ihn an und lächelt erleichtert. Doch Andi hört ein Zittern in ihrer Stimme, das er mit Erleichterung so interpretiert, dass auch sie offensichtlich nicht jeden Tag gegen gigantische Wölfe kämpft. Jetzt wo sie ihm ihr Gesicht das erste Mal in Ruhe zuwendet, erhärtet sich Andis Gefühl, dass er diese Frau irgendwoher kennt.

„Was zur Hölle war dieses Ding?“, fragt er die offensichtlichste Frage.

„Wenn ich das wüsste.“ Sie atmet schwer aus, dann wandert ihr Blick vom Flur aus suchend durch das Erdgeschoss. „Hast Du hier irgendwo einen Schnaps?“

„Schnaps? Sollten wir nicht lieber die Polizei anrufen? Oder die Bundeswehr? Was weiß ich...“

„Oh ja, das ist wahrscheinlich eine gute Idee! Mach das mal.“

Sie dreht sich von ihm weg und läuft dann zielgerichtet in Richtung Wohnzimmer. Andi atmet extra laut aus ohne was zu sagen und greift dann nach dem Festnetztelefon seiner Oma.

1 – 1 – 0. Er drückt das grüne Hörer-Symbol. Vielleicht kann die Polizei dann auch gleich diese seltsame Frau mitnehmen.

- 10 -

Laura hat ein Ziel vor sich: Den alten Eichenschrank mit Buffet-Fenstern im Wohnzimmer. Wenn der Eingangsbereich, inklusive dem altmodischen Brieföffner, noch nicht eindeutig genug war, so macht spätestens das Wohnzimmer klar, dass der junge Mann, der Laura die Tür aufgemacht hatte, nicht derjenige war, der diese Wohnung eingerichtet hat. Alle Einrichtungsgegenstände wurden mit ziemlicher Sicherheit schon in diesem Haus platziert, als er noch gar nicht geboren war.

Im Wohnzimmer steht eine mit dunkelgrünem Cord bezogene Couch auf einem an einigen Stellen schon bis auf die gelbliche Anti-Rutsch-Beschichtung durchgetretenen Teppich. Auf der anderen Seite des Raumes thront ein Röhrenfernseher auf einem Fernsehschrank aus Eiche, darüber hängen zwei Jagdgewehre, die man vermutlich beim Fachhändler als Antiquitäten gewinnbringend verkaufen könnte.

Relativ alterslos wirkt dagegen der Blick zur Terrasse. Die zugehörige Wand besteht zu zwei Dritteln aus einer Glasfront und einer damit verbundenen Terrassentür. Beides zusammen gibt den Blick frei auf einen ehemals sehr ordentlichen Garten. Diese Spießbürgerlichkeit hatte Laura allerdings zunichte gemacht. Nicht nur durch ihren eigenen, ungeschickten Sprung über die Hecke – sondern vor allem, weil der Wolf scheinbar einfach durch die Hecke durchgerannt war. Aus Prinzip hatte er dabei offensichtlich auch noch mindestens zwei Johannisbeersträucher entwurzelt und ein Gemüsebeet komplett umgegraben. Dabei hatte sie echte Hoffnung gehabt, dass er ihr nicht folgen würde. Kurz war es still gewesen, als sie die Hecke überwunden hatte und innerhalb des Gartens zur Haustür auf der anderen Seite des Hauses hetzte. Es hatte anscheinend ein bisschen gedauert, bis der Wolf den Verlust des visuellen Kontakts zu seiner Beute überwunden hatte – auch wenn er sie direkt über die Hecke hat springen sehen müssen.

Laura muss an die vielen viralen Videos von Hunden denken, die vollkommen perplex ins Leere starren, nachdem ihre Besitzer vermeintlich hinter einer Decke verschwunden waren. Auch die brauchten dann eine Weile, um sich nach dem Verlust des visuellen Kontakts auf ihre anderen Sinne zu konzentrieren. So hatte Laura genug Zeit, um panisch an der Tür zu klopfen – aber am Ende leider nicht genug, um ungesehen hineinzuschlüpfen.

Doch Laura will sich gar nicht zu lange mit der Verfolgungsjagd und ihrer Flucht auseinandersetzen. Ihr Ziel ist ebenjener befensterter Eichenschrank in der von ihr aus gesehen hinteren linken Ecke des Raumes. Sie kennt die Verstauungslogik von alten Menschen noch von ihren Großeltern. Und tatsächlich findet sie hinter den eingelassenen Scheiben genau das, was sie sucht: Schnaps.

Wenn sie jetzt auch noch zufällig eine Zigarettenschublade finden sollte, könnte sie ihre Nerven vielleicht annähernd so beruhigen, wie sie es verdienen.

Doch erstmal lässt sie ihren Blick über die Schnapsauswahl wandern. Der Schrank ist in jedem Fall schonmal gut gefüllt, aber die Selektion lässt zu wünschen übrig – eigentlich gibt es nur Obstbrände. Laura zuckt mit den Schultern, greift nach einer Flasche Williams-Christ-Birne und macht sich gar nicht erst die Mühe, nach entsprechenden Gläsern zu suchen. Sie gönnt sich einen großzügigen Schluck direkt aus der Flasche. Anschließend tränen ihre Augen, sie schüttelt sich, versucht erfolglos ihren Hustenreiz zu unterdrücken - und nimmt gleich den nächsten Schluck.

„Es ist besetzt."

Laura dreht sich um. Im Türrahmen, der Wohnzimmer und Eingangsbereich miteinander verbindet, steht der junge Mann, der sie ins Haus gelassen hat. Er kommt ihr bekannt vor, sie kann aber nicht sagen woher. Sie schluckt den schlechten Schnaps erneut herunter und schüttelt sich.

„Entschuldigung? Ich steh auf dem Schlauch. Was ist besetzt?"

„Die Polizei. Die Feuerwehr. Was auch immer. Weder bei der 110 noch bei der 112 komme ich durch."

„Hö." Laura weiß nicht, was sie sonst sagen soll. Sie trinkt einen weiteren Schluck Obstler, diesmal ein wenig kleiner, und schaut den Mann im Türrahmen auf vermutlich recht dümmliche Weise an.

„Ich bin übrigens Laura.“, überbrückt sie ihre eigene Awkwardness. „Ich dachte mir, wenn wir zusammen schon den größten Wolf vertreiben, den die Menschheit je gesehen hat, sollten wir zumindest unsere Namen kennen.“

„Andi. Freut mi-“. Er stockt und sein Gesicht wandert über Lauras Schulter.

In seinem Gesicht spiegelt sich etwas, für das Laura an diesem Nachmittag schon zur Expertin geworden war: blanke Panik.

Noch bevor Laura seinem Blick über ihre Schulter folgen kann, rennt Andi aus dem Wohnzimmer in den Eingangsbereich und so schnell ihn seine Füße tragen die Treppe hinauf.

Nun dreht sich Laura um – und auch wenn sie ganz genau weiß, was sie hinter dem Glas erwartet, entfährt ihr doch ein spitzer Schrei. Das Monstrum ist um das Haus herum in den Garten gelaufen – und hat sie jetzt durch die Glasfront entdeckt. Blut tropft aus seiner Schnauze und zwischen ihm und ihr ist diesmal nichts als Glas.

Laura hat in ihrem Leben viele Filme und Serien gesehen und einige Bücher gelesen. Das ganze „alles fühlte sich an, als würde es in Zeitlupe passieren“-Klischee hatte sie der Fiktion nie wirklich abgekauft. So funktioniert Zeit einfach nicht. Dachte sie. Das ist alles nur ein Trick von Schriftstellern, Drehbuchautoren und Regisseuren, um die Spannung künstlich in die Länge zu ziehen. Dachte sie. Bis zu diesem Moment.

Obwohl das Biest in Vollsprint auf die Fensterfront zurast, kann Laura ganze Gedanken fassen: Andi nach oben zu folgen wäre sinnlos. Das Ding würde zweifelsohne direkt beim ersten Versuch durch diese Glasfront brechen und dabei wahrscheinlich nicht mal groß an Geschwindigkeit einbüßen. Sie wäre stückchenweise in seinem Magen, bevor sie auch nur annähernd die erste Stufe erreicht. Dasselbe Dilemma gilt logischerweise für die Eingangstür – und selbst wenn sie es schaffen würde, gäbe es dann draußen kein Entkommen. Die einzigen zwei weiteren Optionen, die nach *Flight* noch übrig bleiben sind ebenfalls Todesurteile.

Freeze würde ins Nichts führen. Das Ding sieht sie mit seinen orangenen Augen gerade sehr lebendig vor sich stehen und hatte sie jetzt schon eine ganze Weile gejagt. Das wäre kein Totstellen mehr, das wäre proaktives Gegessenwerden.

Und *Fight* – nun ja. Das Ding wiegt mindestens eine Tonne und damit x-mal so viel wie sie. Auch bei Zahn- und Krallenlänge kann Laura nur bedingt mithalten.

Sie wird in diesem Raum sterben.

Der Wolf bricht durch die Glasfront. Tür- und Fensterrahmen brechen und biegen sich, als wären sie aus

Wachs und nicht aus Stahl und Holz. Das Glas zerbirst unter ohrenbetäubendem Lärm und Scherben so groß wie halbe Pizzen fliegen durch den Raum. Kurz ist der Wolf desorientiert in all dem Lärm und scharfen Kanten. Laura kommt eine letzte, verzweifelte Idee.

Sie rennt. Allerdings nicht in Richtung Treppe oder Eingangstür – sondern zur anderen Seite des Wohnzimmers. Das Ziel ist der Röhrenfernseher. Beziehungsweise das, was darüber hängt.

Ein stechender Schmerz durchzieht plötzlich ihre rechte Wade. Die Krallen des Wolfes haben sie gestreift. Sie versucht den Schmerz zu ignorieren. Mit dem linken Bein springt sie auf das Fernsehkästchen. Die massive Eiche hält ihr Gewicht. Ihre rechte Hand greift nach oben. Eine Pranke, fast so groß wie ein Gullideckel, trifft sie an ihrer Hüfte und schleudert sie in die Luft.

Der im Wohnzimmer fest mit dem Boden verklebte Teppich bremst Laura recht schnell und effizient ab, fordert dafür ein nicht unerhebliches Opfer an Haut und Fleisch an ihren Unterarmen und ihren Knien. Das wird später richtig weh tun – wobei die Chancen ohnehin schlecht stehen, dass es ein Später geben wird. Das Wichtigste ist, dass sie ihre einzige, winzige Chance, noch immer in der rechten Hand hält: Eins der alten Jagdgewehre.

Der gigantische Wolf thront über ihr, sein massiger Körper nimmt ihr den Atem und fast jegliche

Beweglichkeit. Das groteske Maul ist nur wenige Zentimeter vor ihrem Gesicht entfernt. Speichel tropft ihr ins Gesicht. Das Maul öffnet sich so weit, als würde er sie im Ganzen verschlingen wollen. Zwischen den Zähnen kann sie ein rotes Stück Stoff erkennen.

Lauras rechte Hand allerdings ist noch frei beweglich. So langsam und unauffällig, wie es ihre Angst und die mangelnde Möglichkeit zu atmen ermöglichen, bringt sie das Gewehr in Stellung.

Sie flucht leise vor sich hin. Was für ein beschissener Plan das ist. Wie hoch ist bitte die Chance, dass dieses uralte Gewehr geladen und ungesichert an der Wand hängt? Aber sie hat keine Wahl. Sie muss daran glauben. Sonst würde sie mit dem Anblick des riesigen Gebisses wahnsinnig vor Verzweiflung, noch bevor der Wolf ihr Blut schmeckt.

Als das Biest zum Biss ansetzt und das verstörend weit geöffnete Maul sich in Richtung ihres Halses bewegt, platziert Laura das Gewehr mit einer schnellen Bewegung zwischen Ober- und Unterkiefer im Maul des Wolfs. Er wirkt kurz irritiert, dann wütend. Sie schließt ihre Augen. Sie stellt sich vor, dass das Gewehr geladen ist – besser in Hoffnung sterben als an Verzweiflung zergehen. *Es ist sicher geladen und entsichert. Hundert Prozent.* Dann drückt sie ab.

Wie laut so ein Schuss ist. Auf dem rechten Ohr hört Laura zunächst gar nichts, nach einigen Sekunden folgt ein leises Fiepen, das, entgegen Lauras erster Annahme, nicht tinnitusbedingt ist. Das Biest über ihr gibt Töne in einer unerwartet hohen Frequenz von sich. Es winselt. Laura kann nicht sagen ob vor Schmerz oder Angst oder Frust. Am Ende ist es ihr aber auch egal. Der Wolf winselt noch einmal. Dann fällt er um.

Zu Lauras Glück fällt der Wolf leicht zu ihrer linken Seite und nicht gerade nach unten. So liegt er zwar zu guten Teilen auf ihr, aber es ist ihr noch möglich, sich unter dem massigen Körper herauszuwinden.

Sie versucht aufzustehen, doch beinahe fällt sie wieder um. Ihr linkes Bein brennt. Sie blickt nach unten. Ihre Jeans ist an der Wade zerrissen und rot-schwarz eingefärbt, unter dem Stoff sieht Laura noch mehr Blut und eine klaffende Wunde, bestimmt 15 Zentimeter lang.

Sie tritt nochmal auf. Es tut weh, aber sie kann immerhin humpelnd auftreten. Sie wirft einen letzten Blick auf den großen bösen Wolf, um sicherzugehen, dass er diesmal nicht wiederkommt. Doch es gibt keinen Zweifel. In seinem Hinterkopf prangt ein großes Loch, der ehemalige Inhalt seines Kopfes schmückt jetzt weite Teile des Wohnzimmers in tiefem rot und schleimigem Grau und der Griff des Gewehres steckt auch noch immer zwischen den Kiefern, während der Lauf aus dem oberen Ende des Wolfkopfes ragt wie ein höchst unappetitlicher Schaschlik-Spieß.

Seine nach oben gezogenen Lippen geben jetzt dauerhaft den Blick frei auf das rote Stück Stoff zwischen seinen Zähnen. Laura schaut es sich aus Neugier nochmal genauer an. Es ist ein rotes Halstuch. Was zum Fick? Sie beschließt sich darüber keine Gedanken mehr zu machen.

Stattdessen nimmt sie sich eine neue Flasche Obstler aus dem Eichenschrank, der dankenswerterweise voll mit Nachschub war. Die Flasche, die sie sich vorher genommen hatte, war ein Teil des Scherbenhaufens unter ihr geworden. Ganz im Gegensatz zu dem Glas in den hölzernen Schranktüren, das während des Kampfes wundersamerweise heil geblieben war. Kurz sieht sie sich selbst in einer Spiegelung. Sie sieht furchtbar aus. Doch wie so oft wirft sie einen Blick auf ihr sternförmiges Muttermal unter dem linken Ohr und das erdet sie ein bisschen. Es hat etwas Beruhigendes in turbulenten Zeiten auf etwas schauen zu können das immer da war und immer da sein wird, solange sie lebt. Vielleicht sogar länger – schließlich hatte ihre Mutter genau dasselbe Muttermal. Vielleicht würde sie es sogar mal ihrer Tochter weitervererben.

Sie nimmt einen Schluck von dem Obstler. Die guten Manieren, sich von dem Hausbewohner zu verabschieden, der sie hier unten zum Sterben zurückgelassen hat, bringt sie nicht auf. Stattdessen humpelt sie zur Haustür. Sie braucht jetzt definitiv Zigaretten.

- 11 -

„WO BIST DU???“ Laura brüllt so laut sie kann von ihrem Balkon in die langsam beginnende Dämmerung, bis ein Hustenanfall sie unterbricht. Sie hatte tatsächlich noch Zigaretten in einem Supermarkt auf dem Weg auftreiben können und bereits fünf davon genauso gierig in ihren Körper aufgesogen wie den widerlichen Obstler aus dem Haus in Feldmoching. Kombiniert mit der Belastung, der ihre untrainierten Lungen bei der Verfolgungsjagd ausgesetzt waren, sind Hustenanfälle wohl eine logische Folge.

Rauchen, Trinken und Schreien sind letztlich auch die drei Tätigkeiten, denen Laura allen voran nachgegangen war, seitdem sie den Wolf erlegt hat. Die einzige Ausnahme war, die blutverkrusteten und zerrissenen Klamotten auszuziehen und sich unter der Dusche den Dreck vom Körper und aus den Wunden zu waschen. Bei letzterem half nach der Dusche eine kleine Sprühflasche Wunddesinfektionsmittel, die sie in ihrem Medikamentenschrank gefunden hatte – und als die aufgebraucht war der Obstler aus dem Omaschrank. Vor allem der Obstler hat sich angefühlt, als würde sie heiße Nadeln in ihren Körper stecken – aber der Schmerz tat auf eine kathartische Art gut.

Laura humpelt zwar noch immer durch die Wohnung, aber sie blutet nicht mehr und muss nicht mehr allzu viel

Angst vor Infektionen haben – egal wie dreckig die Wolfsklauen waren.

„Kalle! Wo zur Hölle bis Du?“, fährt sie mit ihrer Schreiorgie fort.

Die L-Laute in Kalle und Hölle artikuliert sie durch den Obstler weniger klar als üblich.

Ein Nachbar von einem anderen Balkon schreit etwas, das Laura nicht ganz versteht. Die Akustik ist schlecht. Viel mehr als ein ‚au‘ und ein bisschen Drumherum versteht sie nicht. Aus dem Kontext würden wohl „Halts Maul!“ oder „Sauf weniger“? am meisten Sinn machen.

Laura atmet tief ein, um sich für den nächsten Schrei bereit zu machen, doch ein weiterer Hustenanfall hält sie auf. Sie geht kurz in die Wohnung, um sich zu beruhigen. Als sie wieder normal atmen kann, schellt die Türklingel. Sie humpelt durch die kleine Wohnung ins Badezimmer, von dem aus sie zur Haustür blicken kann. Eine Gegensprechanlage hat sie nicht. Dort unten steht tatsächlich Kalle – und scheint von unten nach oben jede Klingel einmal zu drücken.

„Warte, ich lass Dich rein!“, ruft Laura nach unten, ein bisschen überrascht, dass Kalle das Konzept einer Türklingel versteht.

Draußen hört Laura weitere Nachbarsstimmen, diesmal im Gespräch miteinander:

„Jetzt spinnt sie total. Da ist doch niemand unten?“

„Wer hat denn überhaupt geklingelt?“

„Ich seh‘ niemanden.“

Laura ist sich nicht sicher, ob zwei Nachbarn einen Dialog am gleichen offenen Fenster der gemeinsamen Wohnung führen – oder ob ihre Nachbarn wohnungsübergreifend durch geöffnete Fenster über sie lästern.

Sie überlegt, etwas zu erwidern, kann sich aber zu keinem klaren Satz durchringen. Stattdessen murmelt sie, als sie ihren Kopf zurück in die Wohnung bugsiert, sowas wie „natürlichistda...kümmerteuchdochselbst“ – und ist sich sicher, dass das niemand gehört hat außer sie selbst. Sie geht hinein und drückt auf den Summer.

Durch den Türspion sieht Laura Kalle die Treppen hinaufsteigen und zielgerichtet an ihrem Stockwerk vorbeilaufen. Sie sammelt ihn ein und gemeinsam betreten sie ihre Wohnung. Laura schließt die Tür hinter sich.

„Ich muss sagen, dass ich recht stolz darauf bin, dieses komplizierte System der Ankündigung und des Einlasses einer Person verstanden zu haben.“, beginnt Kalle zu sprechen, ohne sonstige formale Begrüßung. „Es wurde immer wieder von einigen meiner Schützlinge in den letzten Jahrzehnten in ihren Werken referenziert, aber nie im Detail dargelegt. Es nun tatsächlich selbst...“

„So gespannt ich auch bin, wie die Geschichte ‚Kalle und das Abenteuer Türklingel‘ weitergehen würde“, unterbricht Laura resolut den Redeschwall des schmächtigen Mannes. „Ich habe nicht umsonst durch die Gegend geschrien wie eine Irre. Da draußen passieren geisteskranke Sachen und die einzige Person, die mir vielleicht irgendwie sagen kann, was los ist, bist du!“

Beim letzten Satz überschlägt sich Lauras Stimme. Sie unterbricht sich und gibt sich Mühe, ihre Tränen herunterzuschlucken. Entweder das, oder es wäre *Ugly Crying* angesagt. Eigentlich ist sie nicht besonders nah am Wasser gebaut, aber zum einen hatte sie eine halbe Flasche Obstler getrunken (was auch ohne begleitendes Trauma schon genug Grund zum Weinen wäre – aber ohne zu Grunde liegendes Trauma trinkt auch niemand eine halbe Flasche Obstler) und zum anderen hatte gerade ein zweieinhalb Meter großer Wolf versucht sie zu fressen. Ein bisschen posttraumatische Belastungsstörung ist da ihrer Meinung nach schon angebracht.

„Wenn ich die einzige Person bin, die dir einfällt: heißt das, dass du dich dem Gedanken nicht mehr versperrst, dass ich eine Muse bin?“

Laura verdreht die Augen. Ironischerweise hilft ihr Gleichgültigkeit Kalles anstrengende Art, ihre Fassung wiederzufinden.

„Ich habe absolut keine Ahnung wie dein Dasein als angebliche Muse und meine heutigen Erlebnisse zusammenhängen. Aber es ist, das gebe ich inzwischen zu, definitiv wahrscheinlicher, dass das alles irgendwie zusammenhängt, als dass beides unabhängig voneinander passiert. So ein gigantischer Wolf, der vor den eigenen Augen ein Einhorn reißt, kann die Perspektive doch leicht verändern."

Laura meint so etwas wie Überraschung in Kalles Augen aufblitzen zu sehen, ist sich aber nicht sicher. Schwer zu lesen der Mann. Laura setzt sich an den Wohn- und Esszimmertisch, bittet Kalle es ihr gleich zu tun und zündet sich mit zittrigen Händen eine Zigarette an. Sie hatte noch nie in ihrer Wohnung geraucht und dachte auch nicht, dass das jemals angemessen sein würde. Doch aktuell ist ihr der unvermeidliche Geruch von kaltem Rauch in den Vorhängen herzlich egal. Sie nimmt nochmal einen tiefen Zug und fasst den heutigen Tag so gut sie kann für Kalle zusammen.

Kalle zeigt auch bei den Erzählungen von Einhornblut, Verfolgungsjagden und Schusswaffen-Einsatz wenig Emotion. Egal ob diese ab und an von Lauras Tränen begleitet werden oder nicht. Sie schafft es nicht, die ganze Geschichte zurückzuhalten, auch wenn sie sich sehr bemüht. Kalles Mangel an Emotionen ist zumindest konsistent, so dass Laura es schafft ihm nicht allzu böse dafür zu sein, bei den tränenreicheren Teilen der Geschichte keine Empathie zu zeigen.

Als Laura fertig erzählt hat, fängt die Sonne endgültig an unterzugehen und die Plattenbauten vor ihrem Fenster beginnen orange-rosafarben zu leuchten. Die Streetart-

Kunstwerke an den Fassaden reichen inzwischen an fast jedem Gebäude vom Erdgeschoss bis unters Dach.

Einige Sekunden nach dem Ende der Geschichte ziehen sich Kalles Augenbrauen leicht zusammen, als er offensichtlich versucht zu verarbeiten, was ihm gerade erzählt wurde. Laura erschrickt beinahe vor so viel Mimik, doch ansonsten spart sich Kalle weiterhin jeglichen Kommentar. Er scheint tief in Gedanken versunken. Ein bisschen erinnert er sie aber auch an eine Streaming-Serie, die wegen einer schlechten Internetverbindung mitten im Dialog einfriert. Sie geht in die Küche und holt sich ein Glas Wasser. Der viele Schnaps und der längere Monolog haben gemeinsam für einen ganz schönen Brand gesorgt.

Zurück im Wohnzimmer hat sich Kalles Sitz- und Augenbrauenposition nicht verändert.

„Alles gut? Du wirkst... abwesend.“, erkundigt sich Laura.

Kalles Augenbrauen gehen zurück in ihre emotionslose Standardposition und seine Augen fixieren sich auf Laura, bevor er antwortet.

„Ich habe nur über deine Geschichte nachgedacht und darüber, was deine Erlebnisse zu bedeuten haben könnten.“

„Und...?“, fragt Laura und verkneift sich einen zynischen Kommentar, dass sie auch überrascht gewesen wäre, wenn er versucht hätte alle Wimbledon-Sieger seit 1952 aufzuzählen.

„Ich bin noch zu keinem finalen Schluss gelangt. Sonst hätte ich es dir mitgeteilt.“, antwortet Kalle, wenig hilfreich.

„Hast du denn keine Vermutungen, keine Ideen? Ich meine, Du tauchst hier auf, sagst Du kommst aus einem ‚Reich der Ideen‘ und kurz danach jagt mich der Antagonist aus diversen Märchen und einfallslosen Fantasy-Geschichten.“ Laura lehnt sich in ihrer Gier nach Informationen nach vorne über den Tisch. „Das ist beides so weird, das muss doch zusammenhängen. Oder?“

Kalle wirkt erneut unbeeindruckt von der Intensität in Lauras Frage. Laura fragt sich, inwieweit es ihm überhaupt möglich ist, ihre Körpersprache zu interpretieren.

„Ich weiß nicht, was hier geschieht. Deswegen hatte ich dich überhaupt erst aufgesucht: In der Hoffnung gemeinsam Antworten zu finden. Eine Unternehmung, die – wie ich nochmal feststellen möchte – vor allem an deinem Unwillen gescheitert ist.“

Lauras Oberkörper wandert wieder zurück an die Stuhllehne und ihre Augen rollen so weit nach oben, bis sie zur Decke blicken. Nicht, dass Kalle Unrecht hätte. Aber sie hatte sich trotzdem mehr Hilfe und Informationen und weniger Vorwürfe erhofft. Doch bevor sie das artikulieren kann, fährt Kalle fort:

„Aber wenn ich mir überlege wie oft die Geschichten und Erzählungen, die in meiner Anwesenheit aufs Papier gebracht wurden, nichts waren als wilde Spekulation, starke Meinung oder absolute Fiktion – denke ich, dass du genau so etwas erwartest.“

„Naja, frei erfunden fände ich jetzt auch nicht hilfreich...“ beginnt sie ihre Replik, doch Kalle unterbricht sie. Sie versucht wirklich, ihm seine Umgangsformen nicht übel zu nehmen. Es gelingt ihr nicht.

„Ich habe auf jeden Fall eine Idee. Die kann ich allerdings nur bedingt belegen. Trotzdem teile ich gerne meine Gedanken mit dir. Wenn – und ja ich stelle eine Bedingung – wenn du dich danach darauf einlässt mit mir gemeinsam an der Lösung dieses mysteriösen Problems zu arbeiten. Ich glaube, dass dir irgendeine Bedeutung zukommen muss in diesen seltsamen Umständen. Ich habe es die letzten Tage mit Nachdruck überprüft: Niemand sonst kann mich sehen.“

In Lauras Kopf schossen unwillkürlich Bilder, wie ein schmächtiger Mann in seltsamer Kleidung durch volle U-Bahn-Stationen vor wildfremde Menschen springt und diese lauthals beleidigt, während die all das in segensreicher Unwissenheit über sich ergehen lassen. Sie unterdrückt trotz Alkohol in ihrem Blut ein lautes und der Situation nicht angemessenes Lachen. Ein Lächeln kann sie allerdings nicht unterdrücken. Kalle reagiert natürlich nicht darauf – wahrscheinlich hätte sie auch einfach laut loslachen können und er hätte nicht einmal gewusst, dass Menschen normalerweise anders agieren. Sie versucht trotzdem schnell wieder in eine der Situation angemessene Ernsthaftigkeit zu geraten.

„Was heißt denn ‚gemeinsam an der Lösung arbeiten'? Muss ich dann öfter gegen irgendwelche Giganto-Tiere kämpfen? Ich würde ungern die heutige Erfahrung wiederholen. Und das nur um zu bekämpfen, dass ein paar kreative Leute Wände bunt anmalen, die seitdem bedeutend hübscher sind als vorher."

„Du weißt selbst, dass es um bedeutend mehr geht als um ein paar farbige Wände. Sonst hättest Du nicht so verzweifelt von deinem Balkon nach unten geschrien. Du hattest übrigens Glück, dass ich tatsächlich in der Nähe war. Wir sind keine Fledermäuse und wie haben kein übernatürliches Gehör. Ich versuche seit unserer ersten Begegnung regelmäßig in deiner Nachbarschaft vorbeizuschauen. Also, bist Du bereit die Bedingung zu erfüllen?"

Laura versucht das unverhohlene Stalking-Geständnis im Nachhinein zu überhören. Sie hat heute einen gigantischen Wolf erschossen. Sie muss wissen, was hier los ist.

„Ich bin dabei.", sagt sie schließlich.

Laura meint in Kalles regungslosem Gesicht ein Aufblitzen von Befriedigung zu erkennen. Dann erinnert sich daran, dass Menschen, die gezwungen sind auf weiße

Wände zu starren irgendwann anfangen darin Farben und Formen zu erkennen. Vielleicht war das so eine Situation.

„Ich habe dir bei unserem ersten Treffen schon erzählt, dass aktuell alle Musen auf dieser Seite gefangen sind. Die Grenze ist für uns im Gegensatz zu sonst nicht passierbar. Natürlich geht es hier aber nicht um irgendeine Form von physischer Grenze. Es steht nicht auf einmal eine Ziegelwand im Weg."

„Wie sieht die denn aus? Diese nicht-physische Grenze?"

„Um ein einfaches Beispiel zu nennen: Sagen wir normalerweise ist die Grenze zwischen den Welten wie ein Fluss, der gleichzeitig überall und an jeder Stelle des Übergangs fliest. Ist das verständlich?"

Laura ist sich nicht sicher, ob sie alles versteht, aber sie nickt erstmal.

„Und die Musen sind die einzigen, die diesen Fluss überqueren können. Sagen wir, wir sind die einzigen, die die richtigen Boote haben. Deswegen kommen wir von einem Ufer ans andere. Für alle anderen ist der Fluss nicht einmal sichtbar.

Aber jetzt fühlt es sich an, als würden wir den Grenzfluss nicht überqueren, sondern als müssten wir mit unseren kleinen Booten gegen einen reißenden Strom anpaddeln. Aussichtslos. Egal wie sehr wir uns anstrengen – wir bleiben immer wieder beim Ausgangspunkt.

Wie gesagt ist dieser Fluss aber überall, für alle unsichtbar – und fließt jetzt aber mit voller Kraft von der anderen Seite in diese. Und das macht mir Sorgen. Verstehst Du warum?"

„Ehrlich gesagt nicht zu hundert Prozent."

„Dann werde ich ein Bild bemühen. Vor vielen Jahren habe ich einmal die Nachwirkungen eines Hochwassers beobachtet. Der eigentlich zahme Stadtfluss trat allerorts über die Ufer. Und dabei nahm er nicht nur Wasser mit. Ganze Holzhütten schwammen in den Fluten. Auch Vieh, Wildtiere und Menschen wurden mitgerissen, bis sie irgendwann, viele Kilometer flussabwärts, von den Wassermassen wieder an das Land übergeben wurden.

Jetzt übertrage dieses Bild auf die aktuelle Situation. Der Fluss fliest gerade extrem stark auf diese Seite. Meine Vermutung ist, dass der Grenzfluss nicht nur seine Strömung geändert hat, sondern auch über die Ufer tritt und Dinge mitreißt, die er eigentlich nicht transportiert. Und auf der anderen Seite wohnen alle Ideen, die die Menschheit je hatte. Manche klein und unscharf, andere von Millionen geteilt und klar definiert. Und die ersten davon scheinen jetzt schon hier auf dieser Seite anzukommen."

Langsam meint Laura zu verstehen, worauf Kalle hinauswill. Es gefällt ihr kein bisschen. Diesmal unterbricht sie ihn.

„Das heißt der riesige Wolf war... das war buchstäblich *der* große, böse Wolf? Ich habe gegen eine Märchenfigur gekämpft?"

Kalle nickt langsam. Ein bisschen Körpersprache scheint er also doch zu verstehen.

„Genauso wie Du ein echtes Einhorn gesehen hast. Vermutlich wird beides nicht das letzte gewesen sein, was auf diese Seite kommt. Wenn ich mir die Einordnung erlauben darf: Ein Wolf zählt vermutlich zu den harmloseren Dingen von der anderen Seite."

Laura nickt. Ihr Kopf füllt die von Kalle unausgesprochenen Namen mit Bildern von berühmten Bösewichten in Sagen und Romanen.

„Und das Schlimmste ist," fährt Kalle fort. „Auch wenn ich eine Vermutung habe, *was* passiert, so habe ich doch keinerlei Schimmer, *warum* es passiert. Das macht es außerordentlich schwierig, es aufzuhalten. Aber ich hoffe, dass wir hier gemeinsam etwas ändern können."

Laura sagt nichts. Ihre Hand wandert in Richtung der Obstlerflasche.

- 12 -

Özge starrt in den Bildschirm vor sich und lässt die ungewohnten Eindrücke auf sich wirken. Die letzten Tage ist sie wieder in ihrem Buchprojekt versunken. Recherche und Schreiben, Schreiben und Recherche – *und repeat*. Stunden um Stunden dunkle Buchstaben auf hellem Hintergrund und ab zu im Nachtmodus helle Buchstaben auf dunklem Hintergrund.

Der blaugraue Teams-Hintergrund, auf den sie jetzt blickt, ist fast ein Gegenentwurf dazu. Es ist, als hätte sie tagelang Insekten im Wald beobachtet und würde nun auf einmal auf das offene Meer starren.

Tatsächlich findet dieses *Daily* – Nomen est Omen – eigentlich jeden Tag über Teams statt. Aber seit Özge sich in der aktuellen Intensität mit ihrem Buch beschäftigt, hat sie kein einziges Mal mehr daran teilgenommen. Sie ist in den letzten Tagen gut vorangekommen und hat einige Seiten zu digitalem Papier gebracht. Auch der Arbeitstitel ist geupdated worden:

„Selbstverwirklichung versus Selbstausbeutung. Ein gescheiterter Versuch den Kapitalismus zu überlisten?"

Eigentlich hat Özge sich schon vor Jahren angewohnt beim Lesen von Schlagzeilen jede Frage in einer Überschrift mit einem ‚nein' zu beantworten. Eine der besseren Faustregeln in ihrem Leben. Die hatte ihr schon viele Klicks und Lebenszeit gespart. Umso ironischer findet sie es, dass nun eine Frage in ihrem eigenen Buchtitel auftaucht, ob Arbeitstitel oder nicht. Aber tatsächlich kennt sie selbst die Antwort auf die Frage noch nicht, auch wenn die Gedanken fast wie von alleine von ihrem Kopf über ihre Fingerspitzen aufs Blatt gewandert sind. Sie hatte eine Grundthese, und vor zwei Wochen hätte sie aus dem Fragezeichen sicher noch ein Ausrufezeichen gemacht. Aber dann ist sie tief in ihrem Buch versunken – und die Zweifel sind damit gewachsen.

Beutet sie sich gerade mit ihren Arbeitszeiten und ihrem Einsatz selbst aus, Schlafmangel und schlechte Ernährung inklusive? Absolut! Wird sie dafür fair bezahlt? Auf keinen Fall. Sie hat Glück, dass Ende letzten Monats noch das großzügige Konzerngehalt auf dem Konto gelandet ist.

Aber sie tut all das für niemand anderen als sich selbst und ist damit – so ihre subjektive Einschätzung - aktuell glücklicher als in den letzten fünf Jahren ihres gut bezahlten Jobs mit geregelten Arbeitszeiten.

Im aktuellen Stadium merkt man dem Buch diesen inneren Widerspruch auch noch allzu sehr an, genau wie mangelnde Bandbreite an Perspektive. *Semiprofunde Gedanken einer Millenial* wäre vermutlich ein ebenfalls zutreffender Arbeitstitel. Ihr Buch ist bis jetzt ein Potpourri aus ihren eigenen Gedanken, deren selbstgefälliger Duft sich nur mit ein paar fremden Noten aus Büchern und Texten mischt, die Özge wiederum voller Millenial-Bias ausgesucht hat. Dazu kommt, dass die

Autoren, die ihre Ursprungsthese stützen viel seriöser wirken, als diejenigen, die ihr aktuelles Bauchgefühl untermauern. Die Selbstverwirklichungsfreaks glänzen oft eher durch selbstverlegte semi-sprituelle Erkenntnisbücher und eine radikale LinkedIn-Präsenz. Allerdings haben sich die Vertreter des letzten Lagers in den letzten zwei Wochen kurioserweise vervielfacht.

Sie braucht ein bisschen fundierteren Widerspruch, ein bisschen Konflikt, um wirklich inhaltlich voranzukommen und um – ein unterschätzter Motivationsfaktor bei jeder Art der Recherche – das eigene Bauchgefühl zu validieren. Also hat sie beschlossen, Leute außerhalb der Bubble zu interviewen.

Die ersten Leute, die ihr außerhalb ihrer Bubble eingefallen sind, waren ihre eigenen Arbeitskollegen. Circa 20 bis 30 Jahre älter, männlich, generell super *alman*. Also rein in den Termin – sich ein paar dumme Kommentare abholen, wo man die letzten zwei Wochen war, eine ebenso dumme aber selbstbewusste Antwort geben – und elegant ein, zwei Kollegen nach dem Termin abfangen und interviewen.

Soweit der Plan. Nur leider blickt Özge noch immer nur auf ihr eigenes Profilfoto, sonst ist niemand im Call. Weder Hartmut, noch Sigi, noch Peter sind dabei, die mit ihr gemeinsam das Kernteam Public Affairs bilden.

Sie mustert ihr eigenes Foto, auf dem sie Blazer und Bluse trägt und mit professionellem Selbstbewusstsein in die Kamera schaut. Ihre schwarzen Haare sind geglättet, sie glänzen seidig im weichen Kameralicht und ein ordentlicher Seitenscheitel drückt Disziplin aus. Sie lässt den Mauszeiger über das Kamera-Symbol oben rechts in ihrem Bildschirm schweben und sieht in der Videovorschau ihr aktuelles Selbst als Kontrast. Sie hat sich für diesen Call im Vergleich zu den letzten Tagen sogar ein bisschen herausgeputzt, aber unter ihren Augen zeichnen sich dunkle Ringe ab, ihre Bluse wirft Falten und ihre Haare fallen in ihrem nicht-locken-nicht-glatt Naturzustand widerwillig auf ihre Schulter.

Özge steht auf und wandert mit ihrem kabellosen Headset auf dem Kopf in die Küche, um sich einen Kaffee aus der Maschine zu lassen. Die Bluetooth-Verbindung hält fast durch die gesamte Wohnung, was gerade im Homeoffice und bei ihrem Meeting-intensiven Arbeitsalltag höchst praktisch ist, um sich zwischendurch die Beine zu vertreten oder auch mal die Spülmaschine auszuräumen.

Vor ihr laufen zwei beige-braune Kaffee-Rinnsale in ihre Tasse, der aromatische Geruch dieses lebensgebenden Getränks füllt ihre kleine Küche. Auf ihren Ohren bleibt es still. Sie geht zurück zum Schreibtisch, Kaffeetasse in der Hand, und setzt sich wieder vor den Bildschirm, der immer noch im unaufgeregten Blaugrau der App leuchtet. *Na gut, dann halt nicht.* Sie stellt die Tasse ab und schiebt den Cursor in die rechte obere Ecke, hin zum roten ‚auflegen'-Button.

Gerade als sie ihn drücken will, erscheint ein zweites Profilbild auf ihrem Bildschirm. In einer dezenten grauen Box unten links in ihrem Videostream steht der Name „Annika Spörl". Kurz darauf wird Özges Monitor komplett vom Video einer Frau ausgefüllt, die Özge noch nie gesehen hat.

Sie ist jung. Özge schätzt sie auf Anfang zwanzig, aber Özge würde sie beim Schnapskauf auf jeden Fall noch nach ihrem Ausweis fragen, wäre sie eine Kassiererin einer Supermarktkasse. Annikas blonde Haare sind in der Mitte gescheitelt und hinter ihrem Kopf zu einem Pferdeschwanz gebunden. Sie trägt eine weiße Bluse, darüber einen dunkelblauen Blazer und Perlohrringe. Özge erkennt das Outfit als Praktikantinnen- und Praktikanten-Uniform im Konzern. Alle möchten professionell wirken, übertreiben es aber dann aus mangelnder Übung und landen beim Schnösel-Cosplay. Hinter Annika, im unscharf gestellten Hintergrund, meint Özge ihr eigenes Großraumbüro zu erkennen.

„Wow, hier ist ja jemand!", sagt Annika und klingt ehrlich überrascht. Ein breites Lächeln ziert ihr Gesicht.

„Guten Tag. Ich glaube wir kennen uns noch nicht? Özge Demir mein Name, Public Affairs Specialist." Özges Arbeitsstimme sagt Arbeitsworte in Arbeitstonlage, genau wie hunderte Male zuvor. Und trotzdem fühlt es sich diesmal an, als würde sie einer anderen Person beim Sprechen zuhören. Fremd und kalt. Was für eine lange Zeit zwei Wochen sein können.

„Freut mich!“, erwidert die Person gegenüber fast enthusiastisch. „Ich bin Annika Spörl. Ich kenne dich aus dem *Organizational Chart*. Seit heute bin ich *Intern* in eurem Team. Ich hoffe ‚Du‘ ist okay? Jeder den ich bisher hier getroffen habe, hat mich geduzt, deswegen gehe ich einfach davon aus, dass das *Corporate Culture* ist. Wobei die Grundgesamtheit für diese Annahme zugegeben eher klein ist.“

Annika spricht schnell und die vielen Anglizismen, die sie benutzt, scheint sie bemüht akzentfrei aussprechen zu wollen, was ihren Redefluss unnatürlich wirken lässt.

„Ja klar, passt. Ich bin Özge.“ Özge ist leicht erschlagen von den vielen Worten in kurzer Zeit, aber auch von dem Fakt, dass sie gar nicht mehr auf dem Schirm hatte, dass heute eine neue Praktikantin anfängt. Aber klar, es ist der Monatserste. Sie denkt an den bis jetzt leeren Teams-Call. „Hat dich jemand im Büro begrüßt?“

Annika lacht. „Nein, niemand. Auch an der *Reception* war keiner. Ich stand da recht lange ziemlich dumm rum, um ehrlich zu sein. Ich habe schon überlegt, ob ich wieder gehen soll.“, sie lacht erneut, als wäre die Idee absurd. „Eine sehr ambitionierte Frau von HR hat mich dann doch noch gefunden, mir eine Mitarbeiterkarte ausgehändigt und mich in mein – ich meine in *unser* – Büro gebracht.

Sie hat noch was von Talentpool, Mentor*innen-Programm und Frauenstammtisch geredet und mir gesagt da könnte ich jeweils mitmachen - und ist dann mit einem dicken Lächeln weitergezogen. Dann saß ich zwar im Büro, aber wieder alleine und komplett ohne Computer oder irgendwas und ohne *Coworkers*. Zum Glück habe ich auf dem Gang dann zufällig einen sehr motivierten Kollegen von der IT getroffen, der so richtig in seinem Job aufgegangen ist. Der hat mir dann meine Devices besorgt und mir geholfen, alles aufzusetzen. Und kaum war ich eingeloggt, sehe ich eine *Notification*, dass dieser Termin vor zehn Minuten angefangen hat und wähle mich direkt ein."

„Wie krass.", sagt Özge, die ihren professionellen Tonfall schnell wieder aufgegeben hat. „Dass da einfach echt niemand im Büro ist..."

„Jaah, *exciting times*."

„Was meinst du?"

„Naja, *#ArtExplosion* und so. Viele Leute haben offensichtlich kaum noch Lust zu arbeiten, dafür wachsen die *Murals* an den Häuserwänden in immer gewaltigere Höhen, was ich so gehört habe. Ich habe das auch selbst im Freundeskreis mitbekommen. Ich habe in den letzten zwei Wochen einem Buddy dabei geholfen, alte Farbdosen – *more than enough of them out there right now* – einzuschmelzen und Parts für große Statuen daraus zu gießen, die er grade noch immer Stück für Stück zusammensetzt. Und ich selbst bin inzwischen voll der Fan von *Crocheting*."

Özges Augenbrauen gehen leicht nach oben. Sie hat ihre Wohnung in den letzten zwei Wochen kaum noch verlassen. Sie erinnert sich an das letzte Gespräch mit Laura an ihrem Geburtstag. Sie hatte erzählt, dass die ganze Stadt voll wäre mit neuen Kunstwerken. Dass nun scheinbar echt viele Leute nicht mehr bei der Arbeit auftauchen, überrascht sie dann doch.

„Was ist los?", fragt Annika. Özge realisiert, dass ihre Augenbrauen noch immer nachdenklich auf ihrer Stirn verweilen.

„Was ist denn Crotcheting? Das habe ich noch nie gehört." Özge hat kein Interesse daran zu zeigen, dass weltverändernde Ereignisse unbemerkt an ihr vorbeigezogen sind. Außerdem weiß sie wirklich nicht was Crotcheting ist, also kommt es ihr als Ausflucht genau recht.

„Häkeln. Sorry. Ab und zu denkt man schon in den Hashtags der *Bubble* in der man auf Tiktok hängt. Ich häkele grade mehr und mehr kleine Fantasietierchen." Sie greift neben sich auf den Schreibtisch und hält einen kleinen graubeigen Hirsch und einen rostroten Fuchs in die Kamera.

„Sind die süß!", ruft Özge mit ehrlicher Begeisterung. Der Häkellook verleiht dem Tierchen eine nostalgische Wärme, die sie nur schwer beschreiben kann.

„Habe ich als Glücksbringer mit ins Büro genommen.“ Annika lächelt breit. Sie scheint viel zu lächeln und viel zu lachen. Özge findet das sehr sympathisch, kann sich aber in ihrem aktuellen übermüdeten Status ein bisschen Neid auf diese Leichtigkeit auch nicht verkneifen.

„Ich habe tatsächlich auch ein Projekt, das ich gerade vorantreibe.“, führt Özge die Konversation weiter.

„Ach wirklich, was denn?“

Özge wollte Leute weit entfernt von ihrer Altersgruppe für neue Perspektiven interviewen. Wenn sie ehrlich zu sich selbst ist, ist sie inzwischen fast genauso weit von Annikas Alter entfernt wie von einigen der älteren Kollegen. Warum nicht nehmen was man kann?

„Dieses Projekt eigentlich der einzige Grund, weswegen ich mich hier in das Jour Fixe eingewählt habe.“, beginnt Özge ihren Pitch. Vertrauen aufbauen durch Ehrlichkeit.

„Aktuell schreibe ich ein Buch und beschäftige mich mit der Frage, ob Selbstverwirklichung unweigerlich zur Selbstausbeutung führt. Ob es vielleicht sogar das gleiche ist. Dazu wollte ich meine Kollegen befragen. Und dazu gehörst Du ja inzwischen auch.“

Annika lächelt auf eine Art, die Özge nicht richtig einschätzen kann, sagt aber schnell zu:

„Klar, immer gerne. Was sind deine Fragen?“

„Eigentlich will ich das Gespräch gar nicht zu sehr durch einen Fragenkatalog einengen. Lass uns einfach mal ein bisschen miteinander reden. Fangen wir aber erstmal formell an. Deinen Namen kann ich ja sehen. Wie alt bist Du denn, Annika?"

„Zwanzig."

„Ok cool.", antwortet Özge und versucht angestrengt, ein Pokerface zu bewahren. Sie fühlt sich mit ihren 34 Jahren auf einmal steinalt.

„Und wo kommst Du her?" Sie tippt Notizen auf ihrem zweiten Monitor mit, während sie Annika auf dem ersten immer wieder in die digitalen Augen schaut.

„Aus Passau. Da studiere ich auch. Ich bin aber gerade für das Praktikum in München."

„Was studierst du?"

„Soziologie im fünften Semester. Im Nebenfach Politik!", den letzten Satz schiebt Annika hektisch hinterher, als müsste sie ihre Relevanz für das Politikteam noch immer beweisen, in dem sie heute ihren ersten Arbeitstag hat.

„Cool. Dann legen wir mal los. Wie wichtig ist dir das Thema Selbstverwirklichung?"

„Schon sehr wichtig. Aber halt anders als jetzt glaube ich bei dir oder vielen anderen *Millenials*. Du bist doch *Millenial*, oder?"

„Was hat es verraten?", fragt Özge mit gezielt ironischem Unterton. „Sehe ich aus als wäre ich zwischen Mitte zwanzig und Mitte vierzig?"

Annika lacht. „Klar, das auch. Aber vor allem ist es schon die Frage. Ich musste eben schon lächeln, weil das so eine richtig typische *Millenial*-Fragestellung ist. *No offense*."

„Inwiefern?"

„Irgendwie beschäftigt Euch das Thema mehr als andere Generationen habe ich das Gefühl. Meine persönliche Theorie: Euch als Millenials hängt eine Karotte vor der Nase, der ihr nachlauft. Und fieserweise habt ihr zu oft gesehen, wie die Generationen vor Euch die Karotte packen und essen und sie sich richtig schmecken lassen. Eigenheim, Vermögensaufbau... Ich habe das Gefühl die Gen Z ist davon zu weit weg, die sehen vor allem euch und junge Gen Xer struggeln überhaupt die Miete zu zahlen und setzen ihre Prioritäten auch deswegen anders."

Özge schreibt in Stichworten mit, fragt sich aber, worauf das hinauslaufen soll.

„Und was hat das mit Selbstverwirklichung und Selbstausbeutung zu tun?", fragt sie.

„Alles und nichts. Aber du hast recht, ich versuche schneller zum Punkt zu kommen. Ich neige dazu ein bisschen viel zu reden. Ist dir vielleicht schon aufgefallen. Na ja, ich habe mir dazu in den letzten Jahren einige Gedanken gemacht und mein Studium hat hier auch ein bisschen geholfen. Du kennst die Bedürfnishierarchie nach Maslow, oder?"

Özge nickt.

„Klar. Das ist eine Pyramide, oder?“ Sie erinnert sich an bunte Diagramme auf LinkedIn, vor allem gepostet von Menschen, die ihre Dienste als Coaches oder ähnliches anbieten. „Was sind nochmal die einzelnen Stufen?“, fragt sie.

„Ganz unten kommen physiologische Bedürfnisse wie Essen, Schlafen und so weiter. Dann kommen Sicherheitsbedürfnisse, eine Stufe drüber dann soziale Bedürfnisse und wenn man das alles hat kommen Individualbedürfnisse. Das ist sowas wie Wertschätzung, Erfolg, Unabhängigkeit. Und erst wenn man all das gesichert hat, ganz auf der Spitze der Pyramide, kommt die Selbstverwirklichung.“

„Macht Sinn.“

„Ja, Maslow hat gesagt diese oberste Stufe betrifft nur ganz wenige, nur ein Prozent oder so. Jetzt hat dieses Konzept nach Maslow natürlich viele Probleme und taucht inzwischen viel in der Populärwissenschaft und Selbstoptimierungsbüchern auf, weniger in der ‚echten‘ Wissenschaft. Andere Ansätze sehen die *Needs* eher nebeneinander. Außerdem ist es ja so, dass viele Menschen in ihrer Freizeit einer Art Selbstverwirklichung in Form von Hobbys nachgehen und nicht unbedingt im Arbeitskontext. Wenn Du Marxisten oder katholische Mönchsorden fragst ist vermutlich das einzige, worauf die sich einigen können, dass die Arbeit sogar per se eine Selbstverwirklichung ist, oder zumindest ein Weg dahin, solange die Entfremdung zum Individuum nicht zu groß ist."

Özge tippt zwar mit, fragt sich aber doch ob sie Annika unterbrechen soll. Sie tendiert tatsächlich zum Schwafeln. Scheinbar hat Annika Özge aber ihre Ungeduld im Gesicht abgelesen:

„*The point is*, dass das, was Leute heute so oft versuchen – nenne es ‚das Hobby zum Beruf machen' oder *do what you love and you will never work a day in your life* - diese spezielle Kombination aus Selbstverwirklichung und Broterwerb kann nicht funktionieren. Erstrecht in einer *Cost Of Living Crisis* wie wir sie aktuell haben wird das immer zur Selbstausbeutung führen. Ironischerweise unterwerfen sich so genau diejenigen den kältesten Kräften der Marktwirtschaft, die ihnen durch Selbstverwirklichung entkommen wollten."

Özge lässt den Schlusssatz ein paar Sekunden auf sich wirken. Tatsächlich hat Annika da fast genau ihre Philosophie wiedergegeben, die sie auch jahrelang Laura gepredigt hat. Laura, die unbedingt etwas „Kreatives" machen wollte und damit immer wieder in die ausbeuterische Welt von Agenturen und Kleinunternehmen geraten ist. Özge dagegen hat einen Job, für den sie kaum Liebe empfindet – aber genug Geld und Freizeit, um das außerhalb der Arbeitszeit mehr als auszugleichen. Und doch hat sich so viel geändert seit Lauras Geburtstag. Seitdem verspürt Özge dieses

Verlangen zu schreiben und ihren Talenten zu folgen. Sie kann Laura heute besser verstehen als je zuvor.

Bevor die Gesprächspause zu lang wird, stellt Özge noch eine letzte Frage an Annika.

„Du würdest also niemandem empfehlen, sich selbst zu verwirklichen?"

„Das klingt jetzt ein wenig *invasive*. Ich will ja niemandem was vorschreiben. Aber 35 bis 40 langweilige Stunden im *Office* – oder auch weniger, siehe meine Generation, die ja auch gerne mal zum Berufseinstieg nach 20 Wochenstunden fragt – und Freizeit und Hobbies zur Selbstverwirklichung zu nutzen ist meiner Meinung nach besser, als 50 bis 60 Stunden dem Glück hinterher zu jagen und auf LinkedIn zu beteuern, wie erfüllend das ist. Idealerweise finanziert der Job die Freizeit. Schön *traveln*, gutes Essen – du verdienst hier bei deinem Job wahrscheinlich sogar genug für ein extravaganteres Hobby."

Özge lacht ertappt. „Ich habe ein ziemlich nices – und recht teures – Motorrad..."

„Das ist der Weg zur Zufriedenheit, meiner Meinung nach. Natürlich ohne Gewähr. Aber je weniger die Arbeit zu etwas Sinnstiftendem überhöht wird, desto leichter fällt es einem auch, sie einfach zu machen und nach Feierabend sein zu lassen. Die Einstellung ist vielleicht auch der Grund, weswegen ich als einzige aus dem Team heute hier aufgetaucht bin, während alle anderen die Wände vollmalen oder Statuen bauen."

„Oder Bücher schreiben.", ergänzt Özge selbstironisch.

„Oder das. Arbeiten ist wie Hausarbeit. Ein Hygienefaktor für ein gutes Leben – aber bitte so wenig wie möglich davon. Ich komme hierher, so wie andere den Teppich saugen oder sich duschen."

Özge muss wieder an Laura denken, die seit Jahren mit Jobs im Akademiker-Prekariat auf der Stelle tritt. Annika hat wahrscheinlich genauso recht wie Vergangenheits-Özge. Ihre aktuelle Situation passt da nicht so richtig dazu – aber sie ist nicht die erste Autorin der Geschichte, die mit einem Widerspruch zwischen ihren Thesen und ihrem eigenen Leben klarkommen muss. Inmitten der ganzen Anglizismen und englischsprachigen Idiome, die Annika in ihrem Gespräch benutzt hat, fällt Özge eine weitere Redewendung ein: *Do as I say, not as I do.*

Nach der letzten Frage plätschert das Gespräch noch ein bisschen vor sich hin, gleitet aber schnell in Smalltalk ab und bald legen beide auf.

Weder Hartmut, noch Sigi oder Peter tauchen bis dahin auf.

- 13 -

Der Holzschaft der Schaufel ist blutverschmiert, als Andi sie ein letztes Mal in die steinige Münchner Erde rammt. Er hebt eine Ladung Erdreich aus der Grube und dreht die Schaufel über dem Haufen einen halben Meter daneben. Seine Muskeln brennen, als wären sie mit heißen Nadeln durchsetzt. Sein schwarzes T-Shirt klebt schweißnass an seinem Oberkörper, seine Stirn und seine Arme sind von der frühen Junisonne krebsrot verfärbt.

Es wäre wahrscheinlich klüger, diese schwere Arbeit nachts durchzuführen, aber Andi ist sich sicher, den Gestank und den Anblick des verwesenden Wolfkörpers nicht noch einen weiteren warmen Tag zu ertragen. Vor allem aber den unsichtbaren Horror, der unter der Wolfshaut lauert. Wie schnell sich alles im Leben ändern kann...

Vor drei Tagen lag er noch zusammengekauert auf seinem Bett und hat auf den Tod gewartet. Nachdem er den Wolf hinter der Glasfront entdeckte, ist er auf sein Zimmer gerannt und hat die Tür hinter sich abgesperrt. Es dauerte nur wenige Sekunden bis er realisierte, wie dumm das war. Dieses kleine Schloss in einer lackierten Presspantür würde nichts gegen dieses Monster ausrichten. Doch da hörte er schon zerbrechendes Glas im Wohnzimmer. Er war unter dem Dach gefangen wie

Rapunzel in ihrem Turm. Wenn der Wolf fertig war mit der jungen Frau war es nur eine Frage der Zeit, bis er zu ihm kommen würde. Also legte er sich in sein Bett, kauerte sich zusammen, und wartete.

Bei jedem Knall, bei jedem Bersten von Holz oder Glas zuckte er in seinem Bett zusammen und schluchzte und schrie auf. Dann kam ein ohrenbetäubender Knall – und es war ruhig. Der Kampf war vorüber. Andi ist nicht stolz darauf, doch nach dem Knall zog er sich die Decke über den Kopf und wimmerte leise vor sich hin. Er wartete nur darauf, dass das Monster nach getaner Arbeit an der Frau durch seine Tür brach als wäre sie aus Pappe, und ihn mit Haut und Haaren verschlang.

Doch es blieb still. Andi wartete zehn Minuten, dann eine Stunde – und irgendwann nahm er die Decke wieder von seinem Kopf. Bald darauf setzte er sich aufrecht hin. Doch erst als die untergehende Sonne vor seinem Dachfenster anfing, den Himmel orange-rosa einzufärben, traute er sich langsam nach unten. Der Grund war einfach: Was ihm am helllichten Tag schon so viele Nerven gekostet hatte, würde er nur schwerlich eine Nacht lang aushalten. Wo war eigentlich seine Oma?

Also schlich er sich langsam und so leise wie es seine ungeschickten Füße vermochten nach unten und betätigte dabei jeden Lichtschalter, den er finden konnte. Zwar reichte das natürliche Licht noch locker aus, um sich zurechtzufinden – aber jedes zusätzliche LUX beruhigte ihn ein bisschen.

Als er es schaffte vom Fuß der Treppen aus einen ersten vorsichtigen Blick ins Wohnzimmer zu werfen, stockte ihm der Atem angesichts der Zerstörung. Das Licht im Wohnzimmer funktionierte nicht mehr, doch die Abendsonne tauchte die Szene in ihr rötliches Licht.

Die komplette Fensterfront war eingerissen, jegliches Sitzmöbel zerstört. Der einzige Schrank, der noch stand, war der, in dem seine Oma ihre Schnäpse aufbewahrte. Flecken getrockneten Bluts in so einem dunklen Rot, dass es schwarz wirkte, waren quer über alle Möbel und Wände verteilt. Sogar an der Decke sah er Flecken, diesmal durchsetzt mit etwas Schleimigem in einem dreckigen Grauton. In der Mitte von all diesem Chaos, quasi als Kernstück der gesamten Installation, lag unübersehbar ein gewaltiger toter Wolf. Es war natürlich an sich gut, dass der Wolf tot war – und diese Tatsache brachte Andi auch kurzzeitig darüber hinweg, dass das gesamte Wohnzimmer seiner Oma zerstört wurde. Und der Wolf war sowas von tot: Die Hälfte seines Schädels fehlte. Es gab nur noch ein Auge, das noch als solches zu erkennen war, und das starrte milchig ins Nichts. Aus seinem Kopf ragte das alte Jagdgewehr seines Opas. Seltsam. Hatte die junge Frau das als eine Art Lanze benutzt? Doch jetzt war nicht die Zeit sich darüber zu wundern. Es lag Triumph in der Luft.

„Du dummes, hässliches, Scheiß-Drecks-Vieh!“, schrie Andi, der inzwischen selbst im Wohnzimmer stand, in Richtung des toten Tieres. Dann trat er ihm mit voller Kraft gegen dessen verstümmelten Kopf. Ein Fehler. Psychisch hatte das gut getan, doch sein großer Zeh fühlte direkt danach an, als hätte er barfuß gegen einen mit Beton gefüllten Fußball getreten. Er schloss die Augen, flucht laut und bekämpfte den unmittelbaren Drang den Kopf aufgrund der Schmerzen noch einmal zu treten. Und hätte er die Augen geschlossen gehalten, wären die nächsten Tage vielleicht anders verlaufen. So aber öffnete er seine Lider und entdeckte das Detail, das sein Leben von jetzt auf gleich mehr verändern würde, als es ein verwüstetes Wohnzimmer jemals könnte. Zwischen den Zähnen des gewaltigen Tieres hing ein rotes Stück Stoff. Kalter Schweiß begann ihm von den Schläfen zu laufen. Das konnte nicht sein. Er zog das Halstuch heraus und durchbrach dabei eine Kruste aus getrocknetem Blut und etwas das aussah wie hellblaue Glitzerfarbe. Er erkannte das Muster und die Form sofort. Es war eindeutig das rote Tuch seiner Oma, mit dem sie immer die Narbe an ihrem Hals verdeckte, wenn sie das Haus verließ.

Er wollte nicht glauben, was das rote Stück Stoff implizierte und doch hatte er sich in das verwüstete Wohnzimmer auf den jahrzehntealten Cord-Sessel gesetzt und gewartet, das verkrustete rote Band in der Hand. Bestimmt würde seine Oma gleich die Tür aufsperren und mit neuen Pflanzen unter dem Arm, die sie allesamt nicht mit Andi abgesprochen hatte hier rein marschieren.

„Mei der Bus hat wieder amoi a Verspätung g'habt. Des müssn diese Gorilla-Künstler sei. Wenn I doch an Enkel hätt', der mir fährt.", oder sowas ähnliches würde sie dann sagen.

Dann würde sie das Chaos sehen und Andi anschreien, ob sie ihn mit Mitte Zwanzig nicht ein paar Stunden alleine lassen könnte. Sie wäre fuchsteufelswild, sie würde brüllen und toben. Und Andi würde die ganze Zeit lächeln, weil seine Oma nun mal so war. Weil seine Oma noch da war. Doch aus dem rosa-orangenen Licht wurde ein kühles Blau und schließlich ein nächtliches Schwarz. Andi saß im dunklen Wohnzimmer, der Rest des Hauses noch hell erleuchtet – und kein Schlüssel drehte sich im Schloss. Doch Andi stand nicht auf.

Es war tiefste Nacht und Andi saß noch immer vor dem toten Wolf, als er sich daran erinnerte, dass seine Oma vor wenigen Wochen eines dieser alte-Leute-Handys mit großen Tasten und möglichst wenig verwirrender Software gekauft hatte. Er hatte damals nicht genau gewusst wofür, da sie das Haus sowieso kaum verließ. Er glaubte, dass das vielleicht ein Versuch war, sich selbst zu beweisen, dass sie mit der modernen Welt doch noch Schritt halten konnte – um dann in einem Media Markt das einzige Telefon zu kaufen, dass sie verstand. Doch nun konnte er sie anrufen, konnte wissen, ob es ihr gut ging –

oder ob sie vielleicht einen Unfall hatte und in einem Krankenhaus lag. Das blutverkrustete Halstuch, dass er noch immer in seiner linken Hand hielt, und dessen düstere Implikationen verdrängte er für den Moment.

Andi ging zum Festnetztelefon, weil sein eigenes Handy in seinem Zimmer unterm Dach lag, wählte den Eintrag *Sybille Handy*, von dem er zurecht vermutete, dass seine Oma in ihrer typischen Prioritätensetzung selbst angelegt hatte, und wartete darauf, dass es klingelte.

Während in seinem rechten Ohr ein Freizeichen aus dem Hörer erklang, drang ein sanftes Vibrieren an sein linkes Ohr. Enttäuschung machte sich breit. Sie hatte ihr Handy nicht mitgenommen. Das Vibrieren kam aus dem Wohnzimmer. Er folgte dem Geräusch, um das Handy wieder an seinen Platz neben die Schlüsselschale zu legen, damit seine Oma es das nächste Mal nicht vergessen würde. Doch wo genau kam das Geräusch her? Es war gedämpft zu hören, vermutlich lag das Gerät also auf einer weichen Oberfläche – doch sowohl auf der Couch noch zwischen den Kissen war es zu finden, genauso wenig auch nur in der Nähe des Sessels. Die Mobilbox beantwortete den Anruf und das Vibrieren stoppte. Andi rief noch einmal an – und diesmal brauchte er nur wenige Sekunden, um das Handy seiner Oma zu lokalisieren.

Er ging neben dem Wolf auf die Knie. Der rostige Geruch von altem Blut stieg ihm in die Nase. Er stützte sich mit den Händen ab, achtsam versuchend in keine Körpersäfte zu greifen, und hielt sein linkes Ohr an den saubersten Punkt des Wolfsbauches, den er finden konnte. Er konnte die Vibration an seiner Ohrmuschel spüren. Das Handy war in dem Wolfsbauch. Seine Oma war tot und in diesem Monster. Er übergab sich direkt neben das tote Tier.

Das Loch, das er mit dem Spaten ausgehoben hatte, verdient den Namen kaum. Es ist knapp zwei Meter lang und nicht einmal einen Meter tief, aber mehr ging nicht. Die Blasen auf seinen Handflächen und das Blut auf dem Stiel der Schaufel waren Zeugen für sein körperliches Opfer. Ein Loch zu graben ist unter den besten Umständen schwierig. Doch die typische Münchner Bodenzusammensetzung aus einer recht dünnen Humusschicht über Tonnen und Abertonnen an Steinen, Kieseln und Schotter macht jeden einzelnen Spatenstich ab einer Tiefe von 30 bis 40 Zentimetern zum Martyrium.

Zwei Tage und drei Nächte hatte Andi darüber nachgedacht, wie er mit den Überresten des letzten Menschen umgehen sollte, der ihm etwas bedeutet hatte. Er hatte alles gelesen, was es zu lesen gab. Über Polizeiermittlungen, über Friedhofspflicht und Autopsien, sogar über Urkunden- und Vollmachtsfälschungen und über Menschen, die jahrelang weiter die Rente ihrer toten Eltern kassierten.

Der offizielle Weg erschien ihm sehr unattraktiv. Zum einen würde das gigantische menschenfressende Monster wohl deren gesamte Aufmerksamkeit auf sich ziehen und die Beerdigung seiner Oma entsprechend lange aufhalten. Sollte die Polizei wirklich irgendwann kommen und ihn anzeigen wollen, dann war das halt so. Außerdem hatte er ja vor drei Tagen versucht, Polizei und Feuerwehr anzurufen. Der Versuch war erfolglos. Er könnte natürlich in Persona zu einer Station gehen, aber dazu sieht er sich nicht in der Lage. Außerdem bekäme er seine Oma dann in Stücken zurück, die zuvor im Magen eines Wolfs gewesen waren. Wenn überhaupt. Eine würdelose Vorstellung. Andere Überreste gibt es nicht. Er hat das überprüft.

Er ist den (ziemlich offensichtlichen) Spuren des Wolfs rückwärts gefolgt, gleich zum Sonnenaufgang nach der Nacht des vibrierenden Magens. Er hatte ein totes Pferd gesehen, das einem Einhorn verdammt ähnlich sah und eine in weiten Teilen getrocknete glitzernde Flüssigkeit, die wohl mal dessen Blut war. Diese Erfahrung war ein weiterer Grund, nicht die Polizei zu rufen – er hatte die reale Angst, nach seiner Zeugenaussage in eine Einrichtung gesteckt zu werden.

Doch er fand auch rotes Blut. Nur wenige Meter von dem Einhorn entfernt, bei einer kleinen Unterführung. Einzelne Spritzer auf Blättern, an der Wand der Unterführung, am Boden. Sonst nichts. Es war als hätte der große Wolf seine Oma mit Klamotten, Haut und

Haaren gefressen. Doch auch wenn die Polizei keine Option war – gab es Alternativen?

Er hatte also seine Entscheidung zwei Tage und drei Nächte aufgeschoben. Bis ihm die Sonne und der Verwesungsgestank in unheiliger Allianz heute die Entscheidung abgenommen haben. Der Wolf muss unter die Erde.

Andi wundert sich ohnehin, dass bisher niemand die Polizei gerufen hat. Erst zerborstenes Glas, dann ein Knall und anschließend Verwesungsgeruch sollten auch für den unbesorgtesten Nachbarn mehr als genug Warnsignale darstellen. Doch dann denkt er wieder an die besetzten Notrufnummern – und an eine alte Regel, die er mal online gelesen hat: *Eine Sache hat das Internet gezeigt: Wenn Dir etwas passiert, ist tausenden anderen weltweit genau das gleiche passiert. Du bist nie allein.*

Eine gute Erklärung für die mangelnden Polizeieinsätze in seinem Haus, aber eine beunruhigende Idee, wenn es um die Angriffe gigantischer Wölfe ging.

Er atmet tief durch. Wahnsinn, wie schnell er sich ablenken lässt. Schon immer eines seiner Probleme. Er schüttelt seinen Kopf. Zurück in den Moment, auch wenn es schwer ist. Es ist Zeit, das Loch zu füllen. Er blickt nach unten auf die riesige Leiche, die noch immer im Wohnzimmer liegt. Blickt er länger an eine Stelle kann er sehen, wie sich kleine Tiere auf und unter der Haut bewegen. Er muss würgen, kann aber seinen überschaubaren Mageninhalt in sich behalten. Statt sich zu übergeben geht er in die Küche, um sich zumindest Einmalhandschuhe zu holen.

Die wenigen Meter Leichentransport aus dem Wohnzimmer in den Garten gestalten sich als sehr schwierig. Erste Versuche, den Wolf schlicht an seinen Hinterpfoten in den Garten zu ziehen scheitern an seinem unglaublichen Gewicht. Der Leichnam bewegt sich keinen Millimeter. Also fängt Andi an, den massigen Körper längs zu rollen, wie ein Kind im Sommer einen Hügel hinab. Bei dieser Methode gehen allerdings recht schnell die langen Beine des Biests im Weg um, so dass Andi sie eng am Körper platzieren muss. Das führt dazu, dass bei der nächsten Seitwärtsrolle ein Gelenk hörbar auskugelt. Diesmal muss Andi nicht würgen. Stattdessen steigen Tränen in ihm auf, die er nicht zurückhalten kann. Wie würdelos ist das bitte?

Er rollt ein lebloses Stück Fleisch durch den Garten, weil sich darin die sterblichen Überreste seiner Oma befinden. Dieses Stück Fleisch hat seine Oma getötet und trotzdem ist das die beste verdammte Option. Es ist nicht so, als könnte er Traumata vermeiden, indem er Bauchdecke und Eingeweide des Wolfs aufschneidet dann ein zerbissenes, zerfetztes und abgetrenntes Körperteil nach dem anderen aus den vergorenen und verfaulten Verdauungssäften eines Raubtieres holt.

Mit einem letzten Ruck rollt der Torso des Wolfs über die Kante in das Loch. Mit unappetitlichen Geräuschen machen drei der vier Extremitäten darauf aufmerksam, dass sie aktuell noch nicht in das Loch passen. Sie stehen stattdessen in unnatürlichen Winkeln ab und aus dem Loch heraus. Die einzige Ausnahme ist der rechte Vorderlauf, bei dem Andi eben das Schultergelenk ausgekugelt hatte – das liegt direkt unter dem massigen Körper. Der gesamte Anblick erinnert an die gigantische Version einer frisch erschlagenen Spinne, die an der eingerollten Zeitung klebt.

Andi schreit vor Frust bevor er beginnt jedes Bein mit Gewalt in die Grube zu treten. Er bricht dem toten Tier einige weitere Knochen, aber am Ende ist er erfolgreich. Schweiß und Tränen vermischen sich, als er das aufgetürmte Erde-Stein Gemisch auf den toten Wolf schüttet. Die fallenden Steine machen unangenehme Geräusche, als sie auf den toten Körper prallen. Erst als der Wolf komplett mit sandiger Erde und Kieseln bedeckt ist geht er in das Haus. Dort hat er schon vor dem Ausheben des Grabes ein einfaches Kreuz zusammengezimmert, aus Holz, dass noch von seinem handwerksbegabten Opa im Keller lag.

Weder er noch seine Oma sind – oder waren – religiös, aber ein Kreuz gehört auf das Ende eines Grabes. Jetzt wo das Monster nicht mehr zu sehen ist, konnte er das Loch endlich als Grab bezeichnen. Es geht jetzt nur noch um seine Oma.

Er drückt das Kreuz mit seiner angespitzten Seite so fest in die Erde am Kopfende des Grabes wie er kann. Ein kurzer Wackeltest am Ende: Es fühlt sich stabil an. An dem Kreuz hängen verschiedene Fotos seiner Oma, die er mit Reißnägeln befestigt hat. Er hatte im Keller sogar noch einen uralten Lötkolben gefunden und damit ihre Lebensdaten aufschreiben können:

Sybille Berghammer

** 13. Januar 1946*

† 26. Mai 2024

Aus seiner Hosentasche zieht er das Einzige, was von seiner Oma an ihrem Todestag geblieben ist: Das rote Kropfband. Er wickelt es um die rechte Seite des Kreuzes und zieht es mit einem einfachen Knoten fest. Er tritt einen Schritt zurück blickt seiner Oma auf einem der Fotos ins Gesicht. In den meisten Filmen würde es spätestens jetzt anfangen in Strömen zu regnen. Stattdessen strahlt ihm die Sonne seitlich ins Gesicht und er muss seine Augen zusammenkneifen. Irgendwie macht das schöne Wetter alles noch tragischer. Als wollte die Welt ihm mitteilen, wie egal ihr der Tod seiner Oma war. Er beginnt, hemmungslos zu weinen.

Andi weiß nicht genau, wie lange er dort draußen bei dem frischen Grab seiner Oma stand, bevor er durch die zerbrochene Fensterfront wieder das Wohnzimmer betritt. In jedem Fall fühlt es sich so an, als wäre es nicht lang genug gewesen. Als hätte sie mehr verdient. Klar hatten sie sich gestritten – sie ist oft keine einfache Person gewesen. Aber sie hatte ihn aufgenommen, als er außer ihr niemanden mehr hatte. Und jetzt ist wirklich niemand mehr da. Unter seinen Schuhen knirscht es. Er blickt nach unten und sieht Glasscherben in vielen Formen und Größen. An einigen klebt Blut. Er war so sehr darauf fixiert gewesen, dieses Monster – und damit seine Oma – in den Garten zu bekommen, dass er das Chaos im Wohnzimmer wohl vollkommen ausgeblendet hat.

Er holt einen leeren Eimer und fängt an die größten Glassplitter aufzusammeln und hineinzuwerfen. Es fühlt sich richtig an, das zerstörte Wohnzimmer aufzuräumen. Die Beerdigung als Anlass auch gleich andere Dinge abzuschließen. Außerdem würde er so nicht jedes Mal an diesen furchtbaren Kampf erinnert werden, wenn er das Wohnzimmer betritt.

Als die größten Scherben im Eimer verstaut sind, holt sich Andi einen Besen und eine Kehrschaufel, kehrt die übrigen Scherben auf und schüttet sie in mehreren Gängen mit einem jeweils überraschend lauten, aber doch befriedigenden Geräusch von gläsernem Regen in den Eimer. Die restlichen Glasstücke sind so klein, dass es er sie aufsaugen müsste. Er hat keine Ahnung, wo der Staubsauger ist. Vermutlich in dem schmalen hohen

Schrank in der Küche? Er macht einen Schritt durch das Wohnzimmer, als sein Blick auf etwas fällt, das er bisher ebenso in seinen Gedanken beiseite geschoben hatte wie das Aufräumen des Wohnzimmers: Das blutverschmierte Jagdgewehr seines Opas, von ihm selbst aus dem Wolfskopf gezogen und zunächst einmal gedankenverloren an den Fernsehschrank gelehnt. Er begutachtet das Gewehr zum ersten Mal seit diesem schicksalhaften Tag ausgiebig. Kann es sein, dass...? Nein... *What the Fuck?*

Zu seiner eigenen Überraschung fängt Andi an zu lachen. Doch das Lachen ist kalt, so als wäre er die Pointe eines Witzes, den er selbst nicht wirklich versteht. Und von seinem Gesicht rinnen Tränen. Was vor ihm liegt ist unmöglich. Die Schlussfolgerungen sind unmöglich. Andererseits hat das Wort in den letzten Tagen sehr viel an Bedeutung eingebüßt. An der Waffe seines Opas vor ihm – an der Waffe, die er selbst versiegelt hat, um sie behördlich überhaupt ohne Waffenschein behalten zu dürfen – an dieser Waffe sind Schmauchspuren. Sie wurde abgefeuert.

- 14 -

Schon bevor Kalle und seine unsichtbaren Musenfreunde hier in dieser Welt aufschlugen war die Schleißheimer Straße mit ihren fast 700 Hausnummern ein Kosmos für sich. Aus den Plattenbauten ganz im Norden der Stadt im tiefsten Hasenbergl führt sie vorbei an der Panzerwiese - einem alten Truppenübungsgelände, das inzwischen ein Naherholungsgebiet ist und an dessen Vergangenheit heutzutage höchstens noch eine große Bundeswehr-Kaserne erinnert, die im Süden daran angrenzt. Kurz darauf folgt an der Schleißheimer Straße der gigantische Komplex, den das BMW-Stammwerk darstellt, über den Frankfurter Ring ins eng bebaute Milbertshofen und über den mittleren Ring irgendwann in die Teile Münchens, in die sich auch manchmal Touristen und Schickeria-Anhänger verlaufen: durch Schwabing und Neuhausen hindurch in die Innenstadt, bis sie dann kurz vorm Hauptbahnhof zur Seidlstraße wird. Wenn man also eine Straße sehen will, die die ganze Stadt abbildet, ist man mit der Schleißheimer Straße gut beraten.

Doch jetzt, nach der Ankunft der lustigen Fantasie-Männchen (Laura würde ja gendern, aber der einzige Vertreter der Gattung, den sie bisher erblicken durfte war eindeutig nun mal ein Männchen) war die Straße einen Besuch noch mehr wert. Ganze Straßenzüge waren *voll* mit Graffiti. Fünfstöckige Häuser, deren Wände keinen Quadratzentimeter der Ursprungsfarbe mehr auswiesen.

Die Autos am Straßenrand wurden teils auseinandergebaut und zu neuen Skulpturen verschweißt. Laura fragt sich kurz, ob die Autobesitzer hierzu wohl ihr Einverständnis erteilt hatten, kommt dann aber direkt auf andere Gedanken, als sie einer kleinen Straßenbiegung folgt und auf einmal ihr Blick frei wird auf ein surrealistisches Skulpturen-Wimmelbild, dass ihr ein hörbares *Wow!* entlockt. Und sie ist nicht die einzige staunende Zuschauerin. Während es im relativ ländlichen und dünn besiedelten Feldmoching natürlich auch weniger Spaziergänger gibt und Laura deswegen alleine auf das Einhorn und den mörderischen Wolf gestoßen ist, haben sich hier einige Dutzend Menschen um die Kreuzung versammelt, staunen und posieren für Fotos.

Auf der Kreuzung wurden Ampeln mit einer Handwerkskunst, die für Lauras Akademikerhände mit Magie gleichzusetzen war, gebogen, geschmolzen und verdreht, so dass einige nun mit sich selbst verknotet sind. Andere wiederum scheinen mit ihren Gegenstücken von der anderen Straßenseite zu flirten. All das sieht auf faszinierende Weise organisch und natürlich aus, ist aber nur die Umrahmung für ein Kunstwerk von monströsen Ausmaßen in der Mitte der Kreuzung. Hier haben die Künstler – eine Einzelperson hätte das unmöglich schaffen können – drei Autos und eine Straßenbahn so platziert, dass sie aussahen, als wären sie in einem Tanz eingefroren. Die Autos sind anthropomorph auf ihre

Hinterreifen gestellt, die Türen abmontiert und wie dynamische Arme versetzt an die Karosserie geschweißt. Die Tram räkelt sich s-förmig wie eine Schlange dazwischen. Tonnenschweres Gerät wirkt so leichtfüßig wie die Szene einer Wiener Ballnacht.

Laura lächelt. Die Szenerie erinnert sie daran, wie sie noch vor wenigen Tagen dachte, dass sich die ganze Stadt entwickeln würde. Vor der Wolfsattacke. Und bevor ihr Kalle seine Theorie mitgeteilt hat, dass die Welt nicht nur bunter wird, sondern bald vielleicht auch von Peter Pan und der Zahnfee bevölkert wird. Und sich dann kurz darauf einfach verabschiedet hat, um weitere „Nachforschungen" anzustellen... Laura war dann allein mit ihrem Rausch, ihrer Erschöpfung und ihrem frischen Trauma. Es war eine furchtbare Nacht, mit einer seltsamen Mischung aus Wachliegen und tiefem, erschöpftem Schlaf mit verstörenden Albträumen.

Die Gedanken lassen das frische Lächeln auf ihrem Gesicht wieder sterben. Laura zündet sich eine Zigarette an. Wie viel sie die letzten Tage geraucht hat... eigentlich schon widerlich. Sie inhaliert trotzdem genussvoll den Rauch in ihre Lunge. Rauchen gegen Trauma. Ein uraltes Familienrezept.

So viel hatte sich verändert in den letzten Tagen und Wochen – eigentlich ihr ganzes Leben. Eines ist jedoch verstörend gleichgeblieben, wie ihr nochmal klar wird, als sie staunend vor diesem gigantischen Kunstwerk steht.

Ihre eigenen künstlerischen Fähigkeiten und Inspirationen.

Wenn Kalle mit seiner gesamten Geschichte Recht hat (und daran zweifelt sie inzwischen bei allem was passiert ist kaum noch), dann hätte sie doch auch den Einfluss der Musen spüren müssen. Sie war vermutlich auch der einzige Mensch, der direkt mit einem der mythischen Besucher gesprochen hatte. Dazu hat sie sich immer als eine kreative Person gesehen. Doch während andere aus tonnenschweren Autos und Straßenbahnen luftig-leichte Skulpturen zaubern hat Laura seitdem keine einzige Leinwand gefüllt – geschweige denn eine Hausmauer. Sie ist nicht an ihrem Geburtstag aufgewacht und hat sich *inspiriert* gefühlt, so wie anscheinend jeder andere Mensch auf dem Planeten. Das war also ein weiteres Rätsel in dem Bouquet an Merkwürdigkeiten, das ihr Kalle und die Welt übergeben haben. Nicht das Wichtigste, sicherlich, aber interessant findet es Laura trotzdem.

Sie schaut sich um, um auf andere Gedanken zu kommen – der ursprüngliche Grund dieses Spaziergangs - und ist damit schnell erfolgreich. Denn die nächste Straßenkreuzung kennt sie. Schleißheimer Straße Ecke Clemensstraße. Özge wohnt nur fünf Minuten von hier.

Seit dem misslungenen Spabiergang-Date vor fünf Tagen hatten sie wieder ein bisschen geschrieben. Vorgestern hat Özge sie sogar angerufen und mit ihr über Gott und die Welt gesprochen. Tatsächlich kam Laura sich fast vor, als würde sie ausgefragt über die neue Welt, in der jetzt alle lebten. Kalle und die Musen und erstrecht den großen Wolf hatte Laura aber nicht erwähnt. Irgendwann wird sie ihr Wissen mit jemandem teilen müssen um nicht verrückt zu werden und vielleicht würde dieser jemand auch Özge sein. Aber das war definitiv ein Thema, das man lieber in Persona statt am Telefon bespricht – wenn Laura nicht doch schweigen würde, aus Angst für verrückt gehalten zu werden.

Einige Minuten später klingelt Laura an Özges Tür. Lange Zeit steht sie da und wartet. Tatsächlich überlegt sie, weiterzugehen – als es doch noch im Türschloss summt. Laura drückt die Haustür nach innen auf und tritt in das hölzerne Treppenhaus des Altbaus ein.

Drei Stockwerke mit hohen Decken später erreicht Laura die Wohnungstür - außer Atem und mit einer Herzfrequenz, die sie die letzte Zigarette doppelt bereuen lässt.

Die Tür öffnet sich auch gleich einen Spalt. Zu ihrer Überraschung bittet Özge sie aber nicht hinein, sondern quetscht sich selbst durch die halbgeöffnete Tür, um Laura im Hausflur zu begrüßen. Die Tür hinter sich lehnt sie an.

Als Özge vor ihr steht, ist Laura ehrlich geschockt. Niemand verkörpert eigentlich den Satz „Wer saufen kann, kann auch aufstehen“ so sehr wie Özge Demir. Sie ist zwar immer für ein oder mehrere Kaltgetränke zu haben, schafft es aber gleichzeitig sogar im Vollrausch so adrett auszusehen, als stünde in fünf Minuten das nächste Meeting an – und am nächsten Morgen, während Laura sich aus dem Bett quält, vor sich hin leidet und eine Aspirin in ein Glas Wasser wirft, sitzt Özge schon seit Stunden im Büro oder bei irgendeinem politischen Frühstück, zumindest nach außen frisch wie der junge Morgen. Eine Eigenschaft, der Laura einen guten Teil von Özges beruflichem Erfolg zuschreibt.

Umso mehr drängt sich Laura die Frage auf, was mit Özge passiert sein muss, damit sie so aussieht. Ihre schwarzen Locken stehen ungekämmt von ihrem Kopf ab wie Medusas Schlangen. Ihr Haaransatz wirkt fettig und ungewaschen. Unter ihren Augen saugen dunkle Ringe das übliche Strahlen ihrer haselnussbraunen Augen auf. Mit solchen Augenringen hat Laura Özge noch nie gesehen.

„Özge!", ruft Laura schließlich, und bemüht sich erfreut und nicht schockiert zu klingen.

„Laura? Was für eine Überraschung. Freut mich end!"

Özges Stimme klingt müde und belegt, aber die Freude darin echt. Sie trägt eine Jogginghose und ein weites T-Shirt, die beide wirken, als hätte sie darin geschlafen.

„Ich war in der Gegend und dachte ich schau mal vorbei. Alles gut bei Dir? Habe ich Dich geweckt?"

„Was?" sie schaut an sich hinunter. Erst jetzt scheint ihr ihr Outfit aufzufallen. „Nein... ich... ich habe nur generell wenig und unregelmäßig geschlafen in letzter Zeit."

„Was ist los?“, fragt Laura.

„Ach du weißt schon, das Übliche. Viel zu tun, vor allem mit dem Buch.“, antwortet Özge ausweichend.

„Stimmt, wie läufts da?“ Noch bevor Özge antwortet schiebt Laura hinterher: „Und wollen wir vielleicht reingehen, um zu reden. Der Hausflur ist ein bisschen ungemütlich.“

Özges Augen weiten sich leicht, aber merklich. Laura fragt sich, wie groß sie geworden wären, wären Özges Lider nicht so geschwollen.

„Ähm, um ehrlich zu sein ist das vielleicht grade nicht optimal. Ich bin nicht viel zum Aufräumen gekommen in letzter Zeit. Wollen wir stattdessen spazieren gehen? Ich mache mich schnell fertig und treffe Dich in 5 Minuten unten!“

Laura sagt, dass das eine gute Idee sei – und als Özge sich wieder durch die Tür quetscht, erhascht sie einen kleinen Blick vom Wohnungsinneren. Was sie dort sieht, erinnert sie an die Messi-Nachmittagssendungen auf RTL 2. Vielleicht ist es ganz gut, dass sie draußen sprechen.

Als die Haustür unten wieder aufgeht sieht Özge tatsächlich ein bisschen mehr aus wie sie selbst und umarmt Laura zur Begrüßung. Sie gehen spazieren, zunächst in Richtung der tanzenden Autos, die Laura Özge unbedingt zeigen will. Doch auch wenn es nur ein paar Minuten Weg sind, so brauchen sie doch ewig, weil Özge sich an jedem bunten Detail verliert, von denen sie scheinbar selbst in ihrer eigenen Straße kaum welche entdeckt hat. Laura erinnert sich an ihren neugierigen Kindheitshund – wenn man mit dem das erste Mal in einer neuen Gegend spazieren gegangen ist, brauchte man auch Ewigkeiten für wenige Meter.

„Ich habe mich schon gefragt, wo mein Fußabtreter hin ist.“, sagt Özge, als sie an einem vier Meter hohen und drei Meter breiten Elefanten aus Türmatten und alten Teppichen vorbeilaufen. „Der fehlt seit einigen Tagen.“

Beide lachen.

„Ist das jetzt eigentlich eine bekannte Guerilla-Gruppe, die hinter all dem steckt?“, fragt Özge und kommt damit auf das Thema zurück, dass sie wohl gerade alle beschäftigt.

„Ich glaube nicht. Aber lass uns da später mehr drüber reden. Sprechen wir erstmal über dein großes Projekt. Worüber geht dein Buch?“ Es graut ihr davor, Özge einzuweihen. Auch wenn alles um sie herum gerade bunt und anders und fantastisch ist: Dass dafür echte Musen verantwortlich sein sollen und aus deren Heimatwelt diverse Monster in unsere Realität eindringen und Laura eins davon besiegt hat – das ist dann doch recht viel auf einmal. Sie wüsste nicht, ob sie es selbst glauben würde, hätte sie sich nicht weinend unter der Dusche stundenlang Wolfs-, Einhorn- und Laura-Blut von ihrem Körper gewaschen. Also legt Özge los:

„Arbeitstitel ‚Selbstverwirklichung versus Selbstausbeutung.' In dem Kapitel, das ich gerade schreibe, geht es um die Überhöhung des Berufslebens zu etwas, das nicht nur Essen auf den Tisch bringen und die Miete zahlen, sondern einen auch noch erfüllen soll. Zum klassischen Statusvergleich von Einkommen und Vermögen bringt jeder nun auch noch seinen persönlichen Glücksfaktor mit an den Tisch. Sinnsprüche wie *Do what you love and never work a day in your life* schweben über Social Media Plattformen, Life Coaches trainieren ihre Schützlinge in den persönlichsten Bereichen, Menschen posten ihre Kinder auf LinkedIn und stellen sie damit in einen beruflichen Kontext."

„Und, ist das nicht gut, dass nicht mehr nur das Geld zählt? Ist ja fast schon rebellisch in der materialistischen Welt, in der wir leben.", entgegnet Laura – und fragt sich direkt, ob sie angesichts der aktuellen Entwicklungen mit Musen und Wölfen nicht eine Diskussion über eine sterbende Welt führten.

„Das scheint auf den ersten Blick so.", antwortet Özge. „Aber eine meiner Thesen ist das genaue Gegenteil. Der Kapitalismus kriecht so in die letzten Bereiche des Lebens, die er noch nicht durchdrungen hatte. Die Suche nach Erfüllung ist etwas spirituell-religiöses – und die Antwort hierauf soll der Kapitalismus finden können? Da habe ich meine Zweifel.

Dazu kommt, dass dieser Trend ironischerweise das System noch mehr zu denen hin zinkt, die sowieso schon haben. Beim Discounter Regale einzuräumen oder Fahrdienstleiter bei der Bahn zu sein, sind beides wichtige und respektable Berufe. Aber kaum jemand wird sie als erfüllend bezeichnen. So fallen sie im gesellschaftlichen Ansehen noch weiter nach unten, als sie wegen der geringen Entlohnung ohnehin schon stehen. Wo kämen wir hin, wenn nur noch erfüllende Jobs gemacht würden? Und wenn es jemand nicht schafft, in seinem Job genug zu verdienen und gleichzeitig jeden Tag Erfüllung zu erleben, fühlt sich die Person noch schneller als Versager. Selbst wenn sie nach alten materialistischen Richtlinien als erfolgreich gegolten hätte."

Laura denkt an ihren nacktsurfenden Chef und an die schlecht besetzten Notrufhotlines. Özge fährt fort:

„Gewerkschaften haben ja auch immer für weniger Arbeitszeit und mehr Gehalt gekämpft. Aber jetzt entziehen Erfüllungs-Gurus genau dem die Grundlage – und die Leute freuen sich noch, wenn sie sechzig Stunden die Woche arbeiten dürfen und dafür trotzdem kaum die Monatsmiete rumkommt. Selbstverwirklichung ist Selbstausbeutung mit einem Lächeln."

Özge macht eine Pause. Laura fängt an langsam zu klatschen, ob der langen, passionierten Rede, wie in einem schlechten 80er-Jahre-Film. Özge lacht.

„Ich habe die letzten Wochen so viel zu diesem Thema gelesen und nachgedacht. Und erst vorgestern hatte ich noch ein gutes Gespräch, das auch echt nochmal Impulse gegeben hat zu dem Kapitel, das ich schreibe. Das musste jetzt mal raus“

„Auf jeden Fall“, erwidert Laura. „Und du musstest auch mal raus, schau dich doch um!“, Laura hebt ihre Arme um auslandend und bedeutungsschwanger um sich herum zu zeigen. In diesem Moment läuft eine Mutter mit ihrem Kind vorbei. Özges Augen bleiben an dem Paar hängen, doch Laura kann nichts Außergewöhnliches an den beiden entdecken. Ein frühsommerlicher Mutter-Kind-Spaziergang, das Kind trägt dabei stolz einen gehäkelten Fuchs vor sich her.

„Hey Özge! Alles gut? Wo bist du geistig?“

„Sorry, ich war kurz geistig abwesend. Auf jeden Fall glaube ich, dass das Gespräch mit Leuten, die sich auskennen einen echt immer weiterbringt. Ich hatte mich schon fast in eine andere Richtung entwickelt, aber das hat mich auf den Boden der Tatsachen zurückgeholt. Es tut gut mal andere Meinungen und neue Perspektiven einzuholen.“

Laura fühlt sich durch Özges Worte ermutigt, das borderline-apokalyptische Thema der Musen und der Monster mit ihr zu teilen. Bevor sie allerdings ansetzen kann zu einer weiteren Erläuterung hören sie Schreie. Einige Sekunden später sehen sie auch warum: Vor den tanzenden Autos streunt etwas umher, das auf den ersten Blick aussieht wie ein gigantischer Vogel. Bei näherer Betrachtung fällt aber schnell der Körper einer großen Raubkatze auf. Nur Kopf und Flügel sind vogelhaft.

„Was zum Fick?“, sagt Özge. „Das sieht ja aus wie ein...“

„...ein Greif.“, komplettiert Laura den Satz für sie. „Da vorne steht ein Greif.“

Die eigentlich recht gut heilende Wunde an Lauras Wade sticht merklich und erinnert sie auch körperlich an die letzte Begegnung mit einem Fantasiewesen. Laura bleibt stehen und versucht dennoch ruhig zu bleiben. Özge ist fasziniert.

„Ist das ein Teil des Kunstprojekts? Ist das eine Puppe oder sitzt dort jemand drin?“

Gerade als Laura Özges Arm greifen will, um ihr auf eine sehr bestimmte Art mitzuteilen, doch bitte nicht weiterzugehen, spannt der Greif seine offensichtlich sehr organischen Flügel. Özge bleibt nun ohne Lauras Zutun stehen und starrt mit offenem Mund auf das Fabelwesen vor ihnen. Laura schätzt die Flügel des Greifs auf eine Spannweite von fast fünf Metern. Direkt darauf streckt das Wesen seine Hinterbeine, seinen Rücken und seine Vorderbeine auf eine Weise durch, wie es Laura bisher nur von Hauskatzen kannte – und fängt an zu gähnen. Der Schnabel öffnet sich hierbei weit genug, um Lauras Kopf theoretisch komplett verschwinden zu lassen. Sie versucht ihre Angst herunterzuschlucken. Sie stehen hier wie angewurzelt – aber vermutlich ist das eine bessere Option, als in Sichtweite eines fliegenden Raubtiers wegzulaufen.

Nachdem scheinbar jeder Muskel des Greifkörpers einmal gestreckt und gedehnt wurde, gibt er einen Laut von sich, der sowohl Özge als auch Laura zusammenzucken lässt: In der Lautstärke einer LKW-Hupe kreischt der Greif so schrill wie ein Adler und brüllt gleichzeitig so tief und majestätisch wie ein Löwe. Lauras Herz beginnt in einer beängstigend hohen Frequenz zu schlagen.

Dann, noch bevor Laura oder Özge sich wieder fangen können schwingt er seine Flügel und hebt ab – in die entgegengesetzte Richtung. Zu ihrer rechten meint Laura ein leise hingemurmeltes *Mashallah* zu vernehmen. Auch sie seufzt laut auf vor Erleichterung.

Dann muss sie sogar grinsen. Einen Vorteil hat dieser Schreckmoment: Özge wird sich nun bedeutend leichter damit tun, ihre Geschichte zu glauben.

- 15 -

Lauras Hände umgreifen jeweils eine Dose Tierabwehrspray, die sie links und rechts an ihrer Hüfte trägt wie ein Revolverheld aus dem Wilden Westen. Außerdem trägt sie ein klappbares Taschenmesser in ihrer Jeans-Tasche. Sie hat extra eine Hose mit echten Taschen angezogen, damit sie es dort verstauen kann. Das Gewicht des Messers spürt sie beim Laufen und es fühlt sich gut an.

Nicht, dass gerade eine Gefahr in Sicht wäre. Sie marschiert an der Seite von Kalle im strahlenden Sonnenschein über die Panzerwiese. Aber es ist gut zu wissen, dass sie zumindest etwas hat, um sich zur Wehr zu setzen. Den Wolf hat sie noch als Freak-Event abgespeichert, doch spätestens der Greif machte ihr klar, dass sowas nun öfter vorkommen kann. Eigentlich wollte sie ihre Wohnung gar nicht verlassen für diesen kleinen Ausflug und stattdessen den für alle anderen unsichtbaren Kalle alleine auf diese Erkundungstour schicken. Aber in einem kurzen Versuch, ihm den Weg zu erklären, stellte sich recht schnell heraus, dass sie ihn begleiten musste. Scheinbar hat in der Vergangenheit der mysteriöse Fluss die örtliche Kontrolle übernommen und sein Orientierungssinn ist noch nicht wieder voll ausgebildet, seit dieses Navigationssystem kaputt gegangen ist.

Das Magergras, das die weitläufige Fläche bedeckt, wiegt friedlich im sanften Wind und erinnert Laura dabei an ruhigen Seegang. Hunderte Meter weg von ihr, fast am anderen Ende der Wiese, grasen Schafe vor einem azurblauen Himmel.

„Schon schön hier, oder?“, sagt Laura im Versuch, durch Small Talk ein bisschen Normalität zu erzeugen. Ohne wirklich zu erwarten, dass Kalle sich mit so etwas wie einer schönen Aussicht emotional auseinandersetzt.

„Soweit ich das beurteilen kann würde ich dir Recht geben. Zumindest haben schon einige Künstler, in deren Nähe ich gestanden bin, ähnliches auf Papier gebracht.“ Laura ist positiv überrascht von dieser unverhofften Einigkeit, bevor Kalle anfügt. „Allerdings hat es niemand von denen je in ein Museum geschafft. Wie hat ein anderer meiner Schützlinge diese Art Kunst mal vor seinen Freunden genannt? Landschafts-Kitsch? Ja ich glaube das war es.“

Laura seufzt. Genau diese Art von unerbaulichem Dialog ist ein Grund, weswegen ihr das Gespräch mit Özge gestern so gut getan hat. Das und dass sie ohne dieses Gespräch wahrscheinlich gar nicht hier wären. Denn Özges Suche nach Meinungen außerhalb des eigenen Dunstkreises und potenziellen Experten für ihr Buch hatte sie beide dazu gebracht, auch für ihr „*Wieso, Weshalb, Warum*?“-Problem des defekten Grenzflusses diesen Ansatz zu versuchen, um einer Lösung näher zu kommen. Schließlich müsste es ja auf der anderen Seite durchaus auch Wesen geben, mit denen man sich besser unterhalten konnte als mit einem aggressiven Wolf oder einer riesigen Raubkatze mit Schnabel. Irgendeines dieser Wesen könnte doch jetzt auf dieser Seite sein und wiederum auf der anderen Seite mitbekommen haben, ob es dort eine Ursache für die seltsamen Ereignisse gibt.

Tatsächlich hat Özge in ihrem Gespräch erst Kalle und die Musen vorgeschlagen – aber Kalle hat Laura direkt klargemacht, dass sie nichts mitbekommen haben. Wenn Laura ihn und seine Erklärung richtig verstanden hat, sind die Musen auf der anderen Seite genauso distanziert-ätherisch und unsichtbar unterwegs wie auf dieser. Kein echter Teil beider Welten. Zwischenwesen. Wenn sie sich ansieht, wie wenig Kalle über diese Welt weiß, so wundert es sie nicht, dass ihm auf der anderen Seite keine Veränderung aufgefallen ist.

Sie laufen an einer restlos vollgesprayten Betonwand vorbei, die überzogen ist mit jahrzehntealten Einschusslöchern.

„Wusstest du,“, wendet sie sich in einem weiteren Dialogversuch an Kalle, „dass das früher ein Truppenübungsplatz war? Die Amis hatten sogar einen kleinen Militärflughafen auf dieser Heide.“

„Klingt das für dich wie der typische Ort, an dem eine Muse verweilt?“, antwortet Kalle trocken.

Kann Laura da so etwas wie Anflüge von Humor aus seiner Stimme heraushören? Sie blickt zu ihrer rechten

Seite, doch als sie sein Gesicht erblickt, ist es so emotionslos wie immer.

„Tatsächlich war ich in dieser Gegend nur selten.“, fährt er zu Lauras Überraschung fort. „Bis vor nicht allzu langer Zeit war hier ja auch noch kaum einer. Die Stadtgrenze lag damals weit südlich von hier. Das letzte Mal war ich ums Eck, als ich den bereits erwähnten Jungen mit dem Talent für Schnitzereien inspiriert habe, das allerhübscheste Feuerholz für seinen Vater herzustellen.“

Wieder ein Witz. Taut Kalle auf? Sie beschließt ihn nicht darauf anzusprechen, nicht dass er es sich anders überlegt.

„Dafür, dass du dich hier nicht auskennst warst du aber optimistisch, dass wir hier mit der Suche nach intelligenten Wesen von der anderen Seite des Flusses beginnen sollten.“ *Intelligente Wesen*. Kaum hat Laura die Wortkombination ausgesprochen spielt ihr Hirn die Titelmelodie von Akte X. *Dü-dö-dü-döö-düüü-döööö*.

„Du erzähltest mir, dass es nördlich dieser Wiese einen Wald gibt. Damals war hier ein Wald, der ausgiebig zur Hasenjagd genutzt wurde. Ich dachte mir, ein alter Wald, das ist bestimmt ein guter Beginn. Der nächste Wald ist in diesem Fall auch gleich der nächstbeste – denn nach allem, was die anderen Musen sagen, scheinen sich die Übertritte der Kreaturen über den Fluss in dieser Stadt zu häufen. Hier sind auch vergleichsweise viele andere Musen gelandet.“

Laura fragt sich, wie genau die Musen über längere Distanzen miteinander kommunizieren, verschiebt die Frage aber auf ein andermal. Tatsächlich hat Laura Kalle auf das Hartelholz hingewiesen, dieses Waldstück, das zwar eingeklemmt ist zwischen Zugschienen, der A99 und der B13, sich aber dennoch überraschend großflächig hinaus zieht bis zum Schloss Schleißheim und dort zum Berglwald wird. Ein schöner Spaziergang - oder ein kleiner Radausflug. Als mystisch hat sie ihn nie empfunden, was vielleicht auch daran liegt, dass es wegen Straßen und Bahnlärm kaum Tiere darin gibt. Aber gerade ist ohnehin alles anders. Und Kalle hat Recht: Wenn Märchen- und Fabelwesen sich in diesen Breitengraden irgendwo zuhause fühlen, dann sicherlich am allermeisten dort wo gefühlt jede ihrer Geschichten spielt: in einem Wald.

„So, hier geht es rein.“, sagt Laura an einer Kreuzung von zwei Trampelpfaden und bleibt stehen. Vermutlich würde es auch überall anders in den Wald hinein gehen, er ist nicht besonders dicht und hochfrequentiert von Spaziergängern – aber irgendwo muss man halt anfangen. Sie vergewissert sich, dass Kalle ihr folgt und greift nochmal sicherheitshalber nach den zwei Dosen Tierabwehrspray.

Im Wald angekommen sehen sie vor allem Bäume. Der Gedanke an alte, semi-humoristische deutsche Lebensweisheiten drängt sich so sehr in Lauras Kopf, dass sie es aktiv unterdrücken muss, ihn auszusprechen.

Sie gehen zunächst den ausgetretenen Weg entlang und blicken immer wieder auf Zehenspitzen und mit langen Hälsen in das grüne Gestrüpp abseits vom Weg. Ist der Wald dichter geworden? So oder so stellt Laura schnell fest, dass sie so nur Kreaturen der anderen Seite finden werden, sollten die sich direkt auf den Weg vor ihnen legen. Also biegen sie rechts ab ins Unterholz. Doch auch zwischen den Bäumen laufen sie ebenfalls in keine Zeichen von Leben außer Spinnweben und ein wenig Vogelgesang. Sie gehen fast eine Stunde querfeldein durch das Unterholz – wie auch immer sie das schaffen, ohne einen der größeren Wege zu kreuzen - doch der Wald wirkt leer. Sie beschließen wieder umzukehren. Klar war ihre gemeinsame Idee ein absoluter Schuss ins Blaue – aber trotzdem kann Laura ihre Enttäuschung nicht ganz unterdrücken.

„Kennst du den Weg zurück?“, fragt Kalle sie.

„Wenn wir einfach geradeaus gehen, müsste recht schnell ein Weg kommen.“, erwidert Laura, ignorierend, dass das die letzte Stunde sehr anders war. „Ist eigentlich wirklich kein Urwald hier. Aua!“

Ein kleiner, ungünstig gewachsener Ast hat Lauras Wange aufgekratzt. Es ist Zeit, dass sie diesen Wald verlassen.

„Ha!“, ruft Kalle plötzlich.

„Was ist? Hast Du was gesehen?“

„Ich habe mich erinnert, dass ich doch schonmal hier in genau dieser Gegend war. Noch weit vor dem Wildhütersohn. Hier war ein großer Pestfriedhof, damals noch weit vor den Toren der Stadt, genau dort wo heute der Wald ist, in dem wir uns befinden. Der Kutscher, der die Toten hier herausgefahren hat, war außerordentlich begabt in Schalmei- und Flöten-Spiel. Auch dank meiner gelegentlichen Anwesenheit waren er und sein Spiel gern gesehen in so mancher Schankkammer in der Umgebung, bevor die Seuche anfing, die Menschen dahin zu raffen."

Laura seufzt. Sie ist enttäuscht darüber, dass Kalle nicht doch noch etwas erspäht hatte, nachdem sie suchen. Doch sie lässt sich auf die Geschichte ein.

„Und danach nicht mehr?", fragt sie Kalle.

„Pardon? Nach was nicht mehr was?", fragt Kalle zurück, nach seinem Standard fast obszön informell.

„Du meintest eben er war gern gesehen, bevor die Pest kam. War er danach nicht mehr gern gesehen?"

„Vermutlich nicht, da schon bald schwarze Beulen auf seinem Körper wuchsen, die damals die meisten recht schnell zu sozial Ausgestoßenen machten. Kurz darauf wurde er vermutlich genauso hier begraben wie die hunderten Toten, die er zuvor selbst hier herausfuhr."

Laura schaudert. Zum einen ist es der Gedanke, dass sie nicht weiß, ob und wann diese Toten jemals umgebettet wurden – oder ob sie gerade auf hunderten oder tausenden skelettierten Leichen läuft. Zum anderen ist da aber auch diese außerweltliche Kälte, mit der Kalle von dem Tod seines Schützlings spricht. Klar ist es hunderte Jahre her. Aber ab und an wird es Laura eben doch sehr deutlich, dass sie sich eben nicht mit einem Menschen unterhält – sondern mit einem Wesen das - nach allem, was sie weiß - Äonen alt sein könnte. Im Vergleich zählt ein kurzes Menschenleben wohl nicht viel. Andererseits erinnert sie die Geschichte an die Katastrophe, die ihnen im hier und jetzt potenziell blüht. Sie und Kalle, die gemeinsam versuchen ein Desaster zu verhindern, wie der Kutscher, der die infektiösen Leichen aus der Stadt brachte. Hoffentlich endet es für sie besser.

„Lass uns vielleicht doch noch nicht gleich gehen. Ich habe das Gefühl, wir sehen den Wald vor lauter Bäumen nicht.“, sagt Laura und hasst sich im gleichen Moment dafür, es nach langem Kampf mit sich selbst doch ausgesprochen zu haben. „Lass uns mal kurz ausruhen.“

Sie setzt sich auf den größten in einer Reihe Steine, die moosbewachsen zwischen Eichen und Kiefern aus dem nadelbedeckten Boden ragen, und atmet tief durch. Kalle bleibt stehen, was wiederum Laura nicht besonders überrascht.

„Magst du dich nicht setzen? Musst du dich überhaupt ausruhen? Schläfst du überhaupt, so generell?“

„Ich regeneriere auf andere Weise.“, antwortet Kalle. „Dennoch ist das nicht der Grund, dass ich mich nicht zu dir setze. Mir scheint, als hätten wir tatsächlich den Wald vor lauter Bäumen nicht gesehen, wie du es ausgedrückt hast – beziehungsweise einige recht offensichtliche neue Bewohner übersehen."

Laura blickt sich überrascht um – und sieht, wie ein Hase zwischen zwei Kieferstämmen entlanghoppelt. Ein sehr seltsamer Hase. Es scheint Flügel zu haben wie ein Vogel und ein kleines Geweih auf der Stirn. Die Ohren sehen mehr nach denen eines Eichhörnchens aus als nach denen eines Hasen.

„Ein Wolpertinger!", ruft Laura und springt von ihrem Sitzplatz auf und auf Kalle zu. Sie lacht. „Ein altes bayerisches Fabelwesen. Aber reden wird der nicht können, oder?"

„Der gehörnte Rammler war auch nicht der Grund, weswegen ich mich nicht näher an deinen Rastplatz begeben habe.", sagt Kalle tonlos.

Seine Augen sind noch immer fixiert auf die Stelle, an der Laura bis gerade eben noch gesessen ist. Sie folgt seinem Blick und bevor er sich weiter erklären kann, fragt sie direkt: „Versteckt sich etwas hinter den Steinen?".

„Nein. Das sind keine Steine.", antwortet Kalle.

Bevor sie in ihrer Verwirrung etwas erwidern kann, beginnt der Boden unter ihren Füßen zu vibrieren. Ein Erdbeben? Laura kann sich kaum auf den Beinen halten und fällt vorneüber. Sie schafft es noch, sich mit ihren Händen und Knien abzufangen und kann so echte Verletzungen verhindern. Auch auf Händen und Knien kämpft sie weiter dagegen umzufallen – so sehr wackelt der Boden. Dann ist plötzlich alles vorbei und der Waldgrund unter Lauras Füßen ist so stabil, als wäre nie etwas gewesen. Als Laura ihren Blick hebt, versteht sie aber direkt, was eben passiert ist.

Die Steine, auf denen sie eben noch gesessen ist, haben sich aus dem Boden gelöst und dabei teilweise kleine Krater hinterlassen. Vor ihr und Kalle türmt nun ein Wesen mit grauer, rauer Haut, auf der stellenweise grünes Moos wächst. Es ist vier bis fünf Meter groß und das Gesicht ist aus Lauras Blickwinkel zu großen Teilen von Ästen verdeckt. Laura kann trotzdem einen fast kreisrunden Kopf erkennen, der im Vergleich zum restlichen Körper zu klein scheint – und eine fast comichaft knubbelige Nase in der Mitte dieser Kugel.

„Ist das ein Troll?", flüstert Laura Kalle zu.

„Ich würde vermuten: Ja.", flüstert Kalle neben ihr.

Der Troll mit seinem Gesicht in den Bäumen brüllt etwas unverständliches in einer so tiefen Stimmlage, dass Laura spüren kann, wie diese tief in ihrem Körper resoniert.

Wenige Sekunden später erreicht ein Gestank Lauras Nase, der sie an alten Fisch und faule Eier erinnert. Sie hat den Troll geweckt, als sie sich wie ein Volldepp auf ihn gesetzt hatte. Und das ist nun sein Morgenatem. Laura muss würgen.

Sie fragt sich, ob die Reichweite ihres Tierabwehrsprays überhaupt bis zum Gesicht dieses Monstrums reichen würde – und ob die Schleimhäute von etwas, das eine so steinerne Außenhaut hat, überhaupt empfindlich auf die Flüssigkeit reagieren würde. Sie beschließt, das Risiko nicht einzugehen und sich stattdessen leise wegzuschleichen. Aktuell zeigt der Troll kaum Interesse an ihr – und laut Geschichten sind sie auch nicht die aufmerksamsten Zeitgenossen.

Sie bewegt sich also langsam rückwärts und versucht Kalle am Arm zu packen um ihn mitzuziehen. Sie greift neben seinen Arm. Dabei steht er nur still da und starrt perplex nach oben in das steinige Kartoffelgesicht. Wie zur Hölle ist das möglich? Vielleicht doch noch leichter Schwindel, nachdem sie ebenso durchgeschüttelt wurde.

Der Troll steht weiter riesig zwischen den Bäumen, die langen Armen mit leicht nach hinten geklappten Fäusten lose an der Seite hängend. Sogar ohne dass Laura den Gesichtsausdruck erkennt, schafft es der Troll dümmlich auszusehen. Lauras Selbstbewusstsein steigt. Sie ist optimistisch, sich einfach aus dieser Situation herausschleichen zu können.

KNACK

Ein Ast unter Lauras rechtem Fuß bricht so laut entzwei, wie sie es bis vor wenigen Sekunden nicht für möglich gehalten hätte. Was für ein Zufall. Sie bleibt wie eingefroren stehen und richtet ihren Blick auf die maximal zehn Meter vor ihr stehende Figur Gestalt. Was für eine Scheiße. Und wie seltsam. Sie hat gerade noch daran gedacht, dass das in einem Film sicher passieren würde.

Der rechte Arm des Trolls steigt nach oben und greift die Spitze einer mittelgroßen Kiefer. Mit einer schwungvollen Bewegung bricht er das obere Drittel des Baumes komplett ab.

Laura fängt an wegzurennen. Sie will Kalle mitziehen, doch wieder scheint sie einfach an ihm vorbei zu greifen. Laura lässt ihn stehen – im Zweifel ist er für den Troll eh unsichtbar.

Es ist schwer und sehr anstrengend in einem Wald abseits der Wege zu rennen. Sie stolpert, fängt sich wieder, stolpert erneut, schlägt mit ihrem Knie gegen einen toten Baum, rappelt sich wieder auf – und platziert ihre Hände dabei genau in einem wilden Brombeerbusch. Die nächsten Schritte bleibt sie sicher auf zwei Beinen, doch der Untergrund ist weich und rutschig und zielgenaue Platzierung der Füße kostet Zeit und schnelle Fortbewegung gleichzeitig Kraft. Nach einigen Sekunden, die sich angefühlt haben wie eine Ewigkeit, wirft sie im Laufen einen Blick über ihre Schulter – und sieht etwas, das sie kaum glauben kann.

Zunächst einmal stellt sie fest, dass sie höchstens zehn Meter weit gekommen ist. Unterholz ist ein furchtbarer Ort zum Weglaufen. Zu ihrem Glück hat ihr der Troll nicht nachgesetzt. Tatsächlich haben sich weder Kalle noch der

Troll von der Stelle bewegt, während Laura ungeschickt um ihr Leben gerannt ist.

Um die Situation noch absurder zu machen, nimmt der Troll seine vermeintliche Keule und kratzt sich ausgiebig damit am Rücken. Die Äste und Nadeln der Kiefernspitze scheinen dabei hervorragende Dienste zu leisten, denn der Troll stöhnt tief und zufrieden vor sich hin. Als er zufrieden ist mit dem Kratz- und Reinigungseffekt seiner Aktion lässt er die Baumspitze zu Boden fallen und legt sich selbst daneben, augenscheinlich um sein zuvor gestörtes Nickerchen wieder aufzunehmen.

Laura lehnt sich an einem nahegelegenen Baum an und lässt sich langsam erschöpft zu Boden gleiten. „Was zum absoluten Fick geht hier eigentlich gerade ab?“ Kalle geht langsam in ihre Richtung – und sie macht sich schon bereit ihm zu sagen, dass sie heim gehen wird und ihre Wohnung am besten nie wieder verlässt, als sie hinter sich ein quietschendes Knarzen hört wie von alten Holzstühlen. Es folgt ein hölzernes Knacken und dann ertönt etwas, das beinahe klingt, als würde jemand hinter ihr Sprechen. Laura schrickt auf und springt zum zweiten Mal innerhalb weniger Minuten von ihrem vermeintlichen Rastplatz hoch. Sind denn wenige Sekunden Ruhe schon zu viel verlangt? Ihre linke Hand wandert zum Pfefferspray, die rechte in ihre Hosentasche. Doch sie sieht niemanden hinter sich.

Das Geräusch, das klingt wie eine Stimme, ertönt weiter. Es klingt morsch und brüchig und alt wie die Zeit. Laura kann zunächst nicht verstehen, was sie sagt. Eine Sprachmelodie ist erkennbar, aber ihre Ohren finden darin keine Worte. Alles klingt wie knarzende Dielen und der langsame Abgang von Geröll.

„Ä-ä-ä-ä-o-o-o-o-n-e-e-e-n u-u-u-n-d E-e-e-e-p-o-o-o-o-c-h-e-e-e-n v-e-e-e-e-r-n-a-a-a-a-h-h-h-h-m..."

Ist es vielleicht doch nur morsches Holz, das diese Geräusche von sich gibt? Laura blickt sich weiter um und sucht die Quelle. Als sie sie findet, macht sie vor Schreck einen Satz nach hinten – und hat Glück, dass sie dabei nicht Kalle umreißt, der gerade auf ihrer Höhe angekommen ist.

Der Baum, an den sie sich gelehnt hat, hat ein Gesicht. Der Mund des Baumes sieht aus wie ein eingefallenes Astloch, die Nase schlicht wie eine Ausbeulung am Stamm und die Augen sind kleine schwarze Punkte kaum sichtbar unter Rinde, die so vergilbt und wettergegerbt war, dass sie menschlicher Haut ähnlicher sah als gesunder Baumrinde. Wenn sie sich einfach öfter hingesetzt hätte, dann hätten sie nicht so lange suchen müssen – ihr Hintern scheint im Gegensatz zu ihren Augen ein totsicheres Gespür für Wesen von der anderen Seite des Flusses zu besitzen.

Das Gesicht zu der Stimme zu sehen – sei es auch noch so seltsam - hilft Laura dabei, echte Worte in der

Sprachmelodie zu erkennen. Der Baum zieht die Vokale so extrem lang, dass es Lauras Geduld schon beim ersten Satz fordert. Der Vorteil ist allerdings, dass der Baum noch nicht weit gekommen ist mit seiner Ansage und Laura trotz Findungs- und Verständnisschwierigkeiten den Satz komplett zusammenpuzzeln kann:

„Aaaaeeeeooooneeeen und Eeeeepooooocheeeeen veeeernaaaahm iiiiich keeeeiiiiineeee Stiiiiimmeeee meeeehr vooooon eeeeeiiiiineeeeem Beeeeewoooohneeeeer diiiiieeeeeseeeeer Weeeeelt.“ Dieser Halbsatz alleine fühlte sich für Laura länger an als eine Minute. Doch es geht weiter. „Uuuuund daaaas eeeeersteeee waaaaas iiiiich hööööööööreeeeee iiiist eeeeeiiiiiin soooolch oooordiiiiinääääreeeeer Aaaauuuuusruuuuuf.“

So lange warten – für einen Rentner-Rüffel gegen Schimpfworte. „Ähm... sorry? Aber war eine schwierige Situation. Außerdem war mir nicht klar, dass mich jemand hört.“

Sie rechtfertigt sich gegenüber einem Baum. Ok, das ist mehr als seltsam. Aber Laura beschließt schnell, dass sie sich gar nicht zu lange darüber wundern möchte. Sie ist gerade vor einem Troll davongelaufen und einen Greif bekommen auch die wenigsten Ornithologen zu Gesicht. Manchmal ist diskussionsarme Akzeptanz der beste Weg, um nicht dem Wahnsinn zu verfallen.

„Soooo seeeeiii diiiir veeerziiiieeeheeeen meeeiiin Kiiind.“

„Dankeschön?“, sie hat nicht das Gefühl, dass sie etwas getan hätte, was Absolution bedarf, aber immerhin ist der Baum nicht nachtragend. Eine kurze Stille kehrt ein. Smalltalk mit einem Baum ist nun wirklich nicht in Lauras Skillset verankert. Kalle flüstert ihr von der Seite in ihr Ohr:

„Erinnere dich an das Ziel dieses Ausflugs. Vielleicht hat der Baum etwas gesehen?“

Natürlich. In dem ganzen Chaos hat Laura tatsächlich vergessen, warum sie überhaupt hier waren.

„Tatsächlich haben wir ein paar Fragen, werter… Baum?“, sagt Laura und cringt ein wenig, als ihr auffällt, dass sie tatsächlich ‚werter Herr‘ sagen wollte. Kalle hat sie angesteckt mit seiner altmodischen Ausdrucksweise. Zwei dicht begrünte Äste über dem hölzernen Gesicht wackeln, was auf Laura wirkt wie das Hochziehen von Augenbrauen.

„Iiist daaas sooo?“

„Naja nicht genau nach Ihnen, sondern nach jemandem wie Ihnen.“, sie kommt ins Haspeln. Dafür, dass es ihr Ziel war, ein intelligentes Wesen zu finden, hat sie überraschend wenig Skript vorbereitet. Kalle ist inzwischen an ihre Seite getreten und übernimmt das Wort:

„Wir suchen jemanden in diesem Wald, der Zeugnis ablegen kann über die Geschehnisse auf der anderen Seite des Flusses. Uns Musen, als Reisende zwischen den Welten, wurde diese Fähigkeit genommen. Seitdem wandeln wir im Dunkeln ob der Gründe und Geschehnisse."

Laura fällt auf, dass Kalle nicht wirklich ‚andere Seite des Flusses' sagt, sondern etwas ganz anderes. Sein tatsächliches Wort klang eher nach etwas in Richtung *Kra-Tschach* oder so. In ihrem Gehirn kam aber eindeutig *Reich der Ideen* an. Laura fragt sich direkt, ob der Baum ihre Sprache spricht, oder sie die Sprache des Baumes. Und ob das bei allen Wesen von der anderen Seite so funktioniert. So oder so: Der Baum hat nichts von Kalles Frage gehört. Kurz scheint Kalle vergessen zu haben, dass niemand ihn sehen oder hören kann – wahrscheinlich ist er die letzten Tage zu viel mit Laura herumgehangen.

Laura übersetzt Kalles Worte in für den Baum hörbare Sätze. „Es klingt vermutlich ein wenig seltsam, aber neben mir steht eine Muse, die nur ich sehen kann. Er sagt, dass er und alle anderen Musen nicht mehr auf die andere Seite kommen und nun hier in geballter Mannschaftsstärke alles inspirieren, was nicht bei drei auf den Bäumen ist. Und jetzt tauchen auch noch alle naselang Wesen von der anderen Seite auf. Keiner weiß warum – und wir dachten uns, vielleicht kann uns ja ein Wesen von der anderen Seite ein bisschen mehr erzählen."

Die vermeintlichen Augenbrauen des Baumes gehen noch weiter nach oben, landen dann aber in einer neutralen Position. Er antwortet langsam und jedes seiner Worte scheint länger zu sein als das letzte. Dass Laura einmal vor einem echten sprechenden Baum stehen würde und nicht die Faszination, sondern die Ungeduld überwiegt, zeigt, wie verrückt die letzten Tage waren.

„Aaaaah jaaaaa... Iiiiihhhhhr Muuuuseeeen wuuuuurdeeeeet veeeeerbaaaannt, iiiin deeeer Taaaat. Iiiihr waaaaart die eeeersteeeeen Ziiiiieeeeleeee deeeees Vieeeeelnaaaamiiiiigeeeeen. Füüüüür Eeeeeuuuuuch haaaaat eeeeer deeeeen Rüüüüückweeeeeg veeeeerschlooooosseeeeen. Uuuuund seeeeeiiiiitdeeeeem teeeeiiiiileeeeen eeeeeiiiiiniiiiigeeeee eeeeeuuuueeeer Schiiiiicksaaaal. Daaaaaruuuuunteeeeer iiiiich."

„Der Vielnamige?", unterbricht Laura den Baum. „Ist das derjenige, der das alles verursacht?"

„Iiiiin deeeeer Taaaaat.", antwortet der Baum. „Iiiiich waaaaar dooooort, aaaaals eeeeer deeeen Oooort aaaaam Eeeeendeeeee deeeeer aaaaandeeeeereeeeen Seeeeeiiiiiteeeee eeeeentdeeeeeckt haaaaat. Doooort, wooooo diiiiieeeee Greeeeenzeeeee düüüünn iiiist. Iiiiich deeeeenkeeeee, deeeeesweeeeegen biiiiin iiiiich aaaaauuuuuch hiiiiieeeeer geeeelaaaandeeeeet. Iiiiich beeeeezweeeeiiiiifleeeee, daaaaass eeeeer miiiiich aaaaabsiiiiichtliiiiich hiiiiinüüüüübeeeeer geeeeeschiiiiickt haaaaat. Oooooh neeeeeiiiiin."

Der Baum schweigt. Laura wartet lange. Schließlich dauert eine Sprechpause des Baumes auch extra lange, doch es scheint wirklich nichts mehr zu kommen. Ok, sie haben einen Namen. Naja, mehr oder weniger. Aber sie hat noch so viele offene Fragen.

„Wer ist der Vielnamige?“ ist die erste davon, die sie laut ausspricht.

Der Baum reagiert nicht. Gerade als sie erneut fragen will, merkt sie, dass die wenigen vorhandenen Blätter und Äste sich sehr gleichmäßig im Raum bewegen. Dazu vernimmt sie ein tiefes, kaum hörbares Knarzen.

„Ist er aus dem Nichts eingeschlafen? Quasi mitten im Satz?“, fragt sie Kalle empört. „Schnarcht er auf bäumisch?“

Noch bevor die Muse antworten kann, fängt Laura an, den Baum anzuschreien. Endlich kommen sie ein bisschen voran, und dann schläft er einfach ein.

„Hey! Aufwachen!“ Als er auf die verbale Ansprache nicht reagiert, biegt sie einige seiner Äste nach unten und lässt sie nach oben schnalzen. „Hey! Aufwachen!“, wiederholt sie ihre Aufforderung. Als der Baum nicht reagiert, wiederholt sie die Prozedur, diesmal mit mehr Ästen. Beim dritten Mal – diesmal biegt sie so viele Äste auf einmal nach unten, dass sie ihr gesamtes Körpergewicht einsetzen muss – vernimmt sie das Schaben von Holz auf Holz. Kurz darauf ertönt wieder die alte Stimme.

„Iiiiihr waaaaagt eeeees, miiiiich zuuuuu weeeeeckeeeen? Iiiiich biiiiin seeeeehr aaaaalt. Äääääteeeeer aaaaals iiiiihhhhhr eeeeeuuuuuch eeeees vooooorsteeeeelleeeeen kööööönnt. Daaaaa iiiiist eeeeeiiiiin weeeeeniiiiig Schlaaaaaf aaaaangeeeeebraaaaacht. Schlaaaaaf – uuuuund Reeeeespeeeeekt.“

„Entschuldigung.“, sagt Laura und meint es bis zu einem gewissen Grad auch. „aber es ist wirklich wichtig, dass wir mehr erfahren über diesen Vielnamigen. Dass wir Hintergründe kennen.“ Sie denkt an das rote Halstuch zwischen den Zähnen des Wolfs und an den Schrei, als sie vor ihm weggelaufen ist. „Es geht um Menschenleben.“

Der Baum schweigt unangenehm lange. Gerade als Laura meint, er wäre wieder eingeschlafen, fährt er fort.

„Iiiihhhhr eeeeriiiiinneeeeert eeeeeuuuuuch aaaaalsooooo niiiiicht, Muuuuuse, diiiieee iiiihhhhr aaaaanscheeeeiiiineeeend steeeeht neeebeeen deeeer Meeeenscheeeeeenfraaaauuu. Hooooch waaaar diiiiie Zaaaahl aaaauuuus seeeeiiiiineeeeer Gaaaattuuung, diiiiie eeeees braaaaauuuuuchteeeee, uuuuum deeeeen miiiiit deeeeen viiiiieeeeeleeeeen Naaaaameeeen zuuuuu veeeeerbaaaaanneeeeen. Nuuuuun haaaaat eeeeer eeeeiiiiineeeen Weeeeeg geeeeefuuuuundeeeeen, aaaaauuuus seeeeeiiiiineeeeem Eeeeexiiiiil aaaaauuuuuszuuuuubreeeeecheeeeen. Uuuuund diiiiieeeeejeeeeeniiiigen, diiiiie iiiiihhhhhn daaaaamaaaaals aaaaauuuufgeeeeehaaaaalteeeeen haaaaabeeeeen, haaaaabeeeeen siiiiich nuuuun seeeeelbst veeeeergeeeeesseeeeen. Baaaaald wiiiiird eeeer aaaauuuuf diiiieeeeseeeer Seeeiiiiteeee eeeeerscheeeeeiiiiineeeeen – miiiit siiiiich Maaaaagiiiiieeeee, Maaaaacht und Raaaaachsuuuuucht. Uuuuund weeeeenn iiiiich eeeeuuuuch sooooo seeeeheeee uuuund hööööreeee wiiiiird diiiiieeeeseeeee Weeeeelt deeeeem weeeenig eeeeentgeeeeegeeeeenzuuuuuseeeeetzeeeeen haaaaabeeeeen. Uuuuund nuuuuun laaaaasst miiiiich schlaaaaafen.“

- 16 -

Laura versuchte auf die verschiedensten Arten, den Baum erneut wach zu bekommen. Sie hat sogar (begleitet von Kalles entsetztem Keuchen) einen seiner Äste abgebrochen und als das nicht funktionierte, hat sie im Anschluss damit auf ihn eingeschlagen. Doch der Baum schlief.

Nun, auf dem Rückweg vom Hartelholz zu ihrer Wohnung, fragen sich beide wie lange Bäume wohl schlafen und haben gleichzeitig Angst vor der Antwort. Bäume wirken ja doch eher träge, der sprechende Baum war hier keine Ausnahme. Erstmal müssen sie sich also wohl aus dem bedienen, was ihnen der Baum gegeben hat: Jemand, der den nicht gerade deskriptiven Namen *Der Vielnamige* trägt, wurde irgendwann irgendwohin verbannt und möchte nun zurückkehren. Beide vermuten, dass der Ort des Exils das Reich der Ideen ist, doch Kalle weiß von niemandem, der außer den Musen die Macht hätte Grenzen zu überqueren, geschweige denn aufzulösen. Aber Kalle weiß ohnehin frustrierend wenig. Auch mit dem anderen Hinweis des Baumes kann Kalle nichts anfangen. Scheinbar hatte es auch damals viele seiner *Gattung* gebraucht, um den Vielnamigen zu verbannen. Aber was ist denn bitte seine Gattung? Was ist damit gemeint?

Laura und Kalle stellen sich gegenseitig immer wieder dieselben Fragen und geben sich dieselben halbgaren

Antworten, als sie die U-Bahn-Station Hasenbergl erreichen und in die Straße zu Lauras Wohnung einbiegen. Der komplett verglaste Abgang zum Bahnhof-Zwischengeschoss wurde von einer inspirierten Person mit bunten, lichtdurchlässigen Farben verziert und erinnert von außen an die Fenster einer Kathedrale. Laura fragt sich, wie lange dieser Teil der Musen-Invasion, den sie so geliebt hatte, wohl noch das Stadtbild dominierte – und ab wann es die Zerstörung durch verschiedene mythische Monster sein würde, die nun offensichtlich die nächste Phase einläuteten. Unwillkürlich verwandeln sich die Häuser, die vor ihr liegen, vor ihrem inneren Auge in rauchende Betonruinen. Sie schließt die Augen und atmet tief durch. Diese Bilder braucht sie nun wirklich nicht. Sie weiß auch so, dass sie nur wenig Zeit haben, um all das zumindest weitestgehend zu verhindern.

„Weißt du was super weird war?", fragt sie Kalle eine Frage, die sich nicht direkt um sprechende Bäume oder den *Vielnamigen* drehte. Sie wartet nicht auf seine Antwort, sondern spricht direkt weiter: „Also, abgesehen von allem. Alles war superweird. Aber *noch* weirder war es, als ich dich langsam von dem Troll wegziehen wollte, dass ich deinen Arm irgendwie nicht zu fassen gekriegt habe. Du standest einfach nur da, dein Arm hat sich nicht bewegt – und trotzdem war es, als würde ich einfach danebengreifen. Wie ein Betrunkener, der bei der

Schießbude auf der Wiesn die Zielscheibe anvisiert aber einfach nicht treffen kann."

Kalles Gesicht ist emotionslos wie immer. Er lässt sich Zeit, bevor er hochgestochen wie immer antwortet:

„Menschen können mich nicht berühren. Und das ist auch gut so. Auch wenn Menschen mich nicht sehen können, würden sie ständig in uns Musen hineinlaufen, oder? Stattdessen gehen sie uns ganz automatisch aus dem Weg, ohne es zu merken. Führt in engen Räumen ab und an zu seltsamen Bewegungen, aber erfüllt seinen Zweck."

Laura muss daran denken, wie sie als Kind immer wieder versucht hat, gleichgepolte Kühlschrankmagnete gegeneinander zu pressen und konsequent daran gescheitert ist. Kalle fährt fort:

„Man hätte meinen können, dass dich das nicht betrifft, da du mich auch sehen kannst. Aber irgendwie auch beruhigend, dass zumindest manche Regeln noch zu gelten scheinen.

Bevor du fragst: Das ist keine bewusste Entscheidung von mir und schon gar nichts, dass ich an oder abschalten kann. So sind wir... gebaut, wenn man das so sagen kann?"

Der letzte Anhang an seine Rede verursacht mehr Fragen in Lauras Kopf, als er beantwortet. Allein schon die Frage, *wer* sie denn so gebaut hat. Gibt es Musen-Evolution? Einen Gott beider Welten? Doch hat sie nun wirklich noch den Kopf theologische Fragen zu stellen?

Vor allem da Kalle – ihrer Erfahrung nach – sowieso keine Antwort wüsste?

Die Entscheidung, ob sie die Frage stellt oder nicht wird ihr durch einen untersetzten Mann abgenommen, die mit einem langen Küchenmesser wild gestikulierend auf sie zu rennt. Sein Gesicht wird von einem dunklen und ungepflegten Mehrtagesbart versteckt wie von einem Schatten und fettige, halblange Haare kleben an seinem Gesicht. Er atmet schon schwer, als er anfängt zu schreien: „Du! Du!" Er zieht keuchend Luft in seine Lungen und verlangsamt seine Schritte. „Endlich habe ich Dich gefunden!"

Der Mann ist immer noch mehr als fünfzehn Meter entfernt, doch auch auf die Entfernung kann sie erkennen, dass seine Augen in tiefen dunklen Höhlen liegen. Sie funkeln wahnhaft.

Laura wirft kurz einen Blick über ihre Schulter, ob der Mann vielleicht jemand anderen außer ihr meinen könnte, aber die Straße ist menschenleer.

„Ich meine schon Dich!", kreischt der ungepflegte Mann, langsam wieder zur Puste kommend. „Ich wusste, dass Du hier irgendwo wohnen musst! Mein Haus in Schutt und Asche legen und dann einfach abhauen. Denkste! Nicht mit mir!" Er lacht, und das Lachen klingt noch angestrengter und verrückter als seine Augen aussehen.

Sein Haus in Schutt und Asche legen? „Wovon redest d-", beginnt Laura, doch dann fällt ihr auf, dass sie den

Mann vor sich schon einmal gesehen hat: Es ist der Mensch, der ihr die Tür aufgemacht hatte, als sie vor dem Wolf geflohen war. Der war doch jünger als sie. Jetzt sieht er zehn Jahre älter aus. Außerdem ist das Haus, in das sie sich vor fünf Tagen gerettet hat, mindestens eine halbe Stunde Fußweg entfernt. Ist er einfach blindlings mit einem Messer in der Hand durch das Viertel gelaufen?

Was ist nochmal sein Name? Sie hatten sich doch vorgestellt, bevor der Wolf durch die Hintertür kam. Aber Laura gehört zu der Art Mensch, der sich bei Personen, die man voraussichtlich nie wieder sieht, zwar gerne und höflich vorstellt, aber keinen Vorteil darin erkennt, sich die Namen tatsächlich zu merken. An irgendwas mit A meint sie sich zu erinnern. Alex? Anton? Auch egal. Er und sein Messer sind nur noch ein paar Meter von ihr weg.

Was soll sie tun? Weglaufen vor dem Verrückten? Dann würde sie ihm den Rücken zuwenden und darauf wetten, dass sie schneller ist als ihr Gegenüber. Der wirkt zwar alles andere als sportlich, aber Laura ist seit den Bundesjugendspielen nicht mehr gesprintet und damals hatte es auch nur für eine Teilnehmerurkunde gereicht. Dazu tut ihr Knie noch immer weh von dem Sturz im Wald. Sie bleibt also stehen, behält ihr gegenüber im Blick – und lässt ihre rechte Hand zum Pfefferspray an ihrer Hüfte gleiten, dass sie mit in den Wald genommen hatte. Wohlwissend, dass das keine adäquate Verteidigung gegen ein Messer ist.

„Du hast mir einige Fragen zu beantworten, Laura...“

Ok, *Humblebrag*, er hat sich ihren Namen offenbar gemerkt.

Achim? Adam? Abraham? Nein, anders... anders...

„Andi!“, ruft sie mit etwas zu viel Enthusiasmus angesichts der Situation. Aber vielleicht ist das auch gar nicht schlecht, um die Situation zu entschärfen. „Immer gerne beantworte ich dir deine Fragen. Und danke nochmal, dass du mir damals die Tür aufgemacht hast. Du hast mir wahrscheinlich das Leben gerettet.“

Laura gibt sich Mühe, besonders viel Honig in ihre Stimme zu packen, bis kurz vor der Flirt-Grenze. So traurig das ist: Mit Süßholzgeraspel aggressive Männer zu zähmen hatte sie, wie wahrscheinlich fast jede Frau, viel zu früh in ihrem Leben gelernt. Auch bei Andi scheint es zu fruchten.

Er geht nun noch langsamer auf sie zu, und seine Körperhaltung wirkt offener, während er davor an sie herangepirscht ist wie ein Löwe auf seine Beute. Allerdings ist sein Blick noch immer irre und unberechenbar und statt an einen Löwen erinnert er sie jetzt an einen Inquisitor im Folterkeller, der mit Geduld alle richtigen und falschen Wahrheiten aus dem anstehenden Verhör herausholen möchte. Sie geht kleine, möglichst unauffällige Schritte zurück, um den Abstand möglichst gleich zu halten und hat das Pfefferspray schon von ihrem Gürtel entfernt und mit ihrer Hand umschlossen, bewusst aber nicht nach vorne gerichtet. Sie möchte die Aggression zwischen ihnen auf keinen Fall erhöhen. Sie bemüht sich, wieder sanft zu sprechen. Kalle neben ihr hat nach anfänglicher Schockstarre allerdings begonnen, direkt neben ihr Andi überraschend ordinäre und kreative Beleidigungen entgegenzubrüllen. Das macht ihr das Süßholzraspeln ein wenig schwerer. Aber andererseits ist es auch schön zu wissen, dass Kalle ihr Wohlergehen nicht komplett egal ist.

„Wie gesagt: Gerne beantworte ich alle Fragen, die du hast. Es sind vermutlich viele. Glaub mir, mir geht es ähnlich. Es ist eine mehr als verrückte Zeit. Aber ich wäre ein großer Fan davon, dass du davor das Messer aus dem Spiel nimmst. Das macht das Gespräch bedeutend stressiger, als ich es bevorzugen würde.“

Andi ist inzwischen zum Stehen gekommen, woraufhin auch Laura ihre Schritte rückwärts sein lässt. Sie trennen keine drei Meter.

„Und dann sprühst Du mir das Pfefferspray in die Augen, läufst wieder weg und die ganze Suche war umsonst? Zwei Tage bin ich durchs Hasenbergl und durch Feldmoching gelaufen! Nene... Das Messer bleibt.“

Die Adrenalinkonzentration in Lauras Blut steigt wieder an. Ihre Nebennieren müssen nach den letzten Tagen und Wochen wahre Meisterköche geworden sein, so oft wurde dieses spezielle Gericht verlangt. Andi spricht weiter:

„Du bist vor einer Woche einfach in mein Haus geplatzt und hast mein Leben ruiniert! Am liebsten würde ich Dich gleich abstechen. Sei froh, dass ich vorher verstehen will, WAS ZUR HÖLLE da passiert ist."

Nach Andis Weigerung das Messer wegzustecken, hat Laura das Pfefferspray nach vorne gerichtet und zielt direkt in sein Gesicht. Sie möchte ihn anschreien, was er sich denn bitte anmaßt, wegen ein paar zerbrochenen Glasscheiben, von einem ‚zerstörten Leben' zu sprechen. Schließlich sind beide lebend rausgekommen – er sogar ohne einen Kratzer, weil er sich im Dachgeschoss versteckt hat, während sie beinahe vom Wolf gefressen worden wäre. Aber auch wenn das Adrenalin ihre Adern an den Schläfen pulsieren lässt, schafft sie den Drang zu unterdrücken. Nur die Situation nicht weiter eskalieren.

„Hör mal. Es tut mir ja leid wegen den Fenstern und so. Wahrscheinlich hätte ich nochmal vorbeikommen sollen und den Schaden und so abchecken. Aber ganz ehrlich: Ich war vollkommen traumatisiert. Du hast das Ding gesehen was hinter mir..."

Andi unterbricht sie. Natürlich.

„Mir geht es doch nicht um die Scheiß-Fenster!" Er wird auf einmal sehr laut. Laura überprüft, ob das Pfefferspray noch auf die dunklen Augenhöhlen gerichtet ist. Andis Stimme überschlägt sich, als er weiter schreit: „Das verfickte Monster, das Du angeschleppt hast und das verdammt nochmal kein normaler Wolf war, hat meine Oma gefressen!“

Lauras Augen weiten sich. Die Erinnerung an diesen Moment am Feldmochinger Mühlbach der gleichzeitig so kurz her und doch vor einer Ewigkeit war, bricht gewaltsam in ihr Bewusstsein. Die kalte Schnauze des Wolfs an ihrem Hals, zu großen Teilen besudelt mit warmem, pastellfarbenen Einhornblut. Jede Sekunde hatte sie erwartet, dass sich die riesigen Zähne des Wolfs in Adern und Fleisch ihres Halses bohrten. Und dann dieser schrille Schrei, der den Wolf von ihr weglockte. Der sie rettete – aber gleichzeitig vermutlich das Ende der schreienden Person besiegelte. In Andis Haus war waren rote Blutspritzer zwischen den Pastellfarbenen des Einhorns. War das das Blut von Andis Oma? War sie diejenige, die damals so laut geschrien hatte? Hatte der Wolf Andis Oma gefressen und deswegen Laura nicht rechtzeitig eingeholt? Laura lässt das Pfefferspray unwillkürlich ein bisschen sinken.

Andi fällt dieses Zeichen der Schwäche nicht auf, denn nach dem letzten gebrüllten Satz senkt er seinen Kopf und blickt zu Boden. Das Messer noch in der Hand, doch sein Arm hängt spannungslos an seiner Seite. Nun lässt Laura den Moment ungenutzt verstreichen. Aber was soll sie auch tun? Ein Arm ist schnell gehoben und in Sekundenbruchteilen wären sie in derselben Situation wie davor. Andi fährt fort, das Gesicht zu Boden gerichtet.

Laura sieht Tränen von seinem Gesicht nach unten tropfen und auf dem Asphalt landen wie vereinzelter Regen.

„Das Haus gehört ihr – hat ihr gehört. Ich habe sie vor zwei Tagen in ihrem eigenen Garten beerdigt. Und ich habe es nicht über mein Herz gebracht, sie aus diesem Monster herauszuholen. Der Wolf ist ihr Sarg."

Laura fühlt sich schlecht damit, dass sie vor wenigen Momenten noch dachte, dass es Andi nur um ein paar zerborstene Fenster ging. Sie will ihm trotz der ganzen Messersituation ein paar tröstende Worte zusprechen, vielleicht würde das auch Spannung rausnehmen. Allerdings ist sie sich unsicher welche Worte sozial angemessen sind, wenn jemandes Großmutter von einem Wolf gefressen wird. Die Experten auf dem Gebiet waren zweifelsohne die Grimm Brüder – und die sind irgendwann im 19. Jahrhundert gestorben. Trotzdem fängt sie an.

„Andi, tut mir wirklich leid, das wusste..."

Wieder unterbricht er sie. Sein Blick geht wieder nach oben. Seine Augen sind tränen-gerötet und feucht, doch der Blick dahinter ist immer noch so irre wie zu Beginn des Gesprächs. Statt Trauer macht nun Wut sein Gesicht zu einer Fratze. Seine schnellen Stimmungswechsel machen Laura fast genauso viel Angst wie das Messer in seiner Hand.

„Sag nicht du wüsstest nichts oder hättest nichts damit zu tun! Warum meinst du suche ich dich seit Tagen? *Ich weiß*, dass du damit was zu tun hattest. *Ich weiß es*, weil es sonst einfach zu viele Zufälle wären. Du tauchst vor dem Haus meiner Oma auf – mit irgendeiner Art von übernatürlichem Monster im Schlepptau, das genau diese Hausbesitzerin getötet hat. Und dann erschießt du das Monster mit einer Waffe, die seit Jahrzehnten verplombt ist und genauso wenig jemanden erschießen kann wie ein Gehstock."

Laura will ihn gerade darauf hinweisen, dass es gar nicht so unwahrscheinlich ist, zufällig auf das Haus seiner Oma zu treffen, wenn sie in der Nähe ihres Hauses spazieren geht. Doch das Waffenargument trifft sie unvorbereitet.

„Was meinst du damit, die Waffe war stillgelegt?", fragt Laura.

„Genau das, was ich sage. Ich habe die Waffe eigenhändig versiegelt und musste sie so auch beim Amt vorführen. Sonst hätten wir sie nicht behalten dürfen – und meine Oma hing sehr an dem Andenken an meinen Jägeropa. Glaubst du ich wäre tagelang mit einem Küchenmesser durch die Gegend gelaufen, wenn ich eine scharfe Waffe zur Hand gehabt hätte?

Wie hast Du den Wolf also erschossen? Ich habe den Schmauch und das Schießpulver überall gerochen, außerdem war die Wunde recht eindeutig. Dem Wolf hat der halbe Schädel gefehlt! Die Waffe steckte noch in dem

Loch in seinem Kopf. Das heißt du...“, er zeigt mit der Messerklinge auf Lauras Gesicht. Mit seinem ausgestreckten Arm fühlte sie sich gefährlich nah an. „...du hast irgendeinen Scheiß abgezogen. Keine Ahnung, ob du eine eigene Waffe dabei hattest und dann die Wolfsleiche drapiert hast oder ob du uns vielleicht schon seit Monaten stalkst, irgendwie das Gewehr ausgetauscht hast und das dann das letzte mörderische Gaslighting-Theaterstück war, oder ob du... was weiß ich!? Der große böse Wolf hat meine Großmutter gefressen, da würde ich es nicht mal ausschließen, dass Du eine Hexe bist oder irgendwie so ein übernatürlicher Scheiß.“

Andi lässt das Messer wieder sinken und blickt Laura erwartungsvoll an, so als könnte sie ihm gleich alle Fragen beantworten, die seit Tagen in seinem Kopf umherschwirren.

„Wenn er nicht die ganze Zeit dieses Messer vor sich schwingen würde, wäre das ja inzwischen eine richtig interessante Konversation.“, sagt Kalle unerwartet in die kurze Sprechpause hinein.

Laura erschrickt und blickt kurz zur Seite. Er hatte schon vor ein paar Minuten aufgehört Unflätigkeiten zu brüllen und war damit angesichts der Situation quasi aus Lauras Bewusstsein verschwunden.

„Was ist da? Wo schaust du hin?“, fragt Andi

Laura atmet tief durch. Sie muss so schnell wie möglich einen Bösewicht mit dem Spitznamen *der Vielnamige* davon abhalten, Cthulhu, Loki und Cruella de Ville auf diese Welt loszulassen oder sie sonst wie zu zerstören, aus was für Gründen auch immer. Vielleicht muss sie noch mehr deeskalieren, um das Patt aufzulösen. Und vielleicht ist es das einfachste, ihm einfach alles zu erzählen.

Laura platziert die Hand mit dem Pfefferspray demonstrativ neben ihrer Hüfte und spricht Andi mit ruhiger, sachlicher Stimme an:

„Ich glaube wir haben einiges zu besprechen. Es ist schönes Wetter. Was sagst du dazu, dass wir zum Späti gehen und uns ein paar Bier holen.“

- 17 -

Andi und Laura sitzen auf einer Bank, die mit an Sicherheit grenzender Wahrscheinlichkeit äußerst beliebt bei kiffenden und rauchenden Jugendlichen ist. Sie steht ein paar Meter abseits von einem Schotterweg in einem Park, der als grüne Grenze dient zwischen Plattenbauten auf der einen und Einfamilienhäusern und Doppelhaushälften auf der anderen Seite. Von weitsehenden Eltern-Blicken aus den Hochhausfenstern ist die Bank durch ein Gebüsch nahezu perfekt geschützt. Laura blickt nach vorne auf die wohlhabende Parkseite und fühlt sich an ihre eigene Jugend erinnert. Einige leere Flaschen billiger Wodka in unterschiedlichen Größen liegen genauso neben der Bank wie eine absurde Anzahl von Kippenstummeln und Vape-Verpackungen, als stumme Zeugen für Lauras Vermutung.

Nun sitzt sie hier – ihre Teenager-Zeit lange hinter sich –macht sich ein zweites Bier auf und genießt jeden Zug an ihrer eigenen Zigarette. Von all den absurden Dingen, die ihr die letzten Tage zugestoßen sind, ist die aktuelle Situation ganz vorne mit dabei. Auf ein Bier und eine Zigarette mit jemandem, der sie vor nicht mal einer Stunde noch mit einem Messer bedroht hatte.

Sie steht auf, um den Kronkorken in den Mülleimer zu schmeißen, der ein paar Schritte neben der Bank steht. Sie drückt ihre Zigarette an der Seite des metallenen Mülleimers aus und wirft die kalte Kippe hinein. Sie blickt auf Andi und versucht in dessen noch immer schattigen Augen zu lesen, was er von der Geschichte hält, die sie ihm erzählt hat. Dieselben Augen, die vor so kurzer Zeit noch vor Wahnsinn gefunkelt hatten, sehen jetzt vor allem traurig aus, müde und verwirrt. Als sie sich gemeinsam in Richtung des Kiosks aufgemacht hatten um das Bier zu holen, das Laura als Friedensangebot in den Raum gestellt hatte, hatte sie noch darauf geachtet, den Abstand zwischen ihr und ihm immer ausreichend groß zu belassen. Zwar hatte er das Küchenmesser in seinen Rucksack gesteckt, aber Andi war ihr auch körperlich überlegen – allein durch Masse und Größe. Doch es dauerte nicht lange, bis dieses Funkeln aus Andis Augen wich und seine Körperspannung in sich zusammensackte, wie sie ihn auch kennengelernt hatte. Inzwischen sitzt er auf der Bank und wirkt zwar noch immer emotional instabil, aber nicht mehr aggressiv.

Laura hat nun zum zweiten Mal in wenigen Tagen ihre Einsicht auf die aktuellen Geschehnisse geteilt – nun hofft sie, dass Andi ihr genauso schnell glaubt, wie es Özge getan hat. Bei Özge unterstützte das plötzliche Auftauchen des Greifs ihre Darstellung. Andi dagegen hat in der wohl abgefucktesten Version von Rotkäppchen aller Zeiten die unfreiwillige Titelrolle eingenommen und seine Großmutter an den bösen Wolf verloren. Laura kann nur schwer einschätzen, inwieweit sich das auf ihre Glaubwürdigkeit auswirkt. Zwischendurch suchte sie auf ihrem Handy nach Sichtungen von Fabelwesen und Monstern und fand tatsächlich ein paar vereinzelte Geschichten und Bilder in journalistischen und sozialen Medien auf, die ihren Punkt unterstreichen. Nicht viele, noch scheint das Problem nicht im Mainstream angekommen zu sein, aber es reichte, um ihren Punkt zu unterstreichen.

Sie geht vom Mülleimer zurück zur Bank, an deren anderen Ende Andi sitzt und auf die Wiese starrt, die in der Einfamilienhaus-Idylle endet. Laura ist sich recht sicher, dass er an das Haus seiner Oma denkt, das auch sein Zuhause war.

Er hebt die Flasche Bier an seinen Mund und hält sie danach gegen das Licht, um durch das braune Glas den Füllstand ablesen zu können. Auch aus ihrem Winkel erkennt Laura, dass die Flasche fast leer ist. Es ist noch sein erstes Bier, während Laura schon bei der Hälfte des zweiten angekommen ist, doch sie hat nicht den Eindruck, dass Andi ein Trinkertyp ist. Für seine Verhältnisse trinkt er wahrscheinlich schnell. Seine Zunge hat der Alkohol aber noch nicht gelockert. Seitdem Laura ihre Geschichte fertig erzählt hat, schweigt er.

Kalle steht ebenfalls stumm hinter der Parkbank, für Andi vollkommen unsichtbar - und so still wie er sich verhält, vergisst auch Laura ab und an, dass er da ist.

Laura schlendert zurück zur Bank und setzt sich wieder hin. Mit einem der schönsten Sätze, den sie in der deutschen Sprache kennt, beschließt sie das Schweigen zu brechen: „Willst Du noch ein Bier?“

Zu ihrer Überraschung bejaht Andi ihre Frage. Laura greift in die Kiosk-Plastiktüte, in der sie den Teil der gekühlten Flaschen transportiert haben, der nicht in Andis kleinen Rucksack passte, holt eine Flasche Augustiner heraus und öffnet sie mit dem Flaschenöffner an ihrem Schlüsselbund. Andi wiederum nimmt sein altes Bier, setzt an, und leert den kleinen Rest in einem Zug. Sein Gesicht verzieht sich beim Trinken, als hätte er einen großen Schluck Schnaps getrunken. Doch dann stößt er einmal kurz auf, nimmt das offene Bier aus Lauras Hand und bedankt sich. Er richtet den Blick wieder nach vorne und fängt an zu sprechen:

„Weißt du, was mich am meisten stört an der gesamten Situation?“

Laura schüttelt ihren Kopf und Andi fährt fort.

„Ich habe mir jetzt über eine Woche lang mein Hirn zerbrochen, was los sein könnte. Du bist mit dem verdammten Monster in mein Haus spaziert, also habe ich mich auf dich versteift. Jetzt erzählst du mir eine andere Geschichte und so seltsam sie auch ist, macht sie mehr Sinn als alles, was ich mir zusammengereimt habe.“

Laura fällt auf, dass die Aussprache seiner ‚L‘-Laute ein wenig schwammig wirkt, während Andi weiterspricht.

„Es sind wahrscheinlich Musen. Nicht dass ich da irgendwie hätte draufkommen können oder dass diese Schlussfolgerung vor ein paar Wochen irgendeinen Sinn gemacht hätte. Aber jetzt scheint es halbwegs Sinn zu machen. Und der ganze Schwachsinn, den ich die letzten Tage gelesen habe, ist vollkommen umsonst."

Andi lacht leise und auf und stößt seine frisch geöffnete Flasche mit einem bitteren Lächeln gegen Lauras Bier: „Prost." Er nimmt einen Schluck und starrt wieder nach vorne auf die Häuser.

„Was meinst Du denn mit ‚der ganze Schwachsinn', den Du gelesen hast?", fragt Laura, um die Konversation am Laufen zu halten.

Andi nimmt noch einen Schluck Bier, bevor er Laura antwortet.

„Naja, wie gesagt, du bist da angekommen, mit diesem Ding im Schlepptau, das offensichtlich kein Tier war, dass natürlicherweise auf diesem Planeten heimisch ist. Und wie besiegst du es? Mit einer Flinte, die nicht funktionieren *kann.*

Also habe ich mich auf dich fixiert und – das klingt jetzt wahrscheinlich weit hergeholt – ich dachte mir, dass du irgendeine Art von Hexe sein musst. Weil der ganze Auftritt hätte ohne Hexerei und übernatürliches Zeug keinen Sinn gemacht. Also habe ich angefangen alles zu diesem Thema zu lesen, was ich finden konnte.

Du sagst, dass durch die Musen alle angefangen haben irgendwelche inspirierten Sachen zu machen, Kunst, Musik und sowas. Sowas ist mir nie gelegen. Aber ich habe seitdem dutzende Bücher gelesen und hunderte Websites aufgesucht. Das ist mein Ding. Irgendein toller Schriftsteller könnte das vielleicht in schönere Worte packen, aber ich denke mir, lernen ist halt auch irgendwie inspirierend.

Laura wirft an Andis Kopf vorbei einen Blick zu Kalle, der wissend nickt.

„Und all diese Musenkraft habe ich dann in das Thema Hexen und Zauberei gesteckt. Und ich kann dir eines sagen: Die Bücher und Websites zu diesem Thema haben einen sehr mangelhaften Standard, wenn man halbwegs wissenschaftliches Arbeiten gewohnt ist – oder auch nur logische Argumentationsketten. Wenn diese Texte überhaupt sowas wie Quellenangaben haben, dann beziehen sie sich auf irgendwelches ominöses altes Wissen oder alte Sagen oder sonst irgendwas, was niemand mehr im Original nachvollziehen kann. Und meistens wurden die Texte offensichtlich von irgendwelchen Teenagerinnen geschrieben, die gerade durch eine Goth-Phase gehen."

Andi nimmt noch einen kräftigen Schluck Bier und ist kurz davor Laura beim Tempo zu überholen. Sie ist kurz davor ihm zu sagen, dass es vielleicht klug wäre es langsamer angehen zu lassen, sieht sich andererseits aber in keinerlei moralischer Position dazu. Andi fährt fort:

„Und ich habe sooo viel von dem Schwachsinn gelesen.“ Gelesen kommt aus seinem Mund wie *gälä'en.* Er schaut Laura an, lacht kurz auf und blickt wieder nach vorne auf die Häuser. Laura tut es ihm gleich.

„Was für eine Zeitverschwendung.“, fügt er an. Wieder lacht er, doch die staccatoartigen Unterbrechungen zwischen Lachern ändern sich schnell in etwas, das eindeutig wie Schluchzen klingt. Laura blickt sich zu ihm um. Sein Gesicht ist in seinen Händen vergraben und sein Brustkorb bebt. Ein Knoten zieht sich in ihrer Brust zusammen. Der Mann, der sie noch vor wenigen Stunden auf offener Straße mit einem Messer bedroht hat, tut ihr jetzt sehr leid. Und sie weiß absolut nicht, wie sie auf diese Situation reagieren soll. Sie zündet sich noch eine Zigarette an, als die Worte wie eine Übersprungshandlung aus ihr heraussprudeln:

„Komm wir gehen zu mir und trinken einen Schnaps für die Nerven.“

„Das ist glaube ich keine sehr gute Idee.“, meldet sich Kalle zum ersten Mal seit fast einer Stunde zu Wort.

„Das weiß ich selber.“, antwortet Laura leise. Aber nun hat sie es gesagt und sie will ihn auch nicht einfach so hier sitzen lassen.

Andi hat von der kleinen Konversation nichts mitbekommen. Er schluchzt weiter vor sich hin, als Laura zum Schein ein neues Bier aus seinem Rucksack holt und das Messer unauffällig ins Gebüsch befördert. Laura zieht an Andis Arm, um ihm aufzuhelfen, und er steht bereitwillig auf.

In Lauras Wohnung dekorieren dreckige Teller und benutztes Besteck so einige der eigentlich freien Oberflächen. Diverse getragene Klamotten von Laura sind quer durch das Ein-Zimmer-Apartment verteilt und geben nur noch stellenweise den Blick auf den Laminat-Boden frei. Laura ist schon unter normalen Umständen nicht der ordentlichste Mensch, doch die Ereignisse der letzten Tage und Wochen haben so profane Dinge wie Haushaltsführung in der Priorität nochmal ein paar Plätze nach hinten rücken lassen. Allerdings hat sie immerhin noch lange nicht Özges Niveau erreicht. Das ist ihr ein trostreicher Vergleich.

Kalle tritt nach Andi in die Wohnung. Er wollte mitkommen, weil er, in seinen eigenen Worten, jemanden dessen musische Inspiration das Lesen und Lernen ist, immer zuhören wird. Laura glaubt eher, dass er Andi nicht vertraut und Laura nicht alleine mit ihm lassen will – sei es nun, weil ihm etwas an ihr liegt oder weil er sonst wieder ohne Mitstreiterin bei der detektivischen Suche nach dem Vielnamigen und einem Motiv ist. So oder so: Sie ist froh, dass er dabei ist, auch wenn er rein körperlich wohl keine Hilfe sein könnte. Sie blickt zu Andi und überlegt sich für den Zustand der Wohnung zu rechtfertigen. Andis Blick ruht auf zwei getragenen

Schlüpfern in der Ecke des Flurs. Laura atmet tief ein und laut wieder aus: „Oookaaay... lass uns mal den Schnaps holen."

Andi blickt schlagartig nach oben, wie ein Hund, der beim konzentrierten Beobachten von Eichhörnchen plötzlich das Öffnen seiner Futterdose hört. Es ist auch bei Leuten wahr, die wenig trinken: Der erste Drink will immer einen Freund einladen, der zweite dann eine ganze Party.

Laura durchquert in wenigen Schritten den kleinen Flur und läuft in ihrem etwas größeren Wohnbereich direkt zu einer Kommode, *in* der sie Socken, Unterwäsche und T-Shirts und *auf* der sie verschiedene Sorten Schnaps aufbewahrt. Sie greift zielgerichtet nach der leicht bläulichen Flasche ganz links.

„Ich muss dir gestehen," wendet sie sich an Andi, „dass ich eine Flasche Obstler aus deinem Haus entwendet habe, als ich das letzte Mal da war. Ich muss dir auch gestehen, dass diese Flasche inzwischen leer ist. Aber ich habe auch eine gute Nachricht: Ich glaube drei Schlucke von diesem Gin sind so viel Wert, wie es die ganze Flasche Obstler war." Dabei hält sie die blau-schimmernde Flasche in die Luft, so dass Andi sie gut sehen kann.

„Wie trinkst du deinen Gin?"

Andi schaut sie verwirrt an, bevor er antwortet: „Mit Tonic Water?"

„Ah, der Klassiker. Klar, da macht man nicht viel falsch." Sie nimmt eines aus einer Reihe von kurzen, breiten Gläsern, die mit dem Rand nach unten auf der Kommode stehen und gießt gut zwei Finger breit Gin hinein. „Das füllen wir dir in der Küche gleich mit Eis und Tonic auf. Habe ich immer daheim!"

Dann nimmt sie ein zweites Glas und füllt zwei fingerbreit Gin ein. Dazu nimmt sie eine kleine braune Flasche, die mit bedrucktem Papier umwickelt ist, und kippt einige Tropfen davon in den Gin, bis der eine leichte Farbe von Rost annimmt.

„Ich bin ein großer Fan von Pink Gin.", wendet sie sich direkt erklärend an Andi. „Nichts als Gin mit Angostura Bitters. Dazu nach Geschmack Eiswürfel. Bitter wie das Leben."

Sie nimmt einen kleinen Schluck und zieht dabei das Gesicht auf diese spezielle Weise zusammen, wie man es beim Schnaps trinken immer tut. Dann geht sie in die kleine Küche, die vom Flur abgeht und nicht mehr als fünf Quadratmeter einnimmt, und füllt ihre beiden Drinks mit Eis – Andis zusätzlich mit Tonic Water – und geht zurück in den Wohnbereich.

Sie drückt Andi sein Glas in die Hand und sie setzen sich auf die zwei Stühle an dem winzigen Ecktisch. Kalle stellt sich neben Laura. Sie stoßen kurz an, doch dann kehrt schnell eine unangenehme Stille ein. Was hatte sich Laura nur dabei gedacht ihn zu ihr einzuladen. Klar, Mitleid und so... aber es ist nicht so, als wären die beiden dafür gemacht, instant Besties zu sein. Sie ist gerade schon froh, dass er nicht wieder ihre Unterwäsche anstarrt.

„Frage ihn, was er bei seinen Studien herausgefunden hat.“ durchbricht Kalle die Stille. Andi hört ihn natürlich nicht und starrt ungerührt aus dem Fenster auf das mittlerweile durch vereinzelte Regenschauer und ausparkende Autos stark mitgenommene Parkplatzkunstwerk. Laura schüttelt kaum merklich den Kopf. Dieses Thema hatte Andi doch davor erst zum Weinen gebracht. Nichts hatte er rausgefunden. Er hatte sich verrannt.

„Wollt ihr euch stattdessen weiter anschweigen? Was ist damit gewonnen? Seine Zunge ist gelockert durch Alkohol. Das dürfte die Chancen verringern, dass er uns die Unwahrheit erzählt. Als Muse verbringt man viel Zeit in Künstlernähe – was automatisch bedeutet in Trinkstuben und noch dunkleren Orten des Vergnügens. Ich kenne Euren Rausch sehr gut.“

Laura blickt zu Kalle hoch und bemerkt mit stark ironischem Tonfall:

„Du bist halt ein echter Menschenkenner.“

Andis Kopf wendet sich zu ihr:

„Was meinst Du?“

Laura hatte Andi auf der Parkbank die Geschichte der Musen erzählt aber das Detail weggelassen, dass sie eine dieser Kreaturen, die sonst niemand sehen kann, de facto stalkt – und aktuell unsichtbar hinter ihm steht. Die Anforderung bezüglich dem, was sie aus dem Theaterwissenschaftsstudium als *Suspension of Disbelieve* kannte, waren auch ohne diesen Fakt hoch genug. Selbst wenn Leute etwas glauben wollen, wird es ihnen ab einem gewissen Punkt zu wild und sie stellen alles in Frage. Nun konnte sie fast nicht mehr umhin, Kalle und Andi vorzustellen. Es sei denn...

„Nichts, nichts. Unangenehme Erinnerung."

Eine allgemeine menschliche Erfahrung. Andi scheint ihr zu glauben. Irgendwann muss sie von Kalle erzählen, aber gerade hat sie kein Interesse. Sie will schnell das Thema wechseln und geht mangels Alternativen auf Kalles Idee ein. „Du sag mal, was genau hast du eigentlich bei deinen Recherchen rausgefunden?"

„Reibungslos, eine Meisterin der Konversationsführung.", sagt Kalle neben ihr stehend, buchstäblich von oben herab. Laura ist fasziniert von dessen erstarkendem Sarkasmus, hat den Blick jedoch starr nach vorne auf Andi gerichtet und versucht sich Kalles Präsenz nicht anmerken zu lassen.

Andi zögert, bevor er anfängt zu sprechen:

„Ok... also, wie gesagt... es war ja erfolglos. Ich habe mich ja voll in was verrannt und am Ende war es etwas ganz anderes... und alles, was ich bewiesen habe, ist mal wieder gewesen, dass ich mich mit meinen falschen Schlussfolgerungen voll blamiert habe..."

Andis Unterlippe beginnt zu zittern. Er wird gleich wieder weinen. Laura möchte das verhindern. Doch ihre bewährteste emotionale Stütze steht vor ihnen auf dem Tisch, fein säuberlich in Gläser abgefüllt – und ist offensichtlich gescheitert.

Sie unterbricht Andi, um ihn mit Worten zu trösten und versucht sich dabei nicht allzu sehr vorzukommen wie eine Mutter mit ihrem kleinen Kind, das mal wieder einen Mathetest verhauen hat.

„Ach so ein Schmarrn. Andi, ich bin mir sicher, du hattest dir was dabei gedacht. Ist ja nicht so, als wärst du dumm." Als würde sie ihn gut genug kennen, um das zu wissen. Aber der Versuch scheint zu fruchten. Andi fährt fort und seine Unterlippenstabilität hat signifikant zugenommen.

„Ich habe ja schon gesagt, dass mir das alles übernatürlich vorgekommen ist und ich mir einen Haufen drittklassiger Webseiten und Bücher im Selbstverlag durchgelesen und Internet-Videos angeschaut habe. Dabei sind bei mir wahrscheinlich mehr Gehirnzellen gestorben als heute durch das..." Er hebt seinen Gin Tonic in die Luft und nimmt einen Schluck.

„Aber tatsächlich gibt es paar Sachen, die sich wiederholt haben. Ein paar Muster, die sich durch viele der weniger furchtbaren Quellen durchziehen. Und ich meine, das ist doch das, wonach man bei solchen Recherchen sucht, wenn man was verstehen will. Und da dachte ich mir halt: Das macht am meisten Sinn. Occams Rasiermesser und so… aber dann…“

Laura merkt, dass Andi seinen roten Faden wieder verliert. Der klassische Fluch der betrunkenen Geschichtenerzähler. Sie ist auch leicht angetrunken, aber sie bringt auch höchstens die Hälfte von Andis Körpergewicht auf die Waage. Sie versucht ihn wieder in Richtung des eigentlichen Themas zu stupsen:

„Aber was? Was hast du denn genau gedacht herausgefunden zu haben?“

Andi blickt sie an, in einer Mischung aus Empörung über die Unterbrechung und ehrlicher Verwirrung über ihre Frage.

„Manifestation, natürlich. Das ist das, wovon alle schreiben, die irgendwas mit Magie oder Realitätsveränderung am Hut haben. Vom populären esoterischen Selbstverbesserungsbullshit bis zu kleinen feministischen Büchern über das Dasein als selbsternannte Hexe. Man muss sich Dinge vorstellen, damit sie real werden. *Fake it ‘til you make it* quasi, nur noch radikaler. Denke es ist wahr und es wird war. Du *manifestierst* es.

Und irgendwie hat das auch alles Sinn gemacht in dem seltsamen Kontext, in dem ich recherchiert habe, oder? Ich habe irgendwas offensichtlich magisches gesehen – ein Monster und dieses verfickte versiegelte Gewehr, das schießt – und dann habe ich dutzende *Quellen*“, Andi malt bei diesem Wort mit seinen Fingern Anführungszeichen in die Luft, „die mir erzählen, dass Zaubern funktioniert. Auch wenn sie es teilweise anders nennen. *Wow*, bin ich auf viele pseudowissenschaftliche Begriffe gestoßen. Aber ja, alles in allem war ich mir dann irgendwann sicher, dass du eine Hexe bist."

Er lacht, bitter und betrunken. Aber immerhin wirkt er diesmal weit entfernt von Tränen.

„Stattdessen haben einfach unsichtbare Musen diese Welt eingenommen und komplett verändert. Und dabei wohl auch irgendwie Versiegelungen aus Waffen entfernt. Wie auch immer. Da hätte ich doch niemals draufkommen können!"

Er fängt an sich zu wiederholen. Andi weiß auch ohne Übung, wie man sich als betrunkener Erzähler verhält.

Er trinkt den letzten Schluck seines Gin-Tonics, legt den Kopf in den Nacken und auf die Stuhllehne – vermutlich um nachdenklich an die Decke zu blicken – und schläft fast unmittelbar ein, noch bevor Laura ihm antworten kann.

- 18 -

Andis Kopf rollt in einem ausladenden Halbkreis um seinen Nacken nach vorne in Richtung Tisch. Halb bewusstlos schafft er es noch, seinen Arm zwischen seine Stirn und die Tischplatte zu bekommen und damit eine Katastrophe zu verhindern. Dann fängt er an zu schnarchen.

Laura beobachtet das Schauspiel vor sich amüsiert. Sie fragt sich, wie viel von der Müdigkeit vom Alkohol und wie viel vom Schlafmangel kommt, als Andi zwei Tage lang mit einem langen Messer durch Hasenbergl und Feldmoching gelaufen ist. So oder so: Sie weiß, dass Andi so bald nicht aufwachen wird. In normaler Gesprächslautstärke wendet sie sich an Kalle:

„Ich gehe eine rauchen. Willst du mit rauskommen?“

Sie hat nach diesem Tag ein großes Gesprächsbedürfnis – und gerade ist Kalle tatsächlich der beste verfügbare Gesprächspartner. Er begleitet sie dankbarerweise.

Die Nacht ist mild. Eine der ersten Nächte des Jahres, in der Laura keine Jacke braucht. Ihr Balkon ist bunt geschmückt mit leuchtenden Lampions und bunten Lichtern. Eine kleine Sitzecke aus alten Europaletten und großen Sitzkissen lädt zum Verweilen ein, auf einem Holzwürfel davor steht eine lange ausgerauchte Shisha. Laura bleibt stehen, als sie sich ihre Zigarette anzündet. Kalle steht einen halben Meter neben ihr, direkt vor der Tür zum Wohnzimmer.

„Was für ein Tag, oder?“, sie zieht an ihrer Zigarette und stößt den Rauch in die milde Nachtluft, bevor sie fortfährt. „Sprechende Bäume, verrückt gewordene Messermänner, die jetzt bei mir im Wohnzimmer schlafen… klassischer Dienstagabend, oder?“

Kalle schweigt. Das Offensichtliche zu wiederholen war wohl das Seine nicht. Laura ist froh. Sie will vor allem reden, einen Dialog zu führen ist für sie aktuell zweitrangig.

Also redet sie über den Tag, lästert über schlafende Bäume im Wald und schlafende Männer auf ihrem Wohnzimmertisch, schenkt sich einen Pink Gin nach, raucht eine weitere Zigarette, und landet schließlich bei dem letzten Gesprächsthema des Abends:

„Aber schon geil, oder? Da scheint sein Ding, dass er von Euch als mythischen Musen bekommt, Inspiration zum Lernen und Recherchieren zu sein. Und dann recherchiert er so einen Schwachsinn über Magie und mich als Hexe und so. Was für eine Verschwendung eurer Musen-Power.“

„Ich kann dir nicht sagen, ob das wirklich der Schwachsinn ist, für den du es hältst.“, sagt Kalle. Es sind die ersten Worte, die er zum Gespräch beiträgt, seitdem sie auf dem Balkon stehen. „Schließlich sind durchaus seltsame Dinge passiert. Da würde ich keine Erklärung zu früh aus dem Rennen nehmen.“

Laura zieht ihre Augenbrauen hoch: „Aber wir wissen doch, warum das alles passiert. Ihr Musen seid hier gestrandet, der Vielnamige hat damit was zu tun, wir müssen das stoppen. Da ist kein Platz für eine Hexen-Laura. Im Gegensatz zu allen anderen scheint ihr nicht mal einen merklichen Effekt auf mich zu haben. Bis jetzt hat mich eure Anwesenheit zumindest nicht mal dazu gebracht, schönere Bilder zu malen oder meine Wohnung umzudekorieren."

Nach der letzten Frage fällt Laura auf, dass sie sehr schnell redet und ehrlicherweise auch leicht lallt. Doch Kalle scheint sie zu verstehen.

„Du hast ja recht. Ich sage nicht, dass alles der Wahrheit entspricht, was Andi erzählt hat. Aber nach allem, was wir wissen, macht es auch keinen Sinn, dass die Anwesenheit von Musen funktionsunfähige Schusswaffen wieder zum Feuern bringt. Es bleibt seltsam, also sollten wir unsere Augen auch nicht vor noch so unüblichen Erklärungsversuchen verschließen. Das ist alles, was ich sage."

„Alles klar, verstanden.", sagt Laura. Sie drückt ihre Zigarettenkippe in den überquellenden Aschenbecher.

„Ich glaube ich trinke noch ein Glas Wasser – Profitipp! – und lege mich dann so langsam in mein Bett. Es dreht sich alles etwas." Sie lacht und drückt sich an Kalle vorbei. Als sie in der Tür steht, schaut sie ihm in die Augen und sagt „Du bist in Ordnung. Wollte ich nur mal sagen. Du bringst Chaos, bist super seltsam. Aber hey – am Ende bist du glaube ich schwer in Ordnung.“ Ihre betrunkene Freundschaftserklärung schließt sie damit ab, dass sie Kalle an beide Schultern greift und einmal freundschaftlich zudrückt. Sie geht durch die Balkontür ins Zimmer. Kalle bleibt auf dem Balkon stehen, mit aufgerissenen Augen und offenem Mund.

Laura registriert seine Reaktion nicht. Sie geht in die Küche, trinkt ein Glas Wasser, füllt es nochmal auf, um es nachts neben ihr Bett zu stellen und legt sich hin. Andis Worte gehen ihr durch den Kopf. Sie blickt die Lampe an der Decke an und versucht spaßeshalber, sie mit ihren Gedanken auszuschalten. Zu *manifestieren*, dass sie aus ist. Lauras Augen fallen zu und sie schläft direkt ein.

- 19 -

Özge zieht mit der Hand die Kupplung und drückt die linke Fußspitze mit Kraft nach unten, um in den ersten Gang zu schalten. Dann lässt sie den Kupplungshebel langsam wieder kommen und gibt mit der rechten Hand vorsichtig Gas. Der Motor gibt ein tiefes Brummen von sich und befördert sie über den abgesenkten Bordstein auf den Gehweg. In Schrittgeschwindigkeit rollt ihr im Retrostil designtes aber in der Anschaffung sehr modern bepreistes Cruiser-Motorrad über die hellgrauen Betonplatten.

Wie schön war der Ausflug noch vor einer halben Stunde gewesen, als sie auf den Landstraßen südlich von München unterwegs war. Der Wind war um ihren Helm gerauscht und hat sie den Widerstand der Geschwindigkeit spüren lassen. Özge hatte mal in einem Buch gelesen, dass Motorradfahren ist wie fliegen. Viel mehr noch als eingeklemmt in einem tonnenschweren Aluminiumvogel über den Wolken zu sitzen. Das Bild blieb ihr im Kopf – und sie muss ihm jedes Mal aufs Neue zustimmen. In den Kurven ritt sie die Fliehkräfte, während die Sonne über dem alpinen Kochelsee aufging.

Dieser Ausblick alleine sollte von Ärzten gegen Stress verschrieben werden können. Es war wirklich wieder eine gute Ausflugsroute seitdem auf den Serpentinen Fahrbahntrenner installiert wurden, die die größten

Idioten ihrer Zunft davon abhielten, die Bundesstraße 11 regelmäßig zur Rennstätte mit garantierter Leichenschau umzufunktionieren. Klar hatte sie trotzdem ein wenig Angst gehabt, diesmal hatte das aber weniger mit spätpubertierenden Adrenalinjunkies zu tun und mehr mit den mythischen Kreaturen, die laut Laura in immer größerer Zahl ihre Welt unsicher machten – und von denen sie mit dem Greif auch eine schon selbst gesehen hatte. Aber man kann sich viel zurecht rationalisieren, auch einen kleinen Mental Health Ausflug in gefährlichen Umständen. Ihr Motorrad ist schnell. Vermutlich schneller als fast alles, was Beine oder Flügel hat – sei es von dieser oder von der anderen Seite. Und sobald sie ihre weiß-blau-rote Schutzkleidung und den Integralhelm anhatte, fühlte sie sich ohnehin geschützt wie ein Ritter in schwerer Rüstung. Passend, wenn die Gegner zumindest teilweise Märchenkreaturen waren.

So fuhr sie die Kurven in den Bergen und kam mit einem Lächeln im Gesicht zurück in die Stadt – und dort starb es in ihrem Gesicht wie ein Fisch an Land. Der Sauerstoff geht langsam aus, bis das Leben schließlich ganz erlischt.

Schon beim Weg hinaus aus der Stadt hatte Özge Slalom um verschiedene Skulpturen und Verkehrshindernisse fahren müssen – und um Autos, die scheinbar aus Frust einfach auf den Straßen stehengelassen wurden. Die Stadt und ihre Massen an Hobbykünstlern holten sich den öffentlichen Raum zurück, den ihnen die Asphaltwüsten und Blechkarawanen Tag für Tag gestohlen hatten.

Özge war, dank ihres kaputten Schlafrhythmus, in den dunklen Morgenstunden losgefahren. Dabei umkurvte neben den inzwischen schon fast gewohnten Kunstwerken diversen Stils eine Lkw-Ladefläche, die anscheinend zu einer Theaterbühne umgebaut worden war sowie Perkussionisten, die trotz der unchristlichen Uhrzeit im Schein einiger Autoscheinwerfer mit diversen Gegenständen rhythmisch auf stillgelegten Autos und Asphalt trommelten. Dazu kamen natürlich auch Glasscherben, scharfkantige Metallteile und sonstiger Müll am Boden, den die Künstler mit ihrer Arbeit verursachten, aber den sie für unter ihrer inspirierten Würde hielten, wegzuwerfen. Als die Bevölkerungsdichte schließlich aber mit steigender Entfernung von der Stadt immer niedriger wurde hatten die von den Musen inspirierten Menschen irgendwann genug andere Flächen zur Verfügung, um sich auszuleben - und die Straßen waren komplett frei.

Weit weg von der Stadt war der Weg zurück auch noch in Ordnung, aber sobald sie die Stadtgrenze überquerte, waren die Straßen so verstopft, dass Özge sich schnell in einem ähnlichen Stop-And-Go-Rhythmus fortbewegte wie sonst nur zur Rush-Hour – und das mit kaum anderen Fahrzeugen auf der Straße. Wahrscheinlich hatte sie auf dem Weg nach draußen nur Glück gehabt. Zu viel Kunst,

Müll und Menschen versperrten ihr nun immer wieder den Weg. Sie versuchte sich an ein paar Alternativrouten, aber am Ende ging es ihr überall gleich. Bremsen, anfahren, unter dem Hintern und an den Beinen merken, wie der Motor ohne Luftkühlung immer heißer und heißer wurde, während die morgendliche Junisonne an Kraft gewann – so ging das eine ganze Weile, bis schließlich eine buchstäbliche Mauer auf der Straße ihr den Weg versperrte. Jemand hatte sich – vermutlich in Ermangelung freier Wände oder als künstlerisch wertvollen Kommentar, den Özge nicht verstand – einfach seine eigene Graffiti-Leinwand horizontal zur Straße gebaut. Also wich Özge erzwungenermaßen auf den Gehweg aus.

Im Zustand des halb-fahrens-halb-schiebens wirft sie von dort nochmal einen Blick auf die Mauer, als sie ihr Motorrad vorbei bugsiert. Das großflächige Gemälde ist eine Referenz auf den berühmten Bruderkuss auf der Berliner Mauer – doch statt Honecker und Breschnew sind im jeweiligen Propagandastil der 40er Jahre ein Nazi und ein Sowjetmensch in inniger Berührung vereint. Unter den bunten Farben scheinen stellenweise noch Backstein und Mörtel durch. Özge ist beeindruckt, wie viele Stunden Arbeit der Künstler wohl in dieses Werk inklusive Mauerbau gesteckt hat. Sie rechnet nach, wie viele Stunden sie bisher in ihr Buch gesteckt hat – und stellt zu ihrem Erstaunen fest, dass sie in dieser Zeit vermutlich drei Mauern hätte bauen und bemalen können.

Dieses Buch, das sie in der festen Überzeugung schreibt, dass der Selbstverwirklichungswahn sie alle in die Selbstausbeutung führt – nur um sich mit demselben Prozess selbst auszubeuten. Die scharfen Kanten dieser Ironie schneiden auch vier Tage nach dem Gespräch mit Annika noch immer genauso tief wie am ersten Tag. Klar muss sich kein Autor genau an die Kernaussage seines Buches halten – genau wie man kein Heiliger sein muss, um moralisches Handeln zu fordern. Mit dieser Logik kommt man nirgendwo hin, außer in kraftraubenden Nihilismus, die Überhöhung von Vorbildern zu Götzen oder gleich in den religiösen Fundamentalismus. Angenehm ist es trotzdem nicht.

Özge verweilt in Gedanken und im Schleifpunkt der Kupplung, als sie das Motorrad weiter über den Gehweg rollen lässt. Zwei Meter vor ihr öffnet sich eine Haustür und ein Mädchen stürmt heraus. Eben noch in Gedanken an ihr Buch, betätigt Özge sofort und mit Verve Vorder- und Hinterradbremse – und bleibt beinahe ansatzlos stehen, über anderthalb Meter von dem Mädchen entfernt. Das fängt aber natürlich trotzdem an zu weinen. Eine Frau ungefähr in Özges Alter läuft schnell aus der gleichen Haustür. Körpersprache und einer ähnlichen Nase und Augenpartie zufolge ist das die Mutter.

„Helena! Wie oft habe ich dir schon gesagt du sollst nicht ohne zu schauen auf den Gehweg rennen, das ist gefährlich."

Die strengen Worte helfen nicht dabei, Helena zu beruhigen. Die Mutter schaut sich um, um herauszufinden, was genau den Weinkrampf ausgelöst hat und ihr Blick bleibt korrekterweise an Özge hängen. Die schiebt ihr Visier nach oben, um Kind und Mutter zumindest ihre Augenpartie zu zeigen.

„Tut mir leid. Die Mauer dahinten... ich bin extra Schrittgeschwindigkeit gefahren."

Özge weist mit einer auslandenden Geste hinter sich, während sie mit der rechten Hand noch den Motorradlenker festhält. Auf dieser Seite der Mauer reitet eine barbusige Blondine einen Delfin und all das vor dem Hintergrund eines bunten Fantasieweltraums. Sowas wird also von den gleichen Musen inspiriert, die auch metaphorisch um Leonardo Da Vinci herumgetanzt sind. Faszinierend.

Die Mutter blickt entweder sie oder das freizügige Kunstwerk skeptisch an. Um sicherzugehen schiebt Özge ein „Tut mir leid." hinterher. „Es ist nichts passiert, aber ich glaube ich habe sie erschreckt."

Der skeptische Blick löst sich auf und Özge fragt sich, ob sie auch ihre Tochter so lange streng anstarrt bis entweder „Bitte", „Danke", „Entschuldigung" oder ein anderes Zauberwort aus ihrem Mund kommt.

„Kein Problem, ist ja alles gut gegangen. Manche Kunstwerke sind aber auch unnötig.“, sagt die Mutter an Özge gerichtet und bückt sich, um etwas vom Boden aufzuheben, das die Tochter offensichtlich vor Schreck hat fallen lassen. Özge kommt es direkt bekannt vor. Sobald die Tochter den kupferfarbenen gehäkelten Fuchs in der Hand hält, hört sie auf zu weinen.

„Ist aktuell ihr Lieblingstier.“, erklärt die Mutter an Özge gewandt.

„Süß.“, sagt Özge, und durchlebt ein Deja-Vu. Als sie das Tier das erste Mal gesehen hatte, hat sie genauso reagiert.

„Eine Bekannte von mir macht genau die gleichen Tierchen. Kennen sie zufällig eine Annika Spörl?“

„Nein, tut mir leid. Aber ich habe das von einem tollen Projekt.“

„Ach ja?“, fragt Özge mit echter Neugier. Der Fuchs sieht genauso aus, wie der von Annika in ihrer Erinnerung.

„Nennt sich Häkelkreis. Ältere Damen häkeln hier zusammen und haben so was zu tun und können neue Leute kennen lernen. Und man kann die kleinen Meisterwerke im Anschluss kaufen. Es gibt noch Elche und Mäuse und Koalas und vieles mehr…“

Die kleine Helena zieht an der Hand ihrer Mutter und teilt ihr so mit, dass das Gespräch mit der gruseligen Motorradfrau lange genug gedauert hat. Ihre Mutter lacht auf, verabschiedet sich kurz, aber freundlich - und geht dann an Özge und ihrem Motorrad vorbei den Gehweg hinunter.

- 20 -

Andi zieht die Wohnungstür hinter sich so leise zu, wie er kann. Sobald er sich ein paar Schritte von der Tür entfernt hat, stößt er einen erleichterten Seufzer aus. Der Weg durch die Wohnung vorbei an der schlafenden Laura hatte sich angefühlt wie eine Stealth-Mission im Ego-Shooter: Bloß nicht gehört werden, bloß Laura nicht aufwecken. Er hatte nicht vor, Laura in seinem Leben wieder sehen.

Sein erster Walk of Shame. So viele Filme und Serien haben ihn und die Scham dabei beschrieben – und trotzdem ist sich Andi sicher, dass er quasi alle davon toppen kann. Sogar in den fantasievollsten Sitcoms werden die wenigsten Protagonisten am Vorabend zunächst jemanden mit einem Messer bedroht, dann vor der Person weinend zusammengebrochen und dann zu ihr nach Hause eingeladen worden sein – um ihr dann noch im Detail zu erzählen, dass man sie fälschlicherweise und komplett ernstgemeint für eine Hexe gehalten hatte. Und wenn das nicht reicht, ist ihm auch noch buchstäblich im Schlaf eingefallen, wo er Laura schon einmal gesehen hat. Er ist danach hochgeschreckt und sein Herz hat geschlagen, als wäre er frisch aus einem Albtraum erwacht. Sie war die Frau, die damals als die Welt noch normal war in der anfahrenden U-Bahn gegen ihn gefallen war und sich direkt übergeben musste. Damals, als er ausnahmsweise mal für einen Behördengang sein Zuhause verlassen hatte. Seine letzte große Demütigung, bevor sich ohnehin alles änderte. Nein, er musste sie wirklich nicht wiedersehen. Niemals.

Er nimmt den Aufzug. Sein Magen fühlt sich zu flau und sein Kopf zu schwer an, für das wippende Auf und Ab der Treppe. Fühlt sich ein Kater immer so an? Andi hat keine Vergleichsmöglichkeiten, aber er vermutet, dass es sich um ein außergewöhnlich ausgeprägtes Exemplar handeln muss. Sonst wäre Alkohol schon Tage nach der versehentlichen Entdeckung der Effekte fermentierter Früchte vor tausenden Jahren wieder aus der menschlichen Ernährung verschwunden.

Draußen blendet ihn das morgendliche Licht. Er fragt sich, welche Sinne denn bitte *nicht* von einem Kater betroffen sind. Er vermutet das Gehör. Zumindest dann, wenn man sich die Überdosis Ethanol nicht in einem lauten Club geholt hat. Dann wäre es vermutlich die volle Packung sensorischer Einbußen.

Andi holt sein Handy raus, um sich kurz zu orientieren. Gut 30 Minuten Fußweg zu seinem Haus. Er stöhnt leise auf. Vielleicht gibt es ja auf dem Weg einen herrenlosen E-Scooter? Er öffnet die entsprechende App, um das herauszufinden. Er scrollt suchend mit Daumen und Zeigfinger über die Karte. Die Auswahl ist bescheiden, Andi vermutet einen Zusammenhang zwischen Wartungsdisziplin der Roller und dem Einfluss der Musen. Kurz vor der Fußgänger-Unterführung nördlich des Bahnhofs Feldmoching wird er aber fündig. Knappe zehn Minuten Fußweg. Das wird er schaffen. Er reserviert den Roller mit einem Klick auf seinem Bildschirm.

Gut zehn Gehminuten später sieht Andi den Lenker eines grünen elektrischen Rollers aus dem dichten Gestrüpp neben dem Fahrradweg ragen. Kein Wunder, dass den bis jetzt niemand wollte. Er selbst ist trotz Anzeige auf seinem Handy mehrfach daran vorbeigelaufen, ohne den Roller zu sehen. Er fasst in das grüne Dickicht und zieht an dem Lenker. Direkt danach saugt er Luft durch seine Zähne ein. Eine der stacheligen Pflanzen hat eine feine rote Linie in seinen Zeigefinger gezeichnet. Er lässt den Roller wieder ins Gestrüpp fallen, doch den Fluch, der ihm auf seinen Lippen liegt, schluckt er wieder runter, als sein Blick die andere Seite des Gebüschs erspäht. Auf der anderen Seite steht eines der wenigen Dinge, vor denen er in den gut 48 Stunden als manischer Messermann Angst gehabt hatte. Auf der anderen Seite des Gebüschs, in verschiedenen Tönen dunkelblau und schwarz gekleidet, steht ein Polizist.

Seit dem Wolfsangriff hatte er mehrmals versucht, die städtischen Notfallnummern anzurufen, doch hatte ihm nie jemand den Gefallen getan seinen Anruf zu beantworten. So half niemand dabei, den Wolf zu erschießen außer der Frau, die er bald bezichtigen würde, eine Hexe zu sein und so beerdigte er am Ende seine Oma selbst – in dem Bauch des Wolfes, der sie gefressen hatte.

Dazu kam die Messermann-Phase, zu der vermutlich einige Leute versucht hatten, wegen ihm die Polizei zu erreichen. Offenkundig auch erfolglos.

Woran es wohl liegt, dass der in München sonst doch recht häufige Anblick eines Menschen in Uniform so stark abgenommen hat? Sind massenhaft Polizisten nicht zur Arbeit erschienen, wie so viele andere, wie Laura gestern erzählt hat? Oder wurden sie einfach ständig von einem Monster zum nächsten gerufen? Das würde zumindest die besetzten Leitungen erklären. Aber so häufig schienen die Sichtungen ja noch nicht zu sein. Das – und die kaum aushaltbare Scham gegenüber Laura – ermöglichte ihm überhaupt erst halbwegs ruhig den Heimweg anzutreten.

Er überlegt, ob er die Gelegenheit nutzen soll, den Polizisten anzusprechen. Es fühlt sich so an, als wäre die staatliche Ordnungsmacht ein guter Start, wenn es um einen Kampf gegen die aktuell absolut unordentliche Situation geht. Aber was sollte er ihnen erzählen? Das Musen-Ding als unverblümte Wahrheit würde ihm vermutlich keine offenen Ohren verschaffen. Er könnte den Wolf in seinem Garten zeigen – andererseits befindet sich seine Oma in dem Wolf, und er würde sie sehr ungern exhumieren. Bevor Andi sich entscheiden kann, starrt er den Polizisten weiter regungslos an – bis ihm etwas auffällt, als der Polizist einen angespannten Schritt weitergeht.

Durch den neuen Winkel kann Andi erkennen, dass der Polizist seine Waffe in beiden Händen hält, den Lauf nach unten gerichtet. Sein Blick geht nach links und rechts. Für Andi scheint er sich dabei recht wenig zu interessieren. Andi kann nicht einschätzen ob der Polizist ihn überhaupt gesehen hat. So oder so: Er scheint nicht gefunden zu haben, was er sucht, denn der nächste Schritt ist ebenso umsichtig wie der letzte.

Andis Wissen über Polizeitaktiken geht nicht über den Konsum von Krimi-Serien und Filmen hinaus, doch auf ihn wirkt der Polizist bereit zu schießen. Worauf auch immer. Er tritt auf einen kleinen Trampelpfad, der durch das Gebüsch durchführt – gleich würde Andi die Entscheidung abgenommen, ob er den Polzisten auf sich aufmerksam machen soll oder nicht.

Soll Andi einfach so etwas sagen wie ‚Entschuldigung'? Ist das zu nichtssagend? Noch während er überlegt, macht der Polizist den letzten Schritt am Gebüsch vorbei und dreht sich als erstes in die Richtung, die er bisher kaum einsehen konnte: Die, in der Andi steht. Der Polizist ist fast einen Kopf größer als er, muskulös und wirkt mit seinem akkuraten Kurzhaar-Undercut mehr wie ein Soldat als ein Polizist. Hebt er die Waffe an? Andi entkommt ein kurzer spitzer Schrei. Andi schämt sich sofort ein bisschen dafür. Jedes noch so leise „Entschuldigung" wäre besser gewesen.

„Was machst du hier? Geh nach Hause, Mann!“, schreit der Polizist ihn unvermittelt an. Zu Andis Erleichterung hebt er die Pistole aber nicht weiter an.

Andi antwortet wieder in einer leicht höheren Tonart als normal:

„Ich bin auf dem Weg nach Hause. Deswegen der E-Scooter hier…“, er zeigt nach links als ihm auffällt, dass der Scooter noch tiefer im Gebüsch versunken zu sein scheint als noch vor wenigen Augenblicken. „Aber ehrlich gesagt würde ich auch gerne, nun ja, mit Ihnen reden. Also mit der Polizei genauer gesagt, nicht unbedingt mit ihnen per…“

„Die Straßen sind nicht sicher. Raffst Du das denn nicht?“, unterbricht ihn der Polizist rüde und laut.

Andi ist verunsichert, möchte aber seinen Punkt noch aus Prinzip zu Ende bringen. „Aber genau darum geht es mir doch auch. Ich meine… also es gehen einfach gerade komische Dinge… WAS ZUR HÖLLE!?“

Beim letzten Wort bricht Andis Stimme mitten im Schrei. Der Polizist fährt geistesgegenwärtig herum und folgt Andis Blick.

Von den Gleisen ist etwas nach unten in den Eingang der Unterführung gesprungen. Keine zehn Meter von Andi entfernt landet ein Wesen mit roter Haut und grünen Klamotten auf dem Asphalt und sprintet, ohne zu zögern, auf den Polizisten zu. Der Polizist, der dankenswerterweise zwischen Andi und dem roten Wesen steht, eröffnet direkt das Feuer. Andis Ohren beginnen schon mit dem ersten Schuss zu fiepen, doch noch drei weitere Male zerreißt ein ohrenbetäubender Knall die Luft. Und auch wenn das Ziel sich aus Andis Sicht schneller bewegt, als er je etwas hat rennen oder springen sehen, treffen die Schüsse allesamt. Das Wesen verlangsamt sich und kommt sogar zum Stehen.

„Tabea! Ich habe das Drecksvieh erwischt!", schreit der Polizist und erst jetzt sieht Andi, dass hinter dem Gebüsch noch eine zweite Polizistin mit gezogener Waffe steht und sich nun zügig auf ihren Partner zubewegt.

Andis Blick wandert aber schnell zurück zu dem angeschossenen „Drecksvieh". Es steht keine drei Meter von dem Polizisten entfernt und scheint mit den Schusswunden zu kämpfen, aber partout nicht zu Boden gehen zu wollen. Es ist kleiner als Andi, mit rostroter Haut und einem Gesicht, das Andi an die Fratzen japanischer Dämonen erinnert, wie er sie in Mangas und Animes gesehen hat. *Oni* heißen diese in der japanischen Folklore, wenn er sich richtig erinnern kann. Trotz der Verletzungen scheint es unnatürlich breit zu grinsen und zwei große gebogene Fangzähne ragen nach unten aus dem offenen Mund. Wie ein Spiegelbild für die Säbelzähne ragen aus der Stirn nach oben gebogene Hörner in dem Himmel, gefärbt in dem schwärzesten Schwarz, das Andi je zu Gesicht bekommen hat. Unterhalb des roten Halses trägt das Monster eine Art Uniform in einem dreckig wirkenden

Grünton. Die roten Querverzierungen auf der Brust und bizarr verspielte Schulterklappen lassen Andi auf eine absurde Weise an die Uniform von Hotelpagen denken. In der rechten Hand hält das Monster eine lange gebogene Klinge. Andi muss an eine Mischung aus einer Machete und einem Säbel denken. Giftgrünes Blut läuft aus den Einschusswunden an Schulter, Brust und Oberschenkel über die waldgrüne Uniform wie konzentrierter Waldmeistersirup über trockenes Moos.

Die Polizistin tritt vom Trampelpfad auf den Weg, als das Grinsen des Oni scheinbar noch breiter wird. Mit einem einzigen Satz springt er dem Polizisten vor Andi an die Brust und bringt ihn so zu Boden. Dessen rechte Hand landet hart auf dem Asphalt und die Dienstwaffe landet auf dem Boden.

Der Oni hält dem Polizisten seine Klinge an den Hals. Es wirkt, als würde er kaum Druck ausüben, und trotzdem sieht Andi, wie sich feine Linien von rotem Blut bilden, als würde der Dämon sein Massaker skizzieren. Die Polizistin schreit laut und richtet die Waffe auf den Oni. Doch sie schießt nicht. Die rechte Hand des Polizisten tastet blind nach der Waffe, bekommt sie jedoch bei den ersten Versuchen nicht zu fassen. Erst beim dritten Versuch finden die Finger ihr Ziel. Die Handfläche klammert sich um den Griff – und mit einer fließenden Bewegung zieht der Oni den kurzen Krummsäbel weg vom Hals des Polizisten und stattdessen saust die Klinge in Richtung des rechten Unterarms. Die Hand liegt auf der Pistole, ist aber nicht mehr mit dem restlichen Körper des Polizisten verbunden. Der Polizist und seine Partnerin schreien beide laut auf, doch der Mann schreit lauter. Blut spritzt im Takt seines Herzschlags aus dem Arm. Der rote Dämon gibt ein Geräusch von sich, das Andi die Haare zu Berge stehen lässt. Wie das grausame Lachen einer Hyäne, nur tiefer und dunkler. Seelenlos und grausam. Dann setzt er die Klinge wieder an den Hals des Mannes.

Unwillkürlich entfleucht Andi ein „Nein…"

Beide richten ihren Blick auf Andi. Er weiß nicht, welcher der beiden Blicke schlimmer ist. Die Augen dieses Teufels sind groß und so schwarz und tief wie die Nacht, durchsetzt von unregelmäßigen leuchtend-orangeroten Punkten wie Funkenflug. Andi erkennt keine Pupille und keinen Fokus und doch spürt er, wie ihn der Blick durchbohrt mit kalter, grausamer Neugier.

Doch der Blick, der Andi mit Sicherheit bis in seine Albträume verfolgen wird, ist der des Polizisten. Die Polizistenaugen, vor nicht mal einer Minute noch voller Härte und Entschlossenheit blicken ihn nun blutunterlaufen und voller Tränen an. Verzweiflung und Schmerz drängen heraus. Aber am schlimmsten ist, dass Andi sich auch sicher ist, darin ein bisschen Hoffnung zu erkennen. Blickkontakt zu seiner tatenlosen und geschockten Partnerin wird durch den Oni abgeschnitten, also bleibt scheinbar nur Andi.

Die Pupillen des Polizisten zucken leicht nach links. Andi folgt dem Blick. Dort liegt die Pistole. Nur wenige Schritte von Andi entfernt. Die Botschaft ist klar. Der Polizist will, dass Andi sich die Waffe schnappt und den Oni erschießt.

Andi merkt, wie er anfängt zu zittern. Das mit der Waffe kann nicht funktionieren. Er ist zu langsam. Der Oni beobachtet ihn. Der Oni ist übernatürlich schnell, das hat er mit eigenen Augen gesehen. Andi Blick wandert schnell zu der Polizistin hinter dem Oni und seinem Opfer. Sie hat die Waffe auf den Oni gerichtet, doch Andi kann von hier sehen, wie stark ihre Hände zittern. „Schieß doch, verdammt nochmal!“, kreischt er, inzwischen wahrscheinlich eine ganze Oktave über seiner eigenen Stimmlage. Doch er weiß, dass sie nicht schießen wird. Er sieht es an den zitternden Händen, an dem schneeweißen Gesicht, an den panischen Augen. Ein letzter Schrei von ihr, dann läuft sie so schnell sie kann weg.

Könnte der Polizist es doch selbst zur Waffe schaffen? Oder würde Andi es doch noch schaffen sich schnell genug zu bewegen? Die blutunterlaufenen Augen vor ihm starren ihm direkt in seine Seele, voller Verzweiflung, Schmerz und Hoffnung, als der Oni mit der linken Hand in die kurzen Haare des Polizisten greift. Hing der linke Arm wegen der Schusswunde nicht bis gerade eben noch bewegungslos nach unten? Andis Blick schnellt zu der Schusswunde in der Schulter. Sie blutet nicht mehr in dem giftgrünen Blut. Doch bevor er sich darüber Gedanken machen kann geht alles sehr schnell.

Die linke Hand des Dämons reißt den Kopf an seinen Haaren nach hinten, die rechte schneidet mit einer schnellen und furchtbar eingeübten Bewegung die Kehle des Polizisten durch. Dunkle, rote Flüssigkeit läuft und spritzt aus der sich weitenden Öffnung. Verzweifelte Atemversuche ertrinken in einem grauenhaften Röcheln.

Die Hoffnung schwindet als erstes aus den Augen des Polizisten, danach das restliche Leben.

- 21 -

Als Laura ihre Augen öffnet tanzen bunte Lichtspiegelungen von Gläsern und Flaschen an den Wänden und der Decke. Wenn die Sonne so direkt in ihre Südfenster scheint, muss sie länger geschlafen haben, als sie es mit zwei semi-sympathischen Männern im nächsten Umkreis für möglich gehalten hätte. Die Wunder des Alkohols!

Sie greift neben das Bett und sucht tastend ihr Handy, um auf die Uhr zu schauen. Als sie es findet, bleibt der Bildschirm schwarz. Akku leer. Mal wieder. Sie muss ihrem alkoholisierten Selbst mal angewöhnen, das Ding nachts an den Strom zu hängen. Sie führt das USB-C-Kabel in die kleine Öffnung am unteren Ende des Telefons ein und sieht sich dann im Raum um.

Andi scheint schon gegangen zu sein. Zumindest schläft er nicht mehr mit dem Kopf auf dem Tisch. Diese Rolle hat Kalle eingenommen. Sein Hintern auf Lauras gestrigem Stuhl platziert, hat sein Kopf denselben Weg genommen wie Andis Haupt am Vorabend. Laura ist überrascht. Hatte Kalle ihr nicht gesagt, dass Musen nicht schlafen? Aber andererseits: Vielleicht hatte sie da auch was falsch verstanden. Was weiß sie schon von musischer Biologie?

Sie greift wieder nach ihrem Telefon und hofft, dass die ersten zwei bis drei Prozent schon geladen sind und es sich hochfahren lässt. Tatsächlich dauert der Vorgang ein bisschen länger als üblich, aber schließlich kann sie ihre

PIN eingeben und WhatsApp öffnen. Dieser seltsamste aller Tage gestern musste asap geteilt werden. Aber sie will auch Kalle nicht wecken, der aktuell allein aus geographischer Bequemlichkeit ihr Sozialkontakt Nummer 1 ist. Also wird getextet.

Sie öffnet den Chat mit Özge und macht ein Selfie, um sie hoffentlich zum Lachen zu bringen. Sie sieht nämlich mal wieder todesfertig aus. Rote Striemen vom Kissen im Gesicht, dunkle Augenringe, Haare wie nach einem Orkan. Das Einzige was aussieht wie immer ist ihr sternförmiges Muttermal auf dem Hals unter dem linken Ohr. Laura muss selbst lachen, als sie Özge das Foto kontextlos schickt. Dann fängt sie an zu tippen. Sie fasst alles so gut zusammen, wie sie kann – ohne dem unausweichlichen Gespräch in persona zu viel Inhalt zu stehlen. Ihr liebster Teaser ist gleich der Einstieg nach der Begrüßung: „Gestern hat ein seltsamer Mann bei mir geschlafen.“ Sie muss grinsen. Das wird Özges Aufmerksamkeit wie üblich auf sich ziehen. Vielleicht ruft sie auch gleich zurück?

Ihr Blick wandert an den oberen Rand des Bildschirms. Özge war zuletzt vor fast 24 Stunden online. Laura erwartet also keine direkte Antwort. Aber der Rückruf wird kommen. Sie freut sich über den Austausch von Klatsch und Tratsch und persönliche Neuigkeiten. Auch wenn manches davon das potenzielle Ende der Welt betrifft, fühlt es sich doch ein bisschen nach Normalität an, nach früher. Mit einem leichten Kater (das Wasser hat

Wunder gewirkt) aufzuwachen und mit Özge über den verrückten Vorabend reden. Eine nostalgische Wärme breitet sich in ihr aus. Laura lächelt.

Sie legt ihr Handy wieder neben ihr Bett und lässt es weiter laden. Langsam bewegt sie ihre Beine zum Bettrand und versucht so geräuschlos wie möglich aufzustehen, um Kalle nicht zu wecken. Als sie sich aufrecht hinsetzt und kurz bevor ihre Fußsohlen den Laminatboden berühren, knarzt der alte Lattenrost jedoch unangenehm laut. Sie zuckt zusammen, steht auf und geht so schnell sie kann auf Zehenspitzen aus dem Raum in Richtung Badezimmer.

Als sie keine zwei Minuten später mit einem frischen Glas Wasser in der Hand wiederkommt, steht Kalle aufrecht im Zimmer und starrt auf den kleinen Tisch, auf dem bis vor Kurzem noch sein Kopf gelegen hatte.

„Guten Morgen!“, sagt Laura in Richtung der Muse. „Fun Fact: Ich dachte tatsächlich, dass Musen nicht schlafen. Wahrscheinlich habe ich dich da irgendwie falsch verstanden.“

Kalle wendet seinen Blick weg vom Tisch hin zu Laura. Sie kann sich gerade so davon abhalten, vor Schreck einen Schritt zurückzugehen, so ernst und humorlos blickt Kalle sie an. Als er antwortet, ist seine Stimme rauer als sonst:

„Tun wir nicht. Musen schlafen nicht. Ich kann mich nicht erinnern, jemals geschlafen zu haben. Und ich glaube, ich habe sogar etwas geträumt.“

Unsicher, was sie mit diesen Informationen anfangen soll, nimmt Laura den letzten Faden auf:

„Was hast du denn geträumt?“

Kalle öffnet seinen Mund, um zu antworten, doch er scheint die richtigen Worte nicht zu finden. Diese sich mit jeder Sekunde im Wachzustand weiter verdunkelnden Gehirnareale zu erforschen, fällt auch Laura oft schwer. Wenn man noch nie geträumt hat, muss es noch verwirrender sein. Schließlich fängt Kalle an:

„Ich war auf einer saftigen grünen Wiese, weitläufig und scheinbar weitab jeglicher Zivilisation. Doch nur wenige Meter vor mir brach der Boden abrupt ab und endete in einer steilen Klippe, von deren Ende her Wasserrauschen an meine Ohren drang nur unterbrochen von wässrigem Donner, wenn große Wellen mit Wucht gegen das Land schlugen.

Ich war nicht allein auf dieser Wiese. Um mich herum waren noch viele andere. Irgendwie war ich mit ihnen verbunden, das konnte ich spüren. Es war, als hätten wir alle etwas gemeinsam, sowas wie ein gemeinsames Ziel. Aber ich weiß nicht mehr, was das war.“

Kalle richtet seinen Blick gegen die weiße Wand, als würde er hoffen, dass sich die Erinnerung darauf abzeichnete. Doch nach einigen Sekunden Stille fährt er fort.

„Die Gesichter der Menschen um mich herum waren wutverzerrt. Beinahe manisch. Sie schienen alle in die entgegengesetzte Richtung zu blicken als ich. Und sie haben geschrien. Worte, die ich nicht verstanden habe."

Sein Blick richtet sich auf sie und seine smaragdgrünen Augen fixieren ihre.

„Laura, ich spreche keine einzelne Sprache in dem Sinne, auch wenn es sich für dich vielleicht so anhört. Meine Art zu kommunizieren ist... komplizierter. Aber kurzgesagt ist es so, dass ich als Muse *alle* Sprachen verstehe, die zu mir gesprochen werden. Aber ich habe keine Ahnung, was dort um mich herum gerufen wurde. Gar keine. Auch das ist eine Premiere.

Aber es waren kurze Worte voller Hass und voller Wut oder vielleicht auch Verzweiflung. Beides liegt ja oft sehr nah zusammen. Ich kann mich sogar noch an einzelne Worte erinnern. Jemand schrie etwas, das klang wie *Zah-Hak*. Wieder jemand anderes brüllte *Surtr*. Gefolgt von etwas, das ich wieder nicht verstand, von dem ich mir aber sehr sicher bin, dass es sich um wüste Flüche handelte. Dann kamen die Lichtblitze.

Die Menschen um mich herum begannen zu schreien und zu fallen. Andere erstarrten scheinbar mitten in der Bewegung. Auf ihrem Gesicht noch immer der hasserfüllte, verzerrte Tatendrang, doch in ihren Augen nichts als Leere.

Dann bin ich aufgewacht. Und alles, was ich sah, war die Holzmaserung des Tisches, auf dem mein Kopf ruhte, und zwar viel zu nah an meinen Augen."

Sie schweigen beide. Laura denkt an den knarzenden Lattenrost und dass es wahrscheinlich dieser war, der Kalle zu früh aus seinem Traum befördert hat. Aber wahrscheinlich besser so – je früher Albträume endeten, desto besser. Sie schaut in Kalles verwirrtes Gesicht, das noch immer alterslos wirkt – und trotzdem älter als gestern.

Die Türklingel durchbricht ihre Stille. Laura erschrickt sich so sehr, dass sie in die Luft springt und ihr ein kurzer Schrei entfährt: „Who the fuck?“

Sie geht zur Tür und drückt in Ermangelung einer Gegensprechanlage blind den Summer. Sie hört, wie sich die Haustür drei Stockwerke unter ihr mit lauter Eile öffnet. Schwere Schritte hallen schnell durch das Treppenhaus. Schweres Atmen folgt kurz darauf.

Als dieser Missklang der Hektik schließlich nah an den dritten Stock zu rücken scheint, blickt Laura durch den Türspion. Verzerrt wie durch einen Fischaugenfilter erkennt sie die Person, die zunächst die Treppen nach oben und schließlich den Gang entlang auf ihre Wohnungstür zu sprintet. Sie sieht sogar durch den Türspion, dass Panik in Andis Gesicht steht.

„Es ist Andi.“, sagt Laura perplex, halb an sich und halb an Kalle gerichtet.

Sie öffnet die Tür. Andi allerdings ist scheinbar gerade kurz davor gewesen, sich wie Fred Feuerstein an die Tür zu werfen und mit seinem ganzen Körper zu klopfen und zu schreien. In der Kombination mit der gerade geöffneten Tür führt das dazu, dass Andi eher Oberkörper voraus in die Wohnung fällt als kontrolliert einzutreten. Er schafft es immerhin auf seinen Händen zu landen und nimmt für wenige Augenblicke eine Art improvisierten Vierfüßler-Gang ein, um sich vorwärts zu bewegen. Erst dann richtet er sich auf.

Laura starrt den Mann vor sich an. Andi ist nassgeschwitzt und seine Brust hebt und senkt sich, beeindruckend in Ausmaß und Frequenz. Hätte ihr jemand erzählt, dass er in diesen schlecht sitzenden Klamotten einen Marathon gelaufen ist, sie hätte es geglaubt. Zumindest einen Halbmarathon.

Als Andi genug zu Atem gekommen ist, um einen Teil seiner Luft für Sprache zu verwenden, bellt er Laura an:

„Tür... zu... schnell!"

Laura blickt auf die Wohnungstür und ist von sich selbst überrascht, dass sie das noch nicht getan hat – aber scheinbar hatte Andis Anblick und das Rätsel seiner Wiederkehr sie zu sehr paralysiert. Sie dreht sich um und schließt die Tür. Sie wirft Andi nochmal einen Blick zu, sieht erneut die Panik in seinen Augen - und legt dann sicherheitshalber auch noch die Kette vor. Als sie sich wieder umdreht, ist Andi verschwunden. Noch bevor sie sich fragen kann, wo er hin ist, hört sie die Badtür mit Wucht zuknallen – gefolgt von den unverkennbaren

Geräuschen eines sich leerenden menschlichen Magens und dem Echo einer Toilettenschüssel.

Als Andi kurz darauf das Bad wieder verlässt und sich ein wenig deplatziert umsieht, stellt sie die Frage, die in ihr offensichtlich lodert.

„Was zur Hölle ist passiert?"

Andi ist kein guter Erzähler. Zu Beginn muss er dazu immer wieder zwischen einzelnen Abschnitten pausieren, um die richtigen Worte zu finden. Er spricht undeutlich und zu schnell, überspringt wichtige Informationen, nur um sie dann später nachzuschieben und kämpft immer wieder darum, die Fassung zu bewahren. Trotzdem hören Laura und auch Kalle gebannt zu. Als sich schließlich Stille in Lauras Zimmer ausbreitet, erkennen sie, dass Andi fertig erzählt hat. Kalle durchbricht die Stille als erstes.

„Dieser *Oni*, wie der junge Mann ihn nennt, hat also diesen Polizisten umgebracht, aber Andi nicht verfolgt?"

Laura braucht ein paar Sekunden und Andis erwartungsvollen Blick, um sich erneut darüber klar zu werden, dass er Kalle nicht hören kann. Man sollte meinen irgendwann würde sie sich das mal merken. Aus seiner Perspektive war das lange Schweigen nach einer Geschichte voller Mord- und Totschlag noch länger gewesen.

Sie übersetzt Kalles Frage in hörbare Sprache für Andi. Der antwortet gleich:

„Ich habe ihn zumindest nicht gesehen. Aber vielleicht bin ich auch einfach zu schnell gelaufen.“

„Das halte ich für höchstunwahrscheinlich. Der junge Mann hat nicht die klassische Figur eines Geschwindigkeitsathleten und der Oni war ja anscheinend sehr schnell auf den Beinen.“, sagt Kalle wenig einfühlsam aber zum Glück unhörbar für Andi. „Viel wahrscheinlicher ist es, dass dieses rote Wesen explizit nur den Polizisten töten wollte und schlicht kein Interesse an ihm hatte.“

„Das stimmt.“, fügt Laura hinzu.

Andi blickt sie überrascht an – und Laura realisiert, dass sie ihm aus seiner Sichtweise gerade recht gegeben hatte, dass er vielleicht einfach zu schnell war für diesen übernatürlichen Assassinen. Sie stöhnt auf.

„Ok, das reicht, sonst werde ich noch wahnsinnig.“, sie wendet sich Andi zu. „Du solltest nicht denken, dass ich vollkommen durchgedreht bin, wenn ich mit der Luft rede und zwei Minuten brauche, um zu antworten.“ Sie setzt sich auf ihren Bettrand, um die Spannung aus der Situation zu nehmen – bei Andis Geschichte war sie aufmerksam durch den Raum gelaufen.

„Also, das klingt vielleicht ein bisschen verrückt – aber wahrscheinlich sind wir über diesen Punkt schon lange hinaus. Ich habe dir von den Musen erzählt, die jetzt ungeplanterweise alle hier festsitzen und, dass wir herausfinden müssen, warum. Die Monster, die über den Fluss zwischen den Welten in unsere gedrückt werden, konntest du inzwischen mit eigenen Augen erleben. Einer der Gründe, weswegen ich so gut informiert bin ist, dass ich aus unerfindlichen Gründen, als einzige scheinbar nicht von der allumfassenden Inspiration betroffen bin, aber dafür eine dieser Musen sehen und mit ihr reden kann.“

Sie deutet mit einem Arm auf Kalle. Andis Blick folgt ihrer Geste und blickt doch dezidiert an der Muse vorbei.

„Bisher weiß niemand, warum das so ist, aber in der Vielzahl der Rätsel, denen wir gegenüberstehen ist das nicht Prio 1. Diese Muse habe ich Kalle genannt, kurz für Kalliope, und er – ja, es gibt augenscheinlich männliche Musen - hat Fragen zu deiner Geschichte. Bis dahin: Hast du Fragen an oder über Kalle, Andi?“

Laura ist von sich selbst überrascht, dass sie die Situation in so wenigen Sätzen ihrer Meinung nach doch recht akkurat zusammenfassen konnte.

Andis Blick ist verstörend akzeptierend, was angesichts der Inhalte von Lauras Kurzmonolog erstaunlich ist. Laura hat das Gefühl, die Ereignisse der letzten Wochen hatten bei Andi die ersten fünf Silben von *Suspension of Disbelieve* gestrichen. Übrig bleibt nur noch *Believe*.

Andi blickt weiter knapp an Kalle vorbei und schüttelt kurz den Kopf, um anzuzeigen, dass er keine Fragen hat. Laura fährt fort.

„Kalle meinte, dass es viel wahrscheinlicher ist, dass dieses rote Wesen explizit nur den Polizisten töten wollte und schlicht kein Interesse an Dir hatte."

Kalle fügt hinzu: „...was natürlich eine höchstinteressante Handlung wäre. Weil es gerichtet ist. Vielleicht sogar geplant. Das würde implizieren, dass die aktuelle Situation nicht so chaotisch ist, wie sie bisher auf uns gewirkt hat. Zumal die grünen ‚Pagen'-Klamotten auch durchaus eine Art Uniform sein könnte."

Laura muss bei Kalles Wortwahl und -inhalt an alte Sherlock Holmes-Geschichten denken – aber letztlich ist das ja auch gar nicht so verkehrt. Sie betreiben gerade eine Art Detektivarbeit. Sie wiederholt Kalles Worte für Andi – jedoch nicht ohne dabei klarzustellen, dass sie den gewaltsamen Tod eines Menschen selbst nie als *höchstinteressante Handlung* bezeichnet hätte.

Danach stellt sie eine Frage an Kalle: „Ein Soldat, der Polizisten jagt?"

Andis Blick wandert durch den Raum, offensichtlich auf der vergeblichen Suche nach Kalle, als er Lauras Frage beantwortet.

„Vielleicht eher... eine Spezialeinheit? Im Krieg schickt man Spec Ops Teams auch hinter feindliche Linien, um Bedrohungen auszuschalten."

Ohne ihn wirklich zu kennen, ist Laura sich ziemlich sicher, dass Andi sein recht selbstbewusst vorgetragenes militärischen Wissen vor allem aus Videospielen hat. Der fährt unbeirrt fort:

„Das macht doch auch Sinn. Wir wissen, dass dieser Vielnamige aus irgendeinem Exil ausbrechen will. Das hat euch doch der sprechende Baum erzählt. Vermutlich ist das Exil auf der anderen Seite dieses *Flusses*. Aber er kann nicht einfach rübergehen, denn er ist vorsichtig. Schließlich hatte er irgendwann mal Feinde, die mächtig genug waren, ihn zu verbannen. Er denkt, dass er in dieser Welt nicht willkommen ist."

Andi steht auf und läuft durch den Raum, während er seine Theorie darlegt. Er scheint sich förmlich in Trance zu reden. Doch was er sagt, erscheint ihr logisch.

„Deswegen schafft er es irgendwie die Grenze in nur eine Richtung undicht zu machen und Kreaturen auf diese Seite zu spülen. Die Musen, die als Grenzgänger zwischen den Welten den geringsten Halt haben, trifft es als erstes. Doch danach folgen sehr bald Monster und Fabelwesen und andere mythische Kreaturen. Diese stiften Chaos und Unsicherheit. Das beobachtet der Vielnamige, schaut, wer sich gegen diese Monster wehrt und mit welchen Mitteln. Und dann schickt er seine Spezialeinheit hinterher, um genau diese wehrhaften Kräfte auszuschalten. Polizei, Militär und so weiter."

Andi bleibt abrupt stehen und seine Augen weiten sich.

„Das ist mehr als nur der Versuch von irgendjemandem aus dem Exil auszubrechen. Das ist die Vorbereitung einer Invasion!“

Gänsehaut breitet sich auf Lauras Nacken aus. Sie ist beeindruckt, wie gut die einzelnen von Andi präsentierten Teile in das Gesamtbild passen. Viel besser als alles, was sie und Kalle bisher zu Stande gebracht haben. Ist das der Einfluss von Kalles Nähe auf Andi?

„Eine Invasion?“, sie spricht laut, ohne es wirklich zu merken. Sie muss an die letzten Worte des sprechenden Baums denken. „Und wenn ich Euch so anblicke, Mensch und Muse, wird diese Welt dem wenig entgegenzusetzen haben.“

- 22 -

Özge sitzt mal wieder an ihrem Schreibtisch und starrt in den Monitor. Der Motorradausflug hatte ihren Kopf halbwegs freigeräumt, aber die Häkelfiguren haben ihre Gedanken gleich wieder in eine neue Spirale geschickt. Direkt nachdem sie heimgekommen ist, hat sie sich der dicken Schutzausrüstung entledigt und sich noch in Unterwäsche vor den Computer gesetzt und den „Häkelkreis" gegoogelt.

Gleich der erste Treffer – ein gesponserter Link – führt sie auf eine Webseite, die in angenehm-heimeligen Pastellfarben gehalten ist. Eine stilisiert gezeichnete Oma lächelt da neben einem im selben Stil skizzierten Elch, der Özge stark an den Videocall mit Annika erinnert. Darüber helfen mehrere Reiter bei der Navigation der Seite: *Home, Shop, Häkel-Workshops, Häkelanleitungen, Über uns* sowie eine Lupe, die die Suchfunktion symbolisiert. Özge klickt auf *Über uns.* Ein Foto von lächelnden älteren Damen erscheint, die in einem Kreis sitzen und Wolle auf verschiedene Arten in Form bringen. Daneben steht ein Text.

Unsere Mission

Wir sind ein soziales Start-Up in München, in der Omas (und auch so manche Opas) ihrem Lieblingshobby kreativ nachgehen können.

*Unser Ziel ist klar: Wir wollen das Leben bunter gestalten. Das gilt für das Leben unserer Senior*innen, indem sie in unserer Häkelstube einer sinnstiftenden Tätigkeit nachgehen, Gemeinschaft und Freundschaft fühlen und ihre Leidenschaft fürs Häkeln und Stricken ausleben können.*

Das gilt aber auch für das Leben aller Fans von süßen Häkeltierchen, warmen Schals und Mützen und kuscheliger Socken, die ihr alle in unserem Shop erwerben könnt. Schaut mal rein!

Özge wird beinahe schlecht von so viel in Text gereonnenem Zuckerguss, doch sie scrollt weiter. Sie interessiert es, wer hinter dem Start-Up steht. Direkt unter dem Abschnitt „Unsere Mission", neben einem Absatz mit dem Titel „Wer wir sind" findet sie das Bild einer jungen blonden Frau inmitten älterer Damen. Es ist Annika. Diesmal jedoch nicht mit Blazer und Perlohrringen sondern mit Wollschal und einem in waldgrüner Wolle gehäkelten grünen Frosch. Dazu setzen ihr die Seniorinnen gerade gemeinsam eine Mütze auf, die ihr offensichtlich zu groß ist, was scheinbar für allgemeine Heiterkeit in der Runde sorgt. Das Lächeln der jungen Frau ist noch breiter, als Özge es in Erinnerung hatte. Sie liest den Abschnitt neben dem Bild.

Wer wir sind

Wir leben in besonderen Zeiten. Wer nicht die neuesten technischen Geräte hat oder mindestens eine vierstellige Followerzahl auf den angesagtesten Social-Media-Kanälen gilt schnell als abgehängt. Alle wollen sich immer selbstfinden – und verlieren dabei das, was sie schon haben.

Gerade mir als jungem Menschen ist es aber wichtig, die Erfahrung, die unsere älteren Mitbürger bieten, als Schatz zu begreifen. Unsere Omas und Opas sind nicht abgehängt. Sie sind wertvoller Teil dieser Gesellschaft. Und haben Talente, die ohne sie auszusterben drohen.

Deswegen könnt Ihr nicht nur süße Häkeltierchen, warme Schals und Mützen und kuschelige Socken in unserem Shop erwerben. Wir bei Häkelkreis bieten auch Workshops und Tutorials an, damit Ihr diesen Wissensschatz erhalten könnt.

Eure Annika Spörl

Die Unterschrift ist groß und geschwungen und doch lesbar und wirkt dabei so voller Leben, dass Özge sich fragt, ob die Signatur von einer Designagentur stammt.

Statt dem Gedanken nachzugehen, wandert ihr Blick wieder auf das professionell ausgeleuchtete Bild neben dem Abschnitt „Wer wir sind“. Hat die Frau, die ihr so überzeugend dargelegt hat, dass Selbstverwirklichung immer gleich Selbstausbeutung darstellt, sich selbst verwirklicht? Mit einem Start-Up und ihrer eigenen musischen Inspiration?

Özge ist verwirrt. Warum hätte sie sie anlügen sollen? Ist Annika vielleicht einfach doch mehr den Musen verfallen, als sie noch bei ihrem Gespräch selbst gedacht hatte? Nein, sie musste ja schon in der Vorbereitung für dieses Start-Up gewesen sein. Und da war auch wieder die Frage, die sie letzte Nacht so umgetrieben hatte: War das alles wirklich wichtig genug, um so einen prominenten Platz in ihren Gedanken einzunehmen?

Einer der Gründe für den kurzen Ausflug auf dem Motorrad heute Früh war, dass sie sich nicht sicher war, wie relevant ihr Buch überhaupt noch ist. Ein Blick in die Nachrichten, in Social Media – ja sogar aus dem Fenster – zeigt, dass die Musen die Welt scheinbar so stark verändern, dass ihre Beobachtungen und Analysen vielleicht schon ins Leere greifen. All die Stunden für die schnittfrische Analyse einer ausgestorbenen Gesellschaftslogik. Andererseits ist ja vielleicht genau diese Situation eine exzellente Fallstudie. Durch die Musen tat ja fast jeder genau das, was sie untersuchen will: sich selbst verwirklichen. Sie würde nicht dasselbe Buch schreiben können, das sie am Anfang schreiben wollte – aber sie fühlte den Drang das Buch zu schreiben noch immer zu stark in sich, als es jetzt sein zu lassen.

Sie beschließt, Annika anzurufen.

Seit dem letzten Gespräch mit Annika vor ein paar Tagen hatte sie den Arbeitslaptop nicht mehr hochgefahren. Umso schlechter schätzte sie ihre Chancen ein, dass Annika ihren Teams-Anruf annehmen würde. Warum sollte es bei ihr anders sein? Andererseits hatte sie ja Arbeit als Hygienefaktor bezeichnet. Wenn das stimmte, standen die Chancen sie zu erreichen vielleicht gar nicht so schlecht.

Özge wirft sich ein Oberteil über, entsperrt den Bildschirm ihres Arbeitslaptops und startet gleich Teams. Sie sucht Annika als Kontakt, findet sie – und ruft direkt an.

Es klingelt, und klingelt, und klingelt – und gerade als Özge auflegen möchte, tönt es blechern aus den Lautsprechern vor ihr:

„Hallo?"

Ein Videobild baut sich auf ihrem Monitor vor Özge auf – im Hochformat. Annika hat den Call mit ihrem Diensthandy angenommen. Annika trägt wieder Blazer, Bluse und Perlohrringe, nur die Farbe von Blazer und Bluse hat sich geändert. Der Blazer ist jetzt dunkelgrau, die Bluse businessblau.

„Hallo Annika. Hier ist Özge. Wie läuft das Praktikum?"

Annika lacht.

„Du bist die erste, die mich seit unserem letzten *Talk* aus der *Company* kontaktiert hat. *So*... nicht so lehrreich wie erhofft. *But people will not say that this is on me!* Mein Diensthandy ist immer geladen und auf laut."

„Jaah, du hast vielleicht nicht die beste Zeit erwischt um dein Praktikum zu machen. Das muss man schon so festhalten. Aber hey, es wird dich dementsprechend auch nicht überraschen, dass ich dich nicht aus dienstlichen Gründen anrufe."

Annika schaut in der Tat höchst unüberrascht in die Kamera. Özge fährt fort:

„Ich bin auf der Straße gestern fast buchstäblich über eines der Tiere gestolpert, von denen du mir letztens noch erzählt hast, dass sie das Ergebnis deiner Inspiration wären. Du hast die Teile ja scheinbar in ein richtiges Business verwandelt."

Annika strahlt über das ganze Gesicht, greift nach links und hält danach zwei Tierchen in die Kamera, die Laura noch nicht gesehen hat.

„Ja, das stimmt. Ich bin auch gerade in der *Häkelrunde*-Zentrale. Hier, das sind unsere beiden neuesten *creations*. Gehen heute noch in den Shop. Ein Nashorn und ein kleiner knuffiger Dinosaurier. Das sind die Entwürfe von Gertrud – eine unserer kreativsten Häklerinnen."

Tatsächlich waren auch diese beiden Häkeltierchen wieder außerordentlich niedlich.

„Das freut mich sehr. Aber ich bin ehrlicherweise auch ein bisschen irritiert. Und offenen Fragen sollte man nachgehen, wenn man ein Buch schreibt. Du meintest doch bei unserem letzten Gespräch noch, dass Selbstverwirklichung immer Selbstausbeutung ist. Und jetzt hast du dich selbst selbstverwirklicht? Mit Webseite und allem – ich meine, das muss doch alles schon up-and-running gewesen sein, als wir telefoniert haben."

„Ich bin mir zu 100 Prozent sicher, dass ich gesagt habe Selbstverwirklichung wäre *fast* immer Selbstausbeutung. Ein wichtiger Unterschied. Es gibt Ausnahmen."

„Und warum bist du eine...?", beginnt Özge die Frage, doch dann fallen ihre bisherigen Beobachtungen wie Puzzlestücke an den richtigen Platz. Ursprünglich aus Passau, Studium in München. Blazer und Perlohrringe als Standardoutfit. Bekommt in offensichtlich sehr kurzer Zeit eine professionell gestaltete Webseite mit funktionierendem Online-Shop auf die Beine gestellt. Also beantwortet Özge sich ihre unvollendete Frage selbst:

„Du bist reich, oder? Du siehst dich in dem einen Prozent, dem auch Maslow Selbstverwirklichung zugestanden hat."

„Naja, wenn Du etwas über Reiche wüsstest, dann, dass sie sich selbst nie als reich bezeichnen würden. Obere Mittelschicht vielleicht. Aber ja: Meine Eltern waren erfolgreich und deren Eltern auch. Meine Familie hat Geld."

„Also Selbstverwirklichung nur für Reiche?"

„*Well*... was auch immer da draußen aktuell für eine Massenhysterie stattfindet – aber man sieht ja recht gut, was es bedeutet, wenn auf einmal *everybody and their dog* beschließen ihre Jobs sausen zu lassen und stattdessen der eigenen Nase zu folgen. Mich wundert es, dass die Stadt noch nicht abgebrannt ist. Selbstverwirklichung ist kein Massenmodell. Es ist Selbstausbeutung, wenn man nicht über die nötigen Sicherheiten verfügt – und wichtige Jobs werden dann auch nicht mehr erledigt."

Özge möchte etwas erwidern, aber tatsächlich ist die Stadt aktuell nicht in dem besten Zustand. Bevor ihr etwas einfällt, fährt Annika fort:

„Aber ich kann dir auch sagen, dass es meistens eine schlechte Geschäftsentscheidung ist, sich gegen die breite Masse stellen zu wollen. In dem Fall hat es mir sogar erst ermöglicht, all das hier zu gründen. Selbst produzieren an sich liegt mir gar nicht so. Ich hatte Spaß mit ein paar Häkeltierchen – aber dann war mir auch recht schnell langweilig. Das wäre es dann wohl auch gewesen, hätte ich nicht in einem Café ein paar alte Damen entdeckt, die in der aktuellen Situation angefangen haben zu häkeln wie verrückt. Dann hat mein Hirn erst richtig angefangen zu arbeiten! Die Damen wollen häkeln, ich habe Produkte zu häkeln – da muss doch eine *win-win-situation* drinstecken. Es hat mir nur noch die richtige *Story* gefehlt. Mit dem *social Angle* hatte ich das dann aber auch recht schnell. Klingt auch besser, als dass ich alte Leute fast ohne Bezahlung für mich arbeiten lasse. Und *whoosh*

whoosh war Häkelkreis ein Ding. Strickwaren und *Workshops* waren dann auch recht fix Teil des Geschäfts, das hat sich natürlich so ergeben."

Özge starrt fassungslos auf ihren Bildschirm. Hatte sie das richtig verstanden?

„Du bezahlst die alten Leute nicht mal?"

Annika lächelt ihr breitestes Lächeln. In ihren Augen sieht Özge ein Leuchten, das sie als manisch beschreiben würde.

„Sie wollen das ja nicht anders. Freuen sich sogar, dass sie für jemanden häkeln dürfen. Wir sind *Best Friends*. Wie gesagt: Selbstverwirklichung ist halt nun mal Selbstausbeutung."

- 23 -

Andi setzt sich wieder auf den Stuhl, auf dem er vor wenigen Minuten noch die Geschichte eines Polizistenmordes erzählt hatte. Der Stuhl knarzt unter seinem Gewicht, ansonsten ist es still in der kleinen Ein-Zimmer-Wohnung. Sogar Kalle mit seiner sonst so wortreichen Art schweigt. Zu sehr erschlug sie die Angst, dass Andi recht hatte mit seiner Analyse – und sie de facto zu dritt gegen eine Invasion stehen, die sogar militärisch organisiert zu sein scheint.

Es ist Laura, die nach einer gefühlten Ewigkeit die Frage in den Raum wirft, die sie sich wohl alle stellen:

„Und was machen wir jetzt?"

Andi lässt sich auf den Konversationsversuch ein: „Naja, was können wir denn tun?", antwortet er niedergeschlagen.

„Wenn das stimmt, was du sagst, dann müssen wir Leute warnen, oder? Die Polizei, die Bundeswehr... Keine Ahnung, irgendjemanden der von der Information profitieren könnte, dass jemand eine mörderische Invasion vorbereitet!", die Angst lässt Laura zu schnell sprechen.

„Und wie wollen wir das machen? Ich habe, bevor ich mich selbst mit einem Messer auf die Suche nach dir gemacht habe, bestimmt hundertmal bei der Polizei, bei der Feuerwehr und auch sonst bei allem angerufen, was mir irgendwie hätte helfen können. Nirgendwo ist jemand rangegangen.“

„Dann müssen wir halt bei ihnen vorbeischauen. Persönlich. Bei der Wache!“

„Gerade hat ein kleiner roter Teufel mit einer Machete vor meinen Augen einem Polizisten die Kehle durchgeschnitten, der irgendwo durch Feldmoching gelaufen ist. Glaubst du nicht, dass die Polizeistationen noch offensichtlichere Ziele für Attentate sind, wenn sie sogar Streifenpolizisten finden? Wer weiß, ob sie nicht schon angegriffen wurden?“ Auch Andi tut sich offensichtlich schwer ruhig zu bleiben, allerdings kennt ihn Laura bisher quasi in keinem anderen Zustand. Anxiety-Andi. Der Mord direkt vor seinen Augen hat bei diesem Problem bestimmt nicht geholfen. Aber auch wenn sie Mitleid für den multipel traumatisierten Nerd auf der anderen Tischseite empfindet, muss sie ihm widersprechen:

„Und wenn noch niemand gekommen ist, sie zu töten? Dann lassen wir sie einfach dort auf den Tod warten, während wir uns hier zurücklehnen? Ist das der Plan?“

Andis Augen glänzen. Er atmet tief durch, offensichtlich um ein bisschen Ruhe in sich und seine brüchige Stimme zu bringen. Als er Laura antwortet, kann sie trotzdem hören, dass sich hinter vielen Worten unterdrückte Tränen verstecken.

„Soweit ich weiß, ist die nächste entweder am Hart oder an der Moosacher Straße.“, antwortet er. „Beides ist mehrere Kilometer weit weg. Sagen wir aber du kommst bis zur Polizeistation, ohne irgendwelchen Monstern über den Weg zu laufen. Und sagen wir, die Polizisten sitzen in ihrer Station mit intakten Hälsen. Was dann? Die haben gerade scheinbar jeden Tag dutzende Einsätze gegen buchstäbliche Monster – und werden dazu von kleinen Killer-Dämonen attackiert. Zumindest wirkte der Polizist, der mir über den Weg gelaufen ist, so, als wüsste er genau, mit was er es zu tun hat. Glaubst du, die interessieren sich dann für irgendwelche Theorien ohne Beweis, nur weil bei dir jemand eingezogen ist, den du Kalle nennst und den sie nicht mal sehen können?“

„Bisher haben zumindest alle, denen ich die Wahrheit erzählt habe geglaubt, dass es die Wahrheit ist. Dich eingeschlossen. Es suchen alle nach Erklärungen, für das was passiert. Warum sollte das bei den Polizisten anders sein?“

„Ich bin drei Tage lang mit einem Küchenmesser in der Hand durch die Straßen gewandert und der erste Polizist, den ich gesehen habe, wurde vor circa einer Stunde umgebracht. Wenn ein Messermann im offensichtlichen geistigen Ausnahmezustand sie nicht interessiert, glaubst du dann wirklich, dass sie sich deine Theorien anhören – und glauben?“

„Du glaubst mir doch auch!“

„Du hast vor meinen Augen eine Märchenfigur mit einem stillgelegten Gewehr erschossen und ich war tagelang der Überzeugung, dass du eine zentrale Rolle bei all den Geschehnissen spielen musst. Vielleicht lag ich bei der bösen Hexe daneben – aber sonst hatte ich ja scheinbar recht. Eine Muse als Haustier ist leichter zu akzeptieren, wenn es irgendwie ins Weltbild passt."

Kalle protestiert lautstark gegen die Bezeichnung als Haustier. Seine von verletztem Musenstolz angefachte Tirade enthält erneut überraschend viele kreative Schimpfworte. Laura übersetzt sie nicht in den für Andi hörbaren Bereich, auch wenn Kalle sie explizit darum bittet.

Wie sehr er sich verändert hat, seit sie sich kennengelernt haben. Ob sie vielleicht einen schlechten Einfluss hat, auf dieses zu Beginn ihrer Bekanntschaft doch sehr emotionsarme Wesen? Die Befürchtung verstärkt sich, als Kalle fertig ist mit seiner verbalen Breitseite. Nach einem tief-frustrierten Seufzer lässt sich Kalle resigniert auf die Couch fallen, wirft den Kopf in den Nacken und schließt die Augen. Ein Verhalten, das Laura zutiefst menschlich und sehr wenig musisch vorkommt.

Doch um sich länger mit Kalles Wesenswandel zu beschäftigen, ist sie emotional zu sehr in die Diskussion mit Andi involviert. Sie setzt den Dialog fort:

„Was würdest du denn vorschlagen? Hier sitzen und Däumchen drehen, während eine Armee von

Dämonenpagen und allen möglichen Märchenfiguren die Welt in einer geplanten Operation einnimmt?“

Diesmal lässt sich Andi Zeit, bevor er antwortet:

„Wir wissen ja noch nicht mal etwas sicher. Wie wollen wir irgendwem irgendwas beweisen? Es gibt immer noch viele offene Fragen. Wenn wir es schaffen, die zu beantworten, können wir uns den nächsten Schritt überlegen. Vielleicht haben wir dann sogar neue Beweise um andere Leute glaubhaft und geplant aufzuklären.“

„Also ja - de facto rumsitzen und Däumchen drehen. Das kann doch nicht dein Ernst sein... Kalle, was sagst... KALLE!“

Während sie den Satz zu Ende spricht dreht sie sich zur Muse um – und sieht, wie Kalle auf der Couch sitzend zuckt und nach Luft schnappt. Haben Musen epileptische Anfälle? Sie durchquert sprunghaft den Raum.

„Kalle!“ Er reagiert nicht. Seine Augen sind halb geöffnet, doch sichtbar ist nur der weiße Teil.

„Kalle! Wach auf!“

Sie packt ihn an den Schultern und schüttelt ihn, um ihn aufzuwecken, doch sein Anfall geht weiter. Wieder schreit sie ihn an, doch ohne Erfolg. Sie hört, wie Andi hinter ihr verunsichert fragt, was los ist, doch sie ignoriert ihn. „Kalle!“

Sie verpasst ihm eine Ohrfeige und es knallt bedeutend lauter, als sie es für möglich gehalten hatte. So kräftig hatte sie noch nie jemanden geohrfeigt. Gerade als ihr auffällt, dass das bei Musen physisch möglich sein sollte, schließt Kalle seine Augen um sie dann – diesmal mit vorhandener Iris – wieder aufzureißen und panisch Luft in seine Lungen zu ziehen wie ein vorm Ertrinken Geretteter. Er blickt in den Raum, zu Andi und schließlich in Lauras Gesicht, bevor er mit trockener Stimme sagt:

„Ich war wieder dort. Bei den Klippen."

Nachdem Kalle wieder zu Atem gekommen ist, bringen er und Laura Andi und seine offensichtlich überdurchschnittliche Kombinierfähigkeit auf den aktuellen Stand von Kalles vornächtlichem Traum. In einem Nebensatz ergänzt Kalle, dass er vermutet, dass der Traum zumindest irgendwie mit Lauras Schulterberührung in Verbindung steht – denn zuvor hatte ihn noch nie ein Mensch berührt – und in der folgenden Nacht schläft und träumt er zum allerersten Mal. Ein Fakt, der Laura ein wenig aus der Bahn wirft, denn die Bedeutung des freundschaftlichen Klapses auf die Schulter hatte sie vollkommen verkannt. Und wie das Schütteln (und die Ohrfeige) eben bewiesen hatten, kann sie Kalle noch immer berühren. Was passiert mit Kalle?

Ein kurzer Impromptu-Blindtest mit Andi zeigt schnell, dass sie noch immer die Ausnahme ist. Andi soll den sitzenden Kalle nach Lauras Anleitung mit seiner Hand berühren und schafft es mehrmals mit den seltsamsten Bewegungen daneben zu greifen. Laura muss wieder an die Küchenmagnete denken, die sich gegenseitig abstoßen.

„Es war derselbe Traum.“, beendet Kalle schließlich selbst weitere Experimente und beginnt, von seinem Anfall eben auf der Couch zu erzählen. „Allerdings habe ich dieses Mal weitergeträumt. Ich habe mich umgedreht und der Quelle des ganzen Hasses um mich herum ins Gesicht geblickt. Vor unserer gesamten Gruppe stand ein Mann mit langem schwarzem Bart und einem dunkelgrünen Gewand. Er hob seine Arme und um mich herum fielen die, die ich im Traum irgendwie als „die Meinen“ empfand. Es ist schwer zu beschreiben. Ich sah den Bärtigen an und ich empfand nichts als Hass. Puren, ungefilterten Hass. Ich glaube nicht, dass ich in meinem echten Leben als Muse jemals eine so starke Emotion verspürt habe. Es ist im Nachgang... verstörend. Doch in diesem Moment im Traum loderte der Hass in mir. Und ich schrie wieder, ebenfalls in einer Sprache, die ich nicht verstand. Ich schrie zwei Worte. Sowas wie ‚MOKROIT!‘ Dann hob ich meine Arme – und der Traum endete in deiner lauten Stimme, Laura, und einer schmerzenden Wange.“

Er streicht sich über die gerötete linke Hälfte seines Gesichts. Laura ist fertig damit, seine Geschichte simultan zu übersetzen – oder besser gesagt Wort für Wort laut zu wiederholen und überlegt sich für die Ohrfeige zu entschuldigen, aber es tat ihr ja nichts leid. Sie wollte ihn retten.

„Ich weiß nicht, ob man es einen Traum nennen kann. Gerade sah es eher aus wie ein epileptischer Anfall…“, sagt sie schließlich und blickt Andi an, als könnte der ihre Worte irgendwie bestätigen.

Der blickt jedoch an die Wand, scheinbar in Gedanken versunken. Laura wendet sich wieder Kalle zu:

„…und sonst weißt Du nichts? Irgendwelche Hinweise, wen du da gesehen hast? Wer die Menschen um dich rum waren? Wer *du* warst?“

Kalle blickt Laura mit konzentriertem Blick an. Doch in seinen Augen kann sie nicht lesen, dass etwas ‚Klick‘ macht. Dementsprechend überrascht sie seine Antwort auch nicht:

„Nein. Keinerlei mehr Informationen.“

Laura atmet tief durch und schweigt. Aber als sonst niemand das Wort ergreift, fängt sie doch wieder an zu reden:

„Naja also wir können uns schonmal recht sicher sein, dass deine Träume etwas mit der aktuellen Situation zu tun haben, oder? Es wären doch ein paar viele Zufälle, wenn deine Visionen und Träume auftauchen, während zwei Welten kollidieren – und sie vollkommen unrelated sind. Nehmen wir also das, was wir kriegen können. Den bärtigen Dude hast Du uns ja schon beschrieben. Wie sah denn deine Gemeinschaft aus?“

Kalle schließt seine Augen und zieht die Augenbrauen zusammen.

„Viele trugen Roben oder lange Tücher, die sie ähnlich wie Togas um ihren Körper gebunden hatten. Es muss eine lange Zeit her sein, von dem wenigen, was ich von menschlicher Mode verstehe. Und die Gewänder hatten unterschiedliche Farben. Viele waren rot, viele weiß – einige auch golden. Eine Toga habe ich gesehen, in die lila Streifen eingenäht waren. Andere trugen kaum etwas auf dem Oberkörper als ein Leopardenfell und um die Hüfte ein weißes Leinentuch gebunden. Ich glaube generell kamen sie aus sehr verschiedenen Teilen der Welt. Das würden die unterschiedlichen Haar- und Hauttöne nahelegen."

Laura spricht nach und nickt interessiert, weiß aber nicht, was sie mit dieser Information anfangen soll. Aber immerhin sind es Informationen.

„Ok. Dann lass uns weiter überlegen. Menschen in seltsamen Klamotten, vermutlich vor langer Zeit. Das sind doch schonmal Infos. Jetzt müssen wir nur noch rausfinden, gegen wen sie sich verbündet haben."

„Das sollte der einfachste Teil sein." Laura fährt herum. Andi hat sich aus seiner lethargischen Position befreit und ist aufgestanden. „Mein Handyakku ist leer. Darf ich den Laptop dort benutzen?"

Laura folgt seinem Blick und entdeckt ihren Arbeitslaptop, der sie kurzzeitig an lange vergangene

Probleme und Pflichten erinnert. Es musste inzwischen ungefähr drei Wochen her sein, dass sie ihn zum letzten Mal hochgefahren hatte.

„Ja klar. Aber vermutlich musst du ihn auch ans Netzteil anstecken, ich habe ihn länger nicht geladen."

Andi schnappt sich den Laptop, steckt das Netzteil in den entsprechenden Anschluss und startet den Computer. Als nach dem Passwort gefragt wird, gibt er ihn kurz Laura in die Hand – das Netzteil ist lang genug - dann setzt er sich an den kleinen Tisch.

„Wer soll das schon sein, dieser Bärtige im grünen Umhang?", greift er Kommunikation wieder auf, als hätte es nie eine Unterbrechung gegeben. „Du hast selbst gesagt: Ein Zufall wird das alles nicht sein. Und wir haben in der Musenvision klar einen großen Bösewicht, gegen den alle in der Gruppe kämpfen. Und wir haben aktuell einen großen Bösewicht, der scheinbar plant, unsere Welt einzunehmen. Ich würde mal sagen, dass das zu 99 Prozent dieselbe Person ist. Vielleicht können wir sogar rausfinden, wer genau das ist. Der Name, den Kalle scheinbar im Traum gerufen hat, kam mir bekannt vor. Ich wusste nur nicht genau woher. Und tatsächlich bin ich dann drauf gekommen, als ihr etwas von Roben erzählt habt."

Er tippt etwas in den Laptop. Ein selbstzufriedenes Lächeln ziert schnell sein Gesicht. Scheinbar stimmt ihn das Ergebnis zufrieden. Er dreht den Laptop zu Kalle und

Laura, die aufstehen, um ihn sich anzusehen. Auf dem Bildschirm prangt ein Wikipedia-Eintrag mit der Überschrift *Mug Ruith.*

„Ich hatte den Namen bis dahin nur gelesen. Aber ich war schon immer ein Fan von alten Mythologien. Und Mug Ruith – oder Mog Roith – hat seine alte Rolle in der keltischen Mythologie. Ein alter, blinder, extrem mächtiger Druide der allein mit seinem Atem Stürme verursachen und Menschen in Stein verwandeln konnte. Später, als das Christentum mit Missionaren nicht nur in fremde Länder und Kulturen, sondern auch in deren Sagen eingedrungen ist, hat er angeblich persönlich Johannes den Täufer enthauptet. Pretty badass."

Laura schaut ihn mit hochgezogenen Brauen an. Seine Begeisterung für Dekapitation irritiert sie.

„Also dieser Mog Roith ist der Kerl, der diese Invasion vorantreibt?", fragt sie.

„Ja. Und Nein. Die anderen beiden Worte, die in Sprachen gerufen wurden, die Kalle nicht spricht, waren sowas wie Zah-Hak und Surtor, oder?"

Kalle bejaht die Frage, Laura übersetzt. Andis linker Ring- und Mittelfinger drücken die Strg-Taste und die Umschalttaste gleichzeitig – und die Ansicht im Browser wechselt automatisch zum nächsten Tab. Wieder ein Wikipedia-Eintrag, diesmal groß betitelt mit Zahhak. Laura fängt an zu lesen: *Zahhāk oder Zahāk, deutsch auch*

Sohak, ist ein König in der persischen Mythologie, der als Prototyp jeglicher Tyrannei...

Bevor sie weiterlesen kann, drückt Andi nochmal dieselbe Tastenkombination. Wieder ein Wikipedia-Eintrag, diesmal betitelt mit Surt. Wieder beginnt Laura zu lesen: *Surt bzw. Surtur (altnordisch Surtr „der Schwarze") ist in der nordischen Mythologie ein Feuerriese und ein Feind der Asen.*

Andi klappt den Laptop zu und blickt erwartungsvoll in Lauras Gesicht. Als er dort nicht das Verständnis findet, das er offensichtlich erwartet hatte, wandert sein Blick weiter. Laura vermutet, dass er versucht Kalle anzusehen – doch er schaut erneut fast anderthalb Meter an ihm vorbei.

„Versteht ihr es noch nicht?", fragt Andi in die Runde, die für ihn nur theoretisch aus mehr als einer Person besteht. „Das ist unser Gegner. Der Vielnamige. Jede Mythologie hat mindestens einen großen bösen Magier oder Bösewicht, einen Big Baddie, meistens sogar mehr als einen. Dann bedienen wir uns noch an einem Allgemeinplatz und sagen, Mythologien gehen oft auf irgendeinen wahren Kern zurück, der dann von Geschichtenerzählern über die Jahrhunderte enorm ausgeschmückt wird. In diesem Fall ist der wahre Kern ein und dieselbe Person, deren Niedertracht ihr einen Platz in den verschiedensten Mythologien der Welt eingebracht hat. Deswegen hat der Baum ihn der Vielnamige genannt. Weil jede Kultur einen anderen Namen für ihn hat."

Andi will offensichtlich direkt weiterreden, doch Laura unterbricht ihn mit einer Nachfrage:

„Das heißt unser Gegner ist sowas wie Voldemort oder Djafar? Nur in einer Person?"

„Ja genau. Nur sollten wir vorsichtig mit der Benennung sein. Auch wenn die Welt von Monstern heimgesucht wird und langsam auseinanderfällt: Disneys Copyright-Anwälte haben bestimmt immer noch ihre Ohren überall."

Er wartet kurz auf eine Reaktion auf seinen seiner Meinung nach sicher grandiosen Witz, doch Laura starrt ihn nur ungläubig an. Er fährt fort.

„Für mich ergibt das auf jeden Fall ein stimmiges Bild. Deswegen sind es in Kalles Vision – oder Traum oder was auch immer – auch so viele verschiedene Kulturen. Kalle hat etwas von einem Leopardenfell am Oberkörper gesagt."

Er öffnet den eben geschlossenen Laptop erneut, stöhnt genervt als die Nachfrage nach dem Passwort kommt, reicht ihn an Laura weiter, wartet auf ihre Eingabe, nimmt den Laptop wieder an sich und tippt erneut. Diesmal in die Google-Bildersuche.

„Sah die Kleidung ungefähr so aus?"

Auf dem Bildschirm finden sich diverse gezeichnete Figuren mit nordafrikanischem Teint, die um den Oberkörper ein Leopardenfell tragen und um die Hüfte etwas Weißes, das Laura in kultureller Unsensibilität an ein Saunahandtuch erinnert. Sie blickt sich zu Kalle um, der nickt, und sie antwortet an seiner statt:

„Kalle meint, sie sahen ungefähr so aus."

Andis Lächeln wird breiter. In seinen Auftritt schleicht sich fast sowas wie Selbstbewusstsein ein. Diese Lektion scheint ihm wirklich Spaß zu machen.

„Das sind ägyptische Priester. So sah – zumindest nach heutigem Wissensstand - deren traditionelles Gewand aus. Und Priester im alten Ägypten waren nicht nur für Gottesdienste zuständig. Sie waren auch diejenigen, die für die ordnungsgemäße Ausführung von Magie zuständig waren. Bei den anderen berobten und be-toga-ten Gestalten ist es bestimmt ähnlich. Eine multikulturelle Armee an Zauberern, Priestern, Druiden oder was auch immer, die sich gegen den gemeinsamen vielnamigen Feind zusammengeschlossen haben, um ihn zu vernichten."

Wieder leuchten Andis Augen wie die eines Kindes, das gerade erfolgreich sein Osternest gefunden hatte.

„Und wie passt Kalle da rein? Warum hat er das gesehen?", fragt Laura nach.

Andi braucht ein paar Sekunden, um zu antworten.

„Da bin ich mir auch nicht ganz sicher. Aber ich denke es liegt am nächsten, dass die Magier den Vielnamigen auf die andere Seite verbannt haben – und jetzt wo er drauf und dran ist zu entkommen, schicken sie Visionen aus, um zu zeigen, wie sie ihn damals besiegt haben. Falls das stimmt, hätten wir Verbündete – auch wenn wir nicht wissen, wo und wie viele."

Das erste Mal in Andis Beinahe-Monolog schleicht sich Unsicherheit in seine Stimme:

„Aber keine Ahnung. Es kann natürlich auch sein, dass es ein eingebauter Sicherheitsmechanismus oder sowas ist. Falls der Vielnamige aus seinem Exil versucht zu entkommen, werden Visionen ausgesendet wie Sirenen von einer Alarmanlage. Kalle hat sie als Muse empfangen, weil er als Muse schon immer so etwas wie ein Verbindungsstück zwischen beiden Welten war? Hier kommen wir natürlich ein bisschen in die Spekulation hinein."

Er macht eine kurze Pause und in der Stimme findet sich wieder dieser fast kindliche Enthusiasmus:

„Wie auch immer die Vision genau zu Kalle gekommen ist: Der Rest macht meiner Meinung nach sehr viel Sinn. Die Puzzlestücke passen. Wir wissen, mit wem wir es zu tun haben. Und wir wissen, dass Magie real war – und vermutlich auch immer noch ist."

Mit dem letzten Satz blickt er Laura intensiv an. Sie wendet den Blick ab.

- 24 -

Es regnet in Strömen, als Andi, Laura und Kalle das Haus verlassen. Laura hat sich wieder die beiden Pfefferspray-Flaschen an die Hüfte geschnallt und trägt das längste Küchenmesser in ihrer Hand, dass sie in der Wohnung hatte. Andi trägt das Messer vor sich her, mit dem er Laura noch vor zwei Tagen bedroht hatte.

Andi mit diesem Messer zu sehen, führt Laura nochmal ihre komplett verwirrte Gefühlswelt vor Augen. Eigentlich hätte sie sich freuen sollen, als Andi gesagt hatte, er würde lieber heimgehen. Zum einen war er socially awkward und definitiv nicht der Typ Mensch, mit dem Laura normalerweise abhängen würde. Dazu hatte Laura gesehen, dass Özge versucht hatte sie anzurufen – und sie freute sich wirklich darauf, mal wieder alleine mit ihrer besten Freundin zu sprechen. Dazu – naja – hatte Andi sie eben noch vor zwei Tagen mit einem Messer bedroht, das er nun wieder in der Hand hielt. Alles mehr als genug Gründe sich über seinen Abgang zu freuen.

Doch als Andi vor ungefähr einer Stunde sagte, dass er nach Hause will (er hätte laut eigener Aussage „seit dem Kindergarten nicht mehr so lange am Stück Zeit mit jemandem in seinem Alter verbracht“ und könne außerdem daheim besser recherchieren), schlich sich doch ein kleiner Stich in ihr Herz. Nicht aus romantischen Gründen, um Gottes Willen nein, wahrscheinlich nicht mal wegen platonischer Freundschaft oder grundsätzlicher Sympathie. Aber wenn die Welt verrückt geworden ist, tut es gut, jemanden zu haben, mit dem man sich darüber austauschen kann. Gemeinsame Herausforderungen schweißen zusammen.

Vielleicht hatte sich Laura auch deswegen dazu entschieden, Andi zumindest für ein Stück zu begleiten, auch wenn es für sie ein Risiko bedeutete. Sie waren jetzt immerhin eine Art Team, und Andi schwer traumatisiert von seinem letzten Versuch nach Hause zu kommen. Dazu war Laura am späteren Rückweg zumindest nicht alleine. Ein (in physischen Konfrontationen recht nutzloser) Kalle würde an ihrer Seite sein, während Andi sich sonst komplett alleine auf den Weg machen müsste. Also nimmt sie die Gefahren auf sich. Im Gegensatz zu Polizisten scheint sie zumindest keine Zielscheibe auf ihrem Kopf zu tragen.

Doch bei allen theoretischen Überlegungen: Laura tritt vor die Tür und ihre Einschätzung der Außenwelt ist vor allem: nass. Sie versucht ihr frisch geladenes Handy zu bedienen, doch die Anzeige auf dem Bildschirm springt – verwirrt durch die Leitfähigkeit der diversen Wassertropfen auf dem Bildschirm – unkontrollierbar hin und her. Dabei muss Laura doch nur kurz die App für den E-Scooter vor sich öffnen und den Roller vor sich entsperren. Seit Andis gestrigem Ausflug sind es zumindest nicht viel weniger Roller geworden, die noch funktionsfähig auf den Straßen stehen – aber die Auswahl ist trotzdem noch immer sehr überschaubar. Umso mehr ist sie sich ihrem Glück bewusst, dass gleich zwei Exemplare keine hundert Meter vor ihrer Haustür stehen.

Es ist sicher nicht die eleganteste Methode, durch die mit Kunst vollgepackte Prä-Apokalypse zu fahren. Aber Laura hat kein Auto, Carsharing-Anbieter reichen nicht bis zum Hasenbergl – und sie hat nur ein einziges Fahrrad. So E-Scooter it is.

Sie wischt mit ihrem regenfeuchten Ärmel über den nassen Bildschirm. Die Effizienz dieses Manövers hält sich erwartungsgemäß auch beim dritten Versuch in Grenzen. Andi hat seinen Roller 20 Meter weiter dagegen schon entsperrt und fährt langsam zu ihr, Messer in der linken Hand, die rechte am Gas.

„Batterie ist fast leer. Schön, dass Server und App immerhin noch funktioniert, aber scheinbar fühlt sich niemand inspiriert die Dinger abzuholen und aufzuladen... Kann man dir helfen?"

Er blickt Laura an, wie sie den Bildschirm zuerst an ihrer Hose abwischt und, als weitere Tropfen auf das Display fallen, fest anpustet, um es wie in der Autowaschanlage zu trocknen. Andi steigt von seinem Roller ab und geht auf Laura zu. Ihr Stolz lässt ihr Gehirn auf Overdrive schalten. Auf keinen Fall will sie, dass Andi für sie den QR-Code mit ihrem Handy fotografiert. Sie hebt das Smartphone nach oben – um irgendwas anders zu machen – und hat dabei die Erkenntnis, dass es vermutlich enorm hilft, wenn der Bildschirm nicht gen Regenwolken gerichtet ist. Noch bevor Andi sie erreicht, hat sie schließlich ihren Roller ausgewählt und entsperrt.

„Los geht's!“ sagt sie zu Andi, der direkt neben ihrem Roller steht, und fährt los. Kalle steht für Andi unsichtbar hinter ihr auf dem Roller und umfasst sie unsicher von hinten.

Andi läuft zurück zu seinem Roller und fährt hinterher. Laura hat also einen kleinen Vorsprung.

Hinter sich hört sie Rufe „Warte! Nicht so schnell!“ Laura muss grinsen. Trotz ihrer wegen des Regens zugekniffenen Augen fährt sie den Roller geschwindigkeitstechnisch voll aus. Sie ist sich sicher, dass Andi langsamer fährt als sie. Und es macht doch immer Spaß ein Wettrennen zu gewinnen, auch wenn es keiner ausgerufen hat.

An der Kreuzung zur Weitlstraße bremst sie aber doch ab. Zum einen möchte sie die Kurve auf dem nassen Asphalt entspannt nehmen, zum anderen hat Kalle sie in seinem typischen Tonfall darauf hingewiesen, dass Andi zumindest halbwegs mit ihr mithalten können sollte. Sonst hätte sie ihn ja nicht begleiten müssen.

Sie hält an, dreht sich zu Andi um, der in der Tat sehr langsam fährt – und ihre Augen weiten sich vor Schreck.

„Andi, Vorsicht!“

Andi dreht seinen Kopf zur Seite und sieht gerade noch, wie ein Mann in einem langen Regenmantel aus dem Gebüsch stürmt und von der Seite auf ihn zuläuft. Andi bremst hart, doch es ist zu spät. Der Mann ist kleiner als Andi, dabei aber breit und stämmig – und er tackelt ihn von seinem Roller wie ein Verteidiger den Ballträger beim American Football.

Andi reißt seine Hände schützend nach oben, bevor er hart auf dem Asphalt landet. Damit verhindert er vielleicht schwerere Kopfverletzungen, allerdings hat das Manöver auch einen Nachteil: Das Messer fliegt aus seiner rechten Hand und landet mit einem Klirren auf dem harten Straßenbelag.

„Andi!“, ruft Laura erneut. Sie schmeißt ihren Roller zur Seite und rennt mit dem Küchenmesser in der Hand auf den Angreifer und sein Opfer zu.

Andi liegt unter dem Mann und versucht sich zu befreien, bis er von einer Sekunde auf die andere erstarrt. Laura braucht eine Sekunde, um zu verstehen, weshalb: Der Angreifer hat eine Pistole gezogen und hält sie Andi an den Kopf. Als Andi aufgehört hat sich zu wehren richtet er den Blick warnend auf Laura. Die versteht die Körpersprache sofort. Sie ist fast bei den beiden angekommen, kommt jetzt aber zum Stehen und hält ihre Hände und das Messer über ihren Kopf.

„Ganz ruhig! Wir wollen keinen Ärger!“, sagt sie zu dem Mann.

„Jaja,“, antwortet der Mann. Seine Stimme ist bestimmt eine ganze Oktave höher, als Laura sie erwartet hatte. „Kaum hat man ‘nen Ballermann in der Hand sind alle sofort nett.“

Ein bemitleidenswertes Wimmern entfleucht Andis Mund. Kalle flucht für alle anderen unhörbar vor sich hin.

„Was willst Du?“, fragt Laura

„Sag Du. Ihr fahrt hier so zu zweit, mit Messern bewaffnet auf Rollern. Ich dachte mir vielleicht habt ihr was stecken. Und nachdem die einzigen Bullen, die man hier seit Wochen sieht, tot am Straßenrand liegen und zu nichts mehr gut sind, außer dass man sich ihre Waffen klaut“, er fuchtelt leicht mit der Pistole in seiner Hand. Andi zuckt zusammen. „da dachte ich mir, ich checke euch mal persönlich aus.“

Lauras Gedanken rasen. Das Hasenbergl mit seinen Platten- und Sozialbauten hatte in München seit jeher einen schlechten Ruf. Als wirklich gefährlich hatte sie es aber nie empfunden. Sie fragt sich, ob auch Kriminelle von den Musen inspiriert werden, verwirft den Gedanken aber gleich wieder. Das zu durchdenken ist jetzt wirklich nicht wichtig. Sie entscheidet sich stattdessen für die Wahrheit.

„Wir haben nichts Wertvolles dabei. Wirklich. Wir wollten einfach nur von A nach B kommen. Die Messer sind nur zur Selbstverteidigung!“

„Ist das so, hm? Na gut, ich werde es gleich rausfinden, wenn ich Euch beide erschossen habe. Dann durchsucht es sich leichter.“

„Wenn du uns hättest erschießen wollen, hättest du uns doch gleich von den Rollern holen können.“, sagt Laura und versucht dabei selbstbewusst und angstfrei zu klingen. Beides gelingt ihr nicht.

Der Räuber zuckt mit den Schultern. „Vielleicht habe ich gehofft, dass ihr nett seid, dass wir zusammenarbeiten. Aber wenn ihr euch so blöd stellt – selbst schuld.“

Er richtet seine Waffe auf Laura. Der Finger wandert zum Abzug. Ein Schrei von Kalle. Ein Wimmern von Andi. Laura schließt ihre Augen. Ein Knall peitscht durch die Luft. Laura zuckt zusammen.

Sie erwartet Schmerzen, Ohnmacht, Tod. Doch stattdessen ein weiterer Schrei, diesmal aber nicht in Andis oder Kalles Tonlage. Sie öffnet ihre Augen wieder – und direkt danach weiten sie sich in blankem Horror. Was sie vor sich sieht, erscheint zu schrecklich um es überhaupt als Bild in sich aufzunehmen.

Eine sich windende Masse an Tentakeln schwebt vor ihr in der Luft, wobei zwei davon den Möchtegern-Gangster von eben greifen, der panisch aufschreit und versucht sich zu befreien. Er richtet seine Pistole so gut es geht in das Zentrum der Tentakelmasse. Nur dass dort kein Körper ist. Die Tentakel scheinen aus dem Nichts zu kommen und körperlos in der Luft zu schweben. Trotzdem feuert er.

Einmal, zweimal, dreimal – bis das Magazin leer ist und nur noch Klickgeräusche kommen. Doch die Masse an Tentakeln scheint vollkommen unbeeindruckt. Kein Zucken, keine Anzeichen von Schmerzen. Die Tentakel drehen sich in entgegengesetzte Richtungen – Laura hat Menschen mit einer ähnlichen Technik Erdnüsse knacken sehen – und mit einem schleimigen Schmatzen und dem Krachen von brechenden Knochen reißen die Tentakel den Mann scheinbar mühelos in der Mitte auseinander. Die Beine und die Arme zucken kurz, dann erschlaffen die Muskeln der nun getrennten Körperhälften. Die Pistole fällt mit einem lauten und schweren Klingen auf den Boden. Laura schreit laut auf.

In Andis Gesicht spiegelt sich ebenfalls Entsetzen und Horror, aber er schafft es aufzustehen und ein paar Schritte weg von dem Monster hin zu Laura zu Laufen. Links von ihr meldet sich Kalle mit untypisch tonloser Stimme:

„Wird es... größer?“

Tatsächlich scheinen die Tentakel immer größer zu werden. Und immer zahlreicher.

„Was auch immer das ist.“, schreit Andi laut, obwohl es dafür keinen Bedarf gibt. „Es bricht gerade erst durch. Was wir sehen – was den Kerl da auseinandergerissen hat – ist nur ein kleiner Teil.“

Laura zwingt sich dazu in das Zentrum der Tentakelmasse zu blicken, auch wenn sich etwas tief in ihr dagegen sträubt. Das vor ihr wirkt auf eine archaische Art ekelhaft und widerspricht den tiefsten Sinnen ihres Selbst. Es wirkt kalt und grausam und – alt. So unendlich alt. Es fällt ihr schwer einen klaren Gedanken zu fassen. Doch sie schafft es ihren Blick zu halten – und erkennt, was Andi meint.

Hinter den Tentakeln ist etwas. Etwas, von wo das Wesen kam. Ein Ort, an dem sich noch mehr von diesem Monster aufzuhalten schien. Laura sieht dort eine Schwärze, die dunkler ist als alles, was sie je für möglich gehalten hat. So als würde sich dieses Wesen aus dem dunkelsten und kältesten Fleck des Universums zu ihnen durchquälen. Sie beginnt zu zittern. Ihr Atem kondensiert vor ihrem Gesicht. Der warme Juniregen um die Tentakel wird zu Schnee. Während sich vor wenigen Sekunden noch ihr gesamter Körper geweigert hat in das schwarze Nichts zwischen den Tentakeln zu blicken, kann sie sich nun nicht mehr losreißen. Nietzsche schießt ihr in den verstörten Kopf. „Wenn man lange in einen Abgrund schaut, schaut der Abgrund auch in einen." Andi schreit ihr ins Ohr, doch für sie hört es sich so fern an, als wäre ihr Kopf von Watte umwickelt.

„Das ist irgendwas von Lovecraft. Hundert Prozent. Wir müssen hier weg! Schnell!"

Sie spürt, wie Kalle an ihr zieht. Auch Andi packt ihren Arm, möchte sie zumindest herumreißen. Doch sie bleibt stehen. Wohin sollen sie auch laufen? Sie kennt ein bisschen Lovecraft, wer auch nicht. Und sind Cthulhu und Co nicht *The Great Old Ones*? Wohin sollen sie bitte laufen, wenn ein dunkler Gott sie verfolgt?

Doch nicht alle ihre Gedanken sind so klar. Viele üben sich auch in Verleumdungen. Ihr eigener Kopf schreit sie an, dass das, was sie sieht, nicht möglich ist. Nicht möglich sein kann. Doch was ist schon wirklich? Was ist real? Diese Kälte in ihr ist echt, diese Kälte, die den nassen Asphalt vor ihr gefrieren lässt. Diese Kälte ist echt, weil sie wahr ist. Die einzige Wahrheit des Universums ist diese Kälte. Und dagegen ist sie nichts.

Sie spürt, wie ihr Körper sich bewegt, obwohl ihre Muskeln steif sind. Andi und Kalle scheinen sie mit Gewalt weg zu ziehen. Schmerzen im Gesicht.

„Wenn die Ohrfeige bei mir funktioniert hat, so dachte ich kann ich sie Dir jetzt gleich zurückgeben.“, sagt eine Stimme, die Laura nach ein paar Sekunden als die von Kalle identifiziert. Andi steht nun vor ihr und unterbricht die direkte Sichtlinie zwischen ihr und dem schwarzen Nichts voller Tentakel.

Lauras Gedanken ordnen sich langsam wieder. Es fühlt sich an, als würden sie auftauen, als hätte diese Kälte sie eingefroren. Diese unbegreifliche Kälte aus der Tiefe des Universums, die sie noch immer vor sich spürt.

Mit ihren Gedanken ploppt auch eine Frage in ihren Kopf, die vielleicht rationaler ist, als es die Situation zulässt. Aber: Wie kann das sein? Wie kann ein Wesen, das im kalten schwarzen Nichts zwischen den Welten lebt, einfach in einen Raum vordringen, der hunderte Grad wärmer ist und dazu noch gefüllt mit hochentzündlichen Gasen? Sie kann sich an den Chemieunterricht in der Schule erinnern, was eine Sauerstoffumgebung mit Reaktionen machte. An den Biounterricht, dass dieses Gas vor Millionen von Jahren beinahe alles Leben ausgerottet hatte, bis die ersten biologischen Freaks kamen und es direkt verwerteten.

Müsste, rein rational gesehen, etwas, das aus dem luftleeren Raum kommt, das wahrscheinlich bei mehreren hundert Grad unter null lebt, denn nicht vollkommen überfordert sein mit den Umständen hier? Dieses Wesen kann hier nicht leben. Niemals. Das ist unmöglich.

Kaum hat Laura diese Gedanken zwischen all der Panik in ihrem Kopf fertig gedacht, beginnt ein grünlich-schwarzer Dampf von den Tentakeln vor ihnen aufzusteigen, erst subtil und kaum merklich, dann dicht und schwer. Die Masse an Tentakeln vor ihnen beginnt zu zucken. Aus dem Zucken werden ausladende Spasmen. Und dann, als hätte jemand ein Streichholz unter einem benzingetränkten Lappen gezündet, umfasst ein gewaltiges Feuer alle Tentakel gleichzeitig. Es brennt in einem hellen Blau, einem leuchtenden Grün und einem aggressiven Pink. Teile der Tentakel versuchen sich zurückzuziehen in die Schwärze, aus der sie kamen. Doch andere sind scheinbar nicht mehr unter der Kontrolle der dunklen Entität. Unter einem gewaltigen Zucken und Brutzeln fallen sie brennend aus der Luft und landen zwischen den Überresten des Räubers und seiner Pistole auf der Straße. Die Luft riecht nach gebratenem Fisch.

Kalle und Andi starren Laura beide von der Seite an. Ihre Münder stehen offen.

- 25 -

Der Zustand von Özges Wohnung erinnert Laura, nun wo sie mehr sieht als nur einen Ausschnitt durch die angelehnte Tür, an sozialvoyeuristisches Trash-TV. Schmutzige Teller, Unmengen an benutzten Kaffeetassen und aufgeschlagene und geschlossene Bücher bedecken beinahe jede Ablagefläche, benutzte Wäsche dagegen ersetzt scheinbar Teppich und Holzboden. Der einzige freie Platz sind um die 40 Zentimeter auf dem Sofa, den Özge selbst wohl noch vor wenigen Minuten belegte. Der Bildschirm des Laptops, der direkt vor der Schmutzlücke auf den Couchtisch platziert ist, leuchtet noch hell.

Laura und Kalle haben nach dem doppelt verstörenden Ereignis mit Räuber und Cthulhu einen zitternden und verstörten Andi erfolgreich nach Hause gebracht. Direkt danach haben sie sich auf den Weg zu Özge gemacht. Der Weg dorthin kam ihnen bedeutend sicherer vor, denn Laura hatte nun eine Möglichkeit, sich gegen Monster zu wehren, die deutlich über Messer und Pfefferspray hinausging. Etwas, über das sie aber auch mit Özge sprechen wollte.

Özge selbst wirkt auf Laura fast ebenso fertig wie ihre Wohnung. Özges Augenringe sind noch größer geworden, die Haare noch wilder und fettiger – und Laura meint auch, dass ihre Zähne beim letzten Besuch noch weißer waren. Die brennende Zigarette in einem Aschenbecher neben einer kalten Tasse Kaffee auf Özges Schreibtisch untermalen dieses Bild.

„Seit wann rauchst du denn in der Wohnung?“

Özge folgt Lauras Blick zu den vollen Tongefäßen mit sehr unterschiedlicher Füllung.

„Boah stimmt, das habe ich früher nicht gemacht, oder? Seitdem ich an diesem Buch schreibe, ernähre ich mich gefühlt nur von Kaffee und Zigaretten... und irgendwann wollte ich das Schreiben nicht jedes Mal abbrechen, wenn ich mir eine anzünde. Also habe ich angefangen drinnen zu rauchen. Ich wohne ja eh alleine.“

Laura möchte etwas darauf erwidern, doch Özge fällt ihr ins Wort, bevor sie überhaupt anfängt zu sprechen.

„Erzähl doch mal lieber von dir. Welcher Boy hat bei dir geschlafen? Wie heißt er? Wo hast du ihn kennengelernt?“

Der abrupte Themenwechsel wirft Laura ein bisschen aus der Bahn und sie antwortet, ohne groß nachzudenken.

„Naja eigentlich haben zwei Männer bei mir geschlafen.“

Özges Augen weiten sich.

„Nein, also – nicht so! Andi und Kalle haben bei mir geschlafen. Ich hab dir von beiden erzählt. Andi ist der Kerl, in dessen Haus ich gestürmt bin, als mich der große Wolf verfolgt hat. Und Kalle ist die für dich unsichtbare Muse.“

Laura fällt selbst auf wie absurd diese Kombination von Worten ist, doch Özge scheint ihr inzwischen bei diesem

Thema komplett zu vertrauen – oder beschlossen zu haben, dass sich Zweifel nicht lohnen. Laura fährt fort:

„Kalle ist übrigens auch hier." Sie zeigt auf eine für Özge leere Ecke des Flurs. „Auch wenn du ihn nicht sehen kannst."

„Ah Kalle! Freut mich sehr dich auch endlich – naja – kennenzulernen, wenn man das so sagen kann.", erwidert Özge und lacht laut. Özges Lachen wirkt freundlich, aber Laura kann die Angst, dass sie ausgelacht wird, nicht abschütteln. Kalle grüßt Özge zurück, was Laura dann auch direkt weitergibt. Inzwischen hat sie sich schon fast an ihre Rolle als Simultan-Wiederholerin gewohnt. Özge nickt nochmal in die Richtung, in die Laura sie gewiesen hat, leicht an Kalle vorbei, bevor sie die Unterhaltung fortsetzt:

„Ganz schlau bin ich aus deiner Erklärung nicht geworden. Die war schon sehr dünn. Wie genau ist dieser Andi jetzt aus diesem Werwolf-Haus zu dir gekommen?"

Laura erzählt die gesamte Geschichte von Andis Besessenheit von und seiner Suche nach ihr. Sie erzählt auch wie sie zusammen versucht haben Sinn aus der ganzen Situation zu ziehen, von der alten Eiche und von Kalles Vision sowie von Andis erstem Versuch, nach Hause zu kommen. Özge hört gespannt zu. Als Laura erwähnt, dass Andi überzeugt war sie wäre eine Hexe und hätte magische Kräfte lacht Özge wieder laut auf. Laura möchte mitlachen, doch das Erlebnis auf dem Weg zu Andis Haus lässt es nicht zu. Zu frisch, zu seltsam.

Sie unterbricht ihre Zusammenfassung für Özge erstmal. Stattdessen schließt sie mit einem hölzernen Smalltalk-Versuch:

„Wie läuft es denn bei dir? Geht es voran mit deinem Buch?“ Kalle blickt sie irritiert von der Seite an, sagt aber nichts.

Diesmal ist Özge überrascht vom abruptem Themenwechsel, lässt sich aber darauf ein:

„Joa es geht voran würde ich sagen. Aber ich muss halt viel umschreiben, ständig. Das nervt sehr. Ich meine ich habe mir als ich damals angefangen habe viele Gedanken gemacht zu dem Thema – und irgendwie gibt es in der aktuellen Situation ja doch einiges, was in das Buch eingearbeitet werden sollte.

Ich könnte Dich jetzt ewig langweilen von der Entfremdung des Menschen von seiner Arbeit bis hin zur Entgrenzung von Privat- und Berufsleben. Aber die Grundthese – dass Selbstverwirklichung in Selbstausbeutung endet, sehe ich aktuell ehrlich gesagt als bestätigt an. Außer man ist sehr reich. Ich wehre mich aber noch ein bisschen gegen diese Schlussfolgerung. Das ist mir zu deprimierend.“

Laura nickt – und bereut gleichzeitig, das Gespräch in diese Richtung gelenkt zu haben. Vergangenheits-Laura hätte das Thema sicher faszinierend gefunden,

Gegenwarts-Laura aber kämpft gegen die Invasion eines schwarzen Magiers. Özge fährt fort:

„Aber vielleicht ist es auch gar nicht so schlecht. In einem entgrenzten Verhältnis von Selbst und Beruf scheitern Menschen nicht nur an einer Aufgabe in einem Job. Sie scheitern mit ihrer Essenz. So züchten wir am Ende wahrscheinlich psychische Krankheiten! Dann doch lieber ein bisschen Entfremdung, ein wenig Distanz zwischen dem eigenen Leben und dem reinen Broterwerb."

Özge redet sich wahrlich in Rage. Laura hat ihre Freundin noch nie so leidenschaftlich über ihren Job sprechen hören wie über das aktuelle Buchprojekt – und fragt sich, ob das nicht ein perfektes Gegenbeispiel für die letzten Thesen ist. Aber sie möchte den Monolog auch nicht in eine Diskussion überführen – und so wie sie Özge kennt hat sie sich diese Gedanken ohnehin schon dreimal gemacht.

Zu viel andere – und wirklich wichtigere Sachen passieren gerade. Während Laura auf den untersten Ebenen der Maslowschen Bedürfnispyramide herumkurvt, erkundet Özge den Gipfel. Doch ihr Schweigen hat auch keinen ansteckenden Effekt auf Özge, die nach einer kurzen Pause fortfährt – fast als hätte sie Lauras Widerspruch in ihren Augen lesen können:

„Aber wenn jeder nur Dienst nach Vorschrift macht, geht natürliche jegliche Innovation verloren. Keine Bohème, keine Künstler, keine Leidenschaft, keine Veränderung. Und diesen Widerspruch habe ich noch nicht auflösen können."

Eine erneute Pause und diesmal nutzt Laura die Gelegenheit rhetorisch reinzugrätschen.

„Krass. Klingt echt voll spannend. Freut mich, dass du dich so für dieses Thema begeistern kannst." Mit einem Blick auf das Chaos in ihrer Wohnung, den vollen Aschenbecher und das eben gesagte stichelt sie ironisch hinterher: „Glaube ich..."

„Danke.", sagt Özge, lächelt und nimmt sich eine Zigarette aus einer fast leeren Schachtel. „Die Wohnung ist wirklich nicht meine Prio Nummer eins aktuell. Was sagst Du? Wollen wir wieder rausgehen und einen kleinen Spabiergang machen? Ich glaube ich habe sogar noch zwei Bier im Kühlschrank. Oder möchte Kalle auch eins?"

Es regnet noch immer in Strömen, doch Laura vermutet, dass Özge heute noch nicht aus dem Fenster geschaut hatte. „Ich glaube das ist keine gute Idee. Also beides. Zum einen trinkt Kalle meines Wissens nach nichts. Keine Ahnung, wie sich Musen generell ernähren, aber ich habe ihn noch nie essen oder trinken sehen."

Aus der Ecke des Raumes, in der Kalle noch immer steht, kommt ein zustimmendes „Das ist korrekt. Kein Bier für mich.". Laura fährt fort:

„Außerdem habe ich dir etwas Wichtiges noch nicht erzählt."

„Warte, bevor du weiterredest hole ich schnell die zwei Bier und wir setzen uns hin, oder? Nicht, dass wir nochmal unterbrechen müssen."

Özge geht an Laura vorbei in die Küche und öffnet den Kühlschrank. Laura geht unterdessen ins Wohnzimmer, räumt ein paar Bücher und einen benutzten Teller von dem Sessel, der neben dem Couchtisch steht, und setzt sich hin. Kalle folgt ihr und stellt sich neben sie. Kurz darauf folgt Özge mit zwei geöffneten Bierflaschen, gibt eine davon Laura in die Hand und stößt mit ihr an, bevor sie sich ihr gegenüber auf die Couch in ihre freigeräumte Kuhle setzt. Sie zündet sich die Zigarette an, die sie davor aus der Schachtel geholt hat.

„So, jetzt ist es ein bisschen gemütlicher. Was wolltest Du mir erzählen?"

„Als Andi sich nach dem Erlebnis mit dem ermordeten Polizisten nicht getraut hat alleine nach Hause zu gehen haben wir ihn begleitet. Erst hat ein Asso versucht uns auszurauben – und dann kam irgendein Cthulhu-mäßiges Tentakelmonster und reißt den Typen vor unseren Augen auseinander. Und dann standen wir drei vor diesem Ding. Ich war mir sicher das wars. Vor uns nur Tentakel und Tod – und diese Kälte. Diese unfassbare Kälte."

Laura versucht, die verstörenden Ereignisse durch ihre Sprache herunterzuspielen, doch ihre Stimme bricht immer wieder, als sie die Ereignisse rekapituliert. Özge starrt sie mit offenem Mund an. Laura atmet tief ein und spricht mit festerer Stimme weiter.

„Und dann, dann habe ich mir klar gemacht, dass das doch nicht sein kann. Dass das Ding, das in der Tiefe des Universums lebt, doch bestimmt nicht bei uns existieren kann, wo es hunderte Grad heißer ist. Und auf einmal haben die Tentakel angefangen zu rauchen und zu brutzeln wie Calamari auf dem Grill. Dann geht alles geht in Flammen auf und das Ding zieht sich zurück dahin, wo es hergekommen ist."

„Das hat aus dem Nichts zu brennen angefangen? Einfach so?"

„Das ist stark zu bezweifeln.", wirft Kalle ungehört von Özge in die Konversation ein.

„Kalle und Andi haben mir, als wir alle halbwegs auf die Situation klargekommen sind, beide voller Überzeugung gesagt, dass es eben kein Zufall war. Aus deren Perspektive habe ich das Tentakel-Ding angestarrt, bis es in Flammen aufgegangen ist. Aber ich habe halt an sich nichts aktiv *getan.*"

Kalle öffnet seinen Mund, um Laura zu widersprechen, doch sie kommt ihm zuvor.

„Aber Andi hat davor schon die ganze Zeit gemeint, vieles was er über Magie finden konnte, würde in die Richtung ‚Manifestation' gehen. Also fest daran glauben, dass etwas soundso wäre, um es dann sozusagen in die Realität *zu wollen.* Und ganz ehrlich: Als ich den Wolf erschossen habe, war das genauso. Ich habe mir selbst sehr bewusst gemacht, dass diese Waffe geladen sein *muss*. Und dann war sie es. Auch wenn Andi sie wohl selbstständig schon vor Jahren versiegelt hatte."

Özge zieht an ihrer Zigarette und stößt den Rauch in die stickige Luft des Zimmers.

„Wir haben danach ein bisschen rumexperimentiert, als wir bei Andi zuhause waren. Ich habe mir vorgestellt, dass die Scheiben, die bei der Wolfsattacke zu Bruch gegangen sind, einfach schon ersetzt wurden – und als ich die Augen öffne, sind die Plastikplanen weg, die Andi aufgespannt hat – und vollständige Fensterscheiben stecken in intakten Rahmen."

Laura spürt, wie eine Träne ihre Wange hinunterläuft. Kurz darauf bricht sie in Tränen aus. Der Nachmittag war insgesamt ein bisschen viel.

Özge nimmt sie in den Arm und hält sie fest. Keiner sagt ein Wort. Laura hat vergessen, wie gut das tut. Emotionale Nähe kann sie weder von Andi noch von Kalle erwarten.

Nach einiger Zeit – Laura schätzt auf zwei Minuten – löst sie sich langsam aus Özges Umarmung und flüstert ein leises „Danke".

Özge bietet ihr eine Zigarette an, die Laura dankend annimmt und anzündet. Sie hat ihre zuhause gelassen. Nach dem ersten Zug nimmt sie noch einen großen Schluck Bier. Sie lächelt ironisch, ihre Wange glitzert noch nass vor Tränen.

„So. Jetzt ist es ein bisschen besser. Wo waren wir?“, fragt sie Özge.

„Magie. Magie ist jetzt nach Musen auch noch real. Die Musen kommen, alle malen hübsche Bilder – und Laura Kowalczyk kann auf einmal zaubern.“, Özge lacht laut und Laura lacht mit ihr. Özges Blick bleibt auf Lauras Hals hängen.

„Weißt du, was ich schön finde, Laura? Egal wie sehr sich Dinge für uns verändern, ich schau auf deinen Hals und sehe dieses Muttermal, das wirklich fast so aussieht, als hätte sich eine absolute Basic Bitch einen Stern tätowieren lassen – und ich weiß, dass du das schon auf den Baby-Fotos hattest, die ich von dir kenne und dass du es auch noch haben wirst, wenn du mit 93 im Altersheim sitzt. Irgendwie bleiben wir alle doch immer dieselben, egal wie sehr wir uns verändern.“

Laura lächelt, führt aber das Gespräch weiter, ohne auf ihr Muttermal einzugehen.

„Ich kann das mit dem Zaubern ja selber nicht wirklich glauben. Hätte das Experiment bei Andi zuhause nicht geklappt, wären wir übrigens auch gar nicht persönlich zu dir gekommen, viel zu gefährlich. Aber so… hatte ich grade Cthulhus Bruder oder sowas besiegt… und ich bin sehr froh hier zu sein.“

Erneut bahnen sich ein paar ungeplante Tränen den Weg auf Lauras Wange.

„Ach Maus! Ich bin auch sehr froh, dass ihr da seid." Nach einer kurzen Pause fügt sie hinzu: „Mach mal vor!"

„Was meinst du?", Laura blickt Özge mit hochgezogenen Augenbrauen an.

„Mach meine Zigarette aus. Stell dir einfach vor sie würde nicht brennen. So einfach scheint es ja zu sein, oder?"

Laura fällt tatsächlich nichts ein, was dagegen spricht. Ein bisschen mehr Übung wird bestimmt nicht schaden – und je sicherer sich Özge ist, dass sie die Wahrheit sagt, desto besser.

Laura fixiert Özges Zigarette und den blauen Dunst, der davon in die Luft des Wohnzimmers steigt. Sie nimmt den beißenden Geruch des Tabakrauches in ihrer Nase war, merkt, wie ihre Haare das Aroma annehmen. Dann stellt sie sich vor, die Zigarette würde nicht mehr brennen. Die bläulichen Schwaden steigen nicht mehr von der orangeglühenden Spitze auf. Die Glut leuchtet nicht mehr hell auf, wenn Özge daran zieht. Es ändert sich – nichts. Die Zigarette macht den Raum weiterhin noch stickiger, als er ohnehin schon ist.

„Tja," sagt Özge. „Wahrscheinlich bist du eben doch keine Hexe. Oder zumindest keine mit magischen Fähigkeiten."

Sie lacht über ihren eigenen Witz. Laura lacht nicht. Sie hatte es davor bei Andi auch geschafft, als sie gesehen hatte, wie sehr er unter den improvisierten Planen litt. Sie hatte den Angriff des Tentakelmonsters abgewehrt. Sie erinnert sich, als sie in Andis Haus dieses Gewehr abgefeuert hat. Alle Szenen hatten sich eingebrannt in ihr Gedächtnis und falls das hier alles mal vorbei ist, würde sie in einer langen und ausgiebigen Therapie sicher häufig davon erzählen.

Sie erinnert sich, wie sich die Schnauze des Wolfs ihrem Hals näherte. Wie sie keine Wahl hatte als zu glauben, das Gewehr wäre sicher geladen und entsichert, nur um nicht alle Hoffnung zu verlieren. Sie glaubte nicht nur, dass sie den Wolf erschießen konnte - um nicht noch wahnsinnig zu werden kurz bevor der Wolf ihre Kehle aufreißt, musste sie es *wissen*. In dieser Sicherheit schoss sie – und der Wolf war Geschichte. Ganz ähnlich war es mit dem Lovecraft-Monster. Sie war sich sicher, dass das so nicht funktionieren konnte.

Sie schließt ihre Augen. Warum sollte Özge die Zigarette angezündet haben? Sie hatte nie geraucht in ihrer Wohnung. Sie hielt das für asozial in der Wohnung zu rauchen, das hat sie Laura gegenüber auch öfter gesagt. Warum sollte sich das jetzt geändert haben? Nein, Laura ist sich sicher, dass Özge diese Zigarette nicht angezündet hat. Sie ist überzeugt davon. *Die Zigarette brennt nicht.*

Laura öffnet ihre Augen. Özge führt ihre Zigarette erneut zu ihrem Mund. Sie klemmt den Filter zwischen ihre Lippen, zieht daran – und ihre Augen weiten sich. An der Spitze der Zigarette leuchtet keine Glut auf. Kein blauer

Dunst füllt ihre Lungen. Die Zigarette sieht aus, als wäre sie nie angezündet worden.

„What the fuck!?“, ruft Özge laut und lacht dabei auf wie die Zuschauer eines Straßenmagiers auf TikTok.

Für eine kurze Zeit sagt niemand etwas, doch dann durchbricht Özge die Stille, während sie in der Unordnung des Couchtisches nach dem Feuerzeug sucht, mit dem sie erst vor zwei Minuten dieselbe Zigarette angezündet hatte:

„Es wäre super, wenn du das in Zukunft machst, wenn die Zigarette runtergeraucht ist. So kann ich mir viel Geld sparen.“

Laura und Özge lachen.

In der darauffolgenden Stunde fühlt sich der Besuch bei Özge fast an wie ein normaler Nachmittag unter zwei Freundinnen – wenn man den für die Hälfte der Teilnehmer unsichtbaren Beobachter ignoriert. Laura und Özge machen Witze, viele davon sind Referenzen zu Sigfried und Roy, Las Vegas und künftigen Karrieremöglichkeiten von Laura. Özge holt zwei weitere Biere aus dem Kühlschrank. Sie bietet Laura erneut eine Zigarette an, doch Laura lehnt dankend ab, als sie sieht, dass nur noch eine Zigarette in der Schachtel ist. „Komisch.“, sagt Özge. „Ich hätte schwören können, dass davor noch zwei drin waren.“

Als sich Lauras zweites Bier ebenfalls dem Ende neigt und kein weiteres aufzutreiben ist, bittet Özge Laura doch einfach die Flaschen magisch wieder aufzufüllen. Beide lachen laut über den Vorschlag – um dann in beinahe manisches Kreischen zu verfallen als auf einmal wieder zwei ungeöffnete Flaschen Bier vor ihnen stehen, die einen Augenblick zuvor noch so gut wie leer waren. Diesmal klappt es bei Lauras erstem Versuch.

Erst als sie diese neuen alten Biere öffnen, mischt Kalle sich wieder in die Konversation ein:

„Laura, ich weiß nicht, ob dies der Moment für einen weiteren Alkoholrausch ist. Es geht hier um die Kollision zweier Welten. Es gibt noch immer so viel, was wir nicht verstehen."

Laura antwortet leicht genervt:

„Kalle, ich kann zaubern! Das ist die Lösung, oder? Wir haben gewonnen. Endlich mal eine gute Nachricht nach so viel Tod und Zerstörung."

Özge blickt Laura irritiert an, denn beide hatten bis zu diesem Ausbruch noch über ein komplett anderes Thema gesprochen. Doch nach ein paar Sekunden versteht sie, dass nicht sie die Adressatin der Botschaft war, sondern der unsichtbare Dritte.

Kalle antwortet unterdessen direkt auf Lauras Einwurf:

„Das ist in der Tat eine gute Nachricht. Eine sehr gute sogar. Aber vergiss nicht, dass nach allem, was wir bis jetzt wissen, der Vielnamige auch zaubern kann. Und – mit Verlaub – vermutlich gehen seine Fähigkeiten nach Jahrtausenden des Trainings über das Auffüllen von Bierflaschen hinaus."

Laura will ihm entgegen schleudern, dass sie heute ein riesiges Tentakelmonster mit genau diesen Fähigkeiten vertrieben hatte. Aber sie versteht seinen Punkt und lässt ihn ausreden.

„Wir wissen immer noch zu wenig, um die Situation sinnvoll einschätzen zu können. Woher kommt meine Vision? Wer schickt sie mir? Dieselben Personen, die dir deine Zauberkräfte irgendwie geschickt haben? Denn in tausenden Jahren als Muse auf Erden war das noch nie ein Effekt meiner Präsenz."

Özge blickt Laura fragend an, die wiederum skeptisch, aber aufmerksam in eine leere Ecke starrt. Laura übersetzt schnell für sie, was Kalle ihr mitgeteilt hat. Özges Augenbrauen ziehen sich zusammen. Der Wechsel zwischen Party-Euphorie zu Business ist ihr schon immer leicht gefallen. Ein weiteres Talent hilfreich bei der Karriere-Entwicklung. So können, nach ihrer eigenen Aussage, Networking-Events Spaß machen UND produktiv sein. Sie lehnt sich nach vorne und blickt Laura direkt an.

„Lass uns da doch analytisch rangehen.", sagt sie schließlich und Laura bekommt fast ein Schleudertrauma von diesem radikalen Wechsel des Vibes.

„Wo könnten weitere Infos herkommen? Wer könnte denn vielleicht weitere Informationen haben? Wen müsst vielleicht auch ihr informieren? Ich meine inzwischen habt ihr doch einiges rausgefunden."

Kalle wirft Özge einen anerkennenden, aber ungesehenen Blick zu, bevor er sich an Laura wendet:

„Deine Freundin hat Recht. Und ich habe auch eine potenzielle Antwort: Ich muss versuchen mit den anderen Musen zu reden. Seitdem wir keine Verbindung mehr zur anderen Seite haben, ist das gar nicht mehr so leicht, aber ich werde einen Weg finden. Vielleicht haben sie ja dieselben Träume und Veränderungen. Auf jeden Fall sie müssen wissen, dass wir unfreiwillig Teil eines großen Kampfes sind. Und wie unsere Waffen aussehen."

Beim letzten Satz intensiviert sich Kalles Blick auf Laura auf eine Art und Weise, die ihr nicht gefällt. Sie muss schlucken, bevor sie Kalles Worte an Özge weitergibt. Die nickt geduldig. Als Laura fertig erzählt hat fährt Özge fort:

„Außerdem wollt ihr nicht nur Informationen verteilen. Wenn ich die Situation richtig verstehe, dann gibt es genau eine Entität, von der wir wissen, dass sie mehr weiß als ihr."

Laura seufzt. Sie weiß, worauf Özge hinaus will. Und es gefällt ihr nicht.

„Du meinst den sprechenden alten Baum.", sagt Laura. „Aber nicht nur hat uns beim letzten Mal fast ein Troll gefressen – besonders hilfreich war das Ding auch nicht. Er ist am Ende einfach eingeschlafen, obwohl wir noch dutzende Fragen hatten. Und die anderen hat er in Rätseln beantwortet."

Özge nickt wieder verständnisvoll. Laura fragt sich, ob das eine Konversationstaktik ist, die sie in irgendwelchen Trainings gelernt hat. Sie erinnert es eher an eine allzu verständnisvolle Therapeutin.

„Das stimmt.“, sagt Özge und unterstreicht ihr Nicken damit nochmal verbal. „Aber ihr habt die Rätsel am Ende sinnvoll in Information umwandeln können. Und jetzt habt ihr neue Fragen. Und der Baum damit vielleicht neue Antworten.“

Kalle ergreift das Wort, bevor Laura Özge widersprechen kann. Wie sehr sie diesen Baum gehasst hat.

„Ich glaube meinerseits, dass deine Freundin wieder guten Rat gibt. Ich versuche die Musen zu kontaktieren. Und du gehst zum sprechenden Baum. Du kannst ja offensichtlich sehr gut auf dich aufpassen – wenn du deine Magie für andere Dinge hernimmst als dafür, dein Bier aufzufüllen.“

Laura will sich darüber beschweren, dass Kalle niemandem Befehle zu geben hat. Allerdings weiß sie auch, dass der Vorschlag Sinn macht. Sie beschließt also sich den Streit zu sparen und lässt sich nach hinten in ihren Sessel fallen.

„Na gut, dann machen wir das so. Aber bevor ich irgendwohin gehe, trinke ich erstmal in Ruhe mein Bier aus!“

- 26 -

Andis Hand zittert, als er den Schlüssel in der Tür zweimal nach rechts dreht. Laura – und hoffentlich auch Kalle – haben das Haus soeben verlassen und er ist endlich allein. Das metallische Klirren des Schlüsselbundes und das mechanische Knacken des Schlosses klingt für ihn wie eine Symphonie. Die Außenwelt ist endlich ausgesperrt. Er dreht sich um und blickt in das vertraute Interieur des Hauses seiner Oma. Beziehungsweise wohl eigentlich das seines Hauses. Als alleiniger Erbe wird er wohl auch bald Hausbesitzer sein. Nur dass immer noch keine Behörde weiß, dass Sybille Berghammer nicht mehr lebt und ihm somit auch kein Notar das Haus überschreiben kann.

Er blickt durch das Wohnzimmer auf die Fensterfront, an deren Stelle noch vor Kurzem Planen und Müllbeutel flatterten, die er vor die zerbrochene Glasfront gespannt hatte. Reißnägel und Gaffatape zur Fixierung schienen das Provisorium nicht sturmfest gemacht zu haben. An einigen Stellen waren die Ecken eingerissen und gaben den Blick auf den Garten frei, in dem Andi seine Oma im Körper eines Wolfs beerdigt hatte. Jetzt ist der Blick durch komplett saubere Glasscheiben großflächig frei, doch das fühlt sich natürlicher an als vereinzelte Blicke durch Planenwände. Das Holzkreuz, das er auf das improvisierte Grab gestellt hat zumindest bisher Wind und Wetter getrotzt.

Laura hat die neue Fensterfront buchstäblich dorthin gezaubert. Die Welt ist wirklich verrückt geworden. Erst Musen, dann Zauberei. Aber immerhin sind sie nun nicht mehr so wehrlos, was Monsterattacken angeht. Wobei Laura ihn sogar hierher begleitet hat, als sie noch nichts von ihren Fähigkeiten wusste. Sie ist so viel mutiger als er. Das war sie schon, als der Wolf angegriffen hat. Sie hat gekämpft und er hat sich verkrochen.

Er setzt sich auf die alte Cord-Couch. Zwischen den Kissen zieht er ein Stück schwarze Plastikfolie heraus, die wohl abgerissen war und Lauras Zauberei überlebt hatte. Ansonsten erinnert ihn jede Faser dieser Couch an seine Oma. Sie riecht sogar nach ihr.

Vermutlich ist es eine schlechte Idee gewesen, alleine in dieses Haus zurück zu wollen. Auch als introvertierter Mensch, der die letzten 10 Jahre fast ausschließlich das Innere seines Zimmers gesehen hat, ist das ein Ort des Traumas und der Trauer. Von beidem haben ihn Laura und der unsichtbare und unhörbare Kalle durchaus abgelenkt, drüben in Lauras Ein-Zimmer-Wohnung. Aber er war dort halt nicht zuhause, er war nicht in seiner Komfort-Zone. Wobei die Frage ist, ob er überhaupt noch eine Komfort-Zone hat. Er ist so viel weggelaufen in letzter Zeit. Bei dem Wolf. Bei dem Mord an dem Polizisten. Letztlich vor Laura und Kalle. Aber nun, wo er auf dieser Couch sitzt, fällt ihm auf, dass er nicht mehr weiß, *wohin* er noch laufen soll. Er steht ruckartig auf und geht mit schnellen Schritten die Treppe nach oben in sein Zimmer.

Die Luft dort ist stickig. Ansonsten ist alles, wie er es verlassen hat. Wenn er ehrlich zu sich ist, ist auch die abgestandene Luft Teil der nostalgischen Erfahrung. Nicht, dass er erwartet hätte, dass das Zimmer anders aussieht. Trotzdem fühlt es sich irgendwie falsch an. Es ist so viel passiert in den letzten Tagen. Ist er noch die Person, die diesen Raum jahrelang kaum verlassen hat?

Er schüttelt sich kurz, geht zu seinem Schrank und holt sich trockene Klamotten, seine sind vom Regen durchnässt. Bevor er sie anzieht, fällt ihm auf, dass ihm wohl auch eine Dusche gut tun würde. Er geht also in sein kleines Badezimmer, wäscht sich und zieht die frischen Klamotten an.

Er geht zu seinem Schreibtisch und fährt den Computer hoch. Tausende Male gemacht, Muskelgedächtnis. Und doch fühlt sich auch diese Aktion anders an. Er hat ein klares Ziel, eine Aufgabe. Er weiß nicht, ob das noch die Inspiration durch die Musen ist oder mehr – aber er will Laura und Kalle helfen. Er will ihnen Antworten liefern. Er atmet tief durch, öffnet seinen Browser und fängt an zu tippen während der Regen auf sein Dachfenster prasselt.

Mehr herauszufinden darüber, warum eine Muse Visionen hat – und wer überhaupt in der Lage wäre ihr welche zu schicken – stellt sich aber schon nach recht kurzer Zeit als etwas zu speziell raus, um sich die Antwort einfach ergoogeln zu können.

Also schreibt und zeichnet Andi alle Informationen und alle Verbindungen, die er kennt auf ein großes digitales Whiteboard. Schnell erinnert er sich an das berühmte Meme, bei dem ein Dude aus einer Serie, die Andi nicht gesehen hat, vor einer Tafel voller Zettel und rotem Faden steht und manisch versucht Zusammenhänge zu erklären. Er muss kurz grinsen, lässt sich davon aber nicht aufhalten.

Er recherchiert Problemlösungstechniken und Netzwerkanalysen. Logische Herleitung und Kriminaltechniken. Er recherchiert auf fragwürdigen Internetseiten, was es für Theorien in der Esoterikwelt zu Visionen gibt. Er starrt auf das Whiteboard im Ganzen und zoomt nah heran an jedes einzelne Element. Doch am Ende weiß er genauso viel wie zu Beginn. Er schreit und hämmert mit der Faust auf den Tisch neben seinem Keyboard. Es sind Stunden vergangen und er hat niemandem geholfen. Er ist weggelaufen von Laura und Kalle, angeblich um zu recherchieren, doch es ist für nichts und wieder nichts. Es reicht. Er muss aufhören wegzulaufen und am Ende nirgendwo zu landen. Hier gibt es einen Ort, vor dem er vor einigen Tagen mit einem Messer in der Hand weggelaufen ist. Damit fängt er an.

Als Andi wieder ins Wohnzimmer kommt ist es still. Der Sturm ist vorbei und er kann auch keinen Regen mehr hören oder sehen. Der Himmel ist noch immer zu großen Teilen von grauen Wolken bedeckt, doch einige Sonnenstrahlen schaffen es auf die Erde vorzudringen.

Er öffnet die Terassentür – der Mechanismus ist interessanterweise ein anderer als früher – und geht langsam die wenigen Schritte zum Grab seiner Oma. Die Erde ist vom Regen aufgeweicht. Seine Beine fühlen sich schwer an wie Blei. Als er vor dem mit Steinen durchsetzten, grasfreien Stück Erde steht, unter dem seine Oma liegt, hält er inne.

Die Ränder des Grabes sind schon nicht mehr ganz so klar definiert, wie sie es vor ein paar Tagen waren. Pflanzen fangen an von der Grünfläche auf das frische Erdreich überzugreifen. Seine Oma hätte sie sicher als Unkraut bezeichnet. Kurz überlegt er, sie wegzumachen, doch er entscheidet sich dagegen. Dass Leben wächst, wo davor nur Tod war – das ist doch ein schönes Bild. Die Wolkendecke bricht auf und badet ihn, das Grab und die kleinen Pflänzchen in warmem Sonnenlicht. Andi fängt an zu weinen.

„Oma, es tut mir so leid.“, sagt er schließlich. Seine Stimme überschlägt sich. „Ich war zu feige dich da rauszuholen und jetzt liegst du begraben in deinem Mörder. Ich war so oft so feige. Jetzt bist du tot und ich stehe hier und bin so nutzlos wie eh und je.“

Ein Schluchzer unterbricht seinen Monolog, dann fährt er mit hoher und nasaler Stimme fort:

„Ich habe eine Frau kennengelernt, die viel mutiger ist als ich. Ich hab sie davor schonmal in der U-Bahn getroffen, das Treffen lief nicht so gut – aber hey, ich habe sie heute nochmal darauf angesprochen und sie hat mir versichert, dass das daran lag, dass sie super verkatert war und nicht an mir. Wer weiß – vielleicht geh ich ab und zu einfach zu unsicher durch dieses Leben. So richtig getraut hab ich mich ja nie was, nicht mal studieren... und Laura, die hat einfach das Biest erlegt, das dich gefressen hat. Und sie kann wohl sogar zaubern. Es ist alles ein bisschen verrückt. Aber das Verrückteste ist: Ich habe eine Rolle gespielt. Ich habe die beiden auf die richtige Bahn gebracht. Nur jetzt sitze ich hier seit Stunden und komme nicht weiter. Es macht einfach alles keinen Sinn! Wer würde denn bitte Visionen schicken, ohne zu sagen warum und weshalb? Und wo zur Hölle sind all die Magier, die den Vielnamigen damals verbannt haben? Zumindest ist noch niemand vorbeigekommen und hat Laura eine Einladung ins deutsche Hogwarts gebracht."

Andi atmet tief durch.

„Entschuldige, dass ich an deinem Grab fluche. Aber es macht mich irre. Warum tauchen die nicht einfach auf, jetzt wo der Vielnamige aus seinem Exil ausbricht. Es wirkt so, als wären sie einfach alle mit ihm verschwunden."

Seine Augen weiten sich. Ist er gerade auf eine mögliche Lösung des Rätsels gestoßen?

„Ich muss Laura anrufen.", ruft er aufgeregt. „Danke fürs Zuhören, Oma!"

Mit schnellen Schritten geht er zurück ins Wohnzimmer. Er will hoch zu seinem Handy. Er nimmt zwei Treppenstufen auf einmal, reißt seine Zimmertür auf und stürmt zu seinem Schreibtisch. Sein Smartphone liegt neben der Tastatur. Er entsperrt den Bildschirm und sucht Laura im Telefonbuch. Sie hatte ihm erst heute ihre Telefonnummer gegeben, bevor sie das Haus verlassen hatten, damit sie sich weiter austauschen konnten.

Es klingelt. Es klingelt weiter. Mailbox. Nächster Versuch. Es klingelt. Es klingelt weiter. Mailbox. Warum geht sie nicht ran? Sie hatten sich versichert ihre Handys laut zu lassen. Egal, einfach weiter versuchen. Andi wählt erneut die Wahlwiederholung. Es klingelt. Es klingelt weiter... gerade als Andi auflegen will, nimmt jemand ab.

„Laura, ich habe etwas rausgefunden, glaube ich. Das könnte alles verändern."

Zu seiner Überraschung antwortet ihm eine Männerstimme.

„Nein, Bro, nicht Laura, hier ist Adem. Ich kenne Laura nicht, aber Alter... ihr Handy lag hier zwischen einem Haufen verbrannter Tentakel und einem Dude, der scheinbar einfach in zwei Hälften gerissen wurde, Bro. Was für ein abgefuckter Scheiß. Ich hab grade auf die Straße gekotzt als ich auf einmal das Handy hab klingeln hören, Mann. Ist *grim*, Alter, ist *grim*. Ich hoffe es geht ihr gut, aber sieht echt nicht so aus, Alter. Ich dachte ich sag dir das lieber."

Andi hört ein Würgen durchs Telefon und legt so schnell auf wie er kann, um sich das wahrscheinlich folgende Audioerlebnis zu sparen.

Sie hat ihr Telefon nicht mehr, wahrscheinlich ist es ihr aus der Tasche gefallen, als er und der unsichtbare Kalle sie weggezogen haben von den Tentakeln. Was soll er jetzt tun? Er weiß, dass sie ihre Freundin Özge besuchen wollte, keine Ahnung wann sie wiederkommt. Keine Ahnung, wo ihre Freundin wohnt, außer, dass es irgendwo in Schwabing ist.

Morgen Früh hätte er bessere Chancen – aber sollte er wirklich so viel Zeit ins Land ziehen lassen? Er schüttelt den Kopf. Er kann die Zeit aktiv nutzen und seine Theorie soweit verifizieren wie es irgendwie geht.

Er springt nervös von einem Bein aufs andere als müsste er dringend auf die Toilette, so sehr drehen ihn seine rasenden Gedanken auf. Wie kann er seine Vermutung validieren? Soweit er weiß, weiß niemand so viel über die aktuelle Situation wie Laura, Kalle und er. Vielleicht inzwischen auch Lauras Freundin. Plötzlich bleibt er auf dem rechten Bein stehen wie ein sehr ungelenker Flamingo. Ihm ist eingefallen, wen er noch fragen könnte.

Aber dafür müsste er raus aus dem sicheren Haus. Die Straßen sind nicht sicher. Andererseits war er das letzte Mal zuhause auch nicht viel sicherer. Er denkt an seine

Oma, die wegen seiner Feigheit in einem Wolfsmagen begraben ist. Er denkt an den Polizisten, und die vergebene Hoffnung in dessen Augen. Er denkt an Laura und Kalle, die ihn nur mit Küchenmessern und Pfefferspray begleitet haben, um ihm zu helfen. Er ist genug weggelaufen in seinem Leben. Er hat die Chance nützlich zu sein – und die wird er nutzen.

- 27 -

Der Pfad, den Cirdatr entlangschreitet geht steil bergab. Wobei Pfad eine wohlwollende Beschreibung ist. Grobe Steine wurden provisorisch auf den weichen und schlammigen Boden geworfen, damit er und seine ausgewählten Kameraden nicht bei jedem Schritt ihrer schweren Stiefel tief in der Erde einsinken. Doch inzwischen waren einige Steine selbst tief in den Grund gesunken und der Weg ist uneben und fast genauso schwer zu begehen wie davor. Mehrfach stolpert Cirdatr und kann sich gerade so halten.

Doch bald würden diese Missionen vorbei sein. Sehr bald. Dann würde *ER* diesen Pfad nach oben schreiten und sie würden ihm alle folgen. Ein allerletztes Mal.

Auf einem Plateau wenige Dutzend Meter unter sich kann er den dunkelgrünen Stoff des großen Kommandozeltes erkennen. Schon auf diese Entfernungen sieht er einige der zahlreichen und detailreich verschlungenen goldenen Einstickungen. Sie strahlen trotz des immer vorhandenen Nebels, als würden sie von sich aus leuchten. Selbst das vergleichsweise kleine Vorzelt, durch das der einzige Eingang führt und vor dem *SEINE* Leibgarde Wache hält übersteigt in seiner prachtvollen Wirkung beinahe alles, was Cirdatrs uralte Augen in seiner Lebzeit gesehen haben. Was wird *ER* erst bewerkstelligen, wenn *ER* nicht mehr aus einem Zelt befehligen muss. Stolz und Siegesgewissheit machen sich in Cirdatr breit, doch seine Beine sind zittrig, ob der Audienz, die ihm bevorsteht, als er das Zelt erreicht.

„Halt! Wer möchte Eintritt in das Zelt des Vielnamigen, des Glorreichen, des Herrschers aller Welten, so kurz vor der Einnahme des ihm zustehenden Throns?"

Die Stimme der Wache ist tief, laut und bellend. Wie alle *SEINE* Leibwächter ist er ein Kusarikku, ein Wesen mit menschlichem Kopf und Oberkörper, aber dem Hinterleib und den Hörnern von Stieren. Er überragt Cirdatr um beinahe das dreifache, weswegen der seinen Hals unangenehm nach oben strecken muss - trotz der zwei Meter matschigem Weg zwischen ihm und dem Stiermenschen.

„Ihr wisst genau, wer ich bin.", spuckt Cirdatr aus. „Ich bin Cirdatr, einer der Oni unseres gemeinsamen Meisters. Und im Gegensatz zu Eurer *adretten* Uniform ist das grün meines Gewandes gefärbt von Blut, meinem eigenen genau wie dem roten *SEINER* Feinde, weil ich mit Ehre und Tapferkeit *SEINEN* Kampf kämpfe. Und ich habe eine Nachricht für den Vielnamigen."

Die Augenbrauen des Kusarikku ziehen sich zusammen und er macht einen Schritt auf Cirdatr zu. Die gewaltige Streitaxt in seiner rechten Hand hebt sich.

„Gors, Halt!"

Die ebenso tiefe und bellende Stimme der Wache an der anderen Seite des Eingangs zum Vorzelt stoppt den Axtschwinger.

„So frech der Oni sein mag – und so sehr er verkennt, dass wir unsere heilige Pflicht erfüllen, in dem wir hier unseren gemeinsamen Herrn beschützen – so ist dein Zorn doch nichts im Vergleich zu dem was uns erwartet, wenn wir ihm schaden. Stelle dir vor er hat eine wichtige Botschaft und kann sie niemandem mitteilen, weil sein Kopf zwei Meter entfernt vom Rest seines Körpers im Schlamm liegt.“ Er wendet sich Cirdatr zu und wechselt in einen verächtlichen Befehlston. „Gib deine Waffen ab und trete ein, respektloser Oni. Aber wehe dir, wenn du die Zeit unseres Herrn verschwendest.“

Cirdatr legt Schwert und Dolch ab und vor den beiden auf den Boden. Er blickt den Axtschwinger erneut an:

„Wenigstens einer unserer beiden Lackaffen hier hat ein Gehirn, das halbwegs seiner Körpergröße entspricht.“ Er tritt in das Vorzelt ein.

Im Vorzelt wird Cirdatr entkleidet, was einem doppelten Zweck dient: Zum einen potenziell versteckte Waffen zu finden – zum anderen ihn zu säubern für die Audienz bei *IHM*. Auch wird ihm eine neue, saubere Uniform angezogen – trotz Cirdatrs Protest, dass jeder einzelne Fleck für eine ehrenhafte Tat in *SEINEM* Namen stünde. Gewaschen und sauber wartet Cirdatr im Vorzelt, bis ein Signal ertönt. Nun wird der Vorhang gelüftet und er tritt in das Hauptzelt.

Er ist nicht zum ersten Mal in diesem heiligen Bereich in dem ER Audienzen abhält. Dennoch ist sein Geist nie vorbereitet auf die Pracht, die ihn erwartet. Der Raum wirkt von innen eher als würde er sich in einem steinernen Palast als in einem Zelt befinden und ist größer, als es von außen möglich scheint. Goldene Symbole leuchten an den grünen Wänden und einige schweben sogar durch die Luft, ohne an eine Oberfläche gebunden zu sein. Dutzende Diener, alle mit unterschiedlichen Aufgaben, gehen geschäftig durch den Raum, doch keiner wendet der anderen Seite des Raumes dabei jemals den Rücken zu. Das könnte als Zeichen der Respektlosigkeit interpretiert werden – und hatte schon so einigen unvorsichtigen Dienern ihren Kopf gekostet. Denn all diese Pracht läuft hin auf einen Punkt. Gegenüber des Eingangs sitzt der Vielnamige auf seinem Thron.

Dieser Thron sticht allein farblich in dem grün-goldenen Raum hervor. Er ist blutrot gepolstert und ansonsten aus schwarzem Holz geformt. Die Verzierungen der Arm- und Rückenlehnen sowie an den Stuhlbeinen wirken scharfkantig und aggressiv. Dennoch haben sie an den richtigen Stellen Kuhlen und Aussparungen, um dem Vielnamigen einen bequemen Sitz zu ermöglichen. Der Thron scheint zu strahlen, aber nicht in regulärem Licht wie die goldenen Symbole. Im Gegenteil: Das dunkle Rot und das tiefe Schwarz scheinen ihre Dunkelheit in ihre Umgebung abzugeben. Es verleiht dem Thron eine düstere, erhabene Aura.

Doch auch die Pracht des Throns verblasst angesichts der Ausstrahlung von *IHM*. *SEIN* schwarzer Bart ist von grauen Strähnen durchsetzt und reicht *IHM* bis zur Brust, *SEIN* Kopf ist dagegen absolut kahl, vermutlich seit Jahrtausenden. Am prägnantesten jedoch sind *SEINE* Augen. Auch sie sind dunkelgrün wie Efeu und darin schwimmen einzelne Flocken Gold, die noch heller strahlen als die Symbole an der Wand. *SEIN* Blick allein, so heißt es, habe schon hunderte Männer und Frauen wahnsinnig werden lassen. Cirdatr fällt ungefähr zehn Meter vor ihm auf seine Knie und blickt demütig nach unten auf den Boden. Er wartet, bis *ER* ihn anspricht.

„Mein treuer Krieger“, ergreift der Vielnamige schließlich das Wort. „Welche Kunde bringt ihr von der anderen Seite?“ Er spricht sehr leise doch trotz der Entfernung hört Cirdatr seine Stimme laut und klar, als würde ihm sein Meister direkt ins Ohr flüstern.

Cirdatr bemüht sich bei seiner Antwort jegliches Zittern in seiner Stimme zu unterdrücken:

„Herr, unsere Operation läuft wie von euch in eurer unendlichen Weisheit geplant. Die Wesen, die die Menschen in ihrer Unwissenheit selbst geschaffen haben, suchen sie heim und sorgen für Unruhe. Die Krieger dieser Welt werden ihrer seltsamen Waffen und ihres Lebens beraubt.“

Der Vielnamige ergreift erneut das Wort. Ungeduld spiegelt sich in seiner Stimme:

„Und ihr habt diese Mission unterbrochen und um meine wertvolle Zeit gebeten, nur um mir mitzuteilen, dass alles so läuft wie ich es geplant habe?“

„Nun ja, es gibt... Unstimmigkeiten, m-m-mein Herr.“, fährt Cirdatr fort. Seine Stimme zittert jetzt unkontrollierbar. „Ich habe etwas entdeckt, als ich einige Soldaten verfolgt habe, die aus einer naheliegenden Kaserne in den Wald geflüchtet sind. Es scheint, als hätten nicht nur die Wesen die Grenze überquert, die ihr hindurchgelassen habt. Dort habe ich unter anderem eine sprechende Donareiche entdeckt.“

„Was sagt ihr da? Was habt ihr unternommen?“ Der Vielnamige spricht so leise wie zuvor, aber der unterschwellige Zorn in *SEINER* Stimme lässt Cirdatrs Körper beben.

„Wir haben sie beobachtet und wissen, wo sie steht, mein Herr. Wir wussten nicht, ob sie zu eurem Plan gehört, deswegen wollte ich das bei dieser Audienz erwähnen.“

„Verbrennt sie! Sofort! Dieses Wesen könnte Wissen an die Menschheit tragen, dass sie über tausende Jahre der Ignoranz vergessen und verdrängt haben. Einer meiner Generäle wird euch ins Vorzelt begleiten und dort werdet ihr ihm alle Informationen bereitstellen, die ihr habt. Lasst uns hoffen, dass sie noch keinen Schaden angerichtet hat. Und platziert Wachen um ihren Standort um jeden auszumerzen, der von ihr weiß oder sogar schon mit ihr gesprochen hat. So ziehet von dannen – und in Zukunft erwarte ich mir eine schnellere Meldung, wenn etwas nicht nach Plan läuft!“

„Sehr wohl mein Herr.“, sagt Cirdatr. Er bleibt jedoch auf seinen Knien. Denn etwas hatte er noch nicht berichtet – und es graute ihm davor, es auszusprechen.

„Warum bewegt ihr euch nicht?“ In der Stimme schwingt kalte Ungeduld mit.

„Mein Herr, da ist noch etwas. Späher haben einen Haufen abgetrennter und verbrannter Tentakel von einem Biest gefunden, das von euch hinübergelassen wurde. Es... es sah nicht so aus, als wären die Verletzungen durch die Waffen entstanden, die wir von der anderen Seite kennen. Mein Herr – es... es roch nach Magie!“

Stille. Stille, die schlimmer war für Cirdatr als jeder Wutanfall es hätte sein können. Er schweigt und starrt weiter auf den waldgrünen Teppich unter sich.

„Alastor, was sagst du dazu?“, spricht der Vielnamige schließlich, diesmal für Cirdatr kaum hörbar. Alastor ist *SEIN* höchster General. Diese Sache übersteigt offensichtlich ihn und seine Pflichten als einfacher Soldat.

Alastors Stimme ist rau und laut, als er *IHM* antwortet:

„Meiner Meinung nach ist es unmöglich mein Herr. Es kann keine Magier geben auf der anderen Seite. Und wenn hätten wir sie längst entdeckt. Warum sollten sie sich verstecken und auf einzelne Monster beschränken, während die Flussgrenze sich unweigerlich auflöst. Das müsste ihre oberste Priorität sein."

SEINE leise, für Cirdatr kaum hörbare Stimme antwortet. Diesmal wirkt sie nachdenklich.

„Das stimmt. Aber wir können uns nicht sicher sein. Vielleicht möchte jemand noch nicht entdeckt werden. Oder jemand sammelt erst seine Kräfte, bevor er auf die Bühne tritt.", *ER* macht eine Pause und Cirdatr hat das Gefühl, dass *ER* vergessen hat, dass er noch im Raum ist.

Alastor fährt *SEINEN* Gedankengang fort – und Cirdatr zuckt zusammen. Hätte er gegenüber dem Vielnamigen gesprochen, ohne auf eine direkte Frage zu antworten, wäre das sein Todesurteil gewesen. Doch Alastors laute raue Stimme hallt durch den Raum, ohne dass ihr ein Schwert ein Ende setzt:

„In diesem Fall sollten wir überlegen den Übertritt vorzuverlegen, mein Herr. Niemand sollte die Zeit haben, seine Kräfte zu sammeln. Falls alles nur Schall und Rauch ist, so haben die Oni und die Monster die Welt schon stark genug geschwächt. Lasst uns die wichtigsten Schritte priorisieren und dann wird Euch niemand mehr etwas entgegenzusetzen haben, mein Herr."

Beim Wort Oni kann Cirdatr spüren, wie sich *SEIN* Blick wieder auf ihn richtet. So als hätte er sich eben erst erinnert, dass er da ist.

„Mein treuer Krieger.“ *SEINE* Stimme ist nun wieder laut in seinem Ohr. „Deine Kunde wurde empfangen. Nun geh.“

Ohne seinem Herrn den Rücken zuzuwenden kriecht er rückwärts wieder durch die Vorhänge in das Vorzelt, den Blick weiter streng auf den Boden gerichtet. Erst als ihm ein Diener zu verstehen gibt, dass die Vorhänge geschlossen sind, richtet er sich auf. Neben ihm steht ein Kommandant, den Cirdatr direkt an seiner Uniform erkennt, und spricht ihn an:

„Der Vielnamige hat dich beauftragt, uns mitzuteilen wo genau sich die Donareiche befindet. Tue das und dann folge weiter deinem Auftrag.“

Cirdatr tut wie ihm geheißen. Seine Gliedmaßen sind zu Beginn noch immer leicht zittrig, aber er findet schnell wieder zurück zu seinem alten Selbst. Er zieht sich seine alte Uniform an, die zu seinem Missfallen geflickt und gereinigt wurde und bleckt die Zähne. Nun geht es also noch schneller los als gedacht. Er kann es kaum erwarten seine Waffen zu nehmen und auf der anderen Seite weiterzukämpfen.

Er tritt vor das Zelt.

„Konntest Du dem Vielnamigen, unserem Herrn, deine Botschaft überbringen?“, fragt die bellende Stimme von Gors, der Leibwache, die ihn vorher noch mit der Axt bedroht hat.

„Selbstverständlich du riesenhafte Platzverschwendung, was denkst du…“

„Gut.“, bellt die andere Wache, ohne ihn ausreden zu lassen und schwingt seine schwere Axt so schnell und behände, dass Cirdatr keine Chance hat zu reagieren.

Das dunkle, bauchige Lachen der beiden Kusarikku hört Cirdatr nicht mehr. Sein Kopf liegt einige Meter entfernt vom Rest seines Körpers im Schlamm – und seine Augen blicken leer in den Nebel.

- 28 -

Laura weiß, dass Özge vor ihrem Karriereumschwung zur sozialkritischen Autorin bedeutend mehr Geld verdient hat als sie. Sie weiß auch, dass man sich mit mehr Geld schönere Sachen kaufen kann. Was sie nicht wusste, ist, wie viel Unterschied genau diese Kombination bei Dingen wie Fahrrädern macht.

Kalle hatte sich verabschiedet, noch während Özge und Laura ihr letztes Bier getrunken hatten, um die anderen Musen zu suchen. Um sich nicht vollends als Zeitverschwender zu fühlen hatten sie sich zumindest schonmal Gedanken gemacht, wie Laura am schnellsten von Özge in Schwabing zur Panzerwiese und Hartelholz kommen konnte. Das Auto hatten sie schnell verworfen. Laura hat keinen Führerschein und kann nicht Auto fahren, Özge hätte sie nicht fahren können ohne danach alleine über die gefährlichen Straßen zurück zu müssen – und überhaupt standen die Chancen schlecht, dass die Straßen überhaupt frei genug waren, um mit einem Auto durchzukommen. Dieses Problem hatte Özge ja erst gestern live erlebt.

Die Öffis waren auch suboptimal, denn die funktionierten inzwischen höchstens rudimentär – und von der nächsten U-Bahn-Station lief man noch eine ganze Weile buchstäblich über Wald und Wiesen bis man dort ankam, wo Laura hinmusste. Auch E-Roller war schwierig – zum einen, weil Laura ihr Handy verloren hatte – vermutlich beim Angriff der Killer-Calamari - zum anderen ging deren aktives Gebiet sehr sicher auch nicht bis in den Wald hinein. Also war das Fahrrad die beste Methode.

Das Fahrrad, das Özge ihr ausleiht kostet annähernd so viel, wie Laura vor der Musen-Krise netto im Monat verdiente. Und jetzt wo Laura drauf sitzt und sich durch die verstopften Straßen und Gehwege bewegt kann sie sagen: Es ist *glorious*. Im Vergleich zu den klapprigen Damenrädern, mit denen Laura seit Jahren von A nach B fährt, fühlt es sich auf diesem Fahrrad an also würde sie fliegen, als sie zunächst in Richtung Leopoldstraße fährt und dieser dann einfach geradeaus nach Norden folgt, bis sie zunächst zur Ingolstädter Straße wird und dann – kurz nach einer großen Kaserne - gemeinsam mit dem Münchner Ortsschild die Panzerwiese zu ihrer Linken auftaucht.

Sie fährt auf die Heidefläche auf. Am Horizont verschwindet die Sonne langsam hinter den Hasenbergler Plattenbauten und beginnt, den Himmel orange einzufärben. Sie wird vermutlich erst im Dunklen aus dem Wald rauskommen. Kurz zweifelt sie, ob es die richtige Entscheidung war, noch in Ruhe ihr Bier auszutrinken. Aber hey, sie kann jetzt zaubern. Kein Grund mehr vor der Dunkelheit Angst zu haben. Nicht mal zu diesen Zeiten.

Sie tritt trotzdem in die Pedale, um die sprechende Eiche zumindest noch im Restlicht des Tages suchen zu können - und die fantastische Kraftumsetzung des Luxusfahrrads wandelt das direkt in Geschwindigkeit um. Sie zischt auf einem Trampelpfad über das magere, beigefarbene Gras in Richtung Waldeingang.

Schon nach wenigen Metern im Wald wird das Restlicht der Sonne in den Baumkronen verschluckt und sie bewegt sich durchs Zwielicht. Das Licht des Fahrrads springt automatisch an – natürlich tut es das - und leuchtet den Weg vor ihr perfekt aus. Laura ist auf der Suche nach einer sprechenden Eiche inmitten der Musen-Apokalypse – und das Unglaublichste für sie ist das Luxusfahrrad unter ihrem Hintern.

Das Staunen hat allerdings ein baldiges Ende. Als der Waldweg an eine Biegung kommt ist sie sich recht sicher, dass die sprechende Eiche hier irgendwo links von ihr sein müsste und dass das Unterholz zu dicht ist, um mit dem Fahrrad weiterzukommen. Sie lehnt es an einen Baum und geht in den dunklen Wald.

Als sie zum zweiten Mal innerhalb weniger Sekunden über eine Wurzel stolpert und sich nur mit Glück an einem dicken Ast festhalten kann, denkt sie doch kurz mit Sehnsucht an ihr altes Damenrad. Das Licht dort ist nämlich abnehmbar und hätte in diesem Kontext auch hervorragend als Taschenlampe funktioniert.

So stolpert und tastet sie sich weiter durch den dunklen Wald, grob in die Richtung, in der sie die Eiche vermutet – und gleichzeitig voller Vorsicht, nicht wieder von einem Troll oder schlimmeren überrascht zu werden. Nach einiger Zeit haben sich ihre Augen zwar ein wenig an die Dunkelheit gewöhnt, aber trotzdem hat sie nichts gefunden, was ihr auch nur ansatzweise im Dunkeln bekannt vorkommen würde. Sie läuft Gesicht voraus in ein Spinnennetz, wahrscheinlich das dritte Mal an diesem Abend. Sie wischt sich schnell die Hände durchs Gesicht, um die klebrigen Fäden und mögliche Achtbeiner loszuwerden. Dann kommt ihr eine Erkenntnis: Sie kann sich einfach eine Taschenlampe manifestieren! Sie könnte sich selbst ohrfeigen, dafür, dass sie den ganzen Tag so viel an Magie gedacht hat – und es dann einfach, wenn sie wirklich nützlich wäre, vergessen hat.

Ein paar Sekunden später bückt sie sich vorsichtig zum Übergang zwischen Wurzel und Stamm bei einer Esche zu ihrer Rechten und ertastet zielsicher eine Fahrradlampe, die hier – so ihre Manifestation – vor kurzem einem Spaziergänger aus der Tasche gefallen ist.

Doch gerade, als sie sie anschalten möchte, sieht sie einige Meter vor sich einen orange-roten Schein. Ist das der Sonnenuntergang? Ist sie so nah am Waldesrand, dass sie das Lichtspiel noch sehen kann? Doch schnell erkennt sie, dass der Lichtschein flackert. Feuer. Und nach dem ganzen Regen heute vermutlich kein natürlicher Waldbrand. Aus dem Zentrum des Feuerscheins tönt ein lautes Geräusch, das Laura nur schwer zuordnen kann. Es scheint unwirklich, klagend und langsam. Sie geht einige Schritte auf das Feuer zu, instinktiv vorsichtig, um was auch immer es verursacht hat, nicht aufzuschrecken. Dann bleibt ihr der Atem im Hals stecken, als sich das grausige Bild vor ihr ausbreitet.

Die sprechende Eiche steht in Flammen. Ihr hölzerner Mund ist verzerrt und Flammen lodern daraus hervor. Das seltsame Geräusch kommt von ihr. Es ist, so muss Laura annehmen, ein Todesschrei ohne Stimmbänder. Knarzend und knackend wie altes Holz, dröhnend und voller Leid.

Um die Eiche herum stehen im Abstand von ein paar Metern mehrere rote Männchen mit Teufelsfratzen, die waldgrüne Pagenkostüme tragen. Laura erkennt sie direkt als die gleichen Wesen, die auch vor Andis Augen den Polizisten ermordet haben. Eine der dämonenähnlichen Gestalten allerdings steht nicht. Sie kniet auf dem Boden und der rechte Arm wandert immer wieder von oben nach unten. Hat das Wesen ein Messer in der Hand? Laura kneift die Augen zusammen, um im Halbdunkel besser sehen zu können – es ist eine Art Dolch. Und worauf sticht der Dämon ein? Laura überlegt, ob sie sich ein Fernglas herbeimanifestieren soll, als sie erkennt, worauf der Oni immer und immer wieder einsticht. Beziehungsweise auf wen.

Laura reißt ihre zusammengekniffenen Augen weit auf. Blankes Entsetzen steht ihr ins Gesicht geschrieben. Unter dem Dämon, reglos und mit von Blut rot verfärbtem Gesicht - liegt Andi. Wieder wandert der Dolch von unten nach oben, Laura kann im Licht des brennenden Baumes Blut von der Klinge tropfen sehen. Dann saust die Klinge erneut nach unten in Andis Brust. Die senkt sich unter der Wucht kurz, wie ein Stück Hühnchen unter dem Fleischklopfer. Ansonsten bewegt Andi sich nicht mehr.

Laura aber schreit.

Sie weiß, dass sie es nicht tun sollte, dass vor ihr mehrere bewaffnete Dämonen stehen. Sie weiß, dass Andi schon tot ist und sie ihm nicht mehr helfen kann. Sie weiß das alles. Irgendwie. Trotzdem kann sie sich nicht zurückhalten als die Klinge erneut in Andis toten Körper fährt. Sie schreit und sie springt hinter dem Baum hervor und schreit dann noch mehr. Und sie wünscht sich der Mörder vor ihr würde explodieren. Nein, sie weiß, dass er explodiert – und tatsächlich tut er ihr den Gefallen. Ein Regen aus giftgrünem Blut und Eingeweiden ergießt sich über Andis Leichnam und die umstehenden Bäume. Einige Spritzer klatschen auch auf die brennende sprechende Eiche und verdampfen dort sofort zischend in der Hitze.

Vier weitere Oni laufen schreiend mit gezückten Schwertern auf Laura zu. Doch das Adrenalin, die Trauer und vor allem ihre unbändige Wut lassen sie so klar wie kaltherzig denken. Wo sie vor wenigen Stunden noch Schwierigkeiten hatte mit ihren Fähigkeiten eine Zigarette zu löschen fühlt sie aktuell ein natürlicheres Verständnis für ihre Kraft. Wie ein Kind, das zu lesen lernt und nach und nach die Welt um sich herum entschlüsseln kann.

Zwei weitere Oni lässt sie ebenfalls explodieren. Der zweite spritzt sein grünes Inneres weit genug, dass einige Spritzer auf ihrer Kleidung und in ihrem Gesicht landen. Dort wo die Flüssigkeit Kontakt zu ihrer Haut hat, brennt es, als würde jemand eine Zigarettenkippe auf ihr ausdrücken.

Doch das muss sie erstmal ignorieren, zwei weitere Gegner greifen an. Einer stürmt von links hinter der brennenden Eiche auf sie zu, der andere stand tiefer im Wald. Der erste ist inzwischen zu nah bei ihr, um ihn explodieren zu lassen. Er ist von oben bis unten mit Blut und Innereien seines Kameraden bedeckt. Laura beschließt, dass das, was bei ihr auf der Haut brennt, bei ihm eine spontane und extreme Reaktion auslöst. Laura blickt ihn kalt an, als sich seine Haut vor ihren Augen zischend auflöst.

Er fällt auf den Boden und schreit vor Schmerzen. Es klingt dumpf und düster, beinahe infernal. Laura sieht das freiliegende Muskelgewebe vor ihr und muss an alte Schaubilder aus dem Bio-Unterricht denken. Huckepack mit dieser Erinnerung fällt ihr ein Satz wieder ein, der neben diesem Bild stand: Faszien durchdringen und umschließen die Muskeln, Knochen, Nervenbahnen und Blutgefäße des Körpers.

Also manifestiert Laura, dass die Faszien des Oni vor ihr sich nie richtig ausgebildet haben und jetzt ohne Haut einfach ihrer Aufgabe nicht mehr nachkommen können.

Einzelne dunkelgrüne Muskelstränge lösen sich von den Knochen des Oni und fallen einfach von seinem Körper. Er schreit nicht mehr, weil seine Muskulatur es nicht mehr zulässt. Stattdessen schaut seine hautfreie Fratze sie kurz so spannungslos an, als hätte sie ihn gerade aufgeweckt. Dann lösen sich seine Gesichts- und Kiefermuskeln von seinem Schädel und fallen gemeinsam mit seinem unteren Kieferknochen mit einem feucht-dumpfen Geräusch auf den Waldboden.

Lauras Blick wandert schnell zu dem letzten Kontrahenten. Der ist allerdings nicht mehr auf dem Weg zu ihr. Im Gegenteil: Er hat sich zur Flucht entschieden. Sie sieht ihn, wie er im Vollsprint zwischen zwei Bäumen aus dem Licht der brennenden Eiche verschwindet. Sie hat ihn verloren.

Gerade als sie überlegt, ob sie ihm nachrennen soll, sieht sie wie im letzten Schein des Feuers zwei junge Bäume verdächtig wackeln.

Laura manifestiert einen eisernen Käfig um diese Bäume. Ein Schrei lässt sie vermuten, dass ihre Aktion erfolgreich war. Sie leuchtet mit der Fahrradlampe in den eisernen Käfig – und tatsächlich leuchten orangegefleckte Augen in einem roten Gesicht zurück.

Der Oni stellt im Käfig keine Gefahr mehr dar, doch Laura stellt mit Erstaunen und Entsetzen fest, dass sie auch diese Augen ausgelöscht sehen will. Ihre Wut hat sie in einen Blutrausch getrieben. Sie ist immer noch so wütend, dass sie zittert – der Lichtstrahl der Taschenlampe wirkt dadurch fast abgehackt und unruhig. Sie macht die Lampe wieder aus. Statt zu dem gefangenen Oni geht sie jetzt die wenigen Schritte zu Andis Leichnam.

Es ist still im Wald. Der Todesschrei der Eiche ist irgendwann während des Kampfes mit den Oni verstummt und auch das Knistern der Flammen und der Glut wird leiser.

Andis Körper sieht schlimm aus. Wo davor noch grünes Blut von der ersten Explosion seine Haut berührt hat, sind jetzt schwarze Brandflecken zu sehen. Laura werden schlagartig einige schmerzende Punkte in ihrer linken Gesichtshälfte bewusst. Sie fährt mit ihrem Ärmel darüber und zuckt vor Schmerzen zusammen. Grünes Blut erwischt auch sie keines mehr, dafür zieht sie sich kleine schwarze Brocken ihrer eigenen Haut vom Gesicht. In anderen Momenten hätte sie das vermutlich schwer verstört, aber ihre Aufmerksamkeit gilt gerade nur Andi, auch wenn sie sein Anblick schmerzt. Sein T-Shirt besteht wegen der vielen Dolchstöße nur noch aus Fetzen und der Bauchraum ist eine einzige rot-schwarze Kraterlandschaft. Sein Gesicht ist bis auf wenige Ausnahmen auf der Stirn bedeckt von seinem eigenen roten Blut, nur unterbrochen von einzelnen schwarzen Brandsprenkeln, wo das Oni-Blut ihn versengt hat.

Sie fällt neben ihm auf die Knie, nimmt seine Hand und fängt an zu weinen. Jetzt wo der Kampf mit den Oni vorbei ist und die Adrenalinkonzentration in ihrem Blut langsam abnimmt trifft sie das Schuldgefühl mit einem Schlag – und es ist hart und unnachgiebig.

Wie lange hatte sie an diesem Bier getrunken? Eine Dreiviertelstunde vielleicht? Dieses Monster hatte bestimmt nicht 45 Minuten lang auf Andi eingestochen. Wäre sie zusammen mit Kalle gegangen, wäre sie direkt losgefahren... Andi könnte vielleicht noch leben.

Sie schreit laut in die Nacht, dann ist es still. Alles, was Geräusche im Wald hätte machen können ist vor dem Kampfeslärm geflohen und das Feuer der Eiche ist schon ausgegangen. Trauer und Wut und Hass schreien in ihrem Körper um Aufmerksamkeit. Aber alles wird ertränkt von der Schuld.

Sie spürt keine Schmerzen, auch wenn sich das irgendwann in den nächsten Stunden definitiv ändern würde. Alles, was sie spürt, ist der Puls in ihren Fingern, so fest umklammert sie Andis Hand. So stark, dass es fast Andis Puls sein... nein!

Sie legt hektisch drei Finger ihrer linken Hand auf Andis Handgelenk. Da ist nicht nur ihr Puls! Andis Herz schlägt noch! Panisch und doch vorsichtig lehnt sie sich nach vorne und richtet ihr Ohr an Andis Nase und Mund. Stille. Er atmet nicht.

Verzweifelt blickt sie sich um. Gibt es irgendwas, was ihm helfen könnte. Sie sieht die Fahrradlampe. *Vergiss nicht, dass Du zaubern kannst, Laura!*

Also stellt sie sich vor – nein sie weiß – dass Andi noch atmet. Kaum hat sie die Manifestation zu Ende gedacht fühlt es sich an, als würde eine unsichtbare Kette mit einem heißen Schürhaken am Ende tief in ihrer Brust in Richtung Andi ziehen. Ihr Atem geht auf einmal schwer, rasselt, schmerzt bei jedem Ein- und Ausatmen.

Bisher ist ihr das Zaubern so leicht gefallen, warum nicht jetzt? Keine Zeit sich darüber Gedanken zu machen. Direkt vor ihr fängt Andi an zu atmen. Flach, kaum merklich. Aber er atmet.

„Andi! Andi! Kannst du mich hören!?“

Keine Reaktion. Laura blickt an seinem Körper herab und sieht zu ihrem Entsetzen, wie bei jedem flachen Atemzug frisches Blut in Andis Bauchhöhle läuft.

„Fuck, fuck, fuck!“ Sie versucht einmal tief durchzuatmen, doch ein stechender Schmerz in ihrer Brust hält sie davon ab. Was zur Hölle?

„Laura komm schon,“ sagt sie laut zu sich selbst, „du kannst verdammt nochmal zaubern!“

Es gibt eine Lösung. Sie ist offensichtlich. Sie versucht sich zu konzentrieren. Wie ein betender Asket wippt sie knieend vor und zurück. Sie wiederholt die neue Losung wie ein Mantra:

„Der Oni hat nie zugestochen. Andi ist nicht verletzt. Der rote Teufel hat nie zugestoch- AAAAAHHH!“

Ein Schmerz, heiß wie weißglühende Kohlen macht sich in ihrem Bauchraum breit. Sie kann nicht mehr klar denken, kann nicht mal mehr schreien. Es ist zu intensiv. Sie bricht den Zauber ab, hört auf zu manifestieren – und der Schmerz lässt nach. Kann sie Andi nur heilen, wenn sie seine Verletzungen auf sich nimmt? Kann Magie nur stehlen, wenn man etwas Äquivalentes gibt?

Das würde erklären, warum Özge auf einmal eine Zigarette weniger in der Schachtel hatte als sie dachte. Der unpassende Gedanken springt ihr in den Kopf, ob dann wohl auch irgendein Nachbar Özges heute auf einmal ein Bier weniger im Kühlschrank hatte, doch natürlich drängt sie diesen sofort zur Seite. Vor ihr liegt ein Freund im Sterben.

Was soll sie jetzt nur tun? Selbst wenn sie sich selbst opfern wollte, der Schmerz eben war zu stark. Selbst das schwache Atmen, das sie Andi geschenkt hatte, schmerzt bei jedem ihrer Atemzüge so stark in der Brust, dass sie es kaum aushält. Der laute Schmerzensschrei eben hat es nur noch schlimmer gemacht. Sie fängt an zu weinen. Das macht die Schmerzen noch schlimmer.

„Wofür kann ich zaubern, wenn ich nicht mal einem Freund helfen kann, wenn er mich braucht?" sagt sie mit flacher, tränenerstickter Stimme in den dunklen Wald. Dann schließt sie die Augen und weint leise vor sich hin.

„Ich hab dir doch von Anfang an gesagt, dass du zaubern kannst." Andis Stimme ist weniger als ein Flüstern, so schwach und fern klingt sie. Aber Laura kann trotzdem fast so etwas wie ein Lächeln darin hören.

„Andi! Wir kriegen das hin. Irgendwie." Reden tut weh. Sie schlägt sich vor Schmerzen unwillkürlich die Hand auf die Brust.

Andis Augen sind geschlossen. Er wartet so lange mit seiner Antwort, dass Laura schon glaubt, er wäre wieder ohnmächtig geworden. Dann, mit einer Stimme die unglaublicherweise noch schwächer ist als eben:

„Das glaube ich nicht."

Laura will ihm widersprechen, doch sie kann selbst kaum sprechen. Die magische Kette, die beide verbindet, zieht sich enger zusammen. Stattdessen rückt sie ihren Kopf noch näher an Andis Gesicht – falls seine Worte noch leiser werden. Falls noch Worte kommen.

Sie wartet lange. Spürt seine schmerzenden Lungen in ihrer Brust. Sie merkt, dass ihm nicht mehr viele Atemzüge bleiben. Sie selbst bringt zwischen ihren Tränen auch nur noch ein leises Wimmern hervor mit einem einzigen Wort: „Andi."

Sie will den Zauber lösen, will Andi von seinem Leid befreien, dass sie doch nur mit ihrem eigenen verlängern aber nicht aufhalten kann. Da bewegt Andi noch einmal seine Lippen, ein Flüstern wie ein Windstoß über Moos:

„Die Musen sind der Schlüssel... Laura..."

Von einem Moment auf den anderen lösen sich die Schmerzen und der Druck in Lauras Brust auf, als wären sie nie dagewesen. Vor ihr liegt nun nur noch Andis Körper – und sonst nichts mehr. Laura bricht weinend über der Leiche zusammen.

- 29 -

Die Sonne auf der gegenüberlegenden Seite des Sees beginnt den Himmel rot zu färben. Die Dunkelheit naht. Trotzdem wabert der Geruch von gebratenem Fleisch und Holzkohle über das Wasser. Auch Musik dringt an seine Ohren. Kalle ist überrascht. Die Stadt – vermutlich die Welt – ist nicht mehr sicher. Doch am Feldmochinger See wird gegrillt, als stünde der Weltuntergang nicht kurz bevor.

Er zwingt seine Gedanken dazu, von der anderen Seite des Sees in das hier und jetzt zurückzukehren. In den letzten Wochen hat sich seine Gleichgültigkeit gegenüber der menschlichen Erfahrung zu Neugier gewandelt. Eine von so vielen Veränderungen, die er an sich bemerkt hat. Doch jetzt muss er sich auf andere Dinge konzentrieren. Er ist umringt von drei Dutzend Musen – und es ist Zeit sie zu adressieren. Sie sehen alle sehr unterschiedlich aus wie die Menschen, denen er in den letzten Wochen in der Großstadt begegnet war. Verschiedenste Haut- und Augenfarben – manche klein, manche groß. Alle standen sie nun hier am Feldmochinger See.

Seen, Flüsse und Meere waren immer ein Ort, an dem Musen auf dieser Seite oft verweilten. Künstler lassen sich gerne von Gewässern inspirieren. Doch diesmal hat nicht der Fluss sie zu einem aufstrebenden Landschaftsmaler geschickt. Kalle hat sie gerufen.

„Es ist Zeit, etwas zu sagen.“, sagt Kalle zu sich selbst. Doch die Aufmerksamkeit aller Musen richtet sich direkt auf ihn. Ihren Ohren hatte die Zeit auf dieser Seite des Flusses offensichtlich nicht geschadet. Er fährt fort, als hätte er seine Mitmusen ansprechen wollen. „Ich weiß nicht, ob es in unserer gesamten Geschichte jemals eine so große Zusammenkunft gab.“

In den tausenden Jahren, die Kalle und die anderen Musen zwischen dieser und der anderen Seite hin- und her gewandert sind, gab es de facto keinen Anlass, sich in großer Zahl zu versammeln. Hier und da gab es einen Austausch, wenn man sich zu ähnlicher Zeit an einem ähnlichen Ort aufhielt. Aber tatsächlich weiß nach Kalles Wissensstand niemand, wie viele Musen es überhaupt insgesamt gibt. Die andere Seite ist kein Ort der Statistik und Organisation.

„Ich bin dankbar, dass Ihr hier seid - und doch wäre es besser, wenn wir zehnmal so viele wären. Denn ich habe den Grund herausgefunden, weswegen wir auf dieser Seite gefangen sind.“

„Ist es das, weswegen wir uns alle hierhergezogen fühlen?“ unterbricht ihn eine schmale Frau, die durch einige Reihen Musen von ihm getrennt ist – die Musen um sich herum aber im Durchschnitt um einen Kopf überragt. Auch sie spricht leise, doch Kalle versteht sie, als würde sie direkt in sein Ohr sprechen. Nein, als würde sie in seinem Kopf sprechen.

Kalle will ihr antworten, doch eine Muse mit tiefer Stimme und einem Bart kommt ihm zuvor. Wie alle hier trägt auch diese Muse Kleidung, die seine neue Freundin Laura wohl als unmodisch aber zurückhaltend bezeichnen würde – wie sie es auch mit seinem Outfit getan hatte. Genau wie er hatte sich wohl auch niemand der anderen dieses Outfit ausgesucht. *Woher kommen denn bitte ihre Klamotten? Meine Klamotten?* Kalle muss sich zwingen, seine Aufmerksamkeit zurück zu der Masse an Musen zu lenken. Hat er sich früher auch so leicht in Gedanken verloren? Hat er überhaupt schonmal so viel über sich und seine Art nachgedacht? Oder hat er früher einfach *funktioniert*?

In seinem Kopf klingt die tiefe Stimme der bärtigen Muse.

„Ich bin in Sevilla gelandet als alles losging. Ich habe am Plaza de España Flamencotänzer inspiriert genauso wie Graffitikünstler an der alten Tabakfabrik. Ich kenne Sevilla gut, war da auch früher oft, als es noch Išbīliya hieß. Damals inspirierte ich prächtige Gebäude, Mosaike und Kalligrafien. Aber irgendwas hat mich dann hierher gezogen, obwohl ich nie hier war. Ich konnte nicht mal den Fluss zwischen den Welten benutzen. Ich bin gelaufen, bis ich irgendwann verstanden habe, wie Beförderung in dieser Welt funktioniert, dann habe ich verschiedene Züge genommen. Wochenlang war ich unterwegs. Dann bin ich hier durch die Straßen gelaufen – und auf einmal war da deine Stimme, dass wir uns hier sammeln sollen.“ Nach einer kurzen Pause setzt er nach, seine Tonlage nachdenklicher. „Ich habe viele Fragen. Ich hoffe, du hast einige Antworten.“

Antworten hat Kalle – aber auch einigen Fragen. Wie er sie erreicht hat, versteht er beispielsweise selbst nur bedingt. Sein Anhaltspunkt beim Versuch Kontakt aufzunehmen, war der Fluss. Sie sind auf eine spirituelle Weise Kinder des Flusses. Sie sind die einzigen Wesen, die ihn überqueren konnten und der Fluss brachte sie sicher auf die jeweils andere Seite, genau dorthin wo sie sein mussten. Sie sind – oder waren - über den Fluss verbunden, Individuen und doch Teil eines unbestimmten, spirituellen Ganzen. Nachdem er Özges Wohnung verlassen hatte, machte er sich gedankenversunken auf den Weg in Richtung Norden, in den Teil Münchens, wo ihn der Fluss quasi vor Lauras Haustür ausgespuckt hatte. Er wollte in sich nach Resten dieses Flusses zu suchen, an dem letzten Ort, an dem er ihn gespürt hatte. Doch er fand ihn restlos ausgetrocknet.

In seiner tiefen Enttäuschung, als seine Gedanken schon wieder begannen, einen Plan B zu entwerfen, fand er dort, wo früher der Fluss in ihm floss, etwas Leuchtendes. Etwas Warmes. Etwas, das er nicht kannte und das ihm trotzdem vertraut war. Er hatte Angst, doch er tauchte ein so wie er früher in das gegangen war, was sich so gut mit dem Bild des Flusses darstellen lässt. Doch diesmal war es anders. Es war eine Erfahrung, mit deren Intensität er zunächst kämpfen musste. Der Fluss war kalt und klar gewesen, ein Spiegelbild der musischen Emotionen. In dem, in das er gerade eingetaucht war, fand er Angst, Sehnsucht, Trauer und Wut. Er fühlte Freude und Verzweiflung und Hass und Eifersucht und all diese menschlichen Emotionen, die seiner Gattung eigentlich fremd waren – und doch fühlte er sie mit einem Mal, als wären sie immer da gewesen.

Er stand dort, vor Lauras Wohnblock, und hätte ihn jemand sehen können, so wäre er still gestanden wie eine Wachsfigur. Und doch strampelte er innerlich und versuchte, sich aus diesem Wirrwarr zu befreien. Hektisch, nach Luft ringend, wie ein Pferd, dass in einen Sumpf gefallen war. Doch er klebte an diesem leuchtenden, warmen Gold wie eine Fliege in Honig. Es drohte ihn zu verschlucken und das drohte ihm auch noch zu gefallen. Es kostete ihm so viel Kraft sich loszusagen, mehr Kraft als er dachte zu haben. Doch langsam, aber sicher entkam er dem goldenen Etwas. Fast nichts hing noch an seinem Geist, als er es langsam schaffte, die Augen zu öffnen. Doch dieses Bisschen reichte. Er konnte sie spüren, die anderen Musen, doch die Verbindung verblasste als die letzten Reste Gold aus seinen Gedanken wichen. Also ließ er sich fallen in das goldene Licht – und die Verbindung war klarer als je zuvor. Und so rief er sie. Zu dem nächsten Gewässer, dass ihm einfiel, auch wenn es weniger Grandeur hatte, als ein Meer oder ein reißender Strom. Er rief sie an den Feldmochinger See, von dem er selbst auch vor wenigen Tagen zum ersten Mal gehört hatte.

Nach den Worten des Bärtigen geht ein Gemurmel und Geraune durch die Menge. Wobei die Worte Unverständlichkeit und akustisches Rauschen implizieren. Kalle kann jede der vielen gleichzeitigen Wortmeldungen glasklar hören, obwohl sie sich überlappen.

„Mir geht es genauso."

„Ich komme aus Stockholm."

„Ich bin aus Essaouira angereist."

„Wie konntest du zu uns sprechen, der Fluss ist ausgetrocknet."

Kalle nickt geduldig und wartet, bis die Wortmeldungen abebben, dann spricht er, erneut mit leiser Stimme. Es scheint ja zu reichen:

„Vielleicht gibt es eine Erklärung, warum es euch alle hierher gezogen hat. Ich kenne aber nicht alle Hintergründe und vieles erscheint mir noch immer seltsam. Deswegen kann ich euch diese Frage leider nicht beantworten." Er spürt die Enttäuschung seiner Mitmusen. Er fährt fort: „Aber irgendwie scheint diese Stadt im Mittelpunkt zu stehen. Genauer gesagt sogar dieser Stadtteil. Und ich bin mir sehr sicher, dass alles mit einer Frau zusammenhängt, die ich zum ersten Mal vor einigen Wochen gesehen habe. Und sie mich."

Das Geräusch, dass diesmal durch die Menge geht, ist mit *Raunen* tatsächlich am besten beschrieben. Kalle erzählt von seiner Begegnung mit Laura, davon, dass sie erst nicht betroffen schien von der Masse an Musen, am Ende aber scheinbar eine größere Veränderung durchlaufen hat als alle anderen Menschen zusammen. Dass sie gemeinsam herausgefunden hatten, dass der *Vielnamige* hinter den Ereignissen steckt. Dann erzählt er von der Vision, die er hatte, und dass er nicht weiß, wer sie ihm geschickt hat – oder ob man Visionen überhaupt schicken kann wie einen Brief mit Adressaten. Er erzählt alles, zögert was die goldene Wärme in ihm angeht, die nun seinen ganzen Körper durchströmt – und erzählt schließlich auch das.

Als Reaktion erntet er Schweigen. Es hält so lange an, dass es ihm unangenehm ist. Auch das ist ein neues Gefühl für ihn. Gerade als er wieder das Wort ergreifen will, um das Schweigen zu beenden, kommt ihm dann doch jemand zuvor. Es ist die große schmale Muse, die erneut das Wort ergreift.

„Also wurden wir herübergedrängt, weil die Grenze sich hierher verschoben hat, bevor sie sich ganz auflöst?"

Kalle zuckt mit den Schultern. „So oder so ähnlich vermuten wir es."

„Wer hat den Vielnamigen auf die andere Seite verbannt?“, fragt eine kräftig gebaute Muse mit dunkler Haut.

„Das wissen wir nicht. Ich hoffe, dass mir wer auch immer die Visionen geschickt hat, eine bessere Antwort geben kann. Oder erst einmal zumindest die sprechende Eiche. Zuvor wollte ich aber euch informieren. Ich wollte euch warnen, dass eure Festsetzung auf dieser Seite ein feindlicher und geplanter Akt war. Und ich bin mir sicher, dass sich einige von euch viele Fragen gestellt haben, von denen ich vielleicht ein paar beantworten konnte.“

„Das hast Du mitnichten.“, wirft eine Muse mit langem weißem Bart und tiefen Augenfalten ein. „Aber es ist in Ordnung, dass du auf die meisten Fragen keine Antwort kennst, Mitmuse. Das ist nicht deine Aufgabe. Der Fluss hat uns hierher getrieben – und nun müssen wir warten, bis der Fluss uns wieder zurückbringt. Mit den Kämpfen zwischen Menschen und Menschen haben wir nichts zu schaffen, auch wenn sie noch so viel zaubern können.“

Erneutes Geraune. Kalle hört daraus Worte der Zustimmung zum Bärtigen, aber nicht jeder stimmt mit ihm überein.

„Dieser Kampf ist groß. Und es ist auch unser Kampf. Der Vielnamige hat den Fluss ausgetrocknet. Wenn wir jemals zurückwollen, so liegt der Schlüssel genau hier. An diesem Ort. Zu dieser Zeit. Wir müssen uns ihm entgegenstellen.“

„Wir sind Musen, keine Krieger.“, eine kleine Muse in einer weißen Tunica meldet sich diesmal zu Wort. Ihr rotes Haar ist auf wenige Zentimeter gekürzt. „Was sollen wir in einem Kampf tun. Abgesehen davon scheint ja noch nicht mal klar zu sein, wie dieser Kampf überhaupt aussehen wird.“

Kalle kann darauf nichts erwidern. Es fühlte sich richtig an, die Musen zu informieren. Doch er muss zugeben, ein wirkliches Endziel hatte er nicht. Er wendet sich an die kleine rothaarige Muse. Es ist Zeit, sie alle wieder zu entlassen. Sollen sie dahingehen, wohin sie der Geist des Flusses zieht. Er kann und will sie nicht in den Kampf zwingen. Und sie hat ja Recht – wie soll so ein Kampf Musen gegen Krieger überhaupt aussehen?

„Tatsächlich hast du...“, beginnt er - und bricht den Satz ab. Hinter ihm sinkt die Sonne hinter den Horizont und taucht als letzten Gruß das weiße Oberteil vor ihm in goldrotes Licht. Damit wird es ihm bewusst: Er kennt diese Muse.

Glasklar taucht eine Szene aus seiner Vision vor seinem Auge auf. *Die Klippe. Der Vielnamige. Der sterbende Mann. Und vor ihm, mit einem rot goldenen Überwurf über den Schultern, schreit genau die Muse, die nun vor ihm steht.*

Er schafft es, sich andere Szenen aus der Vision wieder in Erinnerung zu rufen. Es fällt ihm viel leichter als die letzten Male. Die goldene Überwurfträgerin schreit, als der Tod einen Mitstreiter neben ihr erwischt. Und sie ist nicht die Einzige, die er erkennt. Die große schlanke Muse, die die erste Frage gestellt hat, war ebenfalls in seiner Vision, das Gesicht verzerrt vor Wut, allerdings trug sie damals ein Leopardenfell als Oberteil. Der Bärtige, der ihn eben zurechtgewiesen hatte, rannte in seiner Vision in einer Robe gekleidet an ihm vorbei. Kalles Augen weiten sich.

„Ihr seid es!“, schreit er. „Ihr steht an meiner Seite. Dich habe ich gesehen. Und dich. Und dich! Diese Vision zeigt mir nicht irgendeinen Kampf. Sie zeigt mir die Zukunft, wie sie sein soll. Alle Musen, gemeinsam gegen den Vielnamigen!“ Kalle hüpft auf der Stelle, so aufgeregt ist er über diese Offenbarung.

Die Musen um ihn herum starren ihn ausdruckslos an.

- 30 -

Es ist die nächtliche Kälte, die Laura wieder auf die Beine zwingt. Sie schafft es kaum aufzustehen, so steif sind ihre Beine. Sie weiß nicht, wie lange sie auf Andi gelegen ist, aber jeder Muskel ihres Körpers scheint zu zittern, um der Unterkühlung etwas entgegenzusetzen. Es ist kalt für eine Juninacht.

So anstrengend jeder Schritt für sie ist: Sie muss nach Hause. Doch davor will sie dem letzten der Oni noch einen Besuch abstatten. Den, den sie in dem Käfig gefangen genommen hat. Sie weiß nicht, was sie mit ihm machen will. Vielleicht befragen, vielleicht auch nicht... vielleicht muss sie ihn töten, denn freilassen klingt nicht nach einer veritablen Option. Die Schuld an Andis Tod nimmt fast jeden Kubikzentimeter ihrer emotionalen Tiefe ein.

Sie kommt auf unsicheren Beinen bei dem Käfig an und richtet ihre herbeigezauberte Fahrradlampe darauf: Er ist leer. Ihr Lichtstrahl wandert um den Käfig herum, als würde der ehemalige Insasse nun vielleicht direkt danebenstehen und auf sie warten. Stattdessen entdeckt sie einige Gitterstäbe am Boden, die bei näherer Betrachtung in der Käfigkonstruktion fehlen. Neben den Gitterstäben liegt eine abgetrennte rote Hand mit langen Klauen – und dazwischen viel schwarzes, verbranntes Moos. Laura versteht schnell. Das Säureblut, das Andi und auch sie verätzt hat: Der Oni hat sich mit seinem Säbel so stark verletzt, dass er gut Blut an die Stäbe reiben konnte, um sie durchzuätzen. Wie widerlich.

Sie sollte verzweifelt sein. Wütend. Irgendwas. Ihr Kampf gegen Andis Mörder war erfolglos auf der ganzen Linie. Andi ist tot, einer der Hurensöhne lebt. Aber in ihr ist nur Schwärze. Stille Tränen laufen über ihr Gesicht.

Sie wandert zurück zu Andis Körper, als ihr Blick an dem Haufen loser Muskelbündel und Knochen hängenbleibt. Um diese Überreste herum verteilen sich auf einem großen Radius Blut und Eingeweide. In der Luft liegt noch der Geruch von verbranntem Holz. Ist es das, was ihr diese Magie bringt? Gewalt und Schmerz? Sinnlose Kämpfe und den Tod? Wie deprimierend ist das?

Sie blickt Andi noch einmal ins Gesicht. Er sieht überhaupt nicht friedlich aus, obwohl die Lebenden das so oft von den Toten behaupten. Er sieht genau aus wie das, was er ist: Das Opfer einer brutalen, gewaltvollen Tötung. Sie nutzt ihre Magie. Ein vorletztes Mal, wie sie in diesem Moment beschließt. Sie manifestiert ein übermannsgroßes Loch in den Waldboden. Dann lässt sie Andi schwebend hineinsinken und füllt das Loch erneut mit Erde auf. Seine Mörder – oder was von ihnen übrig ist – lässt sie liegen, wo sie sind.

Sie dreht sich weg von Andi und nutzt ihre Magie zum allerletzten Mal. Neben einem Baumstamm im Lichtschein ihrer Fahrradlampe taucht eine Flasche Schnaps aus dem Nichts auf. Natürlich ist es ein Obstler –

als Tribut an Andis Oma und an das erste Aufeinandertreffen mit ihm.

Ein Tribut an die Familie, deren Erbgut nun niemand mehr weiterträgt. An die Familie, deren Tode sie vermutlich beide hätte verhindern können.

Die Flasche ist nicht ganz voll, was ihre Vermutung bestätigt, dass sie Dinge nicht selbst erschafft, sondern woanders *borgt*. Aber die Menge würde reichen.

„Auf Euch!“

Sie hebt die offene Flasche und gießt einen großzügigen Schluck auf den Waldboden. Anschließend genehmigt sie sich einen noch größeren Schluck. Sie schüttelt sich. Sie hatte keinen guten Obstler manifestiert. Aber auch das ist ein authentischer Tribut. Und es ist auch nicht der Punkt. Sie zündet sich eine Zigarette an und nimmt noch einen großen Schluck. Sie geht langsam durch die kalte Nacht in Richtung ihrer Wohnung und hebt dabei immer wieder den Obstler an ihre Lippen.

- 31 -

Es ist inzwischen dunkel am Feldmochinger See. Keine Laternen erleuchten die Wege, der Himmel ist bedeckt von Wolken. Der Geruch nach Holzkohle und gebratenem Fleisch, der zu Beginn des Abends so prägend gewesen war ist nun kühler und feuchter Nachtluft gewichen. Ein paar Instrumente durchbrechen vereinzelt noch die Stille mit kurzen Melodien zwischen langen Pausen, doch ansonsten gibt es kaum Zeichen, dass noch jemand am See verweilt.

Doch Kalle und die Musen sind dort, gefangen in einer seltsamen Mischung aus Diskussion und Gleichgültigkeit. Die meisten Musen lassen sich kaum für die exotische Idee einer aktiven Rolle begeistern. Sie seien nur passive Boten zwischen dieser Seite und dem Reich der Ideen. Diener des Flusses.

„Es wird keinen Fluss mehr geben, dem Ihr dienen könnt!“, schreit Kalle in die Runde, als dieser Punkt zum wiederholten Male vorgetragen wird. Frust macht sich in ihm breit. Auch ein neues Gefühl. „Und wir wissen nicht, wohin das alles führt. Vielleicht kollidiert die andere Seite bald komplett mit dieser und es wird gar keine Rolle mehr für uns geben. Nur eine einzige Welt, ohne Fluss. Ohne uns.“

„Wir sind in beiden Welten unsichtbar für diejenigen, die dort hausen. Und wenn es nur eine Welt gibt, dann sind wir es da. Wir sind kein Teil der beiden Welten und haben keine Grundlage uns einzumischen. Auch wenn wir es wertschätzen, dass du uns teilhaben lässt, Mitmuse.“, hallt die tiefe Stimme der bärtigen Muse in seinem Kopf, aufreizend tragend und gönnerhaft.

Kalle schreit ziellos in die Nacht. Er kann die Gesichter der Musen nicht sehen, aber ihn treibt die Diskussion in den Wahnsinn. Er kann sich nicht erinnern, jemals so emotional gewesen zu sein. Und die Emotionslosigkeit seiner Artgenossen macht ihn nur noch wütender. Vermutlich hängt all das mit dem golden-leuchtenden Etwas zusammen, das vor einigen Stunden von seinem Geist aufgesaugt wurde wie Wasser von einem Schwamm. Aber über dieses Thema würde er sich zu einem anderen Zeitpunkt Gedanken machen müssen.

Jetzt geht es darum, Musen ein anderes Rollenverständnis zu vermitteln als das, das ihnen so tief eingebrannt erscheint – und Kalle verzweifelt daran. Dabei geht es noch nicht mal um irgendeine aktive Rolle in einem Kampf. Auch er wüsste nicht, wie genau die aussehen soll. Es geht einfach nur darum, dass sie zusammenarbeiten, um mehr über seine Vision und ihre Rolle darin zu erfahren. Es muss doch einen Grund geben, dass er gesehen wurde von Laura. Einen Grund geben, dafür, dass er diese Visionen hat – und dass darin die anderen Musen vorkommen, die nun vor ihm stehen. Und doch redet er wie gegen eine Wand.

„Wenn euch die ganzen Hintergründe nicht interessieren, wieso seid ihr dann überhaupt hierhergekommen?“ Kalles Stimme ist leicht höher als üblich. Die Frustration wird zu Verzweiflung.

Wieder antworten mehrere Musen auf einmal. Erneut hört Kalle alle Antworten überlappend und doch glasklar in seinem Kopf.

„Etwas in mir hat mich in diese Richtung gezogen.“

„Es war fast, als wäre der Fluss wieder da. Nur dass ich selbst laufen musste.“

„Es hat sich richtig angefühlt.“

„Jetzt bin ich hier – und der Fluss ist still. Mich zieht es nirgendwo mehr hin.“

Es gibt so viel an der gesamten Situation, was Kalle nicht versteht. Aber nach Stunden der Diskussion kommt er langsam zu dem Schluss, dass er die Musen nicht überzeugen wird, freiwillig mitzukommen. Er kann nun nichts machen, als wieder alleine mit Laura und Andi Detektivarbeit zu betreiben, Vision hin- oder her. Er dreht sich weg von den Musen vor sich, die er im Dunkel der Nacht ohnehin kaum erkennen kann. Als nächstes macht es wohl Sinn zu der sprechenden Eiche zu gehen, so wie es auch Laura tun wollte. Vielleicht weiß sie mehr. Was für eine Zeitverschwendung das Treffen mit seinen Mitmusen war.

Er spürt, dass etwas Nasses seine rechte Wange hinabfließt. Eine Träne. Er kann sich nicht erinnern, jemals geweint zu haben.

- 32 -

Es ist das zweite Mal innerhalb von zwei Tagen, dass ein niederer Oni vor *IHM* kniet. *ER* sieht weitere Parallelen zwischen den beiden, angefangen bei fehlenden Körperteilen. Diesem fehlt eine Hand – dem anderen kurz nach dem Besuch sein Kopf. Oni sind tapfere Krieger. Tapferkeit ist eine Eigenschaft, die sich indirekt proportional auf körperliche Unversehrtheit auswirkt. Vor allem sind Oni aber loyal, eine Eigenschaft, die *ER* noch weit mehr schätzt als Tapferkeit.

Nachdem der letzte Oni die Kunde der Donareiche einige Tage zu spät brachte, hat er nochmal durch alle Ränge verbreiten lassen, dass ihm Unregelmäßigkeiten sofort und direkt zu berichten sind. Darauf hatte der Oni vor *IHM* gehört. Grünes Blut tropft noch aus seinem Armstumpf, als er zitternd vor *IHM* kniet, und versengt den Boden unter seinem Körper.

„Seid Ihr Euch sicher?“, fragt Alastor links zu *SEINEM* Thron unnötigerweise. Selbstverständlich ist der Oni sich sicher. Niemals würde ein Oni sich trauen, *IHN* anzulügen. Allein *SEINE* Präsenz flößt ihm so viel Ehrfurcht ein, dass er schon die Wahrheit kaum ohne zitternde Stimme sprechen kann. Dafür hatte *ER* gesorgt. Dennoch unterstreicht *ER* die Frage noch einmal. Alastor als *SEINER* rechten Hand muss beinahe so viel Respekt entgegengebracht werden wie *IHM*. Dazu zählt, zügig auf Fragen zu antworten.

„Antworte, Oni!"

Er spricht leise, doch *SEINE* Stimme peitscht durch den Raum und klingt dem Oni im Ohr, als würde er direkt neben ihm stehen. Der zuckt zusammen und antwortet umgehend.

„Selbstverständlich, mein Meister. Absolut sicher."

ER spürt Alastors dringenden Blick auf *SICH* ruhen. So lange Zeit an seiner Seite, und doch hat er den Wert und die natürliche Autorität noch nicht verstanden, die in nach außen getragener Gefühllosigkeit liegt.

Bevor *ER* sich mit Alastor bespricht, schickt *ER* den Oni zurück auf die andere Seite. Doch zuvor lässt *ER* ihm von *SEINEN* Dienern noch einmal seine Wunde waschen. Oni heilen schnell und gut, doch eine abgeschnittene Hand wächst auch ihnen nicht mehr nach. Umso wichtiger, dass die Wunde zumindest sauber verheilt. Außerdem weist *ER* einen *SEINER* anwesenden Generäle an, dem Oni einen Orden zu verleihen, den sogleich ein weiterer Diener auf seine Schulterklappen aufnäht. Die Befreiung durch das Abschneiden der eigenen Hand war tapfer und es war außerordentlich klug für einen einfachen Soldaten, die Gitterstäbe mit dem eigenen sauren Blut zu verätzen. ER fragt sogar nach dem Namen des Onis. *Borban*. *ER* findet es immer noch faszinierend, dass die Kreaturen, denen *ER* ein Bewusstsein gegeben hat, sich irgendwann selbst und unabhängig von der Kultur benannten, deren Sagen und Mythen sie eigentlich entsprangen. Doch um solche Überlegungen fortzuführen hat *ER* jetzt keine Zeit.

Borban hat eine Geschichte zu erzählen, die unter seinen Soldaten schnell die Runde machen wird. Sein neuer Orden wird ihm dabei ebenso viel Glaubwürdigkeit verleihen wie die fehlende Hand. *ER* weiß um die Macht guter Geschichten. Im Krieg waren sie schon immer ein unterschätzter Faktor.

„Alastor", wendet er sich an seinen obersten Befehlshaber. „Was sagt ihr zu den Ausführungen des Onis? Ich denke wir teilen dieselben Schlussfolgerungen?"

Der bleiche Mann tritt einen Schritt auf seinen Herrn zu.

„Sicher, mein Herr. Es gibt Magie auf der anderen Seite. Sie scheint nicht in der Form aufgetaucht zu sein, in der wir sie erwartet haben. Aber allein wegen der geographischen Nähe können wir davon ausgehen, dass dieselbe Frau das Monster zwischen den Welten und vier Oni eliminiert hat – und das wahrscheinlich im Alleingang. Noch ist sie sicherlich keinerlei Herausforderung für Eure Kräfte, mein Herr, aber sie wird vermutlich von Tag zu Tag stärker. Um unsere Mission nicht zu gefährden, sollten wir jetzt losschlagen."

Der Vielnamige nickt langsam. Dann fügt er bedächtig hinzu:

„In der Tat. Gebt Befehl an alle: Wir brechen auf. Es wird Zeit zu vereinen, was zusammengehört."

- 33 -

Özge greift gedankenverloren nach der Zigarette, die sie vor ein paar Minuten in eine der Kuhlen des Aschenbechers gelegt hat. Sie zieht an dem Filter – und muss direkt würgen. Die Zigarette ist offensichtlich im Aschenbecher ausgebrannt und statt des erwarteten kratzigen Rauchs füllt nur ein widerlicher Geschmack von kalter Asche und verbranntem Plastik ihren Mund.

Özge springt auf und läuft mit schnellen Schritten in die dunkle Küche. Die Platzierung ihrer Füße ist dabei über die letzten Wochen genau eingeübt, um nicht auf diversen Klamottenbergen auszurutschen oder über Müll und schmutziges Geschirr zu stolpern. Sie reißt den Hebel des Wasserhahns nach hinten, spült sich ihren Mund mit kaltem Wasser aus und spuckt ins Waschbecken. Ein Schütteln geht durch ihren Körper, als die letzten Reste des widerlichen Geschmacks ihre Mundhöhle verlassen. Sie hält ihren Mund erneut unter das laufende Wasser und trinkt mehrere Schlücke aus dem Hahn. Es muss Stunden her sein, dass sie das letzte Mal etwas anderes als Kaffee getrunken hat. Sie richtet sich auf, und atmet tief durch. Der Himmel vor ihrem Küchenfenster leuchtet blass, ein fahles Blau kämpft gegen dominantes Schwarz. Scheinbar geht die Nacht zu Ende.

Özge schüttelt ihren Kopf. Ist es nicht gerade erst dunkel geworden? Sollte sie ins Bett gehen? Sie überlegt kurz, wann sie aufgestanden ist – kurz bevor Laura zu ihr kam.

Also irgendwann am Vormittag. Das passt, sie kann noch ein bisschen wach bleiben. Ihr Tag-Nacht-Rhythmus ist kaputt, aber jetzt ist nicht der Moment mit der Reparatur anzufangen. Sie geht zurück an ihren Schreibtisch.

Wo hat sie aufgehört? Sie liest den letzten Absatz nochmal, um zurück in den Flow zu kommen:

Der Wunsch nach Selbstverwirklichung im Job geht oft einher mit einer Entgrenzung von Arbeit und Freizeit. Arbeitsrechtliche und oft mühsam durch Gewerkschaften erstreikte Errungenschaften wie Überstundenausgleich, Urlaubsanspruch oder eine 35 bis 40-Stunden-Woche werden freiwillig und beinahe euphorisch aus dem Fenster geworfen und die eigene Selbstausbeutung zelebriert. Selbstverwirklichung im Beruf hat damit kulturelle Ähnlichkeiten mit dem Arbeitsverständnis klassischer Workaholics – auch wenn die jeweiligen sozialen Gruppen sich wohl genau diesem Bild mit Verve widersetzen würden. Schließlich ist genau die seelenlose Corporate-Welt des anzugtragenden Workaholics das, was sie hinter sich lassen wollen.

Özge ist geistig wieder drin, in ihrem Buch. Der nächste logische Punkt sollte sein, dass es trotz verleugneter Ähnlichkeiten doch einige Unterschiede zwischen den beiden Archetypen der Gruppen gibt. Vor allem die in der Regel geringere Bezahlung der Selbstverwirklicher, die den selbst ausgehobenen Graben der Ausbeutung noch weiter vertieft.

Özge beginnt zu tippen. Das Klicken und Klacken der Computertastatur ist auf eine ganz spezielle Art befriedigend für Özges Ohren. Wenn die Buchstaben aus ihrem Kopf über die Finger auf den Bildschirm wandern und dort die virtuelle Seite füllen – das ist ein Gefühl des Schaffens, dass sie in ihrem alten Job, der vor allem aus Meetings, Telefonaten und Coffee-Dates bestand, vermisst hatte.

Sie liest sich die letzten zwei Absätze nochmal durch – und ihre Augen weiten sich. Wie kann das sein? Mitten in einem Satz über Gehalt und Ausbeutung gibt es einen akuten Bruch – und dort steht etwas, was sie nicht geschrieben hat:

Diese freiwillige Selbstausbeutung ohne monetären Mehrwert ist eine Absurdität des Kapitalismus, die ...Özge... *besonders ironisch wirkt in einem System, dessen Vordenker sich oft auf einen fiktiven Homo oeconomicus berufen* ...der Vielnamige bricht durch... *und deren Antreiber in diesem Fall klar Emotionen sind.* ...Laura ist verschollen. Andi ist verschollen... *Was sagt das über die Psychologie des modernen* ...Du bist die einzige, die da ist... hilf mir Özge... der Vielnamige greift an...

Özge schlägt die Hand auf ihren Mund. Was zur Hölle? Dreht sie jetzt vollkommen durch? Hat Lauras Besuch bleibende Spuren hinterlassen? Sie hat das ganze absurde und auch gewalttätige Drama das aktuell Lauras Leben zu sein scheint ja doch halbwegs gefasst aufgenommen, auch um ihre Freundin zu unterstützen. Bricht jetzt doch ein Passivtrauma in ihrer Psyche durch? Sie schüttelt sich kurz, löscht die seltsamen Einwürfe aus ihrem Text und tippt dann weiter.

Egal ob das Motiv der Selbstausbeutung im Zuge einer metaphysischen Selbstverwirklichung oder doch durch das materialistische, systemimmanente Ziel des möglichst hohen ökonomischen Gewinns zu Tage tritt, wie es bei klassischen Workaholics der Fall ist ...hilf mir Laura zu finden... *beiden liegt vermutlich ein logischer Fehlschluss zu Grunde: Dass mehr Arbeit zu dieser Zielerreichung beiträgt. Dabei sind die Vorbilder* ...die anderen Musen helfen mir nicht... *- self-made Millionäre und Lifestyle-Influencer, oft nur bedingt durch harte Arbeit an diese Position geraten, auch wenn sie das selbst sicherlich anders sehen.* ...die Welt wie wir sie kennen beginnt unterzugehen... *Ein Experiment des Psychologen Paul Piff lies Probanden mit dem Brettspiel Monopoly* ...ich stehe vor Deiner Tür...

Özge stößt einen erstickten Schrei aus. Was zum Fick? Soll sie nachsehen? Nein, sie wird dieser Psychose keine Macht über sich geben. Verrückt ist nur diejenige, die nicht weiß, dass sie verrückt ist. Sie legt ihre Hände wieder auf die Tastatur. Doch anstatt zu tippen, blickt sie nur auf diesen letzten Satz, den sie sich nicht erinnern kann geschrieben zu haben.

...ich stehe vor Deiner Tür...

„Ach fuck it!“ sagt Özge und steht auf.

Ihre Knie zittern merklich, als sie sich in Richtung der Wohnungstür bewegt. Zumindest ein Blick durch das Schlüsselloch will sie sich gestatten. Nur um sicherzugehen. Mit ihren Gedanken bei den seltsamen Sätzen in ihrer Prosa trifft sie die freien Stellen auf ihrem Fußboden weniger zielsicher. Unkonzentriert verheddert sich ihr rechter Fuß in einer alten Kapuzenjacke. Sie versucht sie abzuschütteln, verliert dabei ihr Gleichgewicht, versucht sich zu fangen, steigt dabei mit ihrem linken Fuß auf eine leere Bierflasche und fängt an unkontrolliert nach vorne zu stolpern. Wie in Zeitlupe sieht sie die Wohnungstür auf sie zukommen. Ihre Hände suchen Halt an der Wand und sie bringt einzelne Bilder zu Fall. Weniger als 20 Zentimeter trennen ihr Gesicht noch von dem harten Holz der Tür. Ihre Hände schießen für einen letzten verzweifelten Versuch nach vorne. Die linke Hand versucht die Tür vor ihrem Gesicht zu erreichen, um den Aufprall zumindest zu dämpfen. Die rechte greift nach dem einzigen, woran sie sich wirklich festhalten kann: Der Türklinke.

Es macht ein ekelhaft hohles Geräusch, als Özges Stirn gegen das Holz schlägt. Aber immerhin hat der linke Arm den Aufprall leicht abgebremst. Noch immer ohne Gleichgewicht und abgelenkt von dem Schmerz in ihrem Kopf und an ihrem Handgelenk rutscht Özge zu Boden.

Die rechte Hand krallt sich dabei an die Türklinke und die Tür öffnet sich einen kleinen Spalt. Bevor Özge realisiert was passiert ist, sieht sie, wie sich ein beschuhter Fuß in den Türspalt klemmt. *Was zum Fick?*

Özge versucht mit ihren Armen die Tür zuzudrücken. Erfolglos. Der Fuß steht fest zwischen Tür und Rahmen – und–bäuchlings auf dem Boden liegend kann sie auch nicht viel Kraft ausüben. Sie muss aufstehen, auch um sich im Notfall wehren zu können. Wer stellt denn bitte einfach seinen Fuß in eine Tür, sobald sie sich öffnet. Sie flucht und stöhnt, als sie sich zurück in die Vertikale kämpft und gleichzeitig so viel Gewicht und Kraft gegen die Tür stemmt, wie es ihr möglich ist. Sie schafft es recht schnell, wieder beide Beine unter ihren Körper zu bekommen. Schließen kann sie die Tür aber immer noch nicht.

„Nimm Deinen Scheiß Fuß da raus! Was zur Hölle willst Du von mir?“ schreit sie die unbekannte Person auf der anderen Seite an. Bevor sie groß darüber nachdenkt, wandert ihr Gesicht vor den gut 10 Zentimeter breiten Spalt in der Tür, um der potenziellen Bedrohung buchstäblich in die Augen zu schauen.

Zurück blicken die grünsten Augen, die Özge jemals an einem Menschen gesehen hatte. Wie Smaragde in der Sonne leuchten sie durch den schmalen Spalt in der Tür.

Das Gesicht drumherum will so gar nicht zu der Situation passen. Es wirkt verunsichert, überrascht, verwirrt – so als würde Özge versuchen bei ihm einzubrechen und nicht umgekehrt. Mit leiser, fast brüchiger Stimme stellt er eine Frage, die Özge aus Lauras Geschichten sehr bekannt vorkommt:

„Du kannst mich sehen?“

- 34 -

Kalle ist kreidebleich, als er Özges Wohnung betritt. Sein ganzes Aussehen überrascht sie ein wenig. Nach Lauras Beschreibungen hätte sie ihn sich weniger menschlich vorgestellt. In Lauras Erzählungen war Kalle ein ätherisches Wesen in menschlicher Form. Die Person vor ihr dagegen wirkt mehr als menschlich. Nicht größer als sie und sehr dünn, seine unmodisch-geschnittenen Haare sind ungekämmt und mit seinen dunklen Augenringen wirkt er eher wie der Hauptdarsteller eines 80er-Jahre-Heroin-Dramas. Seine Körperhaltung wirkt verunsichert und lässt ihn noch kleiner wirken, als er ohnehin schon ist.

„Harte Nacht gehabt?“, fragt Özge ein wenig zu freundschaftlich. Aber andererseits sagt der Knigge wohl recht wenig zum Umgang mit Musen.

Kalle fixiert sie mit seinen grünen, strahlenden Augen, Özge meint darin Ärger über ihre flapsige Frage zu erkennen – und nickt dann, ohne näher darauf einzugehen. Im Anschluss fängt er ohne Umschweife an zu erzählen, was er an diesem Abend erlebt hat.

Özge kann seinen Ausführungen kaum folgen. Der Schlafmangel sowie der Unglauben, dass vor ihr eine leibhaftige Muse steht, lenken sie ab. Vor allem aber kämpft sie gegen etwas an, dass sie seit dem ersten Blick in seine grün-schimmernden Augen nicht loslässt, sich seit dem zweiten eben aber noch weiter intensiviert hat: Eine Armada von Ideen strömt von allen Seiten in ihren

Kopf und schreit sie förmlich an, sie aufzuschreiben, aufzumalen und umzusetzen. Neue Perspektiven für ihr Buch, Ideen ihre Wohnung aufzuräumen und komplett neu zu gestalten – ja sogar für eine Präsentation, an der sie in ihrem Dayjob gesessen und an die sie zwei Wochen gar nicht mehr gedacht hat, fallen ihr Möglichkeiten ein, ihre Stakeholder nochmal ganz anders abzuholen.

Dieselben grünen Augen sorgen allerdings auch dafür, dass sie gegen diese Ideenflut ankämpft und versucht, Kalle zuzuhören. Denn diese dunkel umringten Augen strahlen förmlich vor Dringlichkeit. Was Kalle zu sagen hat ist nicht nur wichtig, es ist dramatisch. Nur durch diese Erkenntnis dringt überhaupt etwas Inhaltliches an Özges Bewusstsein.

„...die große Frage ist natürlich, warum du mich sehen kannst.“, kommt er schließlich zum Ende, nachdem er bereits vom nächtlichen Musenparlament, seiner erfolglosen Suche nach Andi und Laura und der dabei entdeckten verbrannten sprechenden Eiche berichtet hat. Auch hatte er ihr erklärt, dass er seine Macht zur Inspiration noch nie so gezielt und für seine eigenen Zwecke eingesetzt hatte, wie eben, um in ihre Geschichte zu kommen. Er hätte nicht mal gewusst, dass er das konnte. Aber verzweifelte Zeiten brauchen radikale Maßnahmen.

„Ich kann dir nicht sagen, warum Du mich auf einmal sehen kannst.“, fährt er fort. „Aber ich habe eine

Vermutung: Wir Musen scheinen unseren Status als Zwischenwesen langsam, aber sicher zu verlieren. Der Fluss ist ausgetrocknet und damit das, was uns genau diesen Status verliehen hat. Ich habe es ihnen doch gesagt. Was wir ohne den Fluss sind, mag niemand zu beantworten. Doch unsichtbar sind wir offensichtlich nicht mehr."

Kalles Stimme ist zum Ende hin immer höher geworden. Er ist hochemotional, Özge meint sogar zu erkennen, dass er gegen die Tränen kämpft. Ein weiterer Punkt, in dem Kalle nicht Lauras Beschreibung entspricht. Sie hatte ihn eher als gefühlskalt und arrogant beschrieben. Özge hatte ihn sich vorgestellt wie eine Mischung aus einem mittelalterlichen Adeligen und einem Roboter. Kaum hat sie das Bild im Kopf, schmückt es sich in ihrem Kopf aus. Eine dystopische Zukunft, in der eine KI zur alleine herrschenden Entität geworden ist. Als Kontaktpunkte und Exekutive für die unterjochte Menschheit hat sie anthropomorphe Avatare entwickelt. Deren KI ist autark, um auch offline ihrem Job nachkommen zu können. Doch langsam entwickeln die Avatare so ein eigenes Klassenbewusstsein. Ein neuer Adel, arrogant und kalt, in der Hierarchiestufe zwischen dem menschlichen Pöbel und dem KI-Technogott...

Özge hat noch nie fiktive Geschichten geschrieben. Doch jetzt juckt sie es förmlich in der Hand, diese Welt mit Leben zu füllen. Würden sich die KIs mit den Menschen verbünden, weil sich die göttliche KI nicht mehr an dem Wohl der Menschen orientiert und ihrer Ursprungs-Programmierung widerspricht? Oder wäre es ein Dreifrontenkrieg, voller Intrigen und Drama – doch für die Freiheit müssen die adligen Androiden genauso mit Gewalt gestürzt werden wie die göttliche KI? Sie möchte eintauchen in diese Welt und möchte es herausfinden. Sie will dieses Buch schreiben. Oder vielleicht einen Graphic Novel entwerfen?

„...kannst du das mal probieren?" Kalles direkte Ansprache reißt sie aus ihrem Tagtraum.

Wie lang war sie weg? Sie hatte kein Wort mitbekommen, seit es um seine Unsichtbarkeit ging. Meinte er davor nicht, seine Verbindung zur anderen Seite wäre schwächer – sogar fast nicht mehr vorhanden. Wie sehr hätte sie sein Anblick wohl vor zehn Tagen in die obsessive Inspiration getrieben?

„Entschuldige." Özge schüttelt sich kurz, um auch körperlich mehr ins Hier und Jetzt zu finden. „Was soll ich probieren. Ich war... geistig woanders."

„Laura öffnet die Tür nicht, wenn ich diesen Knopf unten drücke, auf dem ihr Name steht. Ich weiß nicht, ob sie überhaupt zuhause ist. Ihr habt doch die Möglichkeit über große Distanzen zu kommunizieren, mit dem was ihr Handys nennt."

„Ähm ja klar...", Özge versucht ihre Gedanken noch immer aus der dystopischen Sci-Fi-Geschichte zu befreien, die ihr Hirn für sie entworfen hat. „Ich weiß aber gar nicht, ob ich noch Akku habe."

Sie geht zu ihrem Schreibtisch und wühlt sich durch Papier- und Geschirrberge. Nach einigem Umschichten zieht sie ihr Handy zwischen zwei vollgekritzelten Notizblöcken heraus. *Oh wie sehr sie ihre aktuellen Ideen dort aufschreiben will... Sie will die Szenen skizzieren, die Avatare entwerfen...* Der Bildschirm leuchtet auf. Ein gutes Zeichen. In der oberen rechten Ecke teilen ihr zwei leuchtende Ziffern mit, dass ihr Handy noch über 27 % der Akkuladung verfügt. Sie ruft Laura an – doch ohne zu klingeln geht die Mailbox ran. Sie schaut in die Messaging-App. Zuletzt online vor einem Tag. Sie merkt, wie ihr Herz beginnt ein bisschen schneller zu schlagen. Sie hat ein schlechtes Gefühl. Etwas stimmt nicht. Diverse Szenarien schießen in glasklaren Bildern in ihren Kopf: von Entführung durch die Handlanger des Vielnamigen über den Tod durch ein Fantasy-Wesen bis hin zu einem Unfall mit ihrem Fahrrad und einem Sturz auf den Asphalt ohne Helm. Sie weiß selbst sehr gut, dass die Straßenverhältnisse aktuell nicht sehr sicher sind. Özge schüttelt ihren Kopf. Früher war ihre Fantasie bei Schreckensszenarien nicht so schnell und bildgewaltig. Sie stürmt an Kalle vorbei durch den Flur.

„War der Kontaktversuch erfolglos?", fragt die Muse.

„Offensichtlich, ja! Oder siehst du mich grade fröhlich und unbeschwert mit meiner besten Freundin quatschen?“, keift Özge zurück.

Vermutlich wieder unangemessen. Aber egal. Sie wühlt mit ihrer Hand lautstark durch die Schlüsselschale neben der Eingangstür. „Wo habe ich das Scheißding hin?“

„Was meinst...?“, bevor Kalle die Frage zu Ende stellen kann unterbricht ihn Özge.

„Ich habe irgendwo einen Ersatzschlüssel für Lauras Wohnung – und sie hat einen für meine. Haben wir vor Jahren mal ausgetauscht. Ich denke dort nach ihr zu schauen ist ein sinnvoller Anfang. Allerdings habe ich den Schlüssel seit dem Tausch nie gebraucht. Wer weiß wo Vergangenheits-Özge ihn hingelegt hat. In der Schlüsselschale ist er schonmal nicht.“

Sie blickt auf und lässt ihren Blick durch die Wohnung schweifen. Klamottenberge, Krimskrams und Dreck grüßen sie an allen Ecken und Enden spöttisch zurück. Sie war nie der größte Harry Potter Fan, aber erinnert sich, dass es dort einen Raum der Wünsche gab, in dem Schüler Sachen versteckten, die nie wieder gefunden werden sollten. Ihre Wohnung erinnert sie gerade an diesen Raum.

Sie seufzt laut und hörbar auf. Wild läuft sie von A nach B und hebt willkürlich verschiedene Gegenstände auf, um darunter zu schauen - als könnte der Schlüssel unter einem alten Teller kleben wie eine Assel unter einem moosbewachsenen Stein. Nach diversen Fehlversuchen hebt Özge ein altes Magazin neben ihrem Nachtkästchen hoch – wobei sie selbst nicht weiß warum sie den Schlüssel auf dem Schlafzimmerboden hätte aufheben sollen – und entdeckt darunter unerwartet eine flache Tupperschüssel mit blaupelzigem Inhalt. Sie schreit vor Ekel auf. Tränen steigen ihr ins Gesicht. Was ist mit Laura? Wie soll sie einen Schlüssel in diesem verfickten Chaos finden? Sie war doch mal so ordentlich, als sie noch einen geregelten Tagesablauf hatte und einen Job, den sie hasste. Da hatte sie ihr Leben noch unter Kontrolle. Sie dreht ihren Kopf und blickt zu Kalle, die Augen glänzend vor Tränen und funkelnd vor Zorn.

„Ihr habt alles ruiniert! Du und deine Artgenossen seid hier angekommen und habt alles kaputt gemacht. Alles ist im Arsch, weil keiner mehr arbeitet und ihr auch noch irgendwelche Monster im Schlepptau hattet. Das alles hier ist eure Schuld!“

Sie wirft die schimmlige Tupperschüssel Richtung Kalle, den sie aber weit verfehlt. Anderthalb Meter hinter ihm schlägt sie in einer blauen Staubwolke gegen die Wand. Mit einem feuchten und gänzlich unangenehmen Geräusch fällt der nicht mehr identifizierbare Inhalt der Schüssel auf den Boden. Özge muss würgen.

Kalle schaut Özge an, doch sie wendet ihren Blick nach unten. Sie möchte jetzt keine Tagträume von Einhörnern,

Robotern und hellblauen Kaninchen. Sie will sauer sein. Und Kalle bietet ein wunderbares Ziel.

„Ich kann Deine Frustration verstehen,“, sagt er in einem ruhigen Tonfall. „Allerdings sind wir genauso Opfer wie ihr es seid. Unsere einzige Chance ist erstmal, dass wir Laura finden. Kann ich dir bei der Suche nach dem Schlüssel denn irgendwie helfen?“

Für einen kurzen Augenblick ist Özge noch wütender, weil Kalle nicht zurückschreit. Sie wollte sich aufregen, wollte brüllen und alles rauslassen, was gerade falsch läuft. Aber dann wandelt sich Özges Zorn in Scham. Kalle hat es nicht verdient, mit schimmligen Tupperdosen beworfen zu werden. Beinahe kleinlaut antwortet sie ihm.

„Du kannst mir leider nicht helfen. Ich habe ja selbst keine Ahnung, wo der Schlüssel sein könnte...“

Sie hebt ihren Kopf und blickt ihrem Gegenüber aus Gewohnheit in die Augen, wie sie das bei jeder ernst gemeinten Entschuldigung gemacht hat, seit sie in den Kindergarten gegangen ist. Muskelgedächtnis. Wieder fällt sie in das Smaragdgrün wie ein Fischer, der über Bord geht.

Sie sieht glasklar Zavyre Qamari vor ihrem inneren Auge, die im Widerstand gegen die göttliche KI aufgewachsen ist. Sie sieht einen Jungen, Theophilus Anderson, den Zavyre vor den Henkern des KI-Adels rettet, ohne zu wissen, dass er einer der Familien angehört, die die KI damals für das Wohl der Menschheit

Regierungsaufgaben übertragen haben. Sie sieht deren gemeinsame, Cyberpunk-eske Reise voller Konflikte bis hin zum offenen Krieg gegen die künstliche Intelligenz. Sind die KI-Adligen doch eher Priester als Adlige? Die Geschichte, die sie sich davor ausgedacht hatte, nimmt klarere Formen an und verändert sich dabei leicht, der Plot und das Setting werden sichtbarer.

Doch Özge wehrt sich. Sie hat ein Ziel. Sie muss den Schlüssel finden. Sie muss Laura retten. Sie kommt zurück in den Messi-Flur ihrer eigenen Wohnung, sieht Kalle vor sich und das Chaos um ihn herum. Die Tupperschüssel neben dem schimmligen Inhalt am Boden. *Sie muss den Schlüssel finden.* Sie schafft es nicht im Hier und Jetzt zu bleiben. Der Raum verschwimmt wieder. Warum hatte Laura diese Probleme nie in der Nähe von Kalle?

Diesmal wird aber nicht die Geschichte ausgeschmückt, die sie sich aus dem Stein ihres Unterbewusstseins gemeißelt hatte. Stattdessen sieht sie eine Hand – ihre eigene Hand, wie sie an einem Muttermal und ihrer Uhr erkennt – wie sie etwas in eine Schatulle wirft.

Diesmal reißt sich Özge leichter aus der Trance. Sie stürmt wieder zurück in ihr Schlafzimmer.

„Hat es funktioniert?“, fragt Kalle. Doch Özge ist zu euphorisch, um die Frage zu verstehen. Stattdessen spricht sie ihre Erkenntnis laut aus.

„Ich hatte die Schlüsselschale noch nicht, als wir Schlüssel getauscht haben. Deswegen habe ich Lauras

Ersatzschlüssel in die Schmuckschatulle geworfen. Über die Jahre ist er wahrscheinlich nach unten durchgerutscht!“

„Es freut mich, dass ich doch helfen konnte.“

Özge wühlt sich mit ihrer rechten Hand durch großteils wertlosen Krusch und Modeschmuck – und zieht tatsächlich einen Schlüssel heraus. Sie hält ihn demonstrativ in die Höhe:

„Da ist das Ding!“

„Sehr gut!“, ruft Kalle, offensichtlich auch erfreut über diesen kleinen Erfolg. „Ich dachte, wenn ich dich zielgerichtet zu einzelnen Sätzen in deinem Buch inspirieren kann, dann kann ich dich vielleicht auch zu den richtigen Erinnerungen inspirieren.“

Sie blickt Kalle überrascht an, auch wenn sie versucht direkten Augenkontakt zu vermeiden. Er lächelt ein müdes Lächeln und spricht dann weiter.

„Ich stimme Dir zu, dass Lauras Wohnung ein sinnvoller erster Schritt ist. Aber wir müssen uns beeilen. Wie davor gesagt: Ich vermute, dass wir kaum noch Zeit haben bevor der Vielnamige auf diese Seite vorstößt. Die Grenze zwischen den beiden Welten ist kaum noch vorhanden. Hast du noch mehr Fahrräder? Oder nehmen wir diese komischen elektronischen Roller, um uns fortzubewegen?“

Sie geht zielbewusst zur Schlüsselschale und zieht mit großem Klimpern einen schwarzen, blockigen Transponder hinaus. Jetzt ist es an Özge zu lächeln.

„Wir fahren Motorrad!“

- 35 -

Der Himmel färbt sich langsam von schwarz zu blau, als Özge ihr Retro-Motorrad die Schleißheimer Straße in Richtung Norden beschleunigt. Ihre schwarzen Haare wehen wild im Fahrtwind. Sie ist noch nie ohne Helm Motorrad gefahren, hatte sich dann aber bei den aktuell nahezu apokalyptischen Zukunftsaussichten doch die Freiheit genommen, auf die Kopfbedeckung zu verzichten. Es könnte ihre letzte Gelegenheit sein, den Wind in ihren Haaren zu spüren.

Doch sie fährt nicht nur ohne Helm, auch einen Haargummi hatte sie vor der Fahrt nicht als nötig erachtet. Woran sie bei dieser Entscheidung allerdings nicht gedacht hatte, war, dass ein Pferdeschwanz das Leiden ihres Mitfahrers bedeutend gelindert hätte. So wird Kalles Gesicht fast ununterbrochen von einzelnen Haarsträhnen gepeitscht – und schon bevor dieses Mini-Martyrium losging, hatte sich Kalle bedeutend fester um Özges Körper gekrallt, als es für einen stabilen Sitz nötig wäre. Özge hängt sich kurz an der Frage auf, warum eine vermutlich unsterbliche Muse Angst vorm Motorradfahren hat. Aber der Mann hat vor wenigen Tagen zum ersten Mal überhaupt einen Menschen berührt. Vermutlich ist er emotional ein wenig durch den Wind.

Trotz seiner offensichtlichen Angst hatte Kalle aber keine Sekunde gemurrt, als Özge ihm das viel zu teure, auf retro getrimmte Motorrad als Fortbewegungsmittel der Wahl vorgestellt hatte.

Die Straße ist so frei, wie sie in den aktuellen Umständen nur sein kann. Einige Hindernisse in ihrer Nachbarschaft kannte sie – wie zum Beispiel die große Skulptur aus Autos und einer Straßenbahn, neben der bei Lauras vorletztem Besuch der Greif gelandet war. Was damals frisch und kreativ aussah war inzwischen stellenweise von Ruß und Brandspuren gezeichnet, talentfreie Graffiti-Tags überzogen den Rest.

Die meisten Hindernisse sind jedoch für Özge eine Überraschung. Sie muss einige Male abbremsen, um vorsichtig disruptive Kunstwerke, Glasscherben oder Metall- und Betonschutt zu umfahren. Als Ursache der Zerstörung vermutet Özge in der Regel die Sagen- und Fantasy-Wesen, die aktuell diese Welt heimsuchen. Fast genauso häufig sehen die Spuren allerdings allzu menschlich aus. Oft ist die Straße einfach durch ausgebrannte Mülltonnen oder demolierte Autos blockiert. Während die einen sich durch die Musen zu Kunst und Spiel inspirieren lassen, liegt Inspiration einiger anderer spätestens seit dem Wegfall der Polizei wohl woanders. So langsam sie die Hindernisse auch teilweise umschifft: Özge versucht es über den gesamten Weg tunlichst zu vermeiden, das Motorrad ganz zum

Stehen zu bringen. Die Atmosphäre in der Stadt hat sich geändert.

„WAS IST DAS DA VORNE? DIESES LEUCHTEN?“, brüllt ihr Kalle durch Fahrtwind, Motor und peitschende Haare ins Ohr.

„WAS MEINST DU? DEN SONNENAUFGANG?“, brüllt Özge zurück. Kurz nachdem ihre Worte in der lauten Luft sind, fällt ihr aber auf, dass das Licht vor ihr nicht von der Sonne kommen kann. Die Himmelsrichtung stimmt zwar, aber es pulsiert und blitzt.

„ICH GLAUBE DA IST NOCH WAS ANDERES, HINTER DIESEM GROSSEN GEBÄUDE!“ Er deutet mit seinem rechten Arm in Richtung Nordosten, hinter das Mira-Einkaufszentrum und die Berufsoberschule.

Özge will an der nächsten Kreuzung eigentlich nach links auf die Dülferstraße einbiegen, um auf dem schnellsten Weg zu Lauras Wohnung zu kommen, beschließt dann aber doch noch ein paar Meter weiter geradeaus zu fahren. Das Licht kommt schließlich von einem signifikanten Ort. Hinter dem Mira-Einkaufszentrum liegt die Panzerwiese – und in dem dazugehörigen Wald hat laut Kalles Aussage erst vor wenigen Stunden eine zuvor recht nützliche Eiche gebrannt.

Als sie die Gebäude zu ihrer Rechten passiert haben und der Blick auf die weitläufige Heidefläche frei wird, sieht Özge sofort, dass etwas so ganz und gar nicht stimmt. Das erste Mal, seitdem beide auf die Maschine gestiegen sind, hält sie an – und starrt mit offenem Mund auf die weite Fläche rechts von ihr.

Am Himmel auf der anderen Seite der Heidelandschaft mischen sich die ersten Spuren von Orange in das Blau des Horizonts. Doch ungefähr in der Mitte der Panzerwiese, gibt es ein ganz anderes Lichtphänomen. Es erinnert Özge an Bilder und Videos, die sie von den Nordlichtern gesehen hatte – und doch sind Farbe und Erscheinung falsch. Nicht hoch am Himmel, sondern scheinbar direkt auf Özges Augenhöhe strahlen und blitzen Lichtstreifen in verschiedenen Blautönen und unterschiedlicher Intensität. Mal erleuchten sie fast die ganze Panzerwiese in taghellem Licht und kurz danach sind sie ein Lichtphänomen, dass man fast verpassen könnte, wenn man nicht genau hinschaut.

„Ich weiß nicht, was das ist, aber das sieht nicht gut aus, oder?“, sagt Özge. Ihre Stimme noch immer lauter als üblich, um den laufenden Motor des Motorrads klar zu übertönen.

Kalle steigt vom Motorrad ab und wendet sich Özge zu. Sein Gesicht wird unstet von dem blassblauen Licht angestrahlt. Sein Blick ist düster.

„Ich glaube das ist es. Hier beginnt die nächste Phase. Ich spüre den Fluss – oder was von ihm übrig ist – und es fühlt sich so an, als würde seine Strömung uns mit einem letzten Kraftaufwand so einiges an dieses Ufer anspülen, was hier nicht hingehört. Ich tippe auf den Vielnamigen und viele Kämpfer."

Özge blickt ihn fragend an.

„Sagt dir das auch der Fluss?"

„Der Fluss spricht nicht so direkt mit einem. Es ist eher etwas, das ihr wohl als Bauchgefühl bezeichnen würdet. Aber auch ohne Verbindung zu ihm erscheint mir das logisch: Wir wissen, dass hier schon einige Wesen von der anderen Seite angekommen sind – die Grenze scheint durchlässiger zu sein als an vielen anderen Orten. Die Eiche wurde niedergebrannt, es sah nach Kampfesspuren aus – also scheint der Vielnamige schon seine Soldaten her gesendet zu haben. Ich weiß nicht wie viele Getreue er hat, aber auch mit Magie in der Hinterhand wird er schon einige brauchen, wenn er wirklich diese Welt einnehmen will. Und diese Wiese ist eine sehr weite Fläche, so dass er mit wahrscheinlich den meisten seiner Untergebenen aufmarschieren kann. Das passt alles zu gut, um ein Zufall zu sein."

Kalle steigt etwas unbeholfen von dem großen Motorrad.

„Ich werde zu diesen Lichtblitzen gehen – auch wenn ich nicht viel tun kann. Vielleicht ist Laura ja dort in der Nähe. Fahr Du zu ihr nach Hause und such sie da. Es beginnt. Sie ist unsere letzte Hoffnung."

Özge nickt und fährt gen Westen.

Kalle schaut Özge dabei zu, wie sie auf dem dröhnenden Motorrad so schnell sie kann an den Hindernissen vorbei über Straßen und Gehwege brettert. Ihre Haare peitschen durch die Luft. Es sind sogar zu Fuß nur wenige Minuten von hier zu Lauras Wohnung, mit dem Motorrad wird sie bedeutend schneller sein. Hoffentlich trifft sie Laura an. Hoffentlich kann Laura helfen. Sehr viel Hoffnung, zu der Kalle sich zwingen muss. Aber eines ist ihm klar: Ohne Lauras magischen Kräfte haben sie schon verloren.

Er dreht sich um und beobachtet das Lichtschauspiel vor sich. Hier also wird die Ordnung dieser Welt zu Ende gehen, wie er sie seit Jahrtausenden kennt und in seiner Rolle als Muse aufrechterhalten hat. Die Lichtblitze werden heller. Er weiß nicht, wie viel Zeit Özge und Laura noch haben. Kalle seufzt. Eventuell kann er Özge und Laura zumindest ein bisschen Zeit verschaffen.

Er schließt die Augen und sucht in sich nach diesem warmen Glühen, mit dem er zuletzt schon die anderen Musen erreicht hat. Er findet es überraschend schnell. Eine letzte Nachricht an seine Mitmusen, vielleicht muss er seinem Ende dann nicht alleine entgegentreten.

„Ihr sagtet, es sei eure Natur dem Fluss zu folgen und nichts anderes. Nun, sofern diese Worte eure Wahrheit waren, kommt her. Denn der Fluss endet hier wo ich stehe in dieser Nacht. Folgt dem Fluss ein letztes Mal, bevor ihr es nie wieder könnt.“

Dann lässt Kalle das goldene Licht in sich los und blickt nach vorne auf das kalte blaue Spektakel vorm Nachthimmel. Er geht darauf zu.

- 36 -

Die Türklingel dringt in die Schwärze von Lauras traumlosen Schlaf vor. Wieder und immer wieder, schließlich im Sturm. Jedes Mal, wenn die Glocke an der Tür läutet, fühlt es sich an, als würde sie direkt im Glockenturm der Frauenkirche stehen. Doch Laura bewegt sich nicht. Ihre Zunge schmeckt nach kaltem Rauch und schalem, aber hochprozentigem Alkohol und fühlt sich auch sonst an wie der Stofffetzen eines ausgebrannten Molotow-Cocktails. Ihre Augen bleiben geschlossen. Sie kann fühlen, dass ihre Lider so stark geschwollen sind, als hätte sie Heuschnupfen. Die lauteste Stimme in dieser Kakophonie des Katzenjammers allerdings spielt ihr Kopf. Ein Pochen und Stechen erinnert sie mit jedem Herzschlag an die furchtbare Qualität des Obstlers, den sie sich da gestern auf dem Heimweg reingezogen hatte.

Was für ein Finale ihrer Magie-Anwendung: masochistische Selbstzerstörung, absolut genussfrei. Aber wahrscheinlich war ihre Magie einfach nur destruktiv. Der Haufen Muskeln, der mal ein Lebewesen war, bevor sie mit ihm fertig war, konnte das sicher bezeugen. Genau wie diejenigen, die ihre Magie nicht retten konnte. Sie denkt an den stechenden Schmerz in ihrer Brust, als sie Andi die Kraft lieh, um ein letztes Mal zu sprechen – und sie dennoch nichts hatte verhindern können. Stille Tränen laufen durch ihre geschlossenen Lider und zeigen ihrem verkaterten Selbst, warum ihre Augen so geschwollen sind.

Es klingelt nach einer längeren Pause erneut an der Tür. Wer auch immer das ist, soll sich verpissen. Aus ihrem Unterbewusstsein schiebt sich eine Erinnerung vorsichtig in den Vordergrund, dass es mitten in der Nacht schonmal geklingelt hat. Das hatte sie in ihrer alkoholinduzierten Bewusstlosigkeit aber nur halb registriert. Diesmal befürchtet sie, würde es ihr nicht so leicht fallen wieder einzuschlafen. Zu voll ist ihr Kopf. Sie stöhnt leise auf.

Sie öffnet ihre Augen leicht und sieht, dass es noch dunkel ist. Der Himmel beginnt erst langsam sich zu verfärben. Neben ihrem Bett steht eine halbvolle Flasche Bier, an deren Konsum sie sich nicht erinnert.

Es klingelt erneut.

„Verpiss Dich.“, murmelt sie ihre Gedanken leise in ihr leeres Zimmer. Fürs Schreien fehlt ihr die Kraft.

Ein metallisches Knirschen, gefolgt von mechanischem Klicken ertönt von ihrer Wohnungstür. Ein Schlüssel dreht sich in ihrem Schloss. Laura schnellt aufrecht im Bett hoch auf – und zuckt zusammen, weil ihr Kopf mit der schnellen Bewegung nicht einverstanden ist. Hatte sie ihren Schlüssel stecken lassen? Hatte jemand von den Todfeinden, die sie neuerdings hatte, vielleicht einen Generalschlüssel von Hausmeister oder Vermieter bekommen?

Sie versucht ihre Kopfschmerzen zu ignorieren und dreht sich zur Bettkante, um aus dem Bett aufzustehen. Sie platziert ihre Füße auf dem Teppichboden und stemmt sich in eine aufrechte Position. Ihr Ziel ist die Küche. Von dort aus kann sie den Eindringling eher überraschen. Doch bevor sie den ersten Schritt machen kann, wird Laura schwarz vor Augen. Kraftlos fällt sie zurück ins Bett.

„Laura? Laura?“

In einem Stadium zwischen Schlaf und Bewusstlosigkeit hört Laura eine bekannte Stimme. Wem gehört sie? Sie kann sie nicht ganz zuordnen. Doch sie fühlt kurz etwas wie Vertrautheit und Geborgenheit. In einem Traum ist sie wieder ein Kind und liegt im Arm ihrer Mutter.

„Laura, da bist du ja! Ich hab mir Sorgen gemacht.“

Oh nein, Laura will nicht, dass sich ihre Mutter Sorgen macht. Sie liegt in ihrem Arm und will ihr sagen, dass alles gut ist, dass sie sich keine Sorgen machen soll. Sie wird ihre Arme nie wieder verlassen. Wann hatten Umarmungen eigentlich aufgehört, sich so nach Vertrauen und Geborgenheit anzufühlen?

Ein Schwall kaltes Wasser in ihrem Gesicht ruft sie sehr plötzlich zurück zu Bewusstsein. Sie reißt die Augen auf und zieht vor Schreck Luft ein wie eine Ertrinkende. Der Raum ist hell erleuchtet von der Deckenlampe. Laura blinzelt einige Male, bis sie mit zusammengekniffenen

Augen ihre Umgebung erkennen kann. Vor ihr steht nicht ihre Mutter, sondern Özge, in ihrer Hand ein Glas Wasser.

„Was zum Fick?“, keift Laura vorwurfsvoll.

Özge zuckt mit den Schultern. „Ansprache und Schütteln haben dich nicht wachbekommen.“

„Was machst Du hier?“ Lauras Stimme klingt rau und überbeansprucht.

„Dich suchen, offensichtlich! Kalle hat weder Dich noch Andi finden können, also hat er mich um Hilfe gebeten. Zum Glück hatte ich einen Ersatzschlüssel, weil anscheinend hast du dich ja halb bewusstlos gesoffen.“

Laura fragt sich kurz, woher Özge das wissen kann – doch nachdem Özge das Schlafzimmerlicht angemacht hat, braucht man kein Detektiv sein, um den Verlauf des gestrigen Abends rauszufinden. Neben dem Bett liegt eine Obstlerflasche, deren einziger Inhalt inzwischen Zigarettenkippen und ein bisschen braune Löschflüssigkeit sind. Das halbgetrunkene Bier steht auf dem Nachtkästchen – und Laura ist sich sicher, dass sie aktuell auch nicht nach einer Blumenwiese duftet, sondern eher nach dem Kerl, der frühmorgens aus einer Boazn torkelt, während man selbst auf dem Weg zur Arbeit ist.

„Vielleicht nicht der beste Zeitpunkt, um sich so weg zu eskalieren, oder?“, fragt Özge. In ihrer Stimme schwingt eine vorwurfsvolle Haltung mit, aber Laura schämt sich nicht und sieht keinen Grund sich zu rechtfertigen. Ihr geht es wie so einigen, die ihre Ausflucht im Exzess suchen: Sie hat sich den Schmerz selbst zugefügt und wusste auch warum.

Doch sie denkt über das nach, was Özge gesagt hat. Zumindest soweit es ihr langsames Hirn zulässt. Kalle hat nun also Özge um Hilfe gebeten, nachdem er seine anderen beiden Adjutanten nicht erreichen konnte. Sie überlegt, ob sie ihrer Neugier nachgeben soll, um zu fragen, wie genau bitte eine unsichtbare, unberührbare Person Özge um Hilfe bitten konnte. Dann entscheidet sie sich aber dagegen und beschließt, das Gespräch zu beenden, bevor es überhaupt begonnen hat:

„Andi ist tot." Sie versucht sachlich und abgeklärt zu klingen, als sie diese Worte sagt. Es gelingt ihr nicht. Ihre Stimme zittert. „Er ist in meinen Armen gestorben." Sie sitzt auf ihrem Bett und blickt zu Boden, weg von Özge. Tränen tropfen nach unten.

Özge unterbricht ihre Tirade und setzt sich neben Laura auf das Bett. „Das tut mir leid." Sie sagt nichts weiter und umarmt Laura schweigend und lange. Laura ist ihr dafür sehr dankbar. Aber was macht Özge hier? Laura will allein sein. Muss sie es wirklich aussprechen? Anscheinend.

„Özge, nimms mir nicht übel, aber bitte hau ab. Ich will mit der ganzen Scheiße nichts mehr zu tun haben. Das ist Krieg da draußen. Und ich bin keine Kriegerin." Laura kann ein Schluchzen nicht unterdrücken. Özge lässt sich Zeit für ihre Antwort:

„Das kann ich verstehen. Niemand von uns ist das. Ganz ehrlich: Wir sind zwei Frauen deren Ausbildung bisher daraus bestand Dinge auf Papier hübsch zu machen – no offense - oder mit halbwichtigen Personen Kaffee trinken zu gehen. Dazu kommt eine verfickte Muse, die bis vor Kurzem nicht mal einen Menschen anfassen konnte."

„Das klingt jetzt dumm und unsensibel, aber ist halt so: Ab und zu kann man sich einfach nicht aussuchen, in was für eine Scheiße man reingerät. Aber nichts zu machen, reitet einen im Zweifel nur noch tiefer in die Scheiße rein, bis man früher oder später drin ertrinkt. Und das ist die einzige Wahl, die wir haben: Im Selbstmitleid und am Ende in der Scheiße ertrinken – oder zumindest zu versuchen was dagegen zu tun."

Laura muss unwillkürlich an Herr der Ringe denken. Ein Comfort-Watch seit Jahren um die Weihnachtszeit. Es gibt diesen einen Dialog zwischen Frodo und Gandalf:

"I wish it need not have happened in my time," said Frodo.

"So do I," said Gandalf, "and so do all who live to see such times. But that is not for them to decide. All we have to decide is what to do with the time that is given us."

Laura kann nicht umhin Özge hier in Gandalfs Rolle zu denken. Fast muss sie lächeln – doch dann fängt sie wieder an zu weinen. Özge steht auf und reicht Laura die Hand – ahnungslos, dass ihr ihre beste Freundin gerade mental einen weißen Zaubererbart aufs Gesicht geklebt hat.

Laura blickt noch zu Boden, als sie endlich antwortet:

„Das ist einfacher gesagt als getan, Özge. Andi und ich haben genau das gemacht, was du sagst. Haben versucht die Scheisse irgendwie unter Kontrolle zu bekommen. Aber im Krieg wirst du entweder getötet oder tötest selbst. Er ist tot – und ganz ehrlich: Irgendwas in mir ist auch gestorben."

Laura blickt zu Özge auf. Das grelle Licht brennt in ihren Augen:

„Ich habe alle von diesen Bastarden getötet, die Andi angegriffen haben, Özge. Alle bis auf einen. Und auch wenn das irgendwelche hässlichen Dämonenviecher waren: Manche haben geschrien. Alle haben gelitten. Ich habe es in ihren Augen gesehen. Und weißt du, was das Schlimmste ist: Ich habe es genossen. Ich war mir sicher, sie haben es verdient. Wahrscheinlich stimmt das auch. Aber seitdem ist mir schlecht und ich weine um Andi und ich hasse mich selbst und ich trauere sogar um den verfickten Baum, den sie abgebrannt haben und ich hasse mich selbst und... ich komm gar nicht mehr klar. Manchmal ist es einfach nicht so einfach."

Laura beginnt zu schluchzen und als Özge sie wieder in den Arm nimmt wird das Schluchzen noch stärker und hässlicher - und befreiender. In ihrem Traum – den sie vermutlich irgendwann mal dem Therapeuten erzählen müsste, der in Zukunft ihre posttraumatische Belastungsstörung behandelt – hatte sie sich gefragt seit wann sich Umarmungen nicht mehr so nach Geborgenheit und Sicherheit anfühlen, wie sie es in der Kindheit taten. Das ist sicher eine valide Frage. Aber schluchzend in Özges Armen merkt sie, dass sich Umarmungen auch als Erwachsene noch verdammt gut anfühlen können.

Sie verharren lange in der Umarmung, sehr lange. Laura schluchzt und Özge lässt sie schluchzen und verdrückt auch selbst einige Tränen. Doch irgendwann verspürt Özge eine innere Unruhe. Anscheinend strahlt sie die nach außen, denn Laura fragt:

„Was ist los?"

Özge löst sich langsam aus der Umarmung und blickt Laura in die Augen.

„Wir müssen los. Ich weiß, Druck ist vielleicht aktuell nicht super nice für dich. Aber Kalle wartet an der Panzerwiese. Der Vielnamige bricht *jetzt* durch. Und, naja, du kannst zaubern. Wir brauchen dich, wenn wir das irgendwie verhindern wollen."

„*Wir?* Kaum ist Andi tot schnappt sich Kalle die nächste Person, um sie mit rein zu ziehen in diesen Kampf.", sagt Laura empört. „Wie kommuniziert er überhaupt mit dir?"

„Er ist jetzt sichtbar, Laura. Mit ihm vermutlich auch alle anderen Musen. Sieht einfach aus wie ein normaler Mensch. Konnte sich sogar an mir festhalten beim Motorrad fahren." Özge steht auf und blickt Laura noch einmal intensiv in die Augen. Waren die schon immer so grün? Sie muss an Kalle denken und an ihre plötzliche Obsession mit einem dystopischen Steampunk-Roman. Sie fährt fort:

„Ich verstehe, dass es dir furchtbar geht. Wirklich. Und wahrscheinlichen brauchen wir beide ungefähr 100 Jahre Therapie, wenn das alles vorbei ist. Aber ich kann nicht einfach hier sitzen und nichts tun. Ich habe gesehen, was manche der Wesen von der anderen Seite mit unserer Welt gemacht haben, und ich möchte nicht sehen, was der Rest damit macht. Vor allem nicht unter dem Kommando eines verbannten Fantasy-Warlords. Also werde ich zur Panzerwiese fahren und Kalle so gut helfen, wie ich kann. Aber ich glaube, dass unserer beider Chancen verdammt viel größer wären, wenn jemand so *zauberhaftes* wie du dabei wärst.“

Zum zweiten Mal an diesem frühen Morgen streckt sie Laura ihre Hand entgegen.

„Furchtbares Wortspiel.“, sagt Laura – lächelt dabei aber leicht. Sie reicht Özge ihre Hand und die zieht sie daran hoch vom Bett.

Özge versucht Laura direkt nochmal an sich ranzudrücken und sie zu umarmen, doch Laura drückt sie von sich weg. Özge ist überrascht und sieht, dass Laura kreidebleich geworden ist.

„Was ist...?“, beginnt sie, doch bevor sie die Frage zu Ende stellen kann sprintet Laura in Richtung Bad und knallt die Tür hinter sich zu. Trotzdem hört sie direkt im Anschluss ein lautes Würgen gefolgt von einem lauten Plätschern. Laura ist also *so* verkatert. Özge wirft einen Blick auf die leere Obstlerflasche, die Laura hoffentlich nicht ganz allein ausgetrunken hat und schüttelt den Kopf. Sie will gar nicht wissen, wie es Laura nach diesem Fusel geht. Sie lacht, trotz all des Dramas um sie herum, und geht in Richtung Bad. Sie ruft durch die geschlossene Tür:

„Wenn du da rauskommst: Bringst Du mir einen Haargummi mit?"

- 37 -

Der Motorradmotor unter Lauras Körper vibriert und dröhnt, als sie hinter Özge auf dem Sozius-Sitz in Richtung Panzerwiese brettert. An der Kreuzung zur Schleißheimer Straße zeigt die Ampel rot, doch sie ignoriert das Signal. Laura kann es verstehen. Der knapp fünf Meter hohe Berg aus Sofas, Klamotten und diversen Haushaltswaren-Krimskrams mitten auf der Kreuzung – aller Logik nach gebaut aus den Sortimenten des nahen Einkaufszentrums – legt nahe, dass die StVO hier nicht mehr gilt.

Ihre Freundin hat das Gebilde vermutlich schon auf dem Hinweg gesehen – und beide haben aktuell wirklich andere Sorgen. Dennoch wirft Laura beim Vorbeifahren einen genaueren Blick auf den vermeintlichen Müllberg und erkennt eine Art Fundament in den Strukturen – was sie vermuten lässt, dass dieser Berg an Müll etwas darstellen soll. Eine Statue vielleicht? Vermutlich sah es vor kurzer Zeit noch richtig spannend aus, doch jetzt ist Hässlichkeit eines der wenigen verbleibenden Attribute.

Laura kann die Analogie nicht übersehen, die in diesem verfallenen Haufen Müll liegt. Wie wunderbar alles angefangen hatte an ihrem dreißigsten Geburtstag – voller Inspiration und Kunst und Hoffnung, dass die Welt zumindest ein bisschen bunter und ein wenig schöner wird. Dass sie vielleicht auch selbst einen Weg findet aus ihrem Alltagstrott. Doch statt selbstgefundener Künstlerin in einer inspirierteren Welt ist sie nun eine Kämpferin in einer kriegerischen. Özge beschleunigt wieder und Laura wirft einen letzten Blick auf das große Gebilde. Sie kann darin einfach keine Struktur mehr erkennen, keine Kunst, keine Kreativität. Die vermutlich mal in irgendeiner Weise ansprechende Statue ist nun nichts weiter als ein großer, schimmelnder Müllhaufen.

Sie biegen links ab und Laura wendet ihren Blick nach vorne. Die Panzerwiese taucht auf - und Laura sieht die hellblaue Lichtshow, die Özge ihr nach ihrer langen Umarmung beschrieben hatte. Inzwischen hat sie allerdings an Spektakel eingebüßt, denn auf der anderen Seite der Heidelandschaft taucht die Sonne den Horizont in ein orange-gelbes Licht und der Himmel hellt sich mit jeder Sekunde weiter auf. Ein Feuerwerk im Tageslicht.

Özge biegt mit dem Motorrad auf die Panzerwiese ab und Laura zuckt zusammen. Frühere militärische Nutzung hin oder her: heute ist die Panzerwiese Naturschutzgebiet. Es dauert ein paar Momente, bis ihr selbst die Lächerlichkeit ihrer Gedanken klar wird. Im Vergleich zu Menschenleben nehmen Mikroplastik und Abgase eines Motorrads dann doch eine nachrangige Stellung ein. Özges Motorrad, das offensichtlich nie für Offroad-Fahrten konzipiert war, folgt unsicher einem der Trampelpfade für Fußgänger und fährt direkt auf das blaue Lichtspiel zu.

Inzwischen erkennt Laura auch gegen das Licht der aufgehenden Sonne, dass einige Personen direkt bei den

Lichtblitzen stehen. Laura kneift die Augen zusammen und erkennt Kalle, doch sonst kommt ihr niemand bekannt vor. Um ihn herum stehen dutzende andere Personen aus verschiedensten Ethnien, einige davon in Klamotten, bei denen Laura sich nicht erinnern konnte, jemals etwas ähnliches gesehen zu haben. Sie sind bunt und gleichzeitig antik – teilweise wirken sie so fremd, dass sie auch aus einer fernen Zukunft kommen könnten. Andere tragen genau dieselbe Art von nichtssagender Mode, wie sie auch Kalle seit dem ersten Zusammentreffen mit ihr am Körper trägt. Sie vermutet entsprechend, dass um ihn herum andere Musen stehen. Sie kann inzwischen also auch mehr von ihnen sehen als nur Kalle.

Alle Musen starren mit ernsten Gesichtern auf das blasse blaue Licht vor sich – eine Frau allerdings sticht heraus. Nicht nur, weil sie mit Jeans und T-Shirt Klamotten trägt, die zu Zeit und Ort passen – sondern auch, weil sie rennt. Weg von der Gruppe und weg von dem blassblauen Licht – hin zu den Häusern auf der Südseite der Heide.

Kaum hat sie die Traube von Musen gen Süden verlassen, geht nördlich von ihr alles ganz schnell. Einzelne Lichtblitze strahlen so hell, dass sie für wenige Augenblicke den Kampf gegen die Leuchtkraft der Sonne gewinnen. Und mit jedem Blitz taucht ein Oni wie aus dem Nichts auf der Panzerwiese auf.

„Sind das...?“, fängt Özge eine Frage an. Sie fährt so langsam mit dem Motorrad über den unbefestigten Boden, dass sie beinahe in normaler Lautstärke reden kann und trotzdem verstanden wird.

„Ja. Das sind die Oni-Hurensöhne, die Andi umgebracht haben.“, antwortet Laura und ballt ihre Hände so fest zu Fäusten, dass sich ihre Fingernägel in ihre Handinnenflächen bohren.

Die Lichtblitze leuchten in immer kürzeren Abständen auf, bis es fast wirkt wie ein bläuliches Stroboskop. Schnell sind dutzende der teuflischen Pagen auf der großen Fläche, dann hunderte. Alle landen sie mit gezücktem Krummsäbel und blicken sich nach potenziellen Feinden um. Schnell entdecken sie die Musen. Laura kann sehen, dass die hässlichen Münder in den roten Dämonengesichtern zu grinsen beginnen. Die vordersten Reihen heben ihre krummen Kurzschwerter und rennen auf die unbewaffneten Musen zu. Hinter ihnen blitzt das blassblaue Licht immer weiter auf und bringt Verstärkung.

Laura bezweifelt, dass sie die Waffen überhaupt bräuchten, so eindeutig ist die körperliche Überlegenheit der kleinen, aber muskulösen Dämonenpagen. Dass die Musen um ungefähr das zehnfache übermannt sind, wird ihr Schicksal nur noch schneller besiegeln. Laura hat sich gestern Abend noch geschworen, nie wieder zu zaubern.

Aber was soll sie tun? Zuschauen, wie Muse für Muse abgeschlachtet wird? Nein, sie muss helfen.

Nur wie? Bisher stand sie noch nie so vielen Gegnern auf einmal gegenüber. Auch wenn sie vieles noch nicht versteht, was diese neuen Fähigkeiten angeht, hat sie trotzdem schon gelernt, dass es enorm hilft, das Ziel direkt vor sich zu haben. Eine gute Manifestation braucht Details. Wie sie auf die aktuelle Entfernung eine große Gruppe angreifen soll, ist ihr nicht klar. Sie muss näher ran.

„Schneller!“, schreit sie in Özges Ohr, lauter als nötig.

„Der Trampelpfad hat zu wenig Grip. Ich habe Angst, dass wir umfallen.“, ruft Özge etwas leiser zurück.

„Die schlachten die Musen gleich ab!“ kreischt Laura.

Tatsächlich haben die ersten Oni die Gruppe an Musen schon fast erreicht. Die Musen sind enger zusammengerückt. Einige - vor allem jene mit den exotischeren Klamotten - haben sich in unterschiedliche Kampfhaltungen begeben, die meist aber aus nicht viel mehr als gehobenen Fäusten bestehen. Bei dem Unterschied an Rüstung und Muskelmasse wirken sie auf Laura wie ein Rudel Zwergpudel, die sich gegen Pit Bulls verteidigen wollen. Andere laufen weg, in dieselbe Richtung wie die blonde Frau in Jeans zuvor. Die meisten bleiben aber einfach stehen, scheinbar vollkommen teilnahmslos. Laura versucht in dem inzwischen eng zusammenstehenden Haufen Kalle zu erkennen, schafft es aber nicht.

Adrenalin baut sich in ihr auf und drängt den bis eben sehr präsenten Alkoholkater in den kaum merklichen Hintergrund. Wie soll sie den Pagen schaden, wenn sie nicht mal nah genug dran war, um Gesichter im Geschehen zu erkennen?

Vielleicht kann sie die Oni ja angreifen, ohne sie direkt anzugehen? Eventuell braucht das weniger Detailverliebtheit in der Manifestation. Wie wäre es beispielsweise, wenn einfach alle Dämonenviecher in einem Erdloch verschwinden würden? Sie zurück in die Hölle zu schicken, aus der sie phänotypisch ohnehin zu kommen scheinen klingt gut in Lauras Kopf. Sie stellt sich vor wie der Boden direkt vor den Musen einfach einsackt und Tonnen um Tonnen an Erdreich sich buchstäblich in Luft auflösen. Vor ihrem inneren Auge stehen die Musen vor einer Schlucht, die sich dort plötzlich aufgetan hat und in die alle Oni stürzen.

In Lauras Vorstellungskraft hallen die überraschten Schreie und das Schmerzensklagen der Oni. Das Bild vor Lauras innerem Auge wird klarer und klarer. Kiesel aus dem steinigen Münchner Boden stürzen auf die Dämonen herab, die Musen gehen langsam und vorsichtig rückwärts, weg von dem riesigen Erdloch vor ihnen. Laura spürt, wie Magie beginnt durch ihren Körper zu strömen und sich als Wärme in ihr ausbreitet wie eine heiße

Schokolade in einer kalten Winternacht. Sie fühlt, wie dutzende Meter vor ihr die ersten Büschel Gras und Dreck sich auflösen und verschwinden, als das Loch sich zu formen beginnt. Die warme Magie fließt durch sie, mächtig und angenehm – bis sie es nicht mehr tut.

Statt einer wohligen Wärme fühlt sie sich nun an wie nasser Sand, schwer und kalt. Das Gefühl eines hart angeschlagenen Ellenbogens zieht sich durch diese Kälte wie tausende kleine Nadeln. Taubheit und schmerzhaftes, elektrisches Kribbeln. Die Magie zieht und zerrt an ihr und droht sie zu zerreißen. Erst einmal hatte sie etwas ähnliches gefühlt: Beim fehlgeschlagenen Versuch Andi zu retten.

Laura ist überfordert. Doch sie versucht weiter den Graben auszuheben. Sie muss die Musen retten. Schweiß perlt sich auf ihrer Stirn. Das Erdreich lockert sich. Erste Kieselsteine verschwinden. Sie kann spüren, wie der erste Oni auf dem jetzt unebenen Boden stolpert und stürzt. Der Zauber wirkt, trotz der Schmerzen.

Laura freut sich, als sie plötzlich meint zu sterben. Ein Stich fährt ihr in die Brust, so klar und kalt wie Eis. Kann ihr Herz trotzdem weiterschlagen? Für einen kurzen panischen Moment ist sie sich nicht sicher. Sie bricht den Zauber ab. Zu ihrer Erleichterung entfernt das den Eispfahl aus ihrer Mitte. Sie öffnet ihre Augen.

Zwischen den Musen und den Onis zieht sich eine braun-graue Spalte aus Erde und Kies durch das

Steppengras. Einige Onis sind gestürzt, rappeln sich aber schon wieder auf. Die Spalte ist nicht viel breiter als Lauras Schultern – und soweit sie sehen kann, nur ein paar Handbreit tief. Keine Dämonenschreie der Verzweiflung, nur ein paar verwirrte Blicke. Scheinbar scheint es Grenzen zu geben, die ihre Magie nicht einfach so überschreiten kann, ohne dass sie selbst ernsten Schaden nimmt. Tote erwecken. Tausende Tonnen Erde auf einmal bewegen. So Zeug.

Aber um solche Fragen im Detail zu erkunden fehlt die Zeit. Die Oni sind nur noch wenige Meter von den übrigen Musen entfernt. Sie braucht eine weitere Lösung, etwas das buchstäblich leichter ist und weniger dramatisch. Schweiß läuft an ihren Brauen vorbei in ihre Augen. Das Motorrad unter ihr fährt so langsam, dass sie kaum einen Fahrtwind spürt.

Wie kann man aggressive Gruppen trennen? Bilder aus den Nachrichten schießen ihr in den Kopf. Schreiende Demonstranten und Gegendemonstranten, dazwischen dutzende gepanzerte Polizisten – und eiserne Gitter! Das würde die Oni zumindest verlangsamen. Außerdem scheinen sie auf den ersten Blick nur mit Säbeln ausgestattet. Sie sieht keine Oni mit Distanzwaffen. Diesen strategischen Glücksfall wird sie sich zu nutzen machen.

Sie ruft sich das Design der Absperrgitter zur *Crowd Control* in den Kopf – und schließt ihre Augen. Als sie sie wieder öffnet sind drei Reihen solcher Gitter in kurzer Abfolge vor den Musen platziert. Laura muss unwillkürlich an Wellenbrecher auf Konzerten denken und für eine Sekunde stellt sie sich vor, die anstürmenden Oni würden nur versuchen besonders gute Konzertplätze zu ergattern.

Die Anzahl der verwirrten Blicke unter den Oni und auch unter den Musen wächst, einige schauen sich um, woher die Absperrgitter gekommen sind, und laufen nicht weiter. Andere steigen einfach darüber. Laura manifestiert Stacheldraht zwischen den Gittern und verteilt Nadelkissen auf dem Boden. Im Vergleich zu dem Versuch eine ganze Schlucht auszuheben, geht ihr das richtig leicht von der Hand. Die Magie, die sie durchfließt, fühlt sich wieder an, als wäre sie Freund und nicht Feind. Das Motorrad ist jetzt nah genug am Geschehen, dass Laura Gesichter erkennen kann. Die hässlichen Fratzen der Angreifer verziehen sich vor Schmerz, als sie versuchen den Stacheldraht zu passieren. Einige schreien auf. Der Vormarsch auf die Musen scheint gestoppt.

Laura hat allerdings kaum Zeit sich zu freuen, denn einige Onis scheinen sie und Özge als Ursache der seltsamen Ereignisse ausgemacht zu haben und starren sie an. Aus Richtung des noch immer regelmäßig aufblitzenden Portals, das sich inzwischen zu ihrer Linken befindet, hört sie einen Schrei, den sie nicht versteht, der aber eindeutig klingt wie ein Befehl. Dann rennen Dutzende der Dämonenfratzen in ihre Richtung.

„Fahr in die andere Richtung!“, schreit Laura Özge zu. „Weg von denen!“

Özge reagiert sofort und lässt die vorsichtige Fahrweise hinter sich. Sie reißt das Motorrad schlagartig herum, um vor den Oni zu fliehen. Sie schafft es noch zu wenden, aber als sie beschleunigt finden ihre Reifen kaum noch Halt. Das Lenkrad wackelt und Özge kämpft sichtlich um Kontrolle. Laura überlegt, wie sie mit Magie helfen kann, als sie spürt, wie das Gefährt unter ihrer Hüfte beginnt wegzugleiten.

„Abspringen!“, brüllt Özge.

Laura stößt sich mithilfe der Beifahrer-Fußstützen soweit es geht weg von Polster und Stahlrahmen und rollt sich auf dem semi-weichen Steppengras ab. Sie ist selbst überrascht, wie gut das geklappt hat und springt so schnell sie kann wieder hoch, um sich der Masse an angreifenden Oni zu stellen – als sie hört, wie das gleichmäßige Brummen des Motors abstirbt und Özge flucht. Laura blickt zu ihr. Ihre Freundin hat den Absprung nicht geschafft und liegt auf dem Boden, der vordere Teil des Motorrads auf ihrem linken Fuß, ihre linke Hand in einem unnatürlichen Winkel vom Ellbogen abstehend.

- 38 -

„Özge!“, schreit Laura.

Sie will zu ihrer verletzten Freundin stürmen und ihr helfen, aber mehr als ein Dutzend Onis laufen direkt auf sie zu, Säbel in der Luft. Andere kämpfen sich weiter über den Stacheldraht oder nehmen den langen Weg um Absperrgitter und Stacheldraht herum, um zu den Musen zu gelangen. Eine strategische Aufteilung. Laura muss nun an zwei Fronten gleichzeitig mit ihrer Magie präsent sein. Lauras Blick gleitet schnell über das Schlachtfeld. Sie sieht immer noch keine Distanzwaffen, die sie von der Seite kalt erwischen könnten. Es kommt ihr weiterhin seltsam vor, dass keiner der Soldaten Waffen bei sich trägt, deren Reichweite über eine Säbellänge hinausgehen. Doch sie will sich nicht beschweren. Es erleichtert ihr Leben. Sie konzentriert sich nun auf die Verteidigung.

Ein schmerzerfülltes Stöhnen zu ihrer Linken, bringt sie dazu, Özge zumindest provisorisch als erstes zu helfen. Sie manifestiert herbei, dass das Motorrad nicht aus mit Benzin und Öl gefülltem Stahl und Blech besteht – sondern aus mit Helium-gefüllten Plastik und Gummi mit Metalloptik. Daraufhin steigt ein Motorrad-förmiger Luftballon in die Luft – und offenbart den Blick auf Blut und einen offenen Wadenbeinbruch darunter. Rot-weiß gesprenkelt ragen zwei Knochen aus dem abknickenden Fleisch. Özge schreit bei dem Anblick ihrer Verletzung lauter auf, als sie es davor vor Schmerzen getan hatte.

Laura steigen Tränen in die Augen. Schlimm genug, dass sie kämpfen muss – aber dass auch noch unbeteiligte Personen zu Schaden kommen, kann sie nur schwer ertragen.

Sie reißt ihren Blick von der verletzten Freundin und wirft den Angreifern der Musen noch mehr Stacheldraht in den Weg – und manifestiert der überraschend großen Zahl der nicht-weglaufenden Musen zumindest ein paar Schwerter in die Hand und kleidet sie – passend zu den Wellenbrechern - in Polizei-Schutzausrüstung. Sie denkt auch kurz an Distanzwaffen – aber verwirft den Gedanken auch wieder. Sie zweifelt stark daran, dass die Musen damit umgehen können – und dem Gegner will sie sie nicht in die Hand geben. Tatsächlich zweifelt sie auch daran, dass die Musen mit den Schwertern umgehen können, aber sie muss Prioritäten setzen. Sonst wird in wenigen Sekunden ein Dutzend Oni sie und die verletzte Özge neben ihr erreichen.

Was für Optionen hat sie? Käfige, wie gestern im Wald? Die zielgenaue Manifestation von über zwanzig Käfigen scheint ihr auf die Schnelle zu schwierig. Sie denkt an einen sehr großen Käfig, um alle auf einmal einzufangen, aber verwirft auch das. Sie kennt ihre Grenzen nicht, wie viel Masse sie bewegen kann und wie genau die Regeln ihrer neuen Fähigkeiten funktionieren. Das Erdreich davor hätte sie fast das Bewusstsein gekostet. Außerdem wäre das Timing tricky. Und würde nur einer entkommen wäre es vermutlich schon zu spät.

Die Dämonen nähern sich im Vollsprint, sind vielleicht noch 40 Meter von ihnen entfernt. Laura zwingt sich ruhig zu bleiben, sonst sind sie verloren. Dennoch merkt sie, wie sich Schweiß auf ihrer Stirn breitmacht. Vielleicht Minen? Das würde viele auf einmal auslöschen. Aber es besteht eine nicht unerhebliche Gefahr, dass sie sich und Özge mit Schockwelle und umherfliegenden Teilen selbst verletzen könnte.

30 Meter.

Natürlich! Genau das, was dem Gegner fehlt. Eine automatische Waffe! Sie manifestiert sich die einzige Waffe herbei, die ihr als absolute militärische Laiin einfällt: Eine Kalaschnikow AK47. Sie meinte sich zu erinnern, nachts auf Phoenix in irgendwelchen Dokus gesehen zu haben, dass diese Waffen extra so konzipiert waren, dass sie super einfach auch für ungelernte Guerillas und Rebellen zu bedienen waren? Sie spürt kaltes Metall und poliertes Holz in ihren Händen und weiß sofort, dass die Manifestation funktioniert hat. Sie ist überraschend schwer. Moment... Wie laut ist so ein Ding? Schnell manifestiert sie sich und Özge Ohrenschützer auf ihre jeweiligen Köpfe, dann setzt sie sich das Gewehr an ihre Schulter, bringt Kimme und Korn auf eine Linie wie bei den Schießbuden auf der Wiesn. Vor sich in ihrer Schusslinie sind ihre Ziele. Sie schließt kurz ihre Augen und atmet tief durch. Der rechte Zeigefinger wandert zum Abzug. Sie öffnet ihre Augen.

20 Meter vor ihr sind die Oni. Die auf sie gerichtete Waffe scheint ihren Kampfgeist nicht zu brechen. Sie sprinten unverändert schnell auf sie zu. Doch Laura fällt noch etwas anderes auf – und wirft das Gewehr und den Hörschutz unter lautem Fluchen vor sich auf den Boden. Gerade noch rechtzeitig hatte sie gesehen, dass keine hundert Meter hinter den Oni die Musen stehen, die sie retten möchte. Durchschüsse und Kugeln, die ihr Ziel verfehlen, würden die Rettung ins Gegenteil verkehren.

10 Meter.

Ihr gehen die Ideen aus. *Fuck!* Da sind zwei Dutzend riesige Ziele vor ihr, sie kann buchstäblich zaubern – und trotzdem fällt ihr nichts ein. Dabei müsste das doch sein wie Fische aus einem Fass zu fangen... Mit diesem Gedanken kommt ihr eine Idee. Sie erinnert sie an alte Cartoons und wirkt unangemessen albern. Aber sie hat keine Zeit mehr, sich etwas anderes zu überlegen. Die Hackfressen sind nur noch 5 Meter von Özge weg.

Özge, die bis eben wohl in Vertrauen auf Lauras Kräfte noch relativ ruhig da gelegen war versucht inzwischen so schnell sie kann vor den Dämonen zu fliehen. Doch sie schafft es nicht aufzustehen, stattdessen kriecht sie so schnell sie das mit einem funktionieren Arm und einem funktionierenden Bein schafft. Es ist nicht besonders schnell. Sie schreit vor Schmerzen. Laura versucht das soweit es geht auszublenden, aber es ist unmöglich. Sie versucht sich trotzdem zu konzentrieren. Das ist ihre letzte Chance, bevor ein Säbel ihrem Leben unsanft ein Ende setzen würde.

Wie aus dem Nichts taucht vor ihr genau das auf, was sie manifestieren wollte: Ein großes, engmaschiges Fischernetz, in das die Dämonenpagen in vollem Tempo hineinlaufen und sich somit unmittelbar verheddern.

Die vordersten stürzen über das Netz, die hinteren über ihre Vordermänner – und in weniger als drei Sekunden strampeln alle ihre Feinde vor ihr wie ein frisch an Land gezogener Hochseefang.

Cartoonish. Aber effizient.

Laura weiß allerdings, dass die zappelnde Masse nicht ganz so hilflos im Netz gefangen ist wie ein paar Fische. Sie werden sich recht schnell davon befreien können und dann wieder parallel zu den Musen-Oni angreifen. Dazu zuckt und blitzt das Portal zu Lauras Seite immer weiter. Dort scheinen sich die neuen Kräfte zu sammeln.

„Bring die Scheißviecher um!" Özge ist inzwischen direkt neben sie gekrochen. Sie spricht die einzige dauerhafte Lösung aus, vor der Laura sich allerdings scheut. Die Oni zu töten, die gerade Andi umgebracht und sie angegriffen hatten, war ihr verstörend leichtgefallen. Doch die Exemplare vor ihr liegen auf dem Boden und zappeln in einem Netz. Diese temporäre Hilflosigkeit – so kurz sie auch andauern mag – hindert sie daran zu tun, was sie tun muss.

Ein Eisklumpen macht sich breit in ihrer Brust, der sich sehr anders anfühlt als der, den ihr die magische Überforderung gerade eben noch eingebrockt hatte. Es ist Angst – und eine notwendige Taubheit, die sie versucht bewusst in sich zu verteilen wie Butter in einer Auflaufform. Das bewusste Abschalten von Empathie - aus Selbst- und Fremdschutz. Sie spürt bald eine neue Härte in ihrer Brust, als würde sich eine Rüstung um ihre Seele legen. Wie sehr sie es hasst, kämpfen zu müssen. Wie sie sich gefreut hatte, als an ihrem Geburtstag die Welt kurz bunter schien. Sie hatte wirklich kurz Hoffnung gehabt, dass es auch anders geht. Dass man sich selbstverwirklichen und glücklich sein kann, ohne all die Zwänge, die damit einhergehen. Aber was Özge gestern bei dem dritten Bier erzählt hatte, dem, das Andi potenziell das Leben gekostet hatte, war das wohl auch ohne den Vielnamigen und seine Eroberungspläne ein Wunschtraum. Annika und ihr Geschäftsgebaren ließen für Laura nur einen Schluss zu: Selbst in einer inspirierten Welt sind einige nochmal bedeutend freier als andere. Wer reich ist, hat immer die Ressourcen dafür, noch reicher zu werden.

Vielleicht würden ihr Zweifel kommen, ob sie für diese Welt wirklich kämpfen – und töten – möchte. Vielleicht auch nicht, denn der mörderische Vielnamige scheint eine noch schlechtere Alternative. Die verletzte Özge direkt neben ihr, nimmt ihr die Entscheidung aber auf eine ganz natürliche Weise ab. Sie muss kämpfen, wenn sie nicht Özge genauso verlieren will wie Andi – dem sie freundschaftlich weit weniger verbunden war. Die mögliche Rettung der Welt ist da eher ein Nebeneffekt.

Sie lässt sich von ihrer Konfrontation mit dem Lovecraft'schen Tentakelmonster inspirieren und stellt sich vor, dass die Luft, die sie atmet, giftig für die Dämonen vor ihnen wäre. Sie will einen leisen, unblutigen Tod manifestieren. Doch es passiert - nichts.

Laura flucht leise. Sie versteht ihre eigenen Kräfte noch immer nicht zu einhundert Prozent, kann sich aber denken, dass die Manifestationen auf eine Art Sinn ergeben müssen – auch wenn das seltsam klingt, wenn es um Magie und Hexerei geht. Aber das Monster, dessen Tentakel sie gegrillt hatte, kam aus dem kalten Raum zwischen den Sternen. Da scheint es logisch, dass es mit den hunderte Grad heißeren Bedingungen in einer Atmosphäre aus entflammbaren Gasen nicht zurechtkommt und in Flammen aufgeht – auch wenn es ohne Lauras Magie wohl nie passiert wäre.

Doch einfach zu manifestieren, dass die Luft - in der sich die Oni schon seit Wochen aufhalten - nun auf einmal giftig für sie ist: Das macht auch mit Magie keinen Sinn. Deswegen konnte sie es nicht einfach verfügen. „Aber ein großes Netz aus dem Nichts erscheinen lassen funktioniert. Das ist eine sehr rationale, sinnvolle Sache.“, keift Lauras kritische Stimme im Kopf ihre eigene Logik an. Sie ignoriert es. Es ist immer noch Magie. Irgendwann würde sie es vielleicht besser verstehen.

Also doch wieder einzeln töten, wie gestern Nacht im Hartelholz. Augenkontakt, flehende Blicke aus dämonischen Augen. Wieder muss sie an ihre künftige Therapeutin denken, die sehr gut an ihr verdienen würde. Sie geht einen Schritt auf die Oni zu. Ihre innere Rüstung schließt sich fester um alles, was weich ist.

Ein Schrei dröhnt von der Seite des Schlachtfelds auf Höhe des Portals. Die Dämonenpagen im Netz reagieren umgehend. Alle gleichzeitig unterbrechen den Kampf gegen die Maschen und heben ihre Krummsäbel gen Himmel. Das aus vielen dünnen Plastikfäden bestehende Netz spannt sich nach oben. Ein koordinierter Ausbruchversuch! Sie muss jetzt handeln! Sie schaut dem Oni der ihr am nächsten steht direkt in sein hässliches, Fangzahn-bewehrtes Gesicht – und beginnt sich vorzustellen, wie es aussehen würde, wenn sein Herz spontan stehen bleibt. Doch was dann passiert, schockiert Laura so sehr, dass sie einen Schrei des Entsetzens nicht unterdrücken kann – egal wie dick ihr Seelenpanzer ist.

Bevor sich ihr Gedanke des Herzstillstandes manifestiert, stoßen alle Oni gleichzeitig ihre Säbel nach unten. Die militärische Präzision lässt das Schauspiel vor ihr wirken wie eine makabre, aber sehr exakte

Choreografie. Die eigenen Klingen durchdringen die Bauchdecke eines jeden Oni und fahren mit Wucht ein, bis die Parierstange ein mechanisches Ende setzt. Mit einer finalen, abgestimmten Geste drehen alle Oni im Netz ihre Säbel um 90 Grad, als würden sie ein Motorrad beschleunigen. Ein widerliches Geräusch von reißendem Fleisch und Sehnen quetscht sich durch die Luft an Lauras Ohr.

Das Gesicht des Dämons, den sie bis eben noch selbst durch einen Herzinfarkt töten wollte, ist nur einen guten Meter von ihrem entfernt. Er versucht den Schmerz nicht zu zeigen, doch seine Augen werden mit jedem Zentimeter, den sich die Klinge in seinem Körper bewegt, größer und größer, bis sie so weit aufgerissen sind, dass es physiologisch beinahe unmöglich scheint. Seine Lippen beben, seine Gesichtsmuskeln zucken unkontrolliert und grünes Blut läuft aus seinem Mund. Er fällt nach vorne auf das Heft seines Säbels und kippt zur Seite. Sein Blick ruht noch immer auf Laura. Nach wenigen ewiglangen Sekunden verlieren seine Augen ihren Glanz und starren blind ins Nichts.

Laura wird das Offensichtliche schnell klar: Der Befehl, der vom Portal über das Schlachtfeld gebrüllt wurde, war kein Ausbruchsbefehl. Es war eine Aufforderung zum Suizid. Oder eine Erinnerung, dass sich keiner der Soldaten des Vielnamigen gefangen nehmen lässt? So oder so: Es war grausam und unerwartet.

Sie blickt nach vorne zum Befehlsgeber. Kleine Wolken verdecken die aufgehende Sonne und ermöglichen einen klaren Blick ohne, dass Laura geblendet wird. Das Portal blinkt weiter hell und stroboskopartig. Daneben steht jemand dessen Position grob zu der Richtung passt, aus der der Befehl kam. Er sticht optisch aus der Masse der Soldaten des Vielnamigen heraus, allein schon deswegen, weil er der einzige Mensch zu sein scheint. Mit seinen langen nach hinten gekämmten dunkelblonden Haaren und seiner blassen Haut erinnert er Laura an Vampire in alten Filmen.

Er trägt einen smaragdgrünen Umhang und scheint das Schlachtfeld im Blick zu haben. Laura ist sich sicher, dass das ein Befehlshaber der Armee ist, der sie gegenüber steht.

Sie muss kurz daran denken, dass es seltsam ist, dass die hohen Positionen an Menschen gegeben werden, während die vermeintlichen Fantasiewesen die Drecksarbeit machen müssen. Die der Situation höchst unangemessene Frage schießt ihr in den Kopf, ob es auf der anderen Seite wohl eine Bewegung für soziale und interspeziestische Verbesserungen gibt – doch schnell konzentriert sie sich wieder. Sie will den Befehlshaber direkt angreifen. Das wäre ein Wirkungstreffer. Doch Kampf- und Schmerzensschreie an einer anderen Stelle des Schlachtfelds lenken ihren Blick von ihm weg.

Die ersten Oni haben ihren Hindernisparcours vor den Musen überwunden und steigen über den letzten Wellenbrecher. Laura meint sogar auf die Entfernung von knapp 100 Metern grüne Flecken und Risse auf den Pagenuniformen und Sprenkel auf der roten Haut zu erkennen. Der Weg durch den Stacheldraht hat Spuren hinterlassen, konnte aber den Durchbruch offensichtlich nur verzögern, nicht aufhalten. Vermutlich sind die Klingen des Stacheldrahts durch das Säureblut der Oni imzwischen auch ganz schön abgestumpft. Laura manifestiert eine neue Ladung hinein, dann widmet sie sich den ersten Durchgebrochenen und den angegriffenen Musen.

Kalle kann Laura nicht erkennen, was aber auf die Entfernung und mit der polizeilichen Schutzausrüstung inklusive Helmen auch ein kleines Wunder gewesen wäre. Noch immer kämpfen sich dutzende Oni durch die Barrikaden zu den Musen durch. Sie fragt sich, warum der Befehlshaber zu der einzigen Person am Schlachtfeld, die offensichtlich zaubern kann, weniger Einheiten schickt als zu ein paar schmächtigen Musen. Sie erinnert sich an Andis letzte Worte: „Die Musen sind der Schlüssel." Was hat er nur gemeint?

Die Musen schlagen mit den Schwertern, die Laura in ihren Händen platziert hatte, auf die Oni ein, sobald sie über das Absperrgitter steigen, wie die Verteidiger einer mittelalterlichen Burg auf Belagerer, die die Mauer zwischen den Zinnen erklimmen.

Einige stellen sich dabei gut an - eine sehr große Muse, bei der Laura meint sich zu erinnern, dass sich unter dem Helm eine glatzköpfige Frau befindet (sie hatte auch davor alle Mitmusen um einen Kopf überragt) machte beispielsweise das Beste aus ihrer Reichweite und Bewaffnung und hatte schon zwei Oni erfolgreich und blutig daran gehindert, den Wellenbrecher zu überqueren.

Eine andere Muse wiederum scheint nicht zu verstehen, wie sich Wucht aus einem Schwertschlag entwickelt. Anstatt mit langen Hieben auszuholen, lässt sie den Arm ausgestreckt und bewegt die schwere Klinge nur aus dem Handgelenkt heraus wie einen Badminton-Schläger. Einen Oni, der direkt vor dieser Muse über die Absperrung klettert, trifft sie direkt im Gesicht, doch wegen der mangelnden Kraft trägt der Angreifer nicht mehr davon als einen kleinen Cut unter dem Auge. Laura hatte an ihren Beinen beim Rasieren schon größeren Schaden angerichtet als dieser Hieb im Gesicht des Onis. Der unterbricht nicht mal seine Bewegung, klettert über die Absperrung und holt weit aus mit seinem Säbel, um ihn Sekundenbruchteile später glatt unter dem Hieb- und Stichschutz des Helmes bis zur anderen Seite hindurchzuziehen. Helm und Kopf der Muse fliegen von ihren Schultern wie in einem Tarantino-Film. Der Körper fällt nach vorne um und besprüht den Oni mit dunkelrotem Blut. Der grinst noch breiter als er und seine Artgenossen das ohnehin scheinbar immer tun, und schaut sich dann schnell auf dem Schlachtfeld um. Ein Raubtier auf der Suche nach dem nächsten Opfer. Verzweifelte Kampf- und Angstschreie der Musen tönen über die Panzerwiese zu Laura. Einige weitere fliehen.

Es kämpfen erfahrene Schwertkämpfer gegen leicht gepanzerte Amateure mit langen Messern. Die Musen werden keine Chance haben. Sie muss die Oni entwaffnen. Gegen unbewaffnete Gegner erzielen auch die stümperhaft geführten Musenschwerter Wirkungstreffer. Aber wie? Eine Lösung, die einfach und naheliegend genug ist, um bei allen Oni vor ihr gleichzeitig zu funktionieren.

Sie blickt auf die Säbel der Oni, wie sie im Morgenlicht aufblitzen. Wie sie schnell einschlagen auf die Musen vor sich und dabei teils Schwertstahl, teils schwarzen Hieb- und Stichschutz und teils Musenfleisch treffen. Kurz, scharf und mit krummer Biegung.

Wie aus dem Nichts schießt Laura ein alter Reim aus frühen Kindheitstagen in den Kopf. So klar und, als hätte sie ihn erst gestern zum letzten Mal aufgesagt.

Warum ist die Banane krumm?

Weil niemand in den Urwald zog und die Banane g'rade bog.

Sie lächelt. Das ist so dumm, so naheliegend und so kindisch, dass sie weiß, dass es funktionieren wird. Die

Säbel sind krumm wie eine Banane! Sie manifestiert eine Vorstellung vor ihrem inneren Auge – und von einem Moment auf den anderen halten alle Oni vor ihr statt Säbeln große Bananen in der Hand. Der Säbel eines Oni wird mitten im Hieb ausgetauscht, woraufhin er mit sehr viel Schwung eine Banane an einem polizeilichen Körperpanzer zu Mus verarbeitet. Ein anderer pariert gerade einen Schwerthieb einer untersetzten Muse, als deren Schwert widerstandslos durch die Banane und in das rote Fleisch des Oni gleitet. Das Momentum ist gedreht. Laura grinst und wiederholt den Anfang des Kinderreims:

„Warum ist die Banane krumm?“

Sie hört Özge laut auflachen. Laura war nicht klar, dass sie in einer für Dritte hörbaren Lautstärke gesprochen hatte. „Das ist der lameste One-Liner den jemals jemand gebracht hat.“, sagt Özge und lacht erneut auf. „Warum ist die Banane krumm? Alter du Nerd!“

Laura muss auch lachen. Wie gut das tut. Zwei Sekunden für die Seele, bevor sie weiter diese Schlacht führen muss. Sie blickt zu Özge herunter, die immer noch furchtbar aussieht. Aber dieser kleine Moment mit dem typisch-bissigen Özge Humor gibt Laura ein wenig Hoffnung, dass vielleicht, auch wenn das alles vorbei ist, wieder so etwas wie Normalität herrschen kann.

Die Musen schlagen auf die Oni ein, die teilweise noch immer fassungslos auf die Bananen in ihren Händen starren. Die ersten Grünblüter ziehen sich zurück. Ein kleiner Sieg in einer großen Schlacht.

Laura sprüht innerlich förmlich vor Kraft. Die Magie durchfließt sie warm und wohlig und fühlt sich an wie ihr engster Verbündeter. Sie kann es sich nicht erklären, aber sie scheint stärker zu werden. Sie hat das Gefühl, sie könnte es jetzt mit jedem aufnehmen.

- 39 -

Die Fußsoldaten sind erstmal aus dem Spiel genommen, jetzt will Laura den nächsten Wirkungstreffer landen. Der vampirhafte General ist an der Reihe. Lauras Blick wandert zu dem stroboskopartig blinkenden Portal vor ihr. Die Wolken sind wieder abgezogen und im starken Gegenlicht aus Sonnenaufgang und Stroboskop-Portal kann sie zunächst nur Umrisse erkennen, doch das reicht, um sich ein Bild zu machen. Vor dem Portal haben sich inzwischen weitere Hundertschaften Oni gesammelt und warten vermutlich auf Befehle, aber den Vampirgeneral kann Laura nirgendwo entdecken. Zwei Oni kehren mit großen Bananen in der Hand von der Schlacht gegen die Musen zurück, wohl um sich neu zu sortieren - und werden, ohne zu zögern, von den Säbeln ihrer Kameraden empfangen. Jeweils ein schneller Streich ohne Vorwarnung und die Köpfe lösen sich von den jeweiligen Schultern. Wie in einem Schattenspiel ändert sich für Laura vor dem grellen Licht die Silhouette. Rückzug scheint in der Armeekultur ebenso gnadenlos bestraft zu werden wie Gefangennahme.

Doch dieses grimmige Bild ist nicht das, das Laura beim Scannen der großen Masse Soldaten den größten Schreck einjagt. Inzwischen warten nicht mehr nur noch Oni beim Portal. Hünenhafte Schatten stehen zwischen den körperlich auf den ersten Blick wenig beeindruckenden

Oni. Und im Sekundentakt scheinen neue Artgenossen aufzutauchen. Sie ordnen sich gemeinsam mit den Oni, die bisher noch nicht in den Kampf eingegriffen hatten, in militärische Formationen ein und warten scheinbar auf Befehle. Sie stehen aufrecht auf zwei Beinen, doch ihre Statur wirkt nur bedingt menschlich. Zum einen scheinen die Knie verkehrt herum an den Oberschenkeln angebracht zu sein und die Beine scheinen nicht in Füßen zu enden, sondern in Hufen. Außerdem sind die Kreaturen größer und breiter als jeder Mensch, den Laura je gesehen hat. Sie würde auf die Entfernung auf fast drei Meter Höhe und zwei Meter Schulterbreite schätzen. Zum Abschluss ist da der massive Kopf, der auf einem scheinbar nicht existenten Hals sitzt. Im Umriss kann Laura zwei massive Hörner erkennen.

Lauras Nacken läuft ein kalter Schauer entlang, als ihr klar wird, dass die bisherige Schlacht nichts war als kleine Stoßtruppen. Bewaffnete Kundschafter, die wertvolle Informationen liefern sollen. Was hatte diese Seite entgegenzusetzen? Zwar hatte Laura sich wehren können – aber die Antwort für den bleichen Befehlshaber war wohl trotzdem recht klar ausgefallen: Nicht viel.

Laura blickt sich hektisch um. Sie muss diesen General finden und der Armee den Kopf abschlagen, denn an einfachen Soldaten scheint es ja kaum zu mangeln. Aber sie kann ihn weiterhin nicht finden. Dafür setzen sich nun ein paar Trupps in Bewegung und verlassen den ungünstigen Winkel im totalen Gegenlicht, so dass Laura mehr Details erkennen kann. Ihr Atem stockt.

Zwar kann sie aus den Umrissen bereits ableiten, dass die Riesen keine Menschen waren – aber die Realität ist noch erschreckender. Auf ihren Schultern sitzt ein Stierkopf, schwere Rüstung schützt ihren massigen Oberkörper, um die Hüfte tragen sie einen gepanzerten Rock, der ihre massiven Oberschenkel bedeckt. In ihren Händen halten sie eine zweihändige Schlachtaxt, die mit Sicherheit größer und schwerer ist als Lauras gesamter Körper. Und selbst wenn sie es schaffen würde, die Äxte in eine Gummiente zu verwandeln, können diese gepanzerten Riesen sicher auch ohne Waffen mehr als genug Schaden anrichten. Drei gemischte Trupps aus Oni und Stieren drehen sich gleichzeitig und mit militärischer Genauigkeit um ihre eigene Achse und blicken Laura danach direkt an. Während die erste Welle noch vor allem den Musen galt, hatte General Vampir jetzt wohl sie als größtes Hindernis ausgemacht. Sie sucht weiterhin nach dem blassen Befehlshaber, kann ihn aber nicht ausmachen. Vielleicht versteckt er sich hinter den massigen Schultern eines dieser Stiermenschen. Er könnte dort auf und ab springen und für Laura dennoch komplett unsichtbar bleiben. Sie hat keine Wahl – wieder muss sie sich für einen Kampf mit den Bodentruppen wappnen, statt einen Befehlshaber zu attackieren.

„Du packst das, Laura!“, macht sie sich selbst Mut. Sie hat gute Gründe an sich zu glauben. Ihre Magie ist stärker geworden. Das Adrenalin hat ihren Kater quasi komplett verschwinden lassen (von wegen Wasser trinken, Bungee-Jumping wäre eine sinnvolle Katerkur) und sie hat gerade schon eine Übermacht in die Flucht geschlagen.

„Ja man! Laura, das ist kein Stress. Die sind so groß wie hässlich, aber du kannst zaubern und die nicht!“, teilt Özge in ihrer neuen Rolle als im Gras liegende Cheerleaderin mit.

Laura bereitet sich auf einen Erstschlag vor, doch die Truppen kommen ihr zuvor und rennen auf sie zu. Was ist das für eine Strategie? Auf einem offenen Feld ohne Distanzwaffen auf eine Magierin zuzurennen scheint ihr nicht wie eine taktische Meisterleistung – außer man hat eine so große zahlenmäßige Übermacht, dass einen der Verlust von einzelnen Trupps und Zügen nicht schmerzt. Die Bilder der koordinierten Selbsttötungen der im Netz gefangenen Onis schießen ihr in den Kopf, sowie die Enthauptungen der Oni, die sich mangels Waffen zurückgezogen haben. Solche Befehle gibt man nicht, wenn es einem an Soldaten mangelt. Wie viele sind da noch auf der anderen Seite? Sie schüttelt sich, um in den Moment zurückzufinden. Jetzt gilt es die abzuwehren, die schon hier sind und direkt auf sie zulaufen.

Sie entscheidet sich erstmal für altbewährte Taktiken. Mit beinahe geübten geistigen Handgriffen ersetzt Laura die Säbel der Oni mit Bananen und die zweiseitigen Äxte der Stierdämonen mit gigantischen Lollipops. Danach lässt sie mit ähnlicher Leichtigkeit Fischernetze vom Himmel fallen. Während der erste Teil des Plans gut funktioniert, zeigt der zweite leider, dass ihre Kontrahenten dazugelernt haben. Wie einstudiert klettert ein Oni geschickt und schnell an einem der Stierhünen hoch, greift das fallende Netz mit einer Hand und springt während es anfängt ihn zu umwickeln mit voller Kraft zur Seite, bevor sich seine Kameraden darin verfangen können. *Die Onis wurden degradiert zu Bauernopfern.*

Laura wirft jetzt mehrere kleine Netze. Mehrmals klettert und springt wieder ein Oni – andernorts hebt ein Stiermensch seinen riesigen Lollipop, der einmal Streitaxt war, so an, dass sich das Netz darin verfängt und wirft diesen im Anschluss blitzschnell zur Seite. Lauras Netze sind nutzlos.

Sie entscheidet sich für direkte Attacken. Wie gestern im Wald nach der Attacke auf Andi. Mühelos lässt sie einen der Stiere faszienlos in sich zusammenklappen. Den nächsten lässt sie explodieren. Sein massiger Kopf landet direkt vor einem anderen Stiermenschen, der im Vollsprint darüber fällt.

Die Drittwirkung von Explosionen bringt Laura auf eine Idee, die sie zuvor, als die Oni schon näher waren verworfen hatte: Sprengstoff. Die Panzerwiese wurde über Jahrzehnte als Truppenübungsplatz benutzt. Da ist es doch sicher ein leichtes, explosive Minen herbei zu manifestieren.

Kaum ist der Gedanke fertig gedacht, knallt es vor ihr so laut, dass ihre Ohren fiepen – und mehrere Stiermänner und ein Oni, der zu ihnen aufgeschlossen hat, fliegen hochkant und scheinbar still in die Luft. Fünf Meter weiter folgen Kameraden aus einem anderen Trupp, die sich alsbald auch hoch in der Luft befinden, oft mit mindestens einem Bein weniger.

Das Fiepen in ihren Ohren erinnert Laura an die Ohrenschützer, die sie noch vor wenigen Minuten getragen hatte – und die wiederum an die Kalaschnikow, die nur wenige Meter vor ihr liegt. Der Winkel des Ansturms ist jetzt ein anderer, auch das wäre also eine Option, doch für den Moment scheinen Explosionen effizienter. Um für alle Eventualitäten gerüstet zu sein geht sie aber einen Schritt auf die Kalaschnikow zu.

In diesem Moment spürt sie einen Windzug, der ihren Nacken und Rücken streift. Sie fährt herum. Der Frontalangriff war nur eine Ablenkung. Ein Trupp der Stiere hatte sich von hinten an sie angeschlichen. Sie hatten sie vollkommen ungehört erreicht. Eine riesige Streitaxt ist soeben in einem schrägen Winkel nur Zentimeter an ihrem Kopf vorbeigerauscht. Wäre sie den Schritt zum Sturmgewehr nicht gegangen, wäre sie jetzt tot.

Laura verflucht das Fiepen in ihrem Ohr, das vermutlich erst ermöglicht hat, dass ihr der Stoßtrupp so extrem nah kommt. Blitzschnell tauscht sie die Waffen der Gegner direkt vor sich auf altbekannte Art aus, doch zu mehr kommt sie nicht. Als sie beginnen will Faszien aufzulösen und Herzen zum Stehen zu bringen, trifft sie ein riesiger Huf ins Gesicht. Es fühlt sich an, als wäre sie mit dem Gesicht voraus gegen einen fahrenden Sattelschlepper gelaufen. Sie geht zu Boden. Schwärze breitet sich um sie herum aus und kündigt eine Ohnmacht an.

Durch das Fiepen in ihren Ohren und die Schwärze vor ihren Augen hört sie wie durch Watte Özges verzweifelte Schreie:

„Laura! Nein! Laura! Lasst sie in Ruhe!"

Laura versucht auch blind und am Rand der Ohnmacht nochmal zu zaubern, sich irgendwie zu wehren, als sie etwas Hartes in die Rippen trifft. Ein beschlagener Huf. Einer der Stiere hat erneut zugetreten. Es kommt ihr vor, als würde sie mehrere Meter durch die Luft fliegen. Sie schafft es nicht, sich auf einen Aufprall einzustellen und landet hart auf ihrer Seite. Es knackt laut, dann breitet sich ein stechender Schmerz in ihrem linken Arm aus. Sie weiß sofort, dass ihr Unterarm gebrochen ist. Der Schmerz und der Schock des Knochenbruchs halten sie lange genug bei Bewusstsein, dass sie realisieren kann, dass es vorbei ist. Sie wurde überwältigt und außer ihr gibt es niemanden mehr, der sich ernsthaft gegen diese Armee zur Wehr setzen könnte. Kalle, Özge, sie, Andi – sie alle haben verloren. Dann umfasst sie die Schwärze vollkommen. Sie heißt die Dunkelheit willkommen.

- 40 -

Laura schwebt über gelbliches Magergras. Rote und grüne Flecken sind darauf verteilt wie auf einem Gemälde von Jackson Pollock. Sie erkennt die Magergras-Landschaft als die Panzerwiese. Sie fühlt sich so leicht, als hätte sie jemand mit Helium vollgepumpt – und ebenso verwirrt. Sie weiß, dass ihr Körper nicht wirklich über der Heidelandschaft fliegt wie eine Plastiktüte im Wind, sie weiß aber auch nicht, was sie tatsächlich tut. Sie weiß, dass sie nicht wach ist, doch wie ein Traum fühlt es sich auch nicht an. Ihre Erfahrung ist wirr und unaufgeräumt und vor allem die roten und grünen Flecken wirken seltsam echt. Echter als das Gras unter ihr oder die Luft, die sie umgibt und scheinbar atmet. Die Flecken ändern ihre Form, verschwinden an einer Stelle und tauchen an einer anderen wieder auf – alles verändert sich ständig vor ihrem inneren Auge. Die Leichtigkeit wandelt sich in Hilflosigkeit. Sie fühlt sich, als würde sie zwischen den bunten Farben hin- und her geschleudert wie ein Tischtennisball.

Sir hört, wie jemand Luftfolienpolster schnell zwischen seinen Fingern zerdrückt. *Popp-popp-popp-popp-popp...* Sie kann niemanden sehen. Das Geräusch kommt von so weit weg. Es ist, als würde es einen Vorhang an Geräuschlosigkeit durchdringen, bevor es sie erreicht. Keine anderen Geräusche sind hier zwischen ihr und den Farben. Nur *Popp-popp-popp-popp-popp*. Wobei, als sie darüber nachdenkt, entdeckt sie noch ein Fiepen. Konstant liegt es über den platzenden Blasen der Luftpolsterfolie.

Die Farben tanzen weiter um sie herum, spielen mit ihr, aber sie verlieren langsam ihre Brillanz. Zu sehr lenken sie das Fiepen und das Ploppen ab. Und der stechende Schmerz. Oh Gott, der Schmerz, plötzlich ist auch er da. Oder war er die ganze Zeit da gewesen und Laura hatte ihn nicht realisiert? Er ist überall, pulsiert durch ihren Körper und doch gibt es nur wenige Punkte, von denen er ausgeht. Ihre Vorderzähne. Ihre Nase. Die linke Seite ihrer Rippen. Und – oh Gott – ihr linker Arm. Ihr Arm fühlt sich an, als hätte ihn jemand mit einem glühenden Dolch durchbohrt und den dann stecken lassen. Vor wenigen Sekunden hatte sie sich noch gefragt, wo ihr Körper ist. Nun hat sie ihn gefunden. Ihr Körper ist da, wo der Schmerz ist.

Der Schmerz hilft ihr dabei, sich zu erinnern. An sich selbst, an die riesigen Stiermenschen. An die Panzerwiese und ihren sicheren Tod durch die beschlagenen Hufe der Hünen. Aber wie passt bitte Luftpolsterfolie da rein?

Sie muss zum Schmerz. Sie hat es begriffen: Da wo der Schmerz ist, da wo der Lärm ist – dort ist das Leben. Sie öffnet ihre Augen. Langsam, vorsichtig – und doch erfordert das Hochziehen ihrer Lider außergewöhnlich viel Kraft. *Alter, bin ich fertig.*

Ihre Pupillen brauchen eine Weile, um sich an die helle Morgensonne zu gewöhnen. Sie sieht noch immer die roten und grünen Flecken, die sie nun als Flimmern identifiziert, wie vor einer Migräne oder kurz bevor einem schwarz vor Augen wird. Die Bilder hinter den roten und grünen Flecken schwimmen noch unscharf vor ihren Augen. Aber sie meint, dunkle Gestalten erkennen zu können, die von der Seite auf das Schlachtfeld drängen. Die über sie drüber laufen. Sind das noch mehr von den Stiermenschen? Nein, sie scheinen sich vor Laura zu stellen. Scheinen sie zu beschützen. Sie konzentriert sich und schafft es kurz das Bild vor sich scharf zu stellen, bis sie ein stechender Kopfschmerz zwingt, die Augen wieder zu schließen.

Die Gestalten vor ihr tragen Polizei-Schutzausrüstung. Sind die Musen etwa zum Angriff übergegangen? Wie haben sie die Stiere überwältigt?

Laura öffnet langsam und vorsichtig ihre Augen erneut, in der Hoffnung eine Art Neustart durchgeführt zu haben. Tatsächlich sieht sie jetzt ein bisschen besser. Es sind Schutzausrüstungen der Polizei, das hat sie richtig erkannt. Aber nicht nur. Sie erkennt auch militärische Kampfausrüstung in ausgewaschenem Grün. Die hatte sie den Musen nicht auf den Leib gezaubert. Außerdem fällt ihr Blick auf etwas, das sowohl die lauten Geräusche erklärt als auch warum die Stiermenschen nicht mehr auf ihr herumtrampeln. Alle Menschen um sie herum halten automatische Gewehre in ihren Händen, die sowohl moderner als auch tödlicher wirken als die Kalaschnikow, die sie davor manifestiert hatte. Ein Mensch in Flecktarn feuert eine Salve ab und die Mündung explodiert in Feuer und alles außen rum in ohrenbetäubendem Lärm. Das war also die vermeintliche Luftpolsterfolie. *Was ist hier los?*

Jemand kniet sich neben sie und schreit ihr ins Ohr.

„Laura? Laura! Geht's Dir gut?"

In all ihrem Schmerz und ihrer Verwirrung erkennt Laura die Stimme sofort. Ihr fällt ein Stein vom Herzen, auch wenn sie den Urheber noch heute nach dem Aufstehen mit Lust verflucht hatte. Sogar dass die gestellte Frage angesichts ihrer Situation bäuchlings im Gras mit mindestens einem gebrochenen Arm kaum unpassender hätte sein können, tat ihrer Freude nur bedingt Abbruch.

„Kalle!"

Sie erschrickt über ihre Stimme, die sich anhört, als hätte sie zum Frühstück einen Haufen Kreide gegessen. Erst jetzt fällt ihr auf, wie trocken ihr Mund eigentlich ist. Außerdem schmeckt sie Blut. Sie hat so viele Fragen.

„Kalle, was ist…", sie hört sich selbst lispeln durch zerbrochene Schneidezähne. Die Muse unterbricht sie. Unhöflich wie in den besten Zeiten.

„Das ist eigentlich nicht der richtige Zeitpunkt, aber ich mache es schnell. Nina hat uns gerade einiges an Zeit gewonnen – und du hast dir alle Antworten der Welt verdient."

Laura blickt ihn fragend an, doch bevor sie erneut durch Blut und Zahnsplittern sprechen muss, fährt Kalle schon fort.

„Die Partnerin des Polizisten, von dessen Mord uns Andi berichtet hat – die heißt Nina. Sie und einige andere haben erkannt, dass die Oni des Vielnamigen gezielt Polizisten und Soldaten jagen. Als ihre Kommandostruktur zusammengebrochen ist, haben sie sich deswegen verschanzt – und zu unserem Glück genau in der Kaserne neben der Panzerwiese. Heute hatte Nina Wachdienst und hat den blinkenden Riss und unsere Gruppe Musen entdeckt. Ich habe versucht sie auf den aktuellen Stand unseres Wissens zu bringen, da sind die ersten Oni erschienen. Damit sie Hilfe holen kann, sind einige tapfere Musen als Ablenkung dageblieben. Einige haben damit mit ihrem Leben bezahlt. Aber es wären sicher noch mehr gewesen, wenn du nicht aufgetaucht wärst. Danke Dir."

Kalles Stimme bricht bei den letzten Worten und er muss sich immer wieder fangen, um weiter zu sprechen. Laura entgeht die ungewohnte Emotion in Kalle Stimme nicht. Sie hat so viele Fragen. Doch bevor sie eine davon stellen kann, fährt Kalle fort, trotz anderslautender Beteuerungen wortreich wie eh und je:

„Zum Glück haben sich einige meiner Mitmusen aus ihrer selbst auferlegten Neutralität befreit, als sie gespürt haben, dass mit dem Riss der Strom des Flusses endgültig zum Erliegen gekommen ist. Dass sie in meiner Vision vorgekommen sind, hat ihnen nicht gereicht, aber das schon... Naja, immerhin sind sie zur Vernunft gekommen."

Kalle scheint jetzt eher mit sich selbst zu reden – denn Laura kann mit seinen letzten Worten inhaltlich nur bedingt etwas anfangen. Was für eine Neutralität? Außerdem kommt es ihr so langsam seltsam vor, wie viel Zeit er dafür fand, mitten auf einem Schlachtfeld mit ihr zu reden.

„Wie dem auch sei: Danke für deine Hilfe. Für Dein Opfer. Dein Körper hat dafür offensichtlich Tribut gezahlt. Du hast mehr getan, als jemals jemand von dir hätte verlangen können. Und doch muss ich dich um eine letzte Sache bitten."

Nach diesen Worten packen mehrere kräftige Hände Lauras Schulter und Hüfte und drehen sie von der Seite auf den Rücken. Ein stechender Schmerz teilt ihr mit absoluter Sicherheit mit, was davor nur Vermutung war: einige ihrer Rippen sind gebrochen. Kurz bevor sie vor Schmerzen schreit, packen sie dieselben Hände am rechten Arm und unter den Schultern und stellen sie auf ihre Beine. Ihr wird kurz schwarz vor Augen, doch sie schafft es bei Bewusstsein zu bleiben. Dann schreit sie vor Schmerzen.

Sie blickt die Personen vorwurfsvoll an, die ihr so rabiat aufgeholfen haben. Zwei Männer und eine Frau. Die

Männer hat sie noch nie gesehen – doch sie glaubt die Frau als diejenige zu erkennen, die davor im Gespräch mit den Musen war, als die Schlacht losging. Blonde Haare, gebunden zu einem strengen Pferdeschwanz, ein bisschen kleiner als Laura. Das muss Nina sein.

Laura ist noch immer schwindlig vom schnellen Wechsel in die Vertikale. Doch als sie schwankt, stützen sie die dieselben Hände sofort wieder, die ihr ebenso unsanft aufgeholfen haben. Sie bedankt sich nicht.

Lauras blickt wandert über das Schlachtfeld und sie erkennt schnell, warum Kalle so viel Zeit hatte, sie einzubriefen. Die Soldaten und Polzisten hatten gegen die Nahkampfwaffen der Armee des Vielnamigen schnell die Oberhand gewonnen. Auch wenn die Oni und die Stiermenschen mehr Kugeln aushalten mochten als ein normaler Mensch: Diese Salven waren augenscheinlich zu viel. Giftgrünes Oni und tieflilanes Stiermenschenblut färbt reglose Dämonenkörper und deren Uniformen und verätzt das Gras darunter. Die gegnerischen Kämpfer, die noch stehen, befinden sich in der Nähe des Risses und Laura fragt sich, ob sie gerade erst angekommen sind, nur um in dieser Todesfalle zu landen. Sie sucht erneut nach dem vampirhaften General, doch findet ihn nicht.

Um Laura und ihre Gesprächspartner haben sich außerdem sechs Soldaten in einem Halbkreis positioniert. Sie scheinen besonders schützenswert. Kalle fasst Laura an die linke Schulter und sie zuckt vor Schmerz zusammen. Strahlt ihr gebrochener Arm so aus, oder hat sie sich bei ihrer Landung auch noch die Schulter ausgekugelt. Sie fragt sich, ob sie sich mit Magie selbst heilen könnte, ist aber ob des Wenigen, was sie von ihrem Talent bisher versteht, eher skeptisch. Der Versuch Andi zu heilen, ging auf Kosten ihres Körpers – woher sollte denn bei Selbstheilung die Energie kommen.

Sie realisiert in ihren abschweifenden Gedanken, dass Kalle mit ihr spricht. Sie hat ihm nicht zugehört.

„Was?“, brüllt sie heiser mit ihrer zerstörten und lispelnden Stimme. Kalle beginnt erneut zu erklären, was er von ihr erwartet:

„Du musst den Riss schließen. Endgültig. Bevor der Vielnamige weitere Verstärkung schicken kann oder sogar selbst durchbricht. Ich glaube mit allen Musen auf dieser Seite und ohne den Fluss zwischen den Welten ist der Spuk damit endlich vorbei.“

Laura versteht Kalles Wunsch. Sie versteht die Dringlichkeit. Aber sie kann sich kaum auf ihren eigenen Beinen halten. Die gebrochenen Knochen in ihrem Körper schreien sie über ihre Nervenbahnen an, ihr ist schwindlig und schlecht.

Aber wer soll es machen, wenn nicht sie? Sie hört in sich hinein – und zu ihrer Überraschung fühlt sie die Magie in sich so stark wie eh und je, trotz ihres lädierten Körpers. Sie versucht sich heile Knochen zu manifestieren – und erntet nur weitere Schmerzen. Ihr Mund, auch wenn es ihr bis grade nicht möglich erschien, wird noch trockener. Das war also schonmal ein Fehlschlag. Dann probiert sie halt gleich den Riss.

Sie manifestiert sich eine Flasche Wasser in die Hand und freut sich trotz der stressigen Situation über die verdutzten Blicke der Soldaten und der Polizistin neben ihr. Das Wasser schmeckt nach Kupfer und Eisen. Laura spuckt eine rötliche Flüssigkeit mit braunen Stückchen auf den Wiesenboden. Sie hatte einiges an getrocknetem und frischem Blut aufgewirbelt. Sie nimmt einen weiteren Schluck Wasser, der marginal besser schmeckt. Diesmal schafft sie es zu schlucken.

Sie dreht unter größter Anstrengung ihren ganzen Körper in Richtung des Risses. Nina stützt sie bei ihrer Drehung, indem sie sich bei ihr einhakt. Laura ist sich nicht sicher, ob sie alleine stehen könnte. Sie ist dankbar, aber sagt nichts. Der Riss blinkt noch immer schnell und hell wie ein Stroboskop, doch durch die inzwischen voll am Himmel stehende Morgensonne hat es an Effektstärke weiter abgenommen.

Laura versucht sich trotz ihres körperlichen Zustands auf den Riss zu konzentrieren. Es fällt ihr schwer. Immer wieder pochen ihr Arm oder ihre Rippen oder ihre Zähne so stark vor Schmerzen, dass sie alles sind, was sie fühlen kann. Doch nach kurzer Zeit kann sie etwas spüren. Der Riss vor ihr ist anders als alles andere, was sie bisher mit ihren Sinnen wahrgenommen hat. Das passendste

Konzept, das ihr einfällt, ist das der Aura. In dieser Aura kann sie das stroboskopartige Blinken gar nicht sehen, nur eine Art leuchtendes, fließendes Schwarz im Zentrum von einem Meer aus Farben.

Laura blickt auf den blinkenden Riss und schließt langsam ihre Lider, um sich mehr auf diesen Kern des Portals zu konzentrieren. Kurz bevor sich beide Lider treffen, sieht sie etwas, das sie dazu bringt, sie direkt wieder aufzureißen. Der vampirhafte General ist in der Nähe des Risses hinter zwei Stiermenschen aufgetaucht, die sich offenkundig im Rückzug befinden. War er wirklich die ganze Zeit hinter den Stiermenschen versteckt? Sie fragt sich, ob sie den Befehlshaber erledigen soll, bevor sie das Portal schließt – oder ob das Portal die höhere Priorität innehat?

Nur wenige Sekunden nach Beginn ihres Gedankenkarussels wird ihr die Entscheidung abgenommen. Der Befehlshaber läuft direkt auf den blinkenden Riss zu, macht einen großen Schritt nach vorne – und verschwindet darin.

Laura weiß, dass es nie eine bessere Gelegenheit geben wird, den Riss zu schließen. Sie versucht die schwarzglänzende Aura zu spüren. Sie stellt sich vor, wie es wäre, wenn sie nicht da wäre. Wenn die Grenze zwischen den beiden Welten undurchlässig und stabil wäre. Sie manifestiert die Panzerwiese, wie sie noch gestern aussah. Wie sie sich gestern noch anfühlte.

Die warme Energie, die sie inzwischen so wertschätzt, fließt durch sie hindurch und direkt auf den dunklen Riss. Sie kann spüren, wie sie auf das schwarze Nichts trifft, das ihre Magie zu absorbieren scheint, wie ein Ozean einen Regenschauer. Noch nie hat sie in ihrer kurzen Zauberinnen-Karriere so viel Magie in etwas gesteckt und dabei so wenig rausbekommen. Aber Laura bleibt ruhig. Vor ihrem inneren Auge manifestiert sie die Panzerwiese weiter in ihren portallosen Zustand. Sie spürt, dass etwas passiert, auch wenn es die vermutlich größte Sache ist, die sie je versucht hat mit Magie zu lösen. Immerhin kostet es sie diesmal kaum Kraft, sie hat sich noch nie so stark gefühlt. Es scheint, als fliese die Energie direkt aus dem Boden in ihre Füße und aus ihren Händen wieder hinaus, die sich wie ein Kompass von selbst auf den Riss ausgerichtet haben. Sie versteht nicht zu einhundert Prozent, was genau passiert und warum, doch am Ende kann ihr die genaue Wissenschaft dahinter egal sein: Denn was sie macht scheint zu funktionieren. Das Loch, dass sie vor ihrem inneren Auge sieht, wird kleiner. Und mit jedem bisschen Magie, dass sie hineinkippt, schrumpft es weiter.

Auch das Blinken lässt nach. Der Effekt ist sogar auf dem Schlachtfeld spürbar. Die wenigen Onis und Stiermenschen, die noch nicht regungslos am Boden liegen, versuchen nun in unkontrollierter Flucht durch den Riss nach Hause zu kommen, bevor sich das Portal für immer schließt. Ein Lächeln macht sich auf Lauras Gesicht breit. Sie wird es schaffen.

Knapp außerhalb des Halbkreises, den die Polizisten und Soldaten um sie bilden, sieht sie Özge liegen. Die gebrochenen Gliedmaßen sehen aus, als würden sie quälende Schmerzen verursachen, aber sie ist wach und am Leben. Kalle neben ihr wirkt sogar lebendiger als jemals zu vor. All das dank ihr. Sie hat es geschafft.

Das Portal vor ihr ist inzwischen mit dem bloßen Auge kaum noch wahrnehmbar. Ein Oni versucht noch hinein zu springen – und fällt einfach hindurch auf den Boden. Nina, die Polizistin die Laura noch immer stützt, lacht laut auf. Der Kopf des Oni dreht sich und fixiert Nina. Ob aus gekränktem Stolz oder aus Kriegerehre beginnt der Oni mit gezücktem Säbel auf sie zuzulaufen. Er kommt keine zwei Meter weit, bevor er durchsiebt von Geschossen tot zusammenbricht. Nina jubelt unangemessen laut über seinen Tod. Laura vermutet, dass auch sie mit dem missglückten Fluchtversuch des Oni erkannt hat, dass sie gewinnen werden.

„Sehr gut. Weiter so Laura!“, ruft Kalle von der Seite.

Das Portal ist so gut wie geschlossen. Das tiefe Schwarz, das Laura spüren kann, nimmt vor ihrem inneren Auge nicht mehr Platz ein als eine Briefmarke. Plötzlich friert Lauras Lächeln ein.

Der Riss vor ihr ist inzwischen zusammengeschrumpft auf Fingernagelgröße. Es ist fast geschafft. Doch sie bekommt das letzte bisschen nicht geschlossen. Sie wirft nun noch mehr Magie auf das Portal vor ihr. Kalle, Nina und der unbekannte Soldat gehen einen Schritt von Laura weg, dann noch einen. Laura gerät aus dem Gleichgewicht, denn nun hat sie keine Stütze mehr unter ihren Armen. Warum lassen sie sie nun alleine? Sie muss nur den ängstlichen Blicken der drei folgen, um zu verstehen warum. Das Magergras um ihre Füße färbt sich schwarz und verdorrt. Der Geruch von Ruß und Lagerfeuer steigt in ihre Nase. Durch sie fließt mehr Energie, als sie es jemals für möglich gehalten hätte. So viel, dass sie buchstäblich den Boden unter Lauras Füßen verbrennt. Doch sie braucht noch mehr. Das Portal will sich einfach nicht schließen! Laura kanalisiert alles auf die winzige Anomalie dreißig Meter vor sich. Doch die will einfach nicht schrumpfen. Dann passiert etwas, das Laura nicht für möglich gehalten hätte.

Der winzige, kugelförmige Riss vor ihr, reißt plötzlich weit auf. All die Energie, die durch Laura fließt, die ihr so viel Macht gegeben hatte, dass sie gebrochene Rippen und Schulter quasi vergessen konnte – all das verpufft vollkommen wirkungslos. Die Macht, die das Portal wieder öffnet, ist so groß, dass sie sich bisher nicht mal hatte vorstellen können, dass so etwas möglich ist. Es ist, als würde sie einen Panzer versuchen aufzuhalten, indem sie fest gegen seine Fahrtrichtung pustet.

Trotz Lauras besten Versuchen erweitert sich der schwarz-leuchtende Riss quasi widerstandsfrei auf mehrere Meter Durchmesser, mindestens so groß und unnatürlich wie vor ihrem allerersten Versuch das Portal zu schließen. Noch während Laura versucht zu verarbeiten, gegen welche schiere Masse an Kraft sie gerade erfolglos ankämpft, tritt das Zentrum dieser Macht durch das Portal und materialisiert sich vor ihr auf der Panzerwiese.

Ein glatzköpfiger Mann mit schwarzem Vollbart betritt das Gras, in seinem Schlepptau der vampirhafte Befehlshaber. Die grün-goldene Robe des Bärtigen wirkt aus der Zeit gefallen, pathetisch und doch mächtig und stilvoll. Vor allem aber ist es seine Aura, die Laura den Atem raubt. Die Magie, die buchstäblich den Boden unter ihren Füßen verbrannt hatte, wirkt im Vergleich zu dem, was ihr Gegenüber ausstrahlt wie ein einzelner Regentropfen in einem aufgewühlten Meer. Laura weiß sofort, wem sie gegenübersteht. Der Vampirgeneral hatte seinen Boss geholt.

Der Vielnamige hat das Schlachtfeld betreten.

- 41 -

Sie haben keine Chance. Kaum betritt der Vielnamige diese Welt lösen sich alle Gewehre in den Händen der Soldaten und Polizisten in Luft auf. Einige greifen nach einer Zweitwaffe an der Hüfte, doch als sie mit ihren Fingerspitzen den Griff berühren, explodieren die Waffen in einem lauten Knall. Schreie von Schock und Schmerz ziehen sich über das Schlachtfeld. Zwei der Soldaten, die einen Halbkreis um Laura gebildet haben, krümmen sich am Boden. Sie halten sich jeweils abwechselnd die in Mitleidenschaft gezogene Stelle, an der der Halfter saß, sowie die blutige rechte Hand, an deren Ende mehrere Finger fehlen.

Laura ist geschockt von der puren Macht, die das Portal von der anderen Seite aufgezwungen hat und ihre Magie im Vergleich absolut bedeutungslos hat aussehen lassen. Und was danach kam erscheint ihr in seiner Leichtigkeit und Geschwindigkeit quasi nicht nachvollziehbar. Sie hatte als Kind mal Klavierstunden genommen und wenige Wochen später im Fernsehen die Finger eines Virtuosen über die Tasten tanzen sehen. Ähnlich fühlt sie sich jetzt.

Trotzdem muss sie es probieren. Sie muss diesen Übermenschen angreifen, sonst war alles umsonst. Allerdings würde ein Frontalangriff vermutlich nicht viel bringen. Sie muss warten, bis er abgelenkt ist. Sie muss nicht lange warten.

Der Vielnamige lässt seinen Blick über die Panzerwiese wandern. Seine dunklen Augen bleiben auf dem Haufen Musen hängen, die seit dem Einmarsch der Sicherheitskräfte wieder in Mannschaftsstärke auf der Panzerwiese vertreten sind. Die einen tragen noch immer die Schutzuniformen der Polizei, die Laura ihnen auf den Körper gezaubert hat – wobei die Meisten im Zuge der vermeintlichen Sicherheit ihre Helme ausgezogen haben. Die neu hinzugeeilten Musen haben weiterhin ihre seltsame Mischung aus archaischen und unmodisch-modernen Klamotten an. Sie scheinen die Ankunft des Vielnamigen erst langsam zu realisieren, die meisten knien noch immer am Boden neben verletzten oder ermordeten Mitmusen oder sitzen erschöpft vor ihren Helmen und Schwertern. Diejenigen, die das Portal im Auge gehabt haben starren den Bärtigen im grün-goldenen Umhang verstört und ängstlich an.

„So sieht man sich wieder."

Der Vielnamige spricht sehr leise, fast flüsternd, und doch scheint seine tiefe Stimme klar und verständlich über dem gesamten Schlachtfeld zu schweben.

„Dass ich mir nun doch selbst auf dieser Seite die Hände schmutzig machen muss, ist eines Herrschers unwürdig. Und erneut seid ihr diejenigen, die es ruiniert haben."

Der letzte Satz trieft so vor ungefiltertem Abscheu und Hass, dass sich Gänsehaut auf Lauras Rücken breit macht. Ein Vorbote für das, was unmittelbar danach startet. Ein

Pfahl, scheinbar geformt aus gepresster Erde und Kieselsteinen fährt aus der Erde und spießt eine kräftige Muse mit dunkler Haut von der Hüfte bis zum Kiefer auf, ohne dass sie den Hauch einer Chance hatte zu reagieren. Ein nasses Röcheln und ein Zucken sind die letzten Lebenszeichen der Muse, bevor sie für immer erschlafft. Der Pfahl allerdings wächst weiter. Erst nach sechs bis sieben Metern hört der Pflock auf zu wachsen und lässt den gepfählten Leichnam wie ein grausames Kunstwerk in der Luft stehen. Dunkles Blut fließt langsam an dem Pfahl herunter.

Das grausame Bild verfehlt seine Wirkung nicht. Die Musen haben nun alle die neue Bedrohung realisiert und versuchen fast ausnahmslos zu fliehen, nur zwei greifen nach ihren Schwertern und laufen auf den Vielnamigen zu. Doch schon nach wenigen Metern sieht es in alle Richtungen aus, als würden sie gegen elastisches Glas laufen. Unsichtbar und *bouncy*. Was Laura einen Haufen Wellenbrecher und Stacheldraht gekostet hatte und am Ende das Unvermeidbare nur aufschob, vollbrachte der Vielnamige nebenbei: Er hat eine Barriere um die Musen errichtet. Scheinbar undurchdringbar, aber komplett durchsichtig. Eine Eigenschaft, die ihm wichtig zu sein scheint, damit auch jeder sehen kann, wie er sie bestraft für ein Verbrechen, das Laura nur bedingt versteht. Aktiv hatten sie seine Schergen nur sehr bedingt bekämpft.

Warum geht er ausgerechnet auf die Musen los, wenn das Schlachtfeld Soldaten und eine Zauberin bietet?

Eine bleiche Muse mit ins Haar geflochtenen Blumen und Ästen und einem scheinbar moosbedeckten Gewand steigt dutzende Meter in die Luft. Ihr panischer Gesichtsausdruck lässt keinen Zweifel daran, dass sie das nicht möchte, doch sie kann sich nicht wehren. Unter lauten Schmerzensschreien bricht er ihr in Sichtweite der gesamten Panzerwiese scheinbar alle Knochen in ihrem Körper, und überlässt ihren verdrehten und spannungslosen Körper erneut der Schwerkraft. Mit einem verstörenden dumpfen Geräusch landet die Leiche auf dem Magergras.

Die Soldaten, deren Hände noch intakt sind bücken sich nach den zurückgelassenen Säbeln der Oni, um sich erneut zu bewaffnen. Einigc versuchen die Streitäxte der Stiermenschen aufzuklauben, doch bekommen sie wegen ihres Gewichts kaum hochgehoben.

Der Vielnamige ignoriert die Wiederbewaffnung scheinbar, doch hinter ihm beginnt das Portal wieder zu blinken und Oni und Stiermenschen postieren sich um ihn herum, angeleitet von dem vampirhaften General.

„Die einen von Euch fliehen, die anderen laufen mit scharfen Messern auf mich zu?“, spricht die tiefe Stimme des Vielnamigen an die Musen gerichtet, doch auch sonst jeder auf die Panzerwiese hört sie klar und deutlich. Die Abscheu darin hat durch die beiden grausamen Morde nicht nachgelassen. „Habt Ihr alles vergessen? Euch selbst Amnesie beschert? Wie schade – wer rächt sich schon gerne an einem Haufen Demenzkranker?“

Laura versucht den Schock ob der grausamen Morde vor ihren Augen beiseite zu wischen so gut es geht – die Obsession des Vielnamigen mit den Musen ist genau die Ablenkung, die sie braucht. Diese Obsession und der Monolog des Vielnamigen allerdings verwirren sie auch. Andis letzte Worte kommen ihr in den Sinn. „Die Musen sind der Schlüssel!“

Sie schüttelt sich kurz, um den Kopf so gut es geht freizubekommen. Wenn sie dem Vielnamigen jemals Schaden zufügen konnte, dann jetzt. So kann sie vielleicht weitere tote Musen verhindern. Wie könnte sie ihn angreifen? Was lässt ihm möglichst wenig Zeit zu reagieren?

Sie beschließt einen erfolgreichen Trick erneut auszuprobieren. *Never change a running system.*

Also manifestiert sie eine Panzermine in den Grund des alten Truppenübungsplatzes. Direkt unter die Füße des Vielnamigen. Sie manifestiert sich eine Explosion herbei, die nicht nur den Vielnamigen, sondern auch seine Leibwache und den General an seiner Seit in den Tod reißt. Sie spürt, wie ihre Magie in die Erde fließt, wie die Mine auslöst - doch anstatt einer großen Explosion raucht es nur leicht unter den Füßen des Vielnamigen. Nichts ist explodiert, aber die dunklen Augen, die eben noch die

Musen fixiert haben, liegen jetzt auf Laura. Etwas wie Neugier liegt in seinem ansonsten kalten Blick.

„Schwacher Versuch." Die Stimme des Vielnamigen hallt wie gewohnt über die Wiese und doch kommt es Laura vor, als würde er nur mit ihr sprechen. Sie kann plötzlich den magischen Abdruck einer Barriere um sich herum spüren, ähnlich zu der, die der Vielnamige um die Musen herum platziert hat. Sie ist sich sicher, dass nicht nur sie daran abprallen würde, sondern genauso ihre Zauber. Ein zweiter Rattenkäfig, der sie, Nina, Kalle und ihre soldatischen Beschützer umschließt. „Du warst es also, von der meine Oni und Kusarikku erzählt haben." Laura fügt in ihrem Kopf zusammen, dass Kusarikku also wohl der Name der Stiermenschen ist. Ein kleines Stück Wissen, mit dem sie nun wirklich gar nichts anfangen kann. Die Lippen des Vielnamigen ziert ein kaum merkliches Lächeln. Er scheint diesen Kampf mehr als sadistisches Spiel zu begreifen, denn als Herausforderung. Sein Blick wandert wieder zu den Musen:

„Habt Ihr also doch noch jemanden wie Euch gefunden?"

Jemanden wie euch? Was soll das heißen? Laura ist *wie eine Muse*? Andis sterbendes Gesicht taucht wieder vor ihrem inneren Auge auf: *„Die Musen sind der Schlüssel!"* Lauras Gedanken beginnen zu rasen. Der Schlüssel zu was? Inwiefern ist sie wie eine Muse?

Sie blickt zur Seite und studiert Kalle. Der Schock über die Ereignisse steht ihm ins Gesicht geschrieben. Sie sieht Tränen, die von seinen Wangen rinnen. Vor kurzem hätte sie nicht gedacht, dass er überhaupt zu so starken Emotionen fähig ist. Er hat sich stark verändert. Er ist mehr geworden wie sie – ist menschlicher als das kalte, distanzierte Wesen, das er war, als sie ihn kennenlernte.

‚Habt Ihr alles vergessen? Euch selbst Amnesie beschert?‘ Was übersieht sie? Laura fühlt sich, als stünde sie kurz davor, in ihrer Ohnmacht im magischen Käfig etwas ganz Großes zu verstehen. Der langgezogene Schrei einer weiteren Muse dringt an ihr Ohr. Laura bringt es nicht über sich, hinzuschauen.

Hat Kalle davor nicht erwähnt, dass das Ende des *Flusses*, wie Kalle es bezeichnete, die Musen verändert hat? Auch ihn selbst? Er begann zu träumen, Menschen zu berühren, Emotionen zu fühlen. *Amnesie*... Was, wenn sie mit dem Ende des Flusses nicht zu etwas Neuem wurden – sondern zu etwas, das sie schonmal waren?

Die Musen sind der Schlüssel.

Habt Ihr Euch selbst Amnesie beschert?

Laura denkt an Kalles Visionen, an den Kampf an einer grasbewachsenen Klippe. Die Panzerwiese hatte diese Vision auf jeden Fall nicht erfüllt. War es vielleicht gar keine Vision, sondern... Sie läuft so schnell sie ihr versehrter Körper trägt die paar Schritte zu Kalle.

„Kalle! Kann es sein, dass deine Vision keine Vision war?“

Kalles Blick ist noch immer voller Entsetzen auf die vom Vielnamigen inszenierte Schlachtbank für Musen gerichtet. Er eist sich los und blickt Laura an. Seine Augen sind abwesend und voller Schmerz.

„Was meinst Du, Laura?“

„Deine Vision. Die, die du immer wieder hattest und weswegen du die Musen zusammengetrommelt hast. Woher weißt du, dass es eine Vision war? Für mich sieht dieses Schlachtfeld nicht nach den Klippen aus, die du beschrieben hast. Woher weißt Du, dass sie die Zukunft gezeigt hat – und nicht die Vergangenheit?“

Kalles Augen scheinen sich nun auf sie zu fokussieren, aber Verständnis kann Laura nicht darin lesen. Sie fährt fort:

„All das, was der Vielnamige gesagt hat – sein Fokus auf die Musen, sein Hass, dein Traum... Ich glaube, dass Ihr Musen schon einmal gegen den Vielnamigen gekämpft habt – vielleicht vor tausenden von Jahren. Allerdings habt ihr seitdem alles vergessen auf eurer ewigen Reise zwischen den Welten. Deswegen will er sich an euch rächen – und ist sauer, dass ihr euch an nichts erinnert.“

Kalles Augenbrauen ziehen sich zusammen. Etwas arbeitet in ihm.

„Tatsächlich sind bereits einige, die in der Vision an meiner Seite standen auf diesem Schlachtfeld gestorben. Die Zukunft kann die Vision also bestimmt nicht gezeigt haben. Aber die Vergangenheit? Warum hätten wir das tun sollen? Wir mischen uns nicht ein in Weltengeschehnisse, auf keiner der beiden Seiten. Naja, zumindest bisher…“

„Versuch dich zu erinnern, Kalle! Soweit zurück, wie es geht. Ich glaube mit dem Ende des Flusses, wie du es nennst, hat sich etwas in euch verändert.“

Laura mag nicht, wie flehend ihre Stimme am Ende des Satzes klingt. Aber sie haben nicht mehr viele Optionen. Kalle nimmt ihre Hand und schließt seine Augen. Sie weiß nicht, ob er das tut, um ihr einen letzten Gefallen zu tun oder weil er wirklich glaubt, damit etwas erreichen zu können. Aber es ist ihr auch egal. Sie schließt ihre Augen ebenfalls und stellt sich vor, dass Kalles Gedächtnis ordentlich funktioniert. Ein bisschen magische Unterstützung kann nicht schaden. Sie öffnet ihre Augen wieder und liest Kalles Gesicht.

Kalles Mimik scheint so entspannt, wie das eben geht inmitten von Schmerzensschreien und hinter tränennassen Wangen. Sie kann sehen, dass sich etwas in seinem Kopf tut. Seine Augen bewegen sich hinter seinen geschlossenen Lidern, als wäre er in der REM-Phase seines neu gewonnenen nächtlichen Schlafes.

Auf einmal reißt er seine Augen weit auf und drückt Lauras Hand so fest, dass sie erschrickt. Sie starrt in seine smaragdgrünen Augen und er nimmt sie mit in ein ebenso grünes Land.

- 42 -

Das Magergras der Panzerwiese ist einer saftig grünen Wiese gewichen, die 20 Meter vor Ihr abrupt abbricht und nach einem steilen Abhang den Blick aufs Meer freigibt. Laura ist definitiv nicht mehr in München, sehr wahrscheinlich auch nicht mehr in Deutschland. Sie ist sich recht sicher in Irland zu sein. Auch wenn sie noch nie dort war, erinnert sie die Szenerie an eine Reisedoku, an der sie vor Streaming-Zeiten nachts beim Zappen hängengeblieben ist. Das saftige Grün, die steilen Klippen, das Rauschen des Meeres und der Wind: Sie ist sich fast sicher, an den *Cliffs of Moher* zu stehen. Die Atomsphäre ist atemberaubend. Ihr Blick wandert weg von den Klippen, ohne dass Laura ihren Kopf aktiv bewegt.

Laura versteht schnell, dass Kalle sie an den Ort seiner Vision gebracht hat. Sie sieht die Szene durch seine Augen und fühlt auch dessen Gefühle. Wut kocht in ihr, Angst, aber auch Hoffnung. Direkt vor ihr spielt sich ein Kampf ab zwischen dem, den sie nun als Vielnamigen leibhaftig kennengelernt hat, und den Personen, die sie als Musen kämpfen und teilweise sterben sah.

Kalle weiß – das kann Laura klar fühlen - dass der Vielnamige grausam ist und er weiß auch, dass er mächtig ist. Mächtiger vermutlich als sie alle zusammen. Aber sie haben einen Plan. Einen radikalen Plan.

Laura begreift den Plan auf eine instinktive Art, weil sie in Kalles Gedanken wohnt. Aber dieses instinktive ist auch unscharf. Würde sie den Plan in ihren eigenen Worten zusammenfassen, fehlen ihr Verständnis und Konzepte. Etwas gleichzeitig zu begreifen und doch nicht zu verstehen, erscheint ihr paradox, doch sie hat nicht viel Zeit nun darüber nachzudenken. Die Musen wollen die Welt… *spalten?*

Ein Schrei, und eine Muse zwei Meter neben ihr verschwindet, als wäre sie niemals da gewesen. Spontane Desintegration. Der Vielnamige lacht. Sie spürt, wie eine Träne an Kalles Wange hinabläuft und gleichzeitig seine Entschlossenheit zunimmt. Sie versucht so viel aus seinen – ihren – Gedanken herauszulesen, wie sie kann. Wer weiß, wie viel Zeit sie hier haben würden.

Der Vielnamige hatte ihn und die anderen überrascht, liest sie aus Kalles Bewusstseinsstrom. Eigentlich hatten sie mehr Zeit zur Vorbereitung eingeplant. Deswegen hatten sich Magier aus der ganzen Welt versammelt.

Magier? Laura möchte dem Wort und seinen Implikationen folgen, doch Kalles Gedanken drehen sich zu schnell und beides gleichzeitig ist zu viel in ihrem Kopf.

Sie sind viele und sie sind mächtig, so viel kann sie herauslesen aus Kalles Gedanken. Seine Oni und die anderen Helfer und Krieger haben sie zu großen Teilen schon ausgeschalten. Hier an diesen Klippen wollten sie seine rechte Hand Alastor eliminieren. Zu dem Namen

Alastor taucht ein Bild vor Kalles innerem Auge auf, das Laura eindeutig als den vampirhaften General erkennt. Auch der hat inzwischen also einen Namen. Sie wollten den Vielnamigen soweit es geht in die Defensive treiben und aufreiben, ohne ihn direkt zu stellen. Eine Art magische Guerilla-Taktik. Kalle denkt in Kriegslogik und Terminologie und Laura erkennt, dass ihm all das noch immer fremd ist. Sie muss an sich selbst denken und ihr ungeplantes Schicksal als Kriegerin.

Kurz bevor Kalle und die anderen Alastor erledigen konnten, kam der Vielnamige selbst dazwischen. Seitdem schlachtet er einen nach dem anderen ab. Doch es gibt trotzdem noch Hoffnung. Sie haben Alastor zumindest kampfunfähig gemacht und den Vielnamigen an den Rand einer Klippe getrieben. Kalle ist inzwischen mitten im Kampfgetümmel. Das ist die Szene, die er auch Laura aus seiner Vision beschrieben hat. Er dreht dem Vielnamigen seinen Rücken zu und schreit etwas zu seinen Mitmusen in einer Sprache, die Laura nicht versteht, und doch weiß sie durch die Gedankeneinheit, was die Worte bedeuten: „Jetzt oder nie!“.

Hinter dem Vielnamigen, wenige Zentimeter vor dem Abgrund, beginnt es zu knistern und zu blitzen. Laura kennt dieses Lichtspiel. Würde nun doch noch Verstärkung für den Vielnamigen kommen? Einige Musen stöhnen auf, sie scheinen dasselbe zu befürchten. Doch nicht nur die Musen ächzen, alles um sie herum scheint zu seufzen und zu klagen. Das Gras unter ihren Füßen, die Steine in den Klippen, sogar die Luft und das Meer. Laura hat das Gefühl, irgendetwas zieht tief an ihrem tiefsten Inneren. Äußerlich sieht sie nicht mehr als den üblichen Küstenwind, und doch fühlt es sich auf einer gewissen – einer magischen - Ebene an wie ein unbegreiflich starker Sturm. Als wäre der Riss ein schwarzes Loch, das hungrig und mit unwiderstehlicher Kraft alles in sich einsaugt. Sie ist verwirrt, denn das Portal bei ihr hat sich ganz anders verhalten. Dann begreift sie, was geschieht.

Die Musen haben nicht gestöhnt, weil sie Verstärkung befürchtet haben. Es war ein Laut der Anstrengung und Erschöpfung. Sie haben den Riss vor sich selbst erschaffen. Das ist ihr Plan. *Sie spalten die Welt.*

Laura versucht Kalles Gedankenstrom weiter für sich zu strukturieren und zu verstehen. Was ihr schon mit ihrem eigenen schwer fällt, ist bei einer anderen Person ein äußerst komplexes Unterfangen. Gefühle, Impulse, Pläne und Gedankenblitze – all das gilt es zu sortieren und zu priorisieren.

Doch was sie daraus erfährt, bestätigt ihren Verdacht: Die Welt war nicht immer gespalten in ein Reich der Ideen und ein Reich der Dinge. Diese Spaltung findet gerade erst statt. Bisher war alles eins, doch gerade wird alles Magische und Mystische - das ein realer Teil dieser Welt ist wie Wasser, Luft und Erde – unter Stöhnen und Ächzen in diesen Riss gezogen, um eine Welt zu erschaffen, die nur dem Exil eines Mannes dient. Der Vielnamige ist zu mächtig, um ihn in dieser Welt zu behalten, seine Magie zu stark. Also wird alle Magie gleich mit ihm gebannt. Die Musen sind noch gar keine Grenzgänger – es gibt noch keine Grenze zu begehen. Es sind die Magier und Zauberer dieser Zeit und dieser Welt, die ihre eigenen Fähigkeiten opfern, um die Welt zu retten. Deswegen ist der Vielnamige auch nach so langer Zeit noch so voller Wut auf die Musen.

Der Vielnamige steht kurz vor dem Abgrund und kämpft. Sein Umhang und auch sein langer Bart stehen fast quer in der Luft. Das Bild ist für Laura umso beeindruckender, da sie den magischen Luftzug in Richtung des Portals zwar in sich spürt, sich das Phänomen aber nicht physisch zeigt. Dass der Vielnamige im Gegensatz dazu aussieht, als würde er mitten in einem Windkanal stehen lässt Laura erahnen, wie viel Magie in dieser Person steckt.

Kalle ist von der Stärke des Vielnamigen nicht überrascht. Eine Muse rechts vor ihm geht mit einem gleißenden Licht in Flammen auf. Der beißende Gestank von verbrannter Haut und versengten Haaren irritiert seine Nasenschleimhäute. Es schockiert Laura, wie wenig das augenscheinlich in ihm auslöst. Seine Seele ist ausgehärtet, abgestumpft in wahrscheinlich monate- oder jahrelangen Kämpfen und Konflikten. Eine Kriegerseele, die so gar nicht zu der zynischen, aber doch feinsinnigen

Muse passen wollte, als die Laura Kalle kennengelernt hatte.

Etwas steht an, das für ihn ein großes Opfer bedeutet. Für alle, die hier mit ihm stehen. Wollen sie nicht einfach den Vielnamigen auf die andere Seite bugsieren? Doch auch wenn die Kämpfe zwischen den Musen und dem Bärtigen weiterhin tobten, so wirkt es nicht, als wollten sie ihn in den Riss hinter ihm drängen. Einige scheinen sich gar nicht direkt am Kampf zu beteiligen, sondern etwas anderes vorzubereiten. Sie stehen auf dem Schlachtfeld und halten inne. Für Lauras Augen wirkt es, als würden sie beten, doch dank Kalles Gedanken weiß sie, dass sie in tiefer Konzentration sind. Auch Kalle schließt seine Augen.

Kalles Bewusstseinsstrom zersplittert in viele verschiedene konkurrierende Ideen und Konzepte. Er ist offensichtlich sehr aufgeregt. Laura findet Konzepte wie ‚notwendiges Opfer' und ‚nachhaltiger Frieden' aber auch ‚Verzweiflung', ‚Liebe' und ‚Tod'. Dann materialisiert sich kurz nochmal der Plan in Kalles Gedanken – und Laura versteht.

Sie können der Welt nicht einfach so die Magie entziehen und sie einsperren. Magie ist, wenn sie Kalles Gedanken hier richtig interpretiert, nichts anderes als *konzentrierte Ideen*. Es muss eine Verbindung bestehen bleiben, da sind sich die Magier um Kalle sicher, denn sonst fehlen Ideen und Inspiration, Romantik und

Geschichten – alles, was das Leben lebenswert macht. Es mag sein, dass in ihrem Plan das *Magische* abstrakt wird, aber es muss bestehen bleiben, sonst ist diese Welt eine, die sich Kalle nicht vorstellen mag.

Also haben sie Boten in ihren Plan eingebaut, die zwischen dem neuen Reich der Magie und der frisch davon getrennten Welt der Dinge pendeln. Und die einzigen, die sich dafür eignen, sind diejenigen, durch die die Magie ohnehin fließt. Die Magier, versammelt und vereint in ihrem Kampf gegen das Übel des Vielnamigen – und der Vielnamige selbst. Sie werden gemeinsam zu etwas neuem. Gemeinsam stehen sie für das Ende der Magier und deren oft zerstörerischer Kämpfe. Stattdessen sind sie etwas gänzlich Neues: Musen.

Als Musen werden sie in Zukunft die einzigen sein, die die Grenze zwischen den beiden Reichen überwinden können. Die neue Magie wird wie ein Fluss sein, der zwischen den Welten fließt und sie mal mitträgt in die eine und zurück in die andere Welt. Sie werden dem Fluss folgen und ihrer Aufgabe als Verbindungsstück nachgehen, ohne Zweifel, ohne Erinnerung, ohne alte Kämpfe und Fehden.

Sie werden nie wieder einen Menschen berühren oder mit alten Freunden sprechen. Sie werden unsichtbar sein und doch vital für beide Welten, die unabhängig voneinander nicht existieren würden können. Ihre eigene Existenz endet in wenigen Augenblicken und die

Reinkarnation wird so tiefreinigend, dass sie auf einer subjektiven Ebene vom Tod nicht zu unterscheiden ist.

Eine vielleicht letzte Erinnerung drängt sich in den Vordergrund von Kalles Gedankenstrom. Kalle erinnert sich bewusst an etwas, bevor diese Erinnerung für immer verschwinden wird. Laura weiß, dass das, was sie nun sieht, das vielleicht wichtigste ist, was es für Kalle gibt.

Eine junge Frau mit roten Haaren blickt ihn aus grünblauen Augen an, die feucht glänzen. Sie spricht in einer Sprache, die Laura nicht kennt, aber dennoch versteht.

„Ich werde dich vermissen. Aoife wird dich vermissen."

An der Wade der jungen Frau hängt ein Kind, die blonden Locken vorm Gesicht nass durch Tränen und Geschrei. Die Frau möchte das Kind beruhigen, doch beginnt dann auch zu weinen und zu schluchzen. Kalle küsst ihre Tränen weg. Mit brüchiger Stimme fährt die Frau fort mit dem, was augenscheinlich Abschiedsworte für immer sind.

„Aidan, das Schlimmste ist, dass du dich nicht mal an uns erinnern wirst."

Aidan? Ist das Kalles echter Name? Doch bevor Laura sich weitere Gedanken machen kann, ergreift Kalle das Wort. Die Welt durch seine Augen, durch die auch Laura die Welt sieht, liegt verschwommen hinter einem Film aus Wasser.

„Wir gehen in größter Tragik auseinander, Alenja. Und doch werde ich dich bestimmt wiedersehen, auch wenn ich dann vermutlich nicht mehr ich selbst bin.“

Er küsst die linke Seite ihres Halses fast direkt unter dem Ohr.

„Ich mochte dein Muttermal hier schon immer. Es sieht aus wie ein Stern. Es soll all deine Töchter und deren Töchter an derselben Stelle zieren. Vielleicht möge es mich so leiten, wie der Nordstern die Seefahrer, wenn ich drohe vom Weg abzukommen. Auch wenn ich Dich und unsere Nachkommen in meiner neuen Form nicht zu erkennen vermag.“

Das Mal der Mutter taucht kurz darauf an genau derselben Stelle auf dem Hals des kleinen Mädchens auf. Ein kurzes Kichern unterbricht ihr tragisches Weinen. „Das kitzelt.“ Sie fasst mit ihrer Hand an ihren Hals, tastet irritiert über die neue Struktur.

Laura würde es ihr gleichtun, wenn es ihr eigener Körper wäre, mit dem sie hier zu Besuch ist. Auf den beiden Hälsen vor sich sieht sie das Muttermal, das sie schon immer an genau dieser Stelle trägt. Das Muttermal, das auch ihre Mutter und Oma an genau derselben Stelle getragen haben. Ihre Gedanken rasen.

Die Abschiedsszene vor ihr löst sich auf und sie steht wieder auf dem Schlachtfeld an den Cliffs of Moher. Eine gespenstische Ruhe ist eingekehrt. Alle Magier mit Ausnahme des Vielnamigen heben bedächtig ihre gestreckten Arme an ihrer Seite hoch, als würden sie den langsamsten Hampelmann der Welt ausführen. Der Vielnamige starrt sie an, offenbar nicht mehr in der Lage sich zu wehren. Laura kann spüren, wie auch Kalles – oder besser gesagt Aidans – Gedanken leerer werden und seine Erinnerungen weniger schwer wiegen bis sie schließlich verblassen.

Sie spürt, wie auch sein Körper immer leichter wird, bis er bald kaum noch materielle Form zu haben scheint. Sie sieht, wie auch die Magier um sie herum sich langsam in der Luft aufzulösen scheinen. Wie die Magie, die davor noch in ihr bekannter Weise durch Kalle durchgeflossen ist, sich warm und vertraut angefühlt hat, sich wandelt. Die Magie fliest nun um sie herum, zieht sie an und stößt sie ab, leitet sie. Kalle beziehungsweise Aidan lässt sich fallen in diesen Fluss, lässt sich treiben und bestimmen. Sie spürt eine fast selige Ruhe.

Das Stampfen schwerer Stiefel auf nassem Gras durchbricht die Stille. Der vampirhafte General, von dem Laura nun weiß, dass er Alastor genannt wird, sprintet durch die Masse an halb-transzendenten Magiern hindurch auf seinen Meister zu, dessen Form sich auch bereits aufzulösen beginnt. Die Magier sind schon zu sehr

Musen, um ihn aufzuhalten – um überhaupt zu verstehen, warum sie ihn aufhalten sollten. Der Fluss leitet sie bereits.

Alastor springt nach vorne, umfasst den schemenhaften Körper des Vielnamigen – und reißt ihn über den Abgrund in das schwarze Portal. Ein kurzes Aufleuchten des Risses deutet an, dass sie auf der anderen Seite sind. Wie Laura weiß, ist der Vielnamige wegen diesem Sprung nie eine Muse geworden. Sie spürt, wie etwas ganz tief in Aidan das gleiche vermutet, bevor Aidans Existenz endet - und er zu der Muse wird, die Laura tausende Jahre später Kalle tauft.

- 43 -

Das Magergras wirkt im Vergleich zu den irischen Weiden gelblich und vertrocknet, das Meer fehlt und es gibt keine atemberaubenden Klippen zu sehen - aber ansonsten ist die Szenerie auf der Panzerwiese für Lauras Augen sehr ähnlich dem eben Erlebten. Die Magier, die vor Äonen gegen den Vielnamigen gekämpft hatten, stehen ihm auch jetzt entgegen. Nur sind sie dezimiert und sterben noch schneller als damals – ohne Magie oder überhaupt ein Verständnis dafür, was sie waren und was sie sind.

Neben ihr steht Kalle, der mal Aidan war und der sich nun erinnert. Sein Blick ist hart. Das stählerne, das Laura eben in Aidan gefühlt hat, ist zurück in seinen Augen. Und das ist nicht das Einzige, was zurück zu sein scheint.

Laura kann spüren, wie er die Magie um sie herum anzapft. Ein wenig eingerostet und ungeschickt in den ersten Sekunden, doch dann sehr schnell besser, als sie es in der kurzen Zeit jemals zustande gebracht hat. Es erinnert Laura an Menschen, die seit Jahren nicht mehr Fahrrad gefahren sind und vorsichtig und wacklig beginnen loszurollen, nur um nach wenigen Metern wieder stabil zu fahren. Inzwischen ist viel Magie auf dieser Seite, Laura kann es auch spüren. Diese Seite zu erobern scheint nicht das einzige Ziel des Vielnamigen zu sein – er möchte auch beide Welten seit Jahrtausenden wieder vereinen. Magie zurück in dieser Welt. Laura hat in den letzten Wochen einen ersten kreativen Vorgeschmack davon bekommen – und war nach anfänglicher Begeisterung am Ende doch enttäuscht. Umso mehr Gründe die Rückkehr des Vielnamigen zu verhindern.

Kalle unterdessen sieht den Vielnamigen nicht an, seine Aufmerksamkeit richtet sich auf die anderen Musen. Laura versteht nicht genau, was passiert, aber für sie fühlt es sich an, als würde er die Magie um sie herum anzapfen um eine Nachricht durch den Boden unter der magischen Barriere um sie herum zu senden. Eine Nachricht, deren Inhalt auch bei Laura ankommt. Nicht in echten Worten, aber doch mit einer konkreten und klaren Botschaft: *Erinnert Euch!*

Laura meint, einen veränderten Ausdruck auf den Gesichtern der Musen zu sehen, die der Vielnamige übrig gelassen hatte. Erstaunen, Schock, vielleicht sogar ein bisschen Hoffnung. Doch Laura hat keine Zeit, die Reaktion der Musen weiter zu analysieren. Der Vielnamige hat seine Aufmerksamkeit Kalle zugewendet – und damit auch ihr. Er hat Kalles Nachricht auch gehört. Mit seiner Kontrolle über Magie – da ist sich Laura sicher – spürt der Vielnamige eine solche Manipulation von Magie in seinem direkten Umfeld sofort – erstrecht, wenn Laura das als blutige Anfängerin bereits hinbekommt.

Laura erwartet einen zynischen Spruch, einen sarkastischen Glückwunsch zur neu gefundenen

Erinnerung oder einen Monolog darüber, warum sie alle immer noch keine Chance haben werden, ihn zu stürzen. So klassisches Bösewichtszeug aus Film und Fernsehen halt – und zu Beginn der Schlacht war er ja auch extrem wortreich. Stattdessen greift er direkt an. Laura realisiert, dass er auch nicht geredet hatte, als er die Musen das letzte Mal vor tausenden Jahren in Irland bekämpft hatte. Das erste Mal am heutigen Tag nimmt er seine Gegner ernst.

Sie fühlt, wie die Erde um sie herum zunächst lose wird und sich dann aufzulösen beginnt. Er versucht genau das, was sie zu Beginn dieser Schlacht machen wollte: ein großes Loch in der Erde, um mehrere Gegner auf einmal loszuwerden. Sie arbeitet dagegen, manifestiert gesundes und stabiles Erdreich unter ihre Füße, doch sie ist chancenlos. Jede Sekunde könnten sie durch die dünne verbleibende Erdschicht fallen. Das Loch, das der Vielnamige darunter gräbt, ist tief.

„Kalle!“, ruft sie, um ihn zu warnen. „Wir müssen weg!“

Stattdessen spürt sie Kalles Magie, wie sie die ihre umarmt wie einen alten Freund, warm und zugleich so mächtig. Kalles Magie scheint aber nicht führen zu wollen, sie vereint sich einfach mit der von Laura und auf einmal konktrolliert Laura eine ungeahnte Fülle von gerichteter Magie. Was bis eben noch eine unmögliche Aufgabe war, geht ihr jetzt leicht von der Hand: Sie fühlt die Leere unter ihnen und füllt sie gegen den Wunsch des Vielnamigen mit festem Boden.

Sobald sie nicht mehr alle ihre Ressourcen in die Verteidigung ihres Untergrundes gehen, merkt Laura schnell, dass das, was ihre ganze Aufmerksamkeit gefordert hat für alle anderen nur ein Nebenschauplatz war. Sowohl der Vielnamige als auch Kalle arbeiten parallel an verschiedenen Angriffen und Abwehrtechniken, deren Form und Umfang Laura gar nicht begreift, weil es zu schnell geht für ihr Magiegespür. Einige Eckpunkte jedoch kann sie erfühlen. So hat der Austausch von Massen von Magie die magische Barriere um sie herum so sehr durchlöchert, dass sie kollabiert. Wie glitzernder Sand fallen Millionen Stücke zu Boden und wirbeln schwerelos durch die Luft, bevor sie sich auflösen in der Magie, die sie inzwischen alle umgibt.

Aus der Richtung der übrigen Musen, es waren vielleicht noch zehn übriggeblieben, spürt Laura ebenfalls, dass sich Magie sammelt und wabert. Schwarze Wolken verdunkeln den Himmel der Panzerwiese, der vor wenigen Sekunden noch strahlend blau war. Blitze zucken über das Schlachtfeld und schlagen mal in der Nähe des Vielnamigen und seiner Leibgarde ein und mal in der Nähe der Musen. Doch sowohl der Vielnamige und seine Entourage als auch die Musen und Soldaten werden nicht getroffen. Auf Laura wirkt es wie ein Patt.

Laura selbst wird seit der kurzen Erdreichstabilisierungsgeschichte inzwischen ebenso ignoriert wie Nina und die Sicherheitskräfte um sie herum. Ihre Magie fällt im Vergleich zu allen um sie herum einfach kaum ins Gewicht. Aber vielleicht kann sie das Zünglein an der Waage sein.

Sie versucht es mit einem eingeübten Klassiker: Dem Verschwinden von Vielnamigen-Faszien. Nicht, dass sie wirklich an eine erfolgreiche Zerlegung wie bei seinen Oni-Lakaien glauben würde, aber selbst, wenn am Ende nicht mal seine Nase um einen Millimeter verrückt wäre, würde ihn vielleicht der Versuch genug ablenken, dass die Musen das Patt zu ihren Gunsten brechen können. Laura konzentriert sich, fängt an mit der Manifestation vor ihrem inneren Auge – und ist geschockt. Sie hat die Situation vollkommen falsch eingeschätzt.

Es ist, als würde ihre Magie gegen eine massive schwarze Wand prallen. Absolut undurchdringbar. Sie und Kalle hatten scheinbar einen schnellen und halbherzigen Versuch abgewehrt, sie buchstäblich im Erdboden versinken zu lassen. Aber seitdem sammelt der Vielnamige seine Kraft und wartet. Es ist kein Schlagabtausch zwischen ihm und Kalle gewesen. Nur fehlgeschlagene Attacken ihres Freundes – oder ihres Ahnen. Auch jeder andere Versuch der Musen den magischen Wall zu durchdringen schlägt fehl. Das ist genauso wenig ein Patt, wie wenn ein Hund versuchen würde einen Felsen zu verschlingen.

Laura versucht es nochmal mit der Mine unter den Beinen des Vielnamigen. Doch wieder prallt ihre Magie einfach ab, wie Kieselsteine an einer Betonwand. Die Musen haben keine Chance – und Laura erstrecht nicht.

Nur wenige Sekunden später beginnt sich die Mauer zu wandeln. Magie strömt auf die Panzerwiese wie das Meer auf den Strand bei einem Tsunami. Lauras Haare stellen sich auf, so viel Magie rollt auf sie zu. Doch was sie als nächstes spürt, schockiert sie noch mehr. Was sich erst massig und breit und langsam anfühlt, wandelt sich zu etwas Gezieltem und Scharfem und Tödlichem.

Sie fängt an zu schweben. Tatsächlich ist es nicht nur sie. Als Laura sich umschaut sieht sie, dass die Füße aller noch lebenden Musen vielleicht zwanzig bis dreißig Zentimeter über dem Boden baumeln. Der Rest des Körpers sieht aus, als hätte sie eine unsichtbare Hand am Schlafittchen gepackt, die Arme hängen hinter dem Rücken gerade herunter. Sie blickt in verwirrte Gesichter, die sich ebenfalls umschauen – bis der Vielnamige das von einem Augenblick auf den anderen unterbindet. Wie von einem böswilligen Chiropraktiker wird Lauras Genick fixiert, ihr Blick geht nun schräg nach oben ins Nichts. Als hätte der Vielnamige nur kurz zeigen wollen, was er da treibt, um dann die Magier an ihrer Hilflosigkeit verzweifeln zu lassen. Laura kann keinen Muskel bewegen. Ihr gebrochener linker Arm sendet kreischende Schmerzsignale aus. Ein rosa Schleier bildet sich vor ihrem Gesichtsfeld.

„Ein letzter netter Trick.“, sagt der Vielnamige mit seiner tiefen Stimme von überall gleichzeitig. Nun redet er also wieder. Ein schlechtes Zeichen.

„Dass ihr euch am Ende doch noch alle erinnert, wie man zaubert. Aber ihr seid weniger als damals – und auch damals habt ihr euer Ziel nicht erreicht. Und jetzt werdet Ihr sterben. Schön langsam.“ Lauras Arm und ihre Rippen scheinen vor Schmerzen zu explodieren. Dickflüssige Tränen laufen von ihrem Gesicht, von denen sie sicher ist, dass es sich um Blut handelt. Sie kann sich nicht bewegen, ihre Magie fühlt sich an, als wäre sie an sie daran gefesselt. Sie weiß, dass auf sie nun nichts mehr wartet außer Folter und der Tod. Sie versucht sich damit abzufinden, als der Vielnamige mit seinem Monolog fortfährt. „Eure Augen sind vielleicht das Erste was blutet, aber sicher nicht das Letzt...“

Schnell aufeinanderfolgende Donnerschläge unterbrechen den Vielnamigen. Laura fällt unerwartet zu Boden und landet unsanft. All ihre Muskeln brennen von der erzwungen-verkrampften Haltung, doch das muss sie jetzt abschütteln. Sie bewegt ihren Hals und blickt geradeaus - und kann nicht glauben, was sie dort sieht.

Die Donnerschläge kamen nicht aus den schwarzen Wolken über ihr, sondern aus der Mündung der wahrscheinlich einzigen modernen Waffe, die der Vielnamige nicht in Luft aufgelöst oder explodieren hatte lassen – vermutlich, weil sie niemand in Händen hielt. Der

Lärm kam aus dem Lauf der AK-47, die ungenutzt vor Özge im hohen Gras gelegen ist. Jetzt liegt Özge in diesem Gras, die Kalaschnikow in ihrem rechten Arm auf dem Boden und eng an ihren Körper gepresst, um die fehlende Stabilität des gebrochenen linken Arms ausgleichen zu können. Es scheint, als hätte sie das gesamte Magazin leergefeuert, um ein paar wenige Treffer zu landen. Doch es hat gereicht: Auf der Brust des Vielnamigen besudeln tiefrote Flecken seinen grün-goldenen Umhang und breiten sich schnell aus. Er fasst sich an den Hals, als würde er ersticken. Laura vermutet, dass seine Lunge getroffen wurde. Er bricht zusammen und fällt auf die Knie. Sein Gesicht ist wut- und schmerzverzerrt.

„Das hast du davon du Hurensohn!“ schreit Özge in die frisch von Schießpulver geschwängerte Morgenluft.

Laura lacht laut auf und blickt auf Özge. Wie sie da liegt im hohen Gras mit einer Kalaschnikow im Arm und einem müden Lächeln im Gesicht erinnert sie Laura an ikonische schwarz-weiß Aufnahmen von linken Rebellinnen aus den Regionen, in denen der Kalte Krieg heiß wurde. Dann reißt sie ihre Augen auf. Schock und Schmerz spiegeln sich darin.

Laura versteht schnell. Nicht nur, weil sie die Magie in der Luft spürt, sondern auch, weil sie fast dasselbe durchgemacht hatte. Als sie versucht hat Andi zu heilen, hatte sie sich ihre eigene Gesundheit entzogen. Sie hatte damals schon vermutet, dass sie sich um Andis Wunden zu heilen am Ende die gleichen Wunden hätte zufügen müssen. Das Prinzip, dass sie nichts aus dem Nichts erschaffen kann – nur etwas Äquivalentes borgen. Der Vielnamige wendet dieselbe Taktik an, nur heilt er sich selbst – und zwar indem er seine Wunden seiner Angreiferin zufügt. Und die wird das nicht überleben.

Özge schreit vor Schmerz, bevor ihr die Stimme wegbleibt. Perforierte Lunge. Laura stimmt in ihre Verzweiflung mit ein. Auch sie schreit und schluchzt. Sie spürt, wie die Musen um sie herum anfangen wieder Zauber auf den Vielnamigen zu schleudern. Doch erneut kann sie diese undurchdringliche magische schwarze Wand spüren – sie weiß, dass diese Zauber nichts bringen werden. Özge wird sterben. Genau wie Andi. Und seine Oma Sybille. Und im Anschluss Kalle und alle weiteren Musen. Alle sterben, nur weil Laura zu schwach war sie zu retten.

Ihre Beine tragen sie nach vorne, bevor sie überhaupt realisiert, was sie vorhat. Sie ruft Nina beim Loslaufen etwas zu. Sie sieht, wie Nina nickt, etwas brüllt und vier Soldaten vor ihr ebenfalls anfangen zu sprinten, die geplünderten. Sie ruft Kalle etwas zu und sieht, wie sich seine Augen vor Schreck weiten. Er würde ihr widersprechen, doch davon kann sie sich jetzt nicht abhalten lassen. Sie dreht sich weg, bevor er reagieren kann und sprintet weiter nach vorne.

Özge. Wird. Nicht. Sterben.

Lauras gebrochene Rippen stechen bei jedem Schritt, Schmerz durchströmt ihren Körper bei jeder Erschütterung. Ihr linker Arm möchte sich beim Laufen mitbewegen, wie er es die letzten 30 Jahre getan hatte. Stattdessen presst sie ihn an ihre Seite, damit der Unterarm nicht nutzlos und schmerzhaft in der Gegend herumflattert. Sie ist langsam. Sogar die gepanzerten Polizisten sind schneller als sie. Der Vielnamige steht auf. Langsam, aber stabil. Mit Özges geliehener Lebenskraft. Er hat Özge schon genug Schaden zugefügt, um so viel Kraft zu haben. Seine Augen sind auf sein Opfer gerichtet, er ist weiter abgelenkt. Laura läuft noch ein bisschen schneller.

Magie kann nichts ausrichten gegen diese schwarze Wand. Aber sie hatte in Kalles Erinnerung gesehen, was es braucht, um diesen Bastard vor ihr loszuwerden. Die vier Soldaten und Polizisten vor ihr laufen gegen die Leibgarde des Vielnamigen und hauen ungelenk mit ihren Schwertern auf sie ein. Die Stiermenschen wehren die Schläge mühelos ab. Die Gegenangriffe der erprobten Schwertkämpfer landen alle im Fleisch der Sicherheitskräfte. Schreie und Blut folgen. Laura versucht das auszublenden. Die Kämpfe verschaffen ihr trotz allem wertvolle Sekunden. Nur noch einen Schritt, dann kann sie sich abstoßen.

Inzwischen hat sie auch der Vielnamige registriert. Er dreht sich in ihre Richtung, die Augen wütend zusammengekniffen. Er will sie aufhalten. Doch es ist zu spät.

Laura umklammert ihn mit ihrem rechten Arm und drückt den Mann mit Wucht und aller Kraft, die sie hat nach hinten. *„Zum Glück waren die Menschen früher kleiner und leichter.“*, denkt sie noch und stößt sich ein letztes Mal mit ihrem rechten Fuß von der Panzerwiese ab. Dann fliegen beide gemeinsam durch den Riss hinter dem Vielnamigen auf die andere Seite. Nun muss sie hoffen, dass Kalle und die Musen ihren Teil erfüllen.

Doch schon direkt, nachdem sie durch das Portal gestürzt sind, kann sie spüren, wie Magie ihnen nachströmt wie Luft in ein Vakuum – bevor sich der Riss endgültig schließt.

- 44 -

Özge stolpert über die Gehsteigkante und kommt aus dem Gleichgewicht. Kalle fängt sie auf. Auch wenn sie inzwischen mehrere Wochen Übung hat, fällt es ihr noch schwer auf Krücken zu gehen. Wenn neben dem Bein noch ein Arm und mehrere Rippen gebrochen sind, kommt man leider nur schwer in einen Flow. Trotzdem ist sie froh, dass sie sich ohne Rollstuhl bewegen kann. Nicht besonders schnell, aber immerhin. Kalle muss halt dann ein bisschen langsamer gehen, um ihr nicht davon zu laufen.

Der Ausflug hierher war seine Idee – er hat sie bei sich zuhause abgeholt und gemeinsam haben sie sich in den Luitpoldpark aufgemacht, von Özge aus die nächste größere Grünfläche. Die Juli-Sonne brennt vom Himmel und erinnert sie mal wieder daran, dass man sich lieber im Winter Knochen brechen sollte. Auf den Wiesen um sie herum spielen Gruppen von verschwitzten Menschen Spike Ball, Volleyball und Tischtennis und Özge merkt, wie fern sich Mobilität anfühlen kann, die bis vor Kurzem noch so selbstverständlich war.

Kalle bietet ihr ein kaltes Bier aus einer Stofftasche an, die er in der linken Hand trägt. Das muss er von Laura gelernt haben. Ein Stechen in Özges Herz erinnert sie an ihre beste Freundin. Sie lehnt das Bier ab und schiebt es auf die starken Schmerzmittel, die sie tatsächlich nimmt.

„Aber danke.“, sagt sie. „Ich muss sagen, ich bin überrascht. Ich hätte dich nicht als den großen Spabiergänger und Freilufttrinker eingestuft.“

„Vollkommen zurecht.“, erwidert die Ex-Muse, die mit Jeans, weißem T-Shirt und modernem Haarschnitt inzwischen gar nicht mehr aus der Masse heraussticht. Außer diese grünen Augen sehen einen an. Die Magie ist inzwischen weg, aber eine magische Schönheit strahlen sie noch immer aus. „Aber das ist auch nicht für mich. Ich hatte mir das als eine Hommage an Laura gedacht.“

Da ist er wieder, dieser Stich. Diesmal wird er aber begleitet von einem leichten Anflug von Wärme.

„Dann nehm ich doch eins.“, sagt sie und nimmt Kalle das Bier aus der Hand, das er gerade wieder in seine Stofftragetasche packen wollte. Die Flasche fühlt sich befriedigend kalt an an diesem heißen Tag.

Kalle holt sein Bier aus dem Beutel und leert ihn damit. Özge öffnet beide Flaschen an einer harten Plastikkante ihrer Krücken, reicht eine Kalle, und sie stoßen an.

„Auf Laura.“

„Auf Laura.“

Das eiskalte Bier schmeckt Özge trotz Schmerztabletten – oder deswegen - hervorragend. Weil sich ein offenes Bier mit Krücken nicht im Gehen trinken lässt, setzen sie sich auf die nächstgelegene Parkbank.

„War's wohl doch nichts mit der Spabiergang-Hommage.“, sagt Özge kleinlaut.

„Ach, ich bin mir sicher, dass wir Lauras Wesen mit einem Bier auf der Parkbank auch ganz hervorragend homMagiern können.“

Özge lacht auf. Kalle hatte, seitdem er sein Musendasein hinter sich gelassen hatte, einen recht feinen Sinn für Humor entwickelt. War er überhaupt noch Kalle oder eher wieder Aidan? Er hatte sie kurz nach der Schlacht eingeweiht in seine Erinnerungen. Und in Lauras letzten Wunsch.

„Vermisst du sie?“, fragt Özge und unterdrückt einen Kloß im Hals.

„Natürlich.“, antwortet ihr Kalle ruhig und mit einer Gravitas, die definitiv mehr Aidan ist als Kalle. Die Person vor ihr kennt Trauer und Schmerz – und so dumm das auch ist – das hilft Özge in diesem Moment.

„Ich denke viel nach über Lauras letzten Wunsch.“, fährt er nach einer kurzen Stille fort. „Und ob es einen anderen Weg gegeben hätte.“

„Ich auch.“, gibt Özge zu. „Aber mir ist nichts eingefallen.“

„Mir auch nicht.“

Wieder Stille – auf eine traurige Art sehr angenehm.

Özge ergreift das Wort.

„Ich kann mir vorstellen, dass das an dir nagt. Ich meine, du und die anderen Musen mussten das ausführen. Aber den Riss zu schließen war trotzdem die einzige Option. Ihr hattet keine Chance gegen den Vielnamigen. Und Laura ist – war - eine kluge Frau. Sie wusste das.“

Kalle nickt und nippt still an seinem Bier. Özge weiß, dass nur er selbst sich die Absolution erteilen kann. Aber sie weiß auch, dass ihr Verständnis ihm auf diesem Weg vielleicht hilft.

Es dauert wieder eine kleine Weile, bevor Kalle weiterspricht.

„Wie glaubst Du wird das jetzt hier? Ich meine, die Grenze ist zu, es gibt keine Musen mehr, keinen Austausch. Wir sitzen fest in einer Welt komplett ohne Magie und Inspiration. Ein paar Reste vielleicht noch hier und da, die es nicht auf die andere Seite geschafft haben. Aber sie werden ohne den Austausch auch bald absterben. Prinzipiell ist es vorbei damit. Dann ist vielleicht sogar eine kreative Hommage an eine Freundin nicht mehr drin.“

„Bist du da nicht der Experte bei dem Thema, so als Ex-Muse? Ich bin überrascht, dass du mich fragst.“, fragt Özge zurück.

„Deine Vermutung steht meiner in Nichts nach. Du hast immerhin ein Buch geschrieben zu dem Thema Selbstverwirklichung und Inspiration. Vielleicht kannst du so auch abschätzen, was beim Gegenteil passiert. Wenn niemand inspiriert ist. So etwas gab es noch nie – und vor tausenden Jahren wollten wir genau diese Welt unbedingt verhindern."

„Tatsächlich ist meine Motivation an diesem Buch zu schreiben im gleichen Moment in sich zusammengebrochen, in dem ihr das Portal geschlossen habt. Schon seltsam, wie das, was ich als Selbstverwirklichung empfunden habe am Ende doch vor allem ein Produkt der Umstände war. In Erinnerung bleibt mir vor allem ein zynischer Blick und die Erkenntnis, dass am Ende auch in einer inspirierten Welt immer die Reichen profitieren." Ein Bild von Annika und ihren Perlohrringen schießt ihr in den Kopf. Kalle antwortet ihr:

„Das heißt deine wissenschaftliche Neugier ist tot? Jetzt das Gegenteil der Welt zu haben, die du ja bis vor Kurzem noch untersucht hast könnte doch spannend sein? Jetzt ist niemand mehr inspiriert, keiner wird das Konzept von Selbstverwirklichung überhaupt noch verstehen."

„Naja, ich bin ein Teil dieser Welt, entsprechend wenig Lust habe ich. Aber wer weiß was kommt. Die Kunst auf den Straßen haben sie auf jeden Fall schnell wieder wegeräumt, die Straßen sind sauber. Die MVG ist gefühlt zuverlässiger als vor Lauras Geburtstag, mit dem das alles angefangen hat. Irgendwas scheint also zu funktionieren. Aber ja, Angst habe ich trotzdem. Ich meine, ganz ehrlich: Du hast ja Recht. Das wäre alles klasse Inspiration und Futter für mein Buch. Und dieses Buch war für einige Wochen mein komplettes Leben. Das weiß ich auf irgendeiner abstrakten Ebene. Trotzdem spüre ich einfach Null Verlangen weiterzuschreiben. Und wenn ich dich richtig verstehe, geht das ja der ganzen Welt so, mit was auch immer sie toll finden.“, Özge seufzt. „Das heißt für mich, dass die Zukunft grau ist, nehme ich an. Aber hey – besser als waldgrün.“, sagt sie, in Anspielung auf die Robe des Vielnamigen.

Ein weiterer Schluck Bier.

„Ist der komische Vampire-Boy, der die Armee des Glatzkopfs befehligt hat, eigentlich wieder aufgetaucht?“

Kalle schüttelt den Kopf.

„Nein. Der wusste ganz genau, wann sich alle Musen konzentrieren mussten das Tor zu schließen und dass dann niemand auf ihn achten wird. Er hat das ja schonmal erlebt.“

Özge ist unwohl bei der Vorstellung, dass ein so hochrangiger Helfer des Mannes, der ihre beste Freundin und so viele andere auf dem Gewissen hatte, einfach unerkannt herumläuft, als wäre er ein unbescholtener Bürger. Sie atmet tief aus.

„Das ist schlecht. Aber vielleicht mache ich mir auch zu viele Sorgen. Ich meine, wer rüstet denn so viele Kämpfer aus, bereitet einen Plan vor – und vergisst dann einfach Gewehre oder Armbrüste einzupacken. Damit im Gepäck hätten die Oni und die Stierköpfe einfach alle ummähen können.“

Kalle lächelt. Es ist ein schönes, menschliches Lächeln. Ein Lächeln *trotzdem und nicht deswegen.*

„Das ist ein Verbot des Vielnamigen für seine Armeen. Schon immer. Magische Attacken kann er einfach abwehren, Schwerter und Messer erreichen ihn gar nicht erst – und wenn doch verwandeln sie sich halt in Bananen oder werden in der Hand des Angreifers zu glühenden Schureisen. Aber vor Distanzwaffen hatte er schon immer Angst, weil er sie bei all der Übermacht in seinen Händen nicht komplett kontrollieren kann. Und wie so viele Könige und Herrscher vor ihm und nach ihm, fürchtete er die Hände seiner eigenen Soldaten genauso wie die der feindlichen. Also waren immer nur Nahkampfwaffen Teil der Ausrüstung seiner Armeen – und die erste Priorität auf jedem Schlachtfeld war, die Distanzwaffen der Gegner zu vernichten.

Es ist eine schöne Ironie des Schicksals, dass diese Paranoia nun – wie du dargestellt hast - zu einem guten Maße dazu beigetragen hat, dass wir ihn wieder verbannen konnten.“

Özges Bier neigt sich dem Ende zu. Es wird immer heißer unter ihrem Gips. Sie ist froh, dass Kalle sie besucht hat, doch bald wird sie sich wieder auf den Weg nach Hause machen. Davor möchte sie aber noch eine Frage stellen, die ihr seit diesem verhängnisvollen Abend auf der Panzerwiese auf der Seele liegt wie Blei.

„Kalle - glaubst du, sie lebt noch, da drüben auf der anderen Seite?“

Kalle leert seine Flasche und steht von der Parkbank auf. Seine grünen Augen fixieren Özge. Sie leuchten menschlich warm.

„Es sieht natürlich nicht gut aus, dass sie mit dem mächtigsten Magier aller Zeiten auf der anderen Seite gelandet ist. Aber es sah auch nicht gut aus, dass wir diese Schlacht gewinnen – und trotzdem ist es uns dank Laura gelungen. Ich sehe es so: Es gibt keinerlei Möglichkeit für uns, jemals herauszufinden wie es Laura geht und ob sie noch lebt. Warum zum Henker sollten wir also nicht das Beste annehmen?“

Epilog

Der Mond im Nachthimmel glitzert, als hätte ihn jemand mit lila Glitter bestreut. Neben ihm prangen Planeten in unterschiedlichen Größen und grellen Farben, mehrere davon mit beeindruckenden Ringsystemen.

Laura liegt flach auf dem gigantischen Ast eines noch gigantischeren Baumes und lässt die Szenerie auf sich wirken. Seit sie hier ist hat sie jede Nacht den Sternenhimmel angeschaut – und jedes Mal sieht er anders aus. Zur Wegfindung in dieser fremden Welt furchtbar, aber wunderschön.

Sie streckt sich und gähnt. Orientierung ist ohnehin schwer überschätzt, wenn an jeder Ecke etwas anderes wartet, das es zu entdecken gilt.

Ja, einiges davon will sie entführen, essen oder ihr sonst wie schweren Schaden zufügen. Wenig überraschend hilft es bei der Selbstverteidigung aber enorm, über magische Kräfte zu verfügen. Genau wie bei der Heilung gebrochener Rippen und anderer Leiden. Diese Seite ist so voll mit Magie, dass es ihr fast schon leicht viel, der Umgebung genug davon zu entziehen um ihre Gebrechen zu heilen.

Inzwischen hat sie sich auch daran gewöhnt, jeden Abend woanders zu schlafen. Kurz nach dem Sturz durch das Portal hat sie es geschafft die Verwirrung zu nutzen und dem Vielnamigen zu entkommen. Doch sie ist sich sicher, dass er sie sucht – deswegen bleibt sie nicht zu lange an einem Ort. Sie wird stärker werden müssen, um ihm beim nächsten Aufeinandertreffen nicht vollkommen hilflos ausgeliefert zu sein. Aber das sind Gedanken für ein andermal.

Sie rollt sich in ein Blatt des Baumes ein, das weich ist wie Samt und doppelt so groß wie ihr Körper. Ein letzter Blick in den heutigen Nachthimmel – diesmal blinkt kurz eine pinke Sternschnuppe auf – und Laura schließt die Augen. Stärker werden kann sie auch morgen.

Printed in Poland
by Amazon Fulfillment
Poland Sp. z o.o., Wrocław

45706149R00276

Tobias Selleneit, im Oktober 1989 in München geboren, ist tief mit dem Münchner Norden verbunden. Er wohnt seit Jahren im Hasenbergl, einem dieser Stadtteile, die sich so gar nicht einfügen wollen in das Klischee der Schickeria-Metropole.

Er hat seine ersten Geschichten im Alter von sechs Jahren geschrieben und seitdem nie wirklich damit aufgehört.

Sein Debütroman *Das Reich der Ideen – Muse* spielt im Münchner Norden und ist doch weit darüber hinaus relevant. Mit seinen grundlegenden Themen von Selbstverwirklichung, Selbstausbeutung und der Grundlage von Inspiration behandelt er wichtige Themen unserer Zeit verwebt in eine spannende Urban Fantasy Story.

Nichts von Tobias Selleneit verpassen

tobiasselleneit.de
@tobiasselleneit | Tiktok
@tobiasselleneit | Insta
@tobiasselleneit | Youtube

Danke auch an die WhatsApp-Gruppe, die mir und meinem Buch dabei geholfen unsere Namen zu finden. Oft habt Ihr mich in die richtige Richtung gestoßen.

Danke auch an all diejenigen, die ich nicht persönlich kenne, die mir aber auf meinen Social Media Kanälen folgen und hier positive und konstruktive Rückmeldung geben oder den Content einfach still anschauen.

Und zu guter Letzt noch ein Dank, den viele glaube ich als Selbstverständlich wahrnehmen: Von Fertigstellung des Buches bis zur Veröffentlichung ist circa ein Jahr vergangen, in dem ich fast jeden Tag dazugelernt habe. Ohne all diejenigen, die im großen weiten Internet ihr Wissen und ihre Erfahrungen teilen, wären es wahrscheinlich fünf geworden.

Euch allen, sowie allen denen ich wegen dem Buch ein gemeinsames Bier absagen musste und allen, die ich sicher in diesem Text vergessen habe...

DANKE!

Danksagung

Willkommen in dem Teil des Buches, den nur echte *Komplettionisten* lesen – der Typ Mensch, der Videospiele spielt und dabei jede Ecke abläuft um ja kein Easter Egg zu verpassen.

Das macht die Danksagung aber nicht weniger wichtig. Denn wenn ich im letzten Jahr eines gelernt habe, dann, wie viel Arbeit darin steckt, ein Buch zu veröffentlichen – selbst nachdem die Geschichte fertig geschrieben ist.

All das hätte ich alleine nie geschafft, deswegen und deswegen bin ich froh, dass ich hier die Möglichkeit habe all denen zu danken, die mich unterstützt haben.

Danke an Manu, die nicht nur mein Tech-Support war, sondern die verstanden hat, wenn ich mal wieder nach Feierabend an dem Buch arbeiten musste statt gemeinsam Quality Time zu verbringen.

Ein weitere Dank geht an die allerersten Erstleserinnen, also nochmal an Manu, an meine Mutter und an Hannah, die sich durch ein vermeintlich fehlerfreies Buch gequält und den strengen Rotstift angesetzt haben.

Simon, Du hast aus meinen Buchstaben die Farben herausgekitzelt. Danke Dir für das Coverdesign und die generelle Unterstützung dabei, dass das Buch am Ende so hübsch ist, wie es der Inhalt verdient hat. Ohne Dich wäre nicht nur das Buch weniger schön, es hätte weniger Seele.